本书受黑河学院优秀学术著作出版基金资助出版

《诗经》民俗学阐释研究

（1919—1949）

何昆 著

中国社会科学出版社

图书在版编目（CIP）数据

《诗经》民俗学阐释研究：1919-1949 ／何昆著 . —北京：中国社会科学
出版社，2024.3

ISBN 978-7-5227-2971-8

Ⅰ. ①诗…　Ⅱ. ①何…　Ⅲ. ①《诗经》—民俗学—诗歌欣赏
Ⅳ. ①I207.222

中国国家版本馆 CIP 数据核字（2024）第 034060 号

出 版 人	赵剑英
责任编辑	杨　康
责任校对	夏慧萍
责任印制	戴　宽

出　　版	中国社会科学出版社
社　　址	北京鼓楼西大街甲 158 号
邮　　编	100720
网　　址	http://www.csspw.cn
发 行 部	010-84083685
门 市 部	010-84029450
经　　销	新华书店及其他书店

印刷装订	三河市华骏印务包装有限公司
版　　次	2024 年 3 月第 1 版
印　　次	2024 年 3 月第 1 次印刷

开　　本	710×1000　1/16
印　　张	22
字　　数	343 千字
定　　价	109.00 元

凡购买中国社会科学出版社图书，如有质量问题请与本社营销中心联系调换
电话：010-84083683

目　录

绪　言

　　《诗经》自结集起一直是中国学术史关注的重点，历代《诗经》研究论著可谓汗牛充栋，但五四之前对《诗经》的研究主要集中在经学、文字训诂、名物制度等方面，对《诗经》民俗的研究尚处于零散、不成系统的状态。五四新文化运动后，中西文化的交融碰撞激发出学者的新思想，他们将传统《诗经》学研究中对民俗的零散关注转化为较为科学的研究，使《诗经》民俗成为学术研究的重点之一。这一时期，学术界名家辈出，学贯中西的学者以新的观念重新审视《诗经》研究，在研究观念、研究领域、研究方法等方面多有创见。《诗经》不再被视为顶礼膜拜的经典，而是被视为民间歌谣总集。学者开始采用新的研究视角、新的研究方法来阐释《诗经》，尤为突出的是对《诗经》民俗文化事象的研究取得了丰厚、翔实的成果。

一　选题缘起与研究意义

　　《诗经》的产生揭开了"中国文学光辉灿烂的第一页"①。这部产生于先秦时代古老歌诗集"是中国诗歌由口头创作转化为书写文学的第一部诗集，整个璀璨的中国诗史是从它开始的，它被称为中国古典现实主义文学的源头，中国诗歌之祖"②。它不仅是中华文化的原典，而且是研究中华文化传统构成、中华民族精神衍生的钥匙。

　　《诗经》从产生之时就与中国民俗文化紧密相关。首先，《诗经》是

---

① 洪湛侯：《诗经学史》，中华书局 2002 年版，"自序"第 1 页。
② 夏传才：《二十世纪诗经学》，学苑出版社 2005 年版，第 2 页。

一部乐歌总集，"它的产生、结集和流传，本是周代社会生活及其礼乐制度的产物"①。它是诗与音乐的结合。"它由口头文学转化而来，与民歌有密切的联系，其中有一部分作品就是民歌。"② 这些反映当时社会生活和习俗的诗歌，承载着丰富的民俗文化。从这个角度讲，"《诗经》不仅是我国历史上第一部诗歌总集，而且也是我国最古老的一部民俗史料总集"③。其次，《诗经》独特的编排体例。"《诗经》原来是按照三百篇的产生地域分编"④，其中的《国风》便是 15 个方国和地区的民间诗歌，地域在今山西、陕西、河南、河北、山东和湖北北部，这些地方政治经济发展的不平衡，文化生态环境和风土人情民俗各异，分成不同的地域性流派，依据地域相邻、诗风相近的原则，可以把《国风》分为"郑卫派""二南派""秦豳派""魏唐派""齐曹派"五派。"郑卫派"以情诗著称，包括《邶风》《鄘风》《卫风》《王风》《郑风》《陈风》《桧风》，凡 84 篇；"二南派"具有南方色彩，包括《周南》《召南》，凡 25 篇；"秦豳派"以悲壮雄劲为主要特点，包括《秦风》《豳风》，凡 17 篇；"魏唐派"具有质直犀利的特点，包括《魏风》《唐风》，凡 19 篇；"齐曹派"以辛辣刻峭为特色，包括《齐风》《曹风》，凡 15 篇。⑤ 十五《国风》分类编排的体例正体现出不同地理环境下民间风俗的差异性。这些与生俱来的特点使从民俗学视角研究《诗经》成为一种客观必要。"然而在长达两千年的诗经研究中，以民俗学的角度来研究诗经中所蕴含的民俗文化事象，其时间不过一百多年。"⑥ 长期以来，对《诗经》的民俗阐释一直侧重于其政教功用，直至五四新文化运动之后，随着中国民俗学的产生，这种情况才发生新的变化。

"民俗，即民间风俗，指一个国家或民族中广大民众所创造、享用和传承的生活文化。民俗起源于人类社会群体生活的需要，在特定的民族、

---

① 洪湛侯：《诗经学史》，中华书局 2002 年版，第 1 页。

② 夏传才：《二十世纪诗经学》，学苑出版社 2005 年版，第 2 页。

③ 刘自强：《〈诗经〉民俗文化研究的历史与现状》，《兰州铁道学院学报》2003 年第 2 期。

④ 高亨：《诗经今注》，上海古籍出版社 2009 年版，"前言"第 6 页。

⑤ 分类依据李旦初《〈国风〉的地域性流派》，《山西大学学报》（哲学社会科学版）1994 年第 3 期。

⑥ 刘自强：《〈诗经〉民俗文化研究的历史与现状》，《兰州铁道学院学报》2003 年第 2 期。

时代和地域中不断形成、扩布和演变，为民众的日常生活服务。民俗一旦形成，就成为规范人们的行为、语言和心理的一种基本力量，同时也是民众习得、传承和积累文化创造成果的一种重要方式。"① 而 "民俗学是一门以民间风俗习惯为研究对象的人文科学"②，民俗学在国际上通用的学名是 "Folklore"，由英国学者汤姆斯（William Thoms，1803—1885）于 1846 年提出。在写给《阿西娜神庙》杂志的信中，汤姆斯提到了 "Folklore" 这个概念，直译应该译作 "民众的知识"。汤姆斯认为 "民众的知识" 包括 "古老年代的风俗、习惯、仪典、迷信、歌谣、寓言等等。这是一个有趣的古代习俗研究领域——我们的民俗学。民俗学的任务是要抢救和研究这样的古俗"③。作为 "中国诗歌之祖"④ 的《诗经》正包含着 "古老年代的风俗"，它收录了从西周初期到春秋中期约 500 年的 305 篇诗歌，这些诗歌反映了周代社会生活的各个方面，是研究中国古代政治经济、生产生活、历史文化、风俗礼制等不可或缺的文献资料。此外，《诗经》涉及地域广泛，以十五《国风》而言，包括现在的山西、陕西、河南、山东、湖北等地，故有周代实行 "采诗制" 之说，《汉书·艺文志》记载 "古有采诗之官，王者所以观风俗，知得失，自考正也"⑤。以来自民间的诗歌 "观风俗，知得失"，可见作为文学的《诗经》与民俗和政治有着十分密切的关系。

　　兴起时期的民俗学的特点不仅是 "对口头民俗或口头艺术或文学的口头传播给予突出地位"⑥，而且 "与当时的政治运动相结合"⑦。在中国，"现代意义上的民俗热是从 '五·四' 新文化运动开始在中国大地流行起来的"⑧。"中国现代民俗学的发生和发展，一开始就与民族主义紧密纠结在一起。起初的中国民俗学研究是民族自救和思想解放运动的

---

① 钟敬文：《民俗学概论》，上海文艺出版社 1998 年版，第 1—2 页。
② 钟敬文：《民俗学概论》，上海文艺出版社 1998 年版，第 1 页。
③ 孟慧英：《西方民俗学史》，中国社会科学出版社 2006 年版，"序言" 第 2 页。
④ 向熹编：《诗经词典》，商务印书馆 2014 年版，"新版《诗经词典》序" 第 3 页。
⑤ （汉）班固：《汉书》，中华书局 1962 年标点本，第 1708 页。
⑥ 孟慧英：《西方民俗学史》，中国社会科学出版社 2006 年版，第 38 页。
⑦ 孟慧英：《西方民俗学史》，中国社会科学出版社 2006 年版，第 35 页。
⑧ 高丙中：《民俗文化与民俗生活》，中国社会科学出版社 1994 年版，"引论" 第 1 页。

一个有机组成部分。"[①] "20 世纪是个充满动荡的世纪，也是个破旧立新的世纪。"[②] 当时中国先进的知识分子积极投身到振兴中华的斗争中去，他们不约而同地将视点投向广大民众，力图唤醒民心、启迪民众。1915 年 9 月，陈独秀在上海创办《青年杂志》，在思想文化领域倡导民主（德先生）和科学（赛先生），批判旧思想、旧道德、旧文化，提倡新思想、新道德、新文化，开始了向传统封建思想、道德、文化宣战的思想启蒙运动。1917 年苏联十月社会主义革命取得胜利，中国思想界看到了人民群众力量的伟大。1918 年 2 月 "北京大学歌谣征集处" 成立，由刘半农、沈尹默、周作人负责在校刊《北京大学日刊》上逐日登载近代歌谣。1920 年 12 月 "歌谣征集处" 改名为 "歌谣研究会"。1922 年创办《歌谣》周刊，出版了 97 期，后并入《国学门周刊》（后改为月刊），继续收集、发表各类民间文学作品。《歌谣》发刊词中写道："搜集歌谣的目的共有两种，一是学术的，一是文艺的。" 一方面，"歌谣是民俗学上的一种重要的资料，我们把它辑录起来，以备专门的研究"；另一方面则是要 "从这学术的资料之中，再由文艺的批评的眼光加以选择，编成一部国民心声的选集"。[③] 搜集歌谣的两个目的皆与 "民" 相关，学术目的在于收集研究资料为民俗学服务，文艺目的在于选编 "国民心声选集" 为文学革命服务。民俗学从诞生之初便与文学革命密切相关。"至此，一个有组织、有计划、有纲领、有行动的中国民俗学运动，由此拉开序幕"[④]。此后，出于工作之需，1923 年 5 月 24 日正式成立了 "风俗调查会"。"该会最重要的成绩就是张竞生制定了我国第一个民俗调查表，首开了风俗学课。"[⑤] 为了配合民俗学研究，1924 年 1 月 26 日又成立了 "方言调查会"。这一时期，顾颉刚以历史地理比较的方法创作了《孟姜女故事的转变》；董作宾在《看见她》专号中发表了《一首歌谣的

---

① 林继富、王丹：《解释民俗学》，华中师范大学出版社 2006 年版，第 7 页。
② 苑利、顾军：《中国民俗学教程》，光明日报出版社 2003 年版，第 8 页。
③ 周作人：《〈歌谣〉周刊发刊词》，载吴平、邱明一《周作人民俗学论集》，上海文艺出版社 1999 年版，第 98 页。
④ 苑利、顾军：《中国民俗学教程》，光明日报出版社 2003 年版，第 8 页。
⑤ 王文宝：《中国民俗研究史》，黑龙江人民出版社 2003 年版，第 54 页。

比较研究》；胡适在《国学季刊发刊词》中阐明了新文化运动对整理传统典籍的影响，提出以历史进化的观点和科学的方法对古籍进行考证、辨别、研究，恢复古籍的真实面目。北京大学的学者"以其敏锐的目光和先进的思想，'发现'了民俗学这门学科的重要思想意义和学术意义"①。1926 年，由于黑暗政局的压迫，北京大学的一些教授南下广州，民俗学活动的中心也由北京大学迁至中山大学。1927 年 11 月，顾颉刚、董作宾、容肇祖、钟敬文等发起成立了"中山大学民俗学会"，同时创办了《民间文艺》周刊，共出 12 期。次年更名为《民俗》周刊，出版了 110 期。《民俗》所刊载的民俗资料，大大超过了北大时期。"中大民俗学会"还开办了"民俗学传习班"，普及民俗科学知识。在这一时期内，民俗学者的视野较为开阔，其研究中较多地吸收了人类学、民族学、社会学等相邻学科的观点。民俗学研究体现出了跨学科性的特点，如顾颉刚就是从改造史学的角度进入到民俗学研究中的。他对孟姜女故事演变的研究和对妙峰山的考察，被视为中国现代民俗学标志性的成果。"中大的民俗学活动，被学者认为是中国现代民俗学科确立的标志。"②至此，在社会发展的历史潮流中应时而生的中国现代民俗学科得以确立。民俗学兴起阶段所具有的以"民间"为基础、以口头文学为主要对象的特点正与最早的诗歌总集《诗经》所具有的特点相呼应，《诗经》民俗学阐释便随着中国民俗学的发生、发展而呈现出独特的风采。

二　国内外研究现状

《诗经》从产生之时就与民俗紧密相关，如其十五《国风》分类编排的体例，便体现出不同人文地理环境下民间风俗的差异性，但这种关注主要是出于伦理教化的目的，即对《诗经》的民俗学阐释侧重于其政教功用，而非重于其文学性，尤其是科学的民俗观照。这种情况直至五四新文化运动后才发生新的变化，即对《诗经》民俗的阐释从政教向文学转变，向科学的民俗观照转型。20 世纪 80 年代后，随着对《诗经》

---

① 林继富、王丹：《解释民俗学》，华中师范大学出版社 2006 年版，第 8 页。
② 钟敬文：《民俗学概论》，上海文艺出版社 1998 年版，第 420 页。

文本探讨的深入，研究者逐渐发现，发端于五四新文化运动以后的现代《诗经》学对于后世的影响是难以估量的，对于这一时期《诗经》学进行总结的重要性越来越被学人所重视，相关的论文开始出现，其中不乏质量上乘者。"20 世纪以来《诗经》研究向多元化研究发展，并逐步走向繁荣，其中从民俗学角度研究《诗经》者众多"①，对 1919—1949 年的《诗经》民俗学阐释研究亦渐成热点，学者的研究主要集中于以下几个方面。

其一，传注、训诂中的《诗经》民俗学阐释。赵沛霖在《20 世纪〈诗经〉传注的现代性特征》中指出：20 世纪以后，《诗经》传注和训诂呈现出有别于传统的现代性特征，即体现科学精神、突出文学特征、具有文化视野和简明精要的传注风格。赵沛霖在文中肯定了胡适和闻一多的突出贡献。胡适的《诗"三百篇"言字解》第一次运用现代科学的方法对《诗经》的"言"字从整体上作了统一训释。正是这种"现代的科学精神以及语法理论，才使现代学者有可能跳出个别的局限而达到普遍性的认识"②。闻一多则运用考古学、民俗学、语言学方法从文化视野的角度训释《诗经》，"这不仅赋予训诂学以全新的文化内涵和视野，而且开辟了《诗经》传注和训诂的新途径"③。在训诂方面，胡适的主张是运用"科学的方法"对《诗经》进行注解。"在题解方面，主张否定以《诗序》为代表的传统经解，吸收人类社会学、历史学以及民间文学的元素，重新解释诗旨。"④

其二，"废《序》运动"和篇章解读中的《诗经》民俗学阐释。民俗学兴起阶段具有的以"民间"为基础、以口头文学为主要对象的特点，所以五四先驱者们对《诗经》进行了去经典化的文学性解读。研究者对此亦有关注，刘毓庆在《从文学到经学》中说："20 世纪 20 年代，

---

① 朱志刚：《经俗之汇——二十世纪〈诗经〉与民俗研究综述》，《外语艺术教育研究》2007 年第 4 期。

② 赵沛霖：《20 世纪〈诗经〉传注的现代性特征》，《中州学刊》2006 年第 5 期。

③ 赵沛霖：《20 世纪〈诗经〉传注的现代性特征》，《中州学刊》2006 年第 5 期。

④ 石强：《"古史辨"学派与〈诗经〉研究转向再思考》，载中国诗经学会《诗经研究丛刊》（第二十八辑），学苑出版社 2015 年版，第 383 页。

古史辨派领袖顾颉刚先生，撰写了题为〈诗经的厄运与幸运〉的大文，文章开口便道：'〈诗经〉这一部书，可以算作中国所有的书籍中最有价值的。'这个断言我们非常赞同。""顾先生进而认为，'〈诗经〉是一部文学书'，……这个结论和定义，我们是完全理解的。"① 石强《民国时期〈诗经〉文学阐释研究》文中摘要亦称："五四时人挖掘了《诗经》的文学意义，并将其放大。《诗经》摇身一变，被称为'第一部诗歌总集'。从此《诗经》研究转向文学，特别是郑振铎批判了传统的文学'鉴赏'，并且把'进化的观念'和'归纳的考察'纳入到中国文学史研究中。《诗经》从此不再是'经典'，而成为中国文学进化史上'前期'重要的'歌谣总集'"。② 这种对《诗经》去经典化的文学性解读也表现在"废《序》运动"和对《诗经》篇章的具体解读中，李金善、高文霞在《从宋代和民国两次废〈序〉运动看〈诗经〉学的转型》中指出胡适、闻一多、鲁迅、郭沫若、俞平伯、钱玄同、刘大白、郑振铎等倡导的"废《序》运动"，"是运用西方学术方法来重新解读《诗经》，仅仅把《诗经》视为一部文学作品集，完全否定了《诗经》的经学地位及其诗教功能"③。而刘毓庆、朱昳晨则在《〈诗经·葛覃〉解读》中指出"20世纪学者声称要还《诗经》文学的本来面目"④，闻一多等学者对《葛覃》的解读，一弃旧说，就诗论诗，提出了许多大胆的观点。张然在《解诗与解礼——关于〈诗经·摽有梅〉的阐释》中同样指出闻一多从文学视角解诗，但认为其得到的结论"和朱熹一样是歪曲史实的结论"⑤。

其三，《国风》的民俗学阐释。反观20世纪的《诗经》研究，我们不难发现，"在破除经学束缚的思潮影响下，随着思想领域里对平民文学、大众文学的推崇，《诗经》研究逐渐向《国风》倾斜"⑥，夏传才在

① 刘毓庆：《从文学到经学》，《名作欣赏》2010年第10期。
② 石强：《民国时期〈诗经〉文学阐释研究》，硕士学位论文，山东师范大学，2014年。
③ 李金善、高文霞：《从宋代和民国两次废〈序〉运动看〈诗经〉学的转型》，《河北大学学报》（哲学社会科学版）2015年第1期。
④ 刘毓庆、朱昳晨：《〈诗经·葛覃〉解读》，《名作欣赏》2015年第7期。
⑤ 张然：《解诗与解礼——关于〈诗经·摽有梅〉的阐释》，《齐鲁学刊》2007年第1期。
⑥ 黄松毅：《20世纪〈诗经〉大雅研究回顾及展望》，《广西民族学院学报》（哲学社会科学版）2006年第3期。

《闻一多对〈诗经〉研究的贡献》中明确指出闻一多"用民俗学方法研究《诗经》"，"对于《诗经》，闻一多重点研究《国风》"，"闻一多在研究这些诗篇的时候，主要运用以民间风俗、神话传说、民间歌谣为研究对象的民俗学的方法，考证有关周代社会生活习俗、宗教形态、神话传说和民间歌谣的资料，来与《诗经》中这些篇章相互印证"。① 在古史辨派的观念里，《诗经》的"诗意"只有通过文学性的阐发及对诗歌文字的解读才能把握，"认《诗经》为当时的民间文学，尤以《国风》一类实在是当时民间的恋歌"②。黄冬珍《〈风〉诗艺术形式研究综述》一文中指出："这个时期最重要的一部《风》诗研究专著——闻一多的《风诗类钞》，主要是以社会学、民俗学的读法来重新解读《风》诗。"③ 又如刘立志《〈诗经·国风〉民歌问题研究的回顾与检讨》中以顾颉刚《〈诗经〉在春秋战国间的地位》和李维《诗史》的观点为例阐释了"古史辨派学者引发的《诗经》大讨论，其重要成果之一即是确立了《诗经》为民间文学典范之作"④。

　　其四，古史辨派和知名学者的《诗经》民俗学阐释。古史辨派和胡适等知名学者将《诗经》视为"歌谣说""总集说"，这种文学层面的阐释正迎合了新文化运动以来兴起的民间文学视角。郜积意在《历史与伦理——"古史辨"〈诗经〉学的理论问题》文中指出："'古史辨'恢复《诗经》的文学面目正是尊重历史的表现。"⑤ 石强《"古史辨"学派与〈诗经〉研究转向再思考》一文以顾颉刚和郑振铎对《诗序》评价为切入点探讨了《诗经》研究如何在古史辨学派推动之下，完成从"经学"到"文学"的转变。古史辨派学者"引入西方文学理论、社会学、民俗学等视角，从文学的角度上开掘《诗经》研究的当代价值"⑥。章原的博

① 夏传才：《闻一多对〈诗经〉研究的贡献》，《齐鲁学刊》1983年第3期。
② 郜积意：《历史与伦理——"古史辨"〈诗经〉学的理论问题》，《人文杂志》2002年第1期。
③ 黄冬珍：《〈风〉诗艺术形式研究综述》，《徐州师范大学学报》（哲学社会科学版）2007年第2期。
④ 刘立志：《〈诗经·国风〉民歌问题研究的回顾与检讨》，《南京师范大学文学院学报》2010年第4期。
⑤ 郜积意：《历史与伦理——"古史辨"〈诗经〉学的理论问题》，《人文杂志》2002年第1期。
⑥ 石强：《"古史辨"学派与〈诗经〉研究转向再思考》，载中国诗经学会《诗经研究丛刊》（第二十八辑），学苑出版社2015年版，第375页。

士论文《古史辨〈诗经〉学研究》在梳理相关材料和分析学术界已有成果的基础上，从文学、文化学、史学、社会学、民俗学等角度，对古史辨派的《诗经》学研究进行了分析，指出"从民俗学角度来研究《诗经》学，是现代《诗经》学的一股潮流，从闻一多到叶舒宪，实际上都在沿着这条道路前进。从经典阐释到用民俗角度来审视，在这个转变过程中，顾颉刚实在是功不可没的"①。谢中元《古史辨视野下的〈诗经〉阐释》和靳海涛《〈古史辨〉学人〈诗经〉学基本理念探析》也对古史辨派对《诗经》的文学性阐释作出了论述。

　　20 世纪 90 年代以来，《诗经》学的研究进一步向纵深发展，研究客体呈现出多元化趋势，顾颉刚、闻一多、胡适等学者对于《诗经》民俗学阐释研究的贡献也越来越被研究者所关注。比较而言，闻一多的《诗经》民俗学阐释最受瞩目。相关研究中既有赞誉之声，也有客观反思。阎伟《站在历史的源头——论闻一多的〈诗经〉研究》亦对其成绩给予高度评价："闻一多把清代朴学的实证方法和西方人类文化学、社会学、民俗学的研究方法加以结合，形成了其独特的文化阐释批评方法。他立足于当代世界范围内对原始思维的研究成果，运用各种学科理论、论证了原始思维对《诗经》的影响"，"他对古代民俗的还原和重现"②，展现出中华民族文化心理基质。梅琼林在《论闻一多诗骚学研究方法及其对传统训诂学的创造性超越》中称："'三重证据法'之另一维度——民俗学层次在闻一多诗骚学探询的运用亦格外显著。"③ 刘毓庆《闻一多〈诗经〉研究检讨》一文则侧重于对闻一多《诗经》研究的客观反思："闻一多以对《诗经》的破坏性解读方式，与同时代的新型知识分子一道，成功地完成了时代赋于的使命，使《诗经》研究的观念与方法发生了革命性变化。其所开创的《诗经》文化人类学、《诗经》新训诂学、《诗经》的文学本位等研究方法与方向，已成为当代《诗经》学发展的

---

　　① 章原：《古史辨〈诗经〉学研究》，博士学位论文，复旦大学，2004 年。
　　② 阎伟：《站在历史的源头——论闻一多的〈诗经〉研究》，《鄂州大学学报》2000 年第 3 期。
　　③ 梅琼林：《论闻一多诗骚学研究方法及其对传统训诂学的创造性超越》，《云南学术探索》1997 年第 6 期。

主要支撑。然而由于他过度强烈的破旧立新意识，致使求实精神流失，直接影响到了当下《诗经》学的健康发展。"① 白宪娟在《闻一多的〈诗经〉研究》一文中客观地总结和评价了闻一多的《诗经》研究，指出："闻一多的《诗经》研究以寻求《诗经》本身'诗'的本真面目为终极目的，综合运用训诂学、现代语法学、文化人类学、民俗学、精神分析学等多学科方法，在文字校勘、词义训诂、意象解析中渗入审美阐释，在极大破坏传统《诗》学的同时重建《诗经》阐释系统。闻一多的《诗经》研究成果和研究方法体系为后人广泛借鉴。同时，闻一多的《诗经》研究也不可避免地存在着不足。"② 此外，尤为值得关注的是台湾地区学者朱孟庭《民初〈诗经〉民俗文化的研究——以闻一多〈诗经〉婚嫁民俗阐释为例》一文，不仅从"婚前""婚礼""婚后"三个方面分析了闻一多阐释《诗经》婚嫁民俗的特点，而且以"将《诗经》去圣经化，视其为文学作品""将《诗经》视为歌谣""将《诗经》视为社会、文化史的材料""由零星而成为系统的《诗经》民俗文化研究"四个方面概括了民国初期《诗经》民俗文化研究的阶段。台湾地区学者吕珍玉《闻一多说〈诗〉中的原始社会与生殖文化》、闻黎明《闻一多的诗经学研究轨迹》也比较有代表性，值得关注。

除了对闻一多《诗经》民俗学阐释的研究之外，研究者对胡适、顾颉刚、郭沫若、鲁迅、傅斯年、朱自清等学者的《诗经》研究亦多有关注。主要有夏传才《胡适和古史辨派对〈诗经〉的研究》[《河北大学学报》（哲学社会科学版）1982 年第 4 期]、潘德延《鲁迅论〈诗经〉——兼从对比的角度谈鲁迅与胡适对〈诗经〉的研究》（《鲁迅研究学刊》1993 年第 7 期）、台湾地区丁亚杰《顾颉刚〈诗经〉研究方法论》（《第三届诗经国际学术研讨会论文集》1997 年版）、台湾地区陈文采《朱自清〈诗经〉论著述评》（《第四届诗经国际学术研讨会论文集》1999 年版）、王以宪《论顾颉刚〈诗经〉研究的方法与贡献》（《江西师范大学学报》2002 年第 2 期）、李小玲博士学位论文《论胡适文学观中的民俗理念》

---

① 刘毓庆：《闻一多〈诗经〉研究检讨》，《文学评论》2012 年第 6 期。
② 白宪娟：《闻一多的〈诗经〉研究》，《天中学刊》2014 年第 6 期。

（华东师范大学，2003 年）、丁延峰《论傅斯年〈诗经〉研究的方法和贡献》[《聊城大学学报》（社会科学版）2005 年第 2 期]、白宪娟硕士学位论文《20 世纪二三十年代的〈诗经〉研究——以胡适、顾颉刚、闻一多〈诗经〉研究为例》（山东大学，2006 年）、台湾地区邱慧芬《郭沫若诗经研究》（《变动时代的经学与经学家——民国时期（1912—1949）经学研究》第二册，台北万卷楼图书股份有限公司 2014 年版）、刘烨硕士学位论文《顾颉刚〈诗经〉研究新探》（黑龙江大学，2016 年）、喻贵珍硕士学位论文《音乐与民俗视域下的〈诗经·国风〉考》（西南大学，2016 年）、杨雅坤硕士学位论文《谢无量的〈诗经〉学研究》（河北师范大学，2016 年）、李斌《郭沫若、闻一多〈诗经〉研究互证》（《郭沫若学刊》2016 年第 2 期）等。上述研究情况表明：尽管随着研究的深入，研究客体呈现出多元化趋势，但仍主要集中在某个研究对象上。因此，有必要进一步开阔研究视野，对其他相关研究对象予以充分关注。

此外，虽然目前尚无关于这一时期《诗经》民俗学阐释的专门论著，但不乏论及于此的著作，主要有洪湛侯《诗经学史》（中华书局 2002 年版）、夏传才《诗经研究史概要》（中州书画社 1982 年版）和《二十世纪诗经学》（学苑出版社 2005 年版）、韩明安《诗经研究概观》（黑龙江教育出版社 1988 年版）、赵沛霖《诗经研究反思》（天津人民出版社 1989 年版）、戴维《诗经研究史》（湖南教育出版社 2001 年版）、徐华龙《国风与民俗研究》（中国民间文艺出版社 1988 版）、周蒙《诗经民俗文化论》（黑龙江教育出版社 1994 年版）、张启成《诗经研究史论稿》（贵州人民出版社 2003 年版）、王巍《诗经民俗文化阐释》（商务印书馆 2004 年版）、孙述山《诗经中的民俗资料》（台东地区作者自印 1978 年版）、彭明《疑古思想与现代中国史学的发展》（台湾商务印书馆 1991 年版）、陈文采《清末民初〈诗经〉学史论》（花木兰文化出版社 2007 年版）等，它们对当代《诗经》民俗学阐释研究给予诸多深远影响。

国外学者以民俗学方法研究《诗经》的也很多，具代表性的有法国汉学家爱德华·比奥和学者葛兰言。后者代表作《古代中国的节庆与歌谣》从社会民俗学角度，依据《诗经·国风》对中国的宗教、伦理、风俗等进行了深入研究。日本学者赤土冢忠、石川三佐男、松元雅明、白川静，苏联学者费德林，韩国学者李明淑等或从宗教学，或从民俗史，或从金文资料等角度对《诗经》民俗进行了探索研究。尽管这些研究并不与《诗经》民俗学阐释研究（1919—1949）直接相关，但却有着不可忽视的启迪作用。

综上所述，1919—1949 年，《诗经》研究因其"新变"备受瞩目。以"民国时期期刊全文数据库"为例，其收录的关于《诗经》方面的研究论文有 411 篇，所收录的关于《左传》方面的研究论文有 179 篇，两者同在"十三经"之列，为学者所关注的程度却有相当差异。这种差异的存在恰说明了研究的必要。虽然《诗经》民俗研究在国内外均已取得不少成就，但自 20 世纪以来，以《诗经》民俗研究为主题的学术论文仅有 60 余篇，在《诗经》研究论文中所占比例尚不足百分之一。而且研究主要侧重于某一学者、某一学派的专门研究，或是对特定时期内《诗经》的文学阐释研究、赋比兴手法研究，或是集中于某些篇目（如《国风》）的研究。从总体上看，分类研究多，而综合研究欠缺。目前，对这一时期《诗经》民俗学阐释研究尚未有全面、系统的研究，因而有必要充分利用已有纸质文献资料如《民国时期经学丛书》（林庆彰，台中文听阁图书公司 2008 年版）、《民国丛书》（周谷城，上海书店 1989 年版）、《民国丛书续编》（上海书店 2012 年版）、《清代家集丛刊》（徐雁平、张剑，国家图书馆出版社 2015 年版）等，以及日益丰富的数据库资源如"民国时期期刊全文数据库""大成老旧刊全文数据库""读秀"等和电子文献如《申报》《国学丛刊》《国学专刊》等晚清民国报纸资料对这一时期的《诗经》民俗学阐释研究进行相对完整而清晰的勾勒和解读。

三 研究内容与创新之处

（一）研究对象

1919—1949 年，由于对"民"的关注、"俗"的认同，中西文化的碰撞、时局的动荡、《诗经》学研究的"破"与"立"非偶然地交融成

《诗经》民俗学阐释。以民俗学视角探讨 1919—1949 年《诗经》研究的具体情况，即以"民"和"俗"为核心，结合时代变迁的外在条件与学术发展的内在动因，分析《诗经》阐释的新变、特点、得失。本文以民俗学的视角对这 30 年的《诗经》研究情况进行多方位的解读和相对全面的探讨，分析其特点、总结其得失，着重探究"新变"与"交叉"的特殊性、西化与本土化的冲突性。

（二）研究内容

本书的研究内容是以 1919—1949 年《诗经》民俗学阐释研究为对象，构建理论研究框架，分析其鲜明特点，并进一步，对这一中西文化强烈碰撞时期的《诗经》研究所呈现出的新变化进行深度解读阐释，为当代的《诗经》学研究发展提供理论依据和现实参照意义。

首先，研究的时间范围划定为五四新文化运动爆发至中华人民共和国成立。林剑《论五四新文化运动的历史意义》中指出：20 世纪尤其应该被载入中华民族近现代史史册的三个历史性时间节点便包括"以 1919 年为节点的五四运动的爆发"和"以 1949 年为节点的中华人民共和国的成立"。"理由在于：五四运动的爆发是沉睡已久的中国真正醒过来的历史性标志；中华人民共和国的成立是中国人民真正站起来了的历史性标志。"[1] 五四运动不仅是空前彻底地反帝、反封建的政治斗争，而且具有深广的文化内容。"五四运动既是一场反帝反封建运动，也是一场影响深远的新文化运动。"[2] "正是这场'冲其网罗而卓自树立，破其勒羁而突自解放'的新文化运动，极大地促进了中国人民的觉醒，使得他们破除封建主义的精神枷锁，接受了民主与科学的洗礼，开始了新的探索和追求，最终作出了历史性的抉择——找到了马克思列宁主义，并以之与中国革命实践相结合，从而，使近代中国民主革命进入新阶段——中国共产党领导的新民主主义阶段。"[3] 1949 年中华人民共和国成立，结束了中国一百多年来被侵略被奴役的屈辱历史，开辟了中国历史的新纪元。

---

① 林剑：《论五四新文化运动的历史意义》，《中原文化研究》2016 年第 2 期。
② 林剑：《论五四新文化运动的历史意义》，《中原文化研究》2016 年第 2 期。
③ 张磊：《"五四"新文化运动的历史地位和作用》，《广东社会科学》1999 年第 2 期。

中华人民共和国成立后前十七年的《诗经》研究虽然是对五四开拓的现代《诗经》学的继承和发展，但总体上这一时期的学术文化在历史发展的影响下呈现出与此前不同的自身新特点，故将1949年中华人民共和国成立作为研究的结点。正因"一切划时代的体系的真正的内容都是由于产生这些体系的那个时期的需要而形成起来的"①。所以，"一个时代有一个时代的学术文化，每个时代的诗经学都是在其时代的政治经济和科学文化发展水平的基础上对传统学术的继承、革新和发展"②。五四新文化运动高举着科学与民主的旗帜，揭开了中国现代化的序幕。五四新文化运动以前的《诗经》学研究与封建时代的社会政治经济发展水平相适应，是封建时代科学文化发展水平的产物，以训诂、考证、义理为主要研究内容，表现形式主要是传、序、笺、疏之学。五四新文化运动之后，"'五四'先驱者们以民主、科学为旗帜，批判封建经学，当时几乎是摧枯拉朽，所向披靡。他们提倡科学理论，开展自由研究，解放思想，破旧立新。在《诗经》研究领域，他们胜利地完成了由观念到方法的革新，开拓并发展了现代诗经学"③。在此期间，现代诗经学研究取得了令人瞩目的成绩，主要包括恢复《诗经》的本来面目、重新诠释诗篇题旨、现代语言学理论和方法的运用、引入马克思主义理论、整理和辨析古籍。④ 这一时期的《诗经》学研究在与现代进步的民主、科学思潮相结合的基础上，对传统《诗经》学的学术思想、研究内容和方法进行了重大的变革，既有取舍地继承了传统文化遗产，又西学中用地借鉴了外来理论方法，形成了自己独具特色的风格。在这里有两个细节需略加说明。

第一，研究起点的确立以流传较为广泛的《诗经》学史著作的分期为主要依据。夏传才《二十世纪诗经学》中指出，《诗经》学既是"古老的学术"，又是"新生的学术"。新旧的分割点为五四新文化运动。据此"把中国古代的诗经学称为传统诗经学，把'五四'新文化运动以后

---

① 《马克思恩格斯全集》第3卷，人民出版社1960年版，第544页。
② 夏传才：《现代诗经学的发展与展望》，《文学遗产》1997年第3期。
③ 夏传才：《现代诗经学的发展与展望》，《文学遗产》1997年第3期。
④ 据夏传才《现代诗经学的发展与展望》文中观点概括整理。

的诗经学称为现代诗经学"①。在其另一部《诗经》学史著作《诗经研究
史概要》中，将《诗经》研究史分为先秦时期、汉学时期（汉至唐）、
宋学时期（宋至明）、新汉学时期（清代）、五四及以后的时期五个阶
段。洪湛侯《诗经学史》则以《诗经》学派盛衰消长作为学术分期的标
准，将诗学研究分为先秦诗学（周至秦）、诗经汉学（汉至唐）、诗经宋
学（宋至明）、"诗经清学"（清）、现代诗学（民国至现代）五期。将
现代诗学的起点延伸至民国时期，这样的划分，从历史发展阶段的分期
看相对清晰，但从《诗经》学自身的发展变化上看却并不鲜明。因为
《诗经学史》对现代诗学的阐释仍是以五四新文化运动为切入点，其第
一章即为"五四以后《诗经》讨论热潮的兴起"，并着重指出了五四新
文化运动的重要性："'现代诗学'能够摆脱经学的困扰，从事真正的文
学的研究，无疑是诗经研究史上一次'质'的变化，一次可喜的飞跃。
这一质变的促成，除了推翻封建制度之外，'五四'新文化运动的爆发，
马克思主义思想的传布，应是促成'现代诗学'研究蓬勃发展的更加重
要、更加直接的原因。"② 基于此，将研究的起点定为五四新文化运动，
而非1912年中华民国成立。

　　第二，根据相关研究来确定被视为新旧分割点的五四新文化运动的
开始时间。五四新文化运动高举科学与民主的旗帜，批判了封建文化，
破除封建主义的精神枷锁，揭开了中国现代化的序幕。但是，关于五四
新文化运动的起源，一直存有争议。

　　其一，认为"五四新文化运动"即"新文化"运动。如孔范今《如
何认识和评价五四新文化运动》中说："我们通常在谈到新文化运动时，
常常要冠以'五四'之名，称之为'五四新文化运动'，而在谈到作为
新文化运动的一个内容的'文学革命'时，也把它称之为'五四文学革
命'。其实，谁不知道，这个运动是发生在'五四爱国运动'之前的事？
两者之间虽然存在着深刻的内在联系，但毕竟是性质不同的两件事。后
来这样混称，是权力意志和舆论宣传的结果，将二者笼统地装进'政治

---

① 夏传才：《二十世纪诗经学》，学苑出版社2005年版，第1页。
② 洪湛侯：《诗经学史》，中华书局2002年版，第648页。

爱国'这一个筐内。当然，两者毕竟同属于一个历史阶段之内，既然这样称谓了，约定俗成，也不妨就这样称呼，只是该心中有数。"① 在这里，五四新文化运动等同于新文化运动，五四运动则为五四爱国运动。

其二，认为"五四新文化运动"是五四运动和新文化运动两个概念的组合体。如朱大可在《新文化和五四运动的颠覆风暴》中称："所谓'五四新文化运动'，不过是两场截然不同又互相关联的运动——新文化运动（1915 年）和五四运动（1919 年）的戏剧性组合而已。"② 在这里，"新文化运动不是文艺复兴历史的返回和重构，而是以西方为参照尺度、以历史进步为诉求的意识形态革命"；"五四运动则是一场由青年民族主义者发起的民族自卫运动，与新文化运动恰恰相反，它最初是捍卫国家主权的爱国主义，而后则演变成了更加广泛的民族主义思潮。"③ 认为两者是性质截然不同的两个概念。

其三，五四运动既是爱国运动，又是新文化运动。如彭明《如何讲授五四新文化运动》中指出："五四运动是一个爱国运动，又是一个新文化运动。作为爱国运动来说，从 1919 年 5 月 4 日的运动爆发，到 6 月 28 日巴黎和约的拒绝签字，是可以自成一段落了（当然还没有结束，到 1920 年，还有它的延续和发展）。但作为文化运动来说，时间则比较长，可以从 1915 年 9 月《新青年》的创办一直讲到 1921 年中国共产党的成立。新文化运动可以分为两个阶段，'五四'以前主要讲启蒙运动，'五四'以后主要讲马克思主义在中国的传播。"④

其四，五四新文化运动是一个与五四运动既有联系又有区别的概念。如陈漱渝在《五四新文化运动和五四文学革命》中阐释："五四运动"这个名词首见于 1919 年 5 月 18 日北京学生的总罢课宣言。8 天之后，被新潮社骨干罗家伦在《五四运动的精神》一文中沿用。当年 6 月，这个名词已被普遍使用。这是一场爱国的政治运动。而五四新文化运动，则

---

① 孔范今：《如何认识和评价五四新文化运动》，《山东师范大学学报》（人文社会科学版）2015 年第 6 期。
② 朱大可：《新文化和五四运动的颠覆风暴》，《社会科学报》2002 年 5 月 16 日第 4 版。
③ 朱大可：《新文化和五四运动的颠覆风暴》，《社会科学报》2002 年 5 月 16 日第 4 版。
④ 彭明：《如何讲授五四新文化运动》，《历史教学》1982 年第 1 期。

有学者以 1915 年《青年杂志》和《科学》杂志的创刊为上限，以 1923 年科学与玄学的论争平息为下限，"西方人称之为中国的文艺复兴（The Chinese Renaissance）"。这是一场对民族文化进行批判和创新的运动。① 认为五四运动是在五四新文化运动的催生下爆发的，五四运动又扩大和深化了五四新文化运动。五四运动是政治运动，五四新文化运动是文化运动。

其五，将五四新文化运动视为一个整体，但如何分期却观点各异。有的学者主张以新文化运动为五四新文化运动的起源。如闫润鱼《五四新文化运动主题浅议》中直言："有关五四新文化运动的起止时间，学界有不同看法，我个人是以 1915 年 9 月陈独秀创办《青年》杂志为起点，以 1923 年爆发的科学和玄学论战为下限。"② 有的学者主张以五四运动为五四新文化运动的起源。如周振华《1915 年〈青年〉杂志创办不是五四新文化运动起点》认为："五四新文化运动具有民主与科学、马克思主义的宣传与实践的内涵，是无产阶级反帝反封建的人民大众的民主主义文化运动。1915 年《青年》杂志创办不是最初体现该历史阶段发展全部特征的重大历史事件，不能成为五四新文化运动的起点，而是辛亥革命文化运动的承续。1919 年五四运动标志着五四新文化运动的开端。"③ 有的学者主张以五四运动为分界线，把五四新文化运动分为前后两个时期。如孔宪琛《略论"五四"新文化运动的分期问题》中指出："'五四'后在中国出现了一批具有初步共产主义思想的知识分子，他们开始转变了中国几十年来向西方资本主义国家寻找真理的方向，而转向了社会主义。马克思列宁主义成了新文化运动的指导思想。这就使得'五四'后的新文化运动和'五四'前的新文化运动有了显著的区别，它已发展成为以社会主义思潮为主流，具有新民主主义性质的新文化运动了"，"它说明'五四'新文化运动伴随着中国由旧民主主义革命转入新民主主义革命的步伐，进入了一个新的时期——新民主主义文化革命

---

①　陈漱渝：《五四新文化运动和五四文学革命》，《江苏行政学院学报》2010 年第 2 期。

②　闫润鱼：《五四新文化运动主题浅议》，《中共党史研究》2009 年第 6 期。

③　周振华：《1915 年〈青年〉杂志创办不是五四新文化运动起点》，《江淮论坛》2011 年第 6 期。

时期。正因如此，所以才以'五四'运动为分界线，把'五四'新文化运动分为前后两个时期"①。

可见，关于五四运动、新文化运动、五四新文化运动这三个概念的内涵及时间分期存在着较大的争议，综观各家之言，虽观点不同，却亦各有道理。总的来说，这三个概念既有联系，又有区别。新文化运动是五四运动时期反对封建思想的启蒙运动。1915 年 9 月，陈独秀创办《青年》杂志，在思想文化领域提倡民主和科学，开始了向传统的封建思想、道德、文化宣战的思想启蒙运动。1917 年俄国社会主义革命和 1919 年的五四运动发生后，马克思列宁主义开始在中国广泛传播，逐渐成为新文化运动的主流。五四运动是 1919 年 5 月 4 日爆发的中国人民反帝反封建的爱国运动。"确切地说，应当称它为'五四爱国运动'或'五四群众爱国运动'。而后来人们所称的'五四运动'，有时候是专指 1919 年的爱国运动，有时候则同时包含了两个方面的历史内容：一个是五四爱国运动，一个是五四新文化运动。"②"五四运动之后半年，'五四新文化运动'这个名词正式出现。"③"五四运动和五四新文化运动，这是两个既有联系又有区分的概念。五四运动是一场爱国的政治运动。而五四新文化运动是一场对民族文化进行批判和创新的运动。五四爱国运动是在五四新文化运动的催生下爆发的，它同时又扩大和深化了五四新文化运动的影响。"④ 正是因为这三个概念在内涵和外延上有诸多关联性，所以产生了各有侧重的解读和不同的时间分期。在我们的研究中，关注的是五四新文化运动作为新旧分割点的时间，即其发生"质"的变化的时间。如洪湛侯《诗经学史》中所言："二十世纪'五四'新文化运动以后，马克思主义开始在我国传布，从这时起，《诗经》研究从经学研究开始转变到文学研究，于是研究性质发生了从来未有的'质'的变化，

---

① 孔宪琛：《略论"五四"新文化运动的分期问题》，《安徽师大学报》（哲学社会科学版）1979 年第 2 期。

② 戴知贤：《五四爱国运动和五四新文化运动》，《教学与研究》1988 年第 4 期。

③ 陈漱渝：《五四新文化运动新议》（上），《鲁迅研究月刊》2009 年第 7 期。

④ 赵微：《五四新文化运动等系列概念梳理》，《边疆经济与文化》2013 年第 1 期。

开辟了'现代诗学'研究的新纪元，向未来迈开大步。"① 尽管学界对新文化运动、五四运动、五四新文化运动这三个概念的内涵以及时间分期历来争议较大，但是这个发生"质"的变化的时间点（1919 年）却是相对统一的。如许杰在《五四：中国新文化运动的起跑点》中开宗明义地指出："在中国的文化史或中国现代文学史上，1919 年的'五四'运动，是一个划时代的运动。不管称之为中国新文化运动或是新文学运动，'五四'运动都可以说是伟大的契机、伟大的转折点和起跑点。"② 戴知贤在《五四爱国运动和五四新文化运动》中则强调了五四爱国运动作为新旧分割点的独特性："五四爱国运动是一场反帝反封建的政治运动，它发生在五四新文化运动发展的过程之中，它把新文化运动分截为前后两个阶段。前期新文化运动，通常称为思想启蒙运动，它为五四爱国运动的爆发作了思想准备；五四爱国运动又反过来促进新文化运动的发展，并使之发生了质的变化。"③ 正因为"五四运动在中国近代史上是具有多重意义的重要历史事件。五四运动是一场反帝反封建运动，是一场青年学生的爱国运动，也是一场深刻的文化革新运动。它是中华民族文化觉醒的标志，也是新文化发展的起点"④。综上，我们将 1919 年确定为被视为新旧分割点的五四新文化运动的开始时间，即我们研究的起始时间。这种确定更多的是依据五四新文化运动在文化革新上的重要意义与价值，而非对历史事件的定性分析。

其次，研究的主要内容是以民俗学的视角对阐释《诗经》民俗文化事象的论著（1919—1949）进行分析探究。民俗学与《诗经》的"相遇"并非偶然。第一，对"口头"（"俗"）的关注。中国民俗学"是作为'五四'新文化运动的一个重要组成部分而进入中国现代学术殿堂的"⑤。"五四时期是中国民俗学运动发展的第一个高峰，此时的中国民

① 洪湛侯：《诗经学史》，中华书局 2002 年版，第 825—826 页。
② 许杰：《五四：中国新文化运动的起跑点》，《文史杂志》1989 年第 3 期。
③ 戴知贤：《五四爱国运动和五四新文化运动》，《教学与研究》1988 年第 4 期。
④ 林剑：《论五四新文化运动的历史意义》，《中原文化研究》2016 年第 2 期。
⑤ 王文宝：《中国民俗研究史》，黑龙江人民出版社 2003 年版，第 12 页。

俗学运动已经成为五四新文化运动的重要组成部分，在提倡民主与科学，宣传妇女解放、婚姻自由，重视民众智慧与创造力等方面做了大量工作。"① 处于兴起时期的民俗学"对口头民俗或口头艺术或文学的口头传播给予突出地位"②，而《诗经》这部由口头创作转化为书写文学的诗集中有一部分作品就是反映社会生活和习俗的民歌。第二，穿越文化层。民俗学具有穿越文化层的特质，"每个民族都有上、中、下三层文化，民俗是中下层民间文化的一部分"③。民俗阐释能共通于中下层文化，中层文化介于上层与下层文化之间，便有沟通两者的可能性。而《诗经》亦有雅且俗的特点，自战国末年即被列为"经"，此后汉"五经"、唐"九经"、南宋"十三经"中皆以诗为"经"。同时《诗经》是由口头文学转化而来，与民歌联系密切，其中有一部分作品就是民歌。其十五《国风》分类编排的体例也体现出不同地理环境下民间风俗的差异性。第三，跨越学科界限。"民俗学具有交叉学科的性质。由于民俗学研究的对象范围极广，因此，它与许多其他学科有着密切的关系。"④ 民俗学与民间文艺学、历史学、文化人类学、社会学、民族学、考古学、语言学、宗教学、哲学等学科皆有千丝万缕的联系。而《诗经》研究亦有跨越学科界限的特点。"《诗经》是历史的，又是文学的，文学和历史的双重身份，造就了它润泽千古的经典地位。"⑤《诗经》研究与历史学、文字学、语言学、音韵学、民俗学、史料学、植物学、地理学、辑佚学等之间存着较为密切的联系。第四，研究对象和研究方法上的相近性。饮食、服饰、建筑、节日、宗教信仰、民间口头文学、民间语言、民间音乐等皆是民俗学研究对象。《诗经》"它的产生、结集和流传，本是周代社会生活及其礼乐制度的产物"⑥。《诗经》反映了周代社会生活的各个方面，是研究当时生产生活、政治经济、历史文化等不可或缺的文献

---

① 苑利、顾军：《中国民俗学教程》，光明日报出版社 2003 年版，第 8—9 页。
② 孟慧英：《西方民俗学史》，中国社会科学出版社 2006 年版，第 38 页。
③ 钟敬文：《民俗学概论》，上海文艺出版社 1998 年版，第 4 页。
④ 钟敬文：《民俗学概论》，上海文艺出版社 1998 年版，第 6 页。
⑤ 吕华亮：《〈诗经〉名物与〈诗经〉成就》，博士学位论文，山东大学，2008 年。
⑥ 洪湛侯：《诗经学史》，中华书局 2002 年版，第 1 页。

资料。民俗学的一般研究方法包括分类法、分析及综合法、比较法、统计方法等，这些方法同样也适用于《诗经》研究，如对风、雅、颂的分类研究、对十五《国风》的比较研究等。民俗学和《诗经》因其自身所固有的特点，在时代发展的必然趋势中相遇并碰撞出璀璨的光芒。

民俗学与《诗经》"相遇"在1919—1949年亦并非偶然。"20世纪前半期经历了新与旧、创新与反动之间的常常令人困惑的摇摆。有现代意识的爱国者希望中国复兴"①，但"自唐代以来，崇尚儒家思想的君主帝国以统治中国的大量学说上的信条与制度上的惯例，继续解体。要把这一切重新予以调整并非易事，因为所有的组成部分都在不断变动，迅速变化。最后，一致的信仰体系和世界观，遴选自学成才的官僚的官方考试，专横而恋栈不去的中央领导地位，对司法、教育、监察和军事权力的垄断——所有这些旧中国政权的因素，直到1949年以前都不能充分地再起作用"②。在这样的背景下如何复兴中国？新文化人"看到近代文明朝着世俗化、大众化、宽泛化方向解放的潮流"③，于是开始以积极的态度去研究大众文化。胡适极力主张过去的白话文作品比枯燥无味的雅文化"古典"作品更为生动活泼，"简单说来，自从《三百篇》到于今，中国的文学凡是有一些价值有一些儿生命的，都是白话的，或是近于白话的。其余的都是没有生气的古董，都是博物院中的陈列品"④。五四运动让有识之士进一步认识到"为救国起见，非启发群众不可"⑤。时任北京大学校长的蔡元培鼓励学生们努力实行社会服务，如平民学校、平民讲演等。"学生中出现'到民间去'的新运动，顾颉刚很受感动，把这一运动与其论点联系起来，认为过去的知识分子总是依附于旧的贵族势

---

① 〔美〕费正清编：《剑桥中华民国史（1912—1949年）》（下卷），刘敬坤等译，中国社会科学出版社1994年版，第65页。

② 〔美〕费正清编：《剑桥中华民国史（1912—1949年）》（下卷），刘敬坤等译，中国社会科学出版社1994年版，第66页。

③ 欧阳哲生：《新文化的传统——五四人物与思想研究》，广东人民出版社2004年版，第31页。

④ 胡适：《胡适文集2》，北京大学出版社1998年版，第46页。

⑤ 蔡元培：《孑民自述》，江苏人民出版社1999年版，第136页。

力，现在则应当获得了自主权利去与普通百姓相结合。""要做到这一点，就必须坚持用科学的方法、去研究群众的精神生活——民间传说、习俗和民歌。"① 以古史辨派为代表的新文化人普遍重视对民俗文化的研究，他们顺应时代的需求对《诗经》进行了新的考辨，"与'五四'大师们一起打破《诗经》是'圣经贤传'的权威地位，论证它是一部极有价值的周代歌诗总集"②。于是，伴随开启民智、复兴中国的理想，《诗经》与民俗学相遇在20世纪的前半期，两者相得益彰、相映生辉。这一时期，博览古今、学贯中西的学者开始采用新的研究视角、新的研究方法来阐释《诗经》，以闻一多为代表的学者在研究内容和学术方法上打破了经学传统，运用民俗学、文化人类学等现代社会科学理论来阐释《诗经》中的民俗文化意象，提出了许多新颖独特的见解。对这些与传统《诗经》学不同的新解读，我们要归纳出这一时期《诗经》民俗学阐释的成果和特色，并对其局限性加以探究和分析，进而尝试构建出相对合理的理论研究框架。

（三）创新之处

第一，系统性。以闻一多、顾颉刚等为代表的学者从民俗学角度对《诗经》所进行的研究形成了一批别具特色的研究成果。这些成果中既有论文，又有著作；既见于民国丛书之中，又散见于当时的报刊资料之中，尚有待于汇集整理。目前关于此方面的研究虽不少见，却尚未成系统，有必要对这一时期《诗经》民俗学阐释作系统性研究。

第二，跨学科。《诗经》民俗学阐释研究具有多学科交叉性，不仅涉及经学、文学，还关涉民俗学、文化人类学，以及神话学、考古学、宗教学等学科的相关知识。"民俗"内涵的丰富性和其跨学科性的特点以及1919—1949年这一阶段内不同时期的特殊性使研究对象更具复杂性，研究不能是简单地从民俗到民俗，而需要适当地扩大研究范围，在研究中突破原有的学科界限，将文献学、民俗学、阐释学、人类学、考

---

① ［美］费正清编：《剑桥中华民国史（1912—1949年）》（上卷），杨品泉等译，中国社会科学出版社1994年版，第425页。

② 夏传才：《二十世纪诗经学》，学苑出版社2005年版，第104页。

古学等相关学科的知识融会贯通，从而确立一种综合性的研究方法。

第三，整体性。在前人有关《诗经》民俗文化阐释论证成果的基础上，运用西方当代民俗学、文化学、阐释学理论和方法研究一个特定时代的经典阐释成就，是一个有益的尝试和创新。将研究对象放在文化冲突的背景下，从横向和纵向两方面考察，既关注与西方民俗阐释的异同，也关注与传统风俗政教观的异同，对这一时期《诗经》民俗学阐释作整体性研究。

第四，应用性。在新旧思想文化激烈碰撞的特定时期，处于变动时代的学者在《诗经》研究的理念和方法上发生了重大的变化。在思想文化全盘西化的潮流下，学者从民俗学角度对《诗经》进行阐释，其中既有值得肯定的，又有需要重新审视和反思的。在复兴中华优秀传统文化的当前，如何正确认识这种蕴含在《诗经》民俗学阐释研究中的西化与本土化的文化冲突，如何革新和继承传统文化，是文献研究的现实意义之所在。

第一章　传统《诗经》学视域中
《诗经》民俗观念阐释

　　中国《诗经》学的发展，在五四新文化运动以前，属于传统《诗经》学，五四运动以后为现代《诗经》学。传统《诗经》学两千余年的发展历史大致可以分为四个发展阶段：第一个阶段是先秦时期，即传统《诗经》学的奠基时期。孔子整理编订《诗经》，创立了诗教理论。这一阶段研究注重应用。第二阶段是汉学时期（汉至唐）。这一时期学术之争不断，汉代今文经学与古文经学之争、魏晋时代郑学与王学之争、南北朝时期南学与北学之争。这一阶段研究注重训诂。第三阶段是宋学时期（宋至明）。宋人改造传统儒学，重新研究《诗经》。明代出现《诗经》欣赏派，他们视《诗经》为文学作品而不是"经"，用文学的眼光对《诗经》进行评价。这一阶段研究注重义理。第四阶段是"《诗经》清学"（清）。清代学者力图摆脱宋明理学的桎梏，以复古为解放，努力复兴汉学，史称新汉学。这一阶段研究注重考据。在传统《诗经》学的四个发展阶段里，"民俗"从来不是历代学者关注的焦点，但因《诗经》自身的特点及礼乐教化之需，对《诗经》民俗文化的阐释一直若隐若现地存在于传统《诗经》学研究视域之中。

　　"民俗文化是民众的生活文化，与民众所处的特定的自然、人文环境紧密相关。"① 简要地说，"是世间广泛流传的各种风俗习尚的总称"。"民俗文化的范围，大体上包括存在于民间的物质文化、社会组织、意

---

① 王衍军：《中国民俗文化》，暨南大学出版社 2011 年版，第 6 页。

识形态和口头语言等各种社会习惯、风尚事物"①，意即"凡是人类社会中从生产到生活，从物质到精神，从心理到口头再到行为，所有形成习俗惯制世代传承的事象，都在研究之列"②。《诗经》是我国第一部诗歌总集，所收作品不仅时间跨度大，而且涉及地域广。它主要收集了周初至春秋中期五百多年的诗歌作品，诗歌产生的地域约相当于今陕西、山西、河南、河北、山东及湖北北部一带。这些不同时间和地域的作品，反映出的与"特定的自然"和"人文环境"相一致的民俗，其中既有传承性也有差异性。

作为反映周代文化的重要典籍，《诗经》立体地勾勒出当时社会生活的各个方面，既包括政治、经济、军事、文化，又包括民风民俗、人情世态。依据民俗学家对民俗文化范围的界定，《诗经》中所反映的周代社会异彩纷呈的民风习俗，都属于民俗学研究的范围。虽然中国现代民俗学到 20 世纪初期才产生，但对"古代文献不必等到民俗成为自身科学的研究对象才予以搜集和命名"③。因此，尽管《诗经》研究经历了"诗经汉学""诗经宋学""诗经清学"三个时期，始终苑囿于"经"的禁锢；尽管一些民俗资料或"出自当时史官记录的关于社会政治的重要史事和言论""在这种情况下被注意到和运用的民俗，本身就含义模糊"，而且"它们一般都具有明显的社会政治倾向"④；但我们仍有必要对传统《诗经》学研究中"模糊的""零散的"却客观存在着的《诗经》民俗观念阐释进行整理和分析。

第一节　先秦：《诗经》民俗观念酝酿时期

民俗学家钟敬文将民俗学定义为"以民间风俗习惯为研究对象的人文科学"⑤。虽然中国民俗学在五四新文化运动时期才正式诞生，但民俗

---

① 钟敬文：《钟敬文民俗学论集》，上海文艺出版社 1998 年版，第 270 页。
② 乌丙安：《中国民俗学》，辽宁大学出版社 1999 年版，第 12 页。
③ 钟敬文：《民俗学概论》，上海文艺出版社 1998 年版，第 393 页。
④ 钟敬文：《民俗学概论》，上海文艺出版社 1998 年版，第 393 页。
⑤ 钟敬文：《民俗学概论》，上海文艺出版社 1998 年版，第 1 页。

观念在传统《诗经》学研究中一直存在并发展变化着。先秦流传下来的古籍中，或多或少地记载了一些民俗资料，如《周易》记述了当时的气象历法、民居丧葬；《吕氏春秋》记述了农耕仪式；《列子》记述了原始婚俗；《左传》记述神鬼筮命观；《楚辞》记述了南方楚地风尚。相比之下，《诗经》中的民俗资料则更为丰富。按照乌丙安《中国民俗学》中的划分方法，民俗学的研究门类主要可分为四类：物质生产民俗、社会民俗、信仰民俗、游艺民俗。这些在《诗经》中均有体现。"在文、史、哲不分的先秦时代，《诗经》是诗、乐、舞三位一体的多功能的共同体。在当时的人们看来，所谓诗三百并不是一部简单的诗歌总集，而是一部以政治、道德为主包罗万象的百科全书。"①

一 《诗经》编排体例呈现出的民俗观念

《诗经》从产生之时就与中国民俗文化紧密相关。首先，《诗经》是一部乐歌总集，"它的产生、结集和流传，本是周代社会生活及其礼乐制度的产物"②。它是诗与音乐的结合，诗三百篇全是乐歌。"它由口头文学转化而来，与民歌有密切的联系，其中有一部分作品就是民歌。"③这些反映当时社会生活和习俗的诗歌，承载着丰富的民俗文化。从这个角度讲，"《诗经》不仅是我国历史上第一部诗歌总集，而且也是我国最古老的一部民俗史料总集"④。其次，《诗经》独特的编排体例。"《诗经》原来是按照三百篇的产生地域分编"⑤，十五《国风》分类编排的体例，体现出不同地理环境下民间风俗的差异性。

（一）风雅颂的分类

《诗经》共 305 篇，分为风、雅、颂三类。《诗经》全是合乐的歌词，因为合乐，它有和谐的音节和声韵。除《周颂》中有 7 篇诗无韵，其余298 篇全有韵。"《诗经》是诗与音乐的结合，三百篇全是乐歌，歌

---

① 张启成：《诗经研究史论稿》，贵州人民出版社 2003 年版，第 1—2 页。
② 洪湛侯：《诗经学史》，中华书局 2002 年版，第 1 页。
③ 夏传才：《二十世纪诗经学》，学苑出版社 2005 年版，第 2 页。
④ 刘自强：《〈诗经〉民俗文化研究的历史与现状》，《兰州铁道学院学报》2003 年第 2 期。
⑤ 高亨：《诗经今注》，上海古籍出版社 2009 年版，"前言"第 6 页。

辞（诗）配合乐曲歌唱。它由口头文学转化而来，与民歌有密切的联系，其中有一部分作品就是民歌，能够歌唱是它长期广泛流传的主要原因之一；尽管后来乐曲失传，它本身的韵律、节奏仍然保存，琅琅上口，便于传诵。"①

《国风》160 篇，是 15 个方国和地区的民间诗歌，以其所在方国或地区而得名。《国风》中既有贵族的作品，也有劳动人民的民歌。《国风》的作者来自社会各阶层，诗篇各有特色。根据相关史料记载，十五《国风》是通过王官采诗、各国献诗、太师收集整理等渠道采集，再集中到主管部门配制乐曲或校正音律，予以采用。《汉书·食货志》记载："孟春之月，群居者将散，行人振木铎徇于路，以采诗，献之大师，比其音律，以闻于天子。"②《汉书·艺文志》又言："古有采诗之官，王者所以观风俗，知得失，自考正也。"③ 这说的是王官采诗。《公羊传·宣公十五年》何休注："男女有所怨恨，相从而歌，饥者歌其食，劳者歌其事。男年六十、女年五十无子者，官衣食之，使之民间求诗。乡移于邑，邑移于国，国以闻于天子。故王者不出牖户，尽知天下所苦。"④ 这说的是各国献诗。《礼记·王制》："天子五年一巡守，岁二月东巡守，至于岱宗，柴而望祀山川，观诸侯，问百年者就见之，命大师陈诗，以观民风。"⑤ 这说的是太师（乐官）陈诗。

《大雅》31 篇，全部是西周的作品；它们主要是朝会乐歌，应用于诸侯朝聘、贵族宴享等典礼，比较只应用于宗庙祭祀的乐歌，内容较为扩充。《小雅》74 篇，基本上是西周后期的作品，应用范围由朝会扩延到贵族社会的各种典礼和宴会，所以也有反映贵族社会生活和习俗的诗歌。

《颂》40 篇，包括《周颂》31 篇、《鲁颂》4 篇、《商颂》5 篇。《周颂》是西周王室的宗庙祭祀乐歌，主要产生于西周前期社会兴盛时

---

① 夏传才：《二十世纪诗经学》，学苑出版社 2005 年版，第 2—3 页。

② （汉）班固：《汉书》，中华书局 1962 年标点本，第 1123 页。

③ （汉）班固：《汉书》，中华书局 1962 年标点本，第 1708 页。

④ （清）阮元校刻：《十三经注疏》，中华书局 1980 年影印本，下册，第 2287 页上栏。

⑤ （清）阮元校刻：《十三经注疏》，中华书局 1980 年影印本，上册，第 1327 页下栏—1328 页中栏。

期。这些诗篇主要是记述先王功业、宗庙祭祀的，艺术上抒情色彩少，而偏于记事，无韵律、少文采，文学价值不高。《鲁颂》是春秋时期鲁国的宗庙祭祀乐歌。《商颂》是宋国宗庙祭祀乐歌。

（二）十五《国风》的不同特色

《诗经》中的十五《国风》，是 15 个方国和地区的民间诗歌，地域在今陕西、山西、河南、河北、山东和湖北北部，这些地方政治经济发展的不平衡、文化生态环境和风土人情民俗各异，可以分成不同的地域性流派，若按照地域相邻、诗风相近的原则，可以把十五《国风》归纳为五派："郑卫派""二南派""秦豳派""魏唐派""齐曹派"。①

李旦初在《〈国风〉的地域性流派》文中以地域为基础结合政治、经济发展状况，对"五派"诗风进行较为系统的分析。

第一，以情诗著称的"郑卫派"。他将地域处于今河南境内的《邶风》《鄘风》《卫风》《王风》《郑风》《陈风》《桧风》归为此派。由于地域优势商业相对繁荣，加之郑国子产执政期间推行改革影响显著而使得中下层人民思想较为开放，受礼教约束较少，男女交往相对自由，故此派中爱情婚姻题材的诗作尤为丰富。这些"郑卫之音"虽然被顽固派认为是乱世之音，但却极具艺术魅力。这些诗作既从不同侧面反映了春秋时代"礼崩乐坏"的社会现实，又传达出新的价值观念。

第二，兼具北方特色和南方色彩的"二南派"。"二南"既指周公和召公所治的南国，跨今湖北、河南、陕西毗邻地域，也在《诗经》中用来指《周南》《召南》，诗作既有《郑风》《卫风》《秦风》《豳风》的北方特色，又有江汉流域的南国色彩。《周南》《召南》是南北文化融合的产物。"二南"中的作品大多是西周至春秋初期的诗篇，产生时间较早，其地又为周公、召公所治，诗风较为正统。崇礼的孔子对"二南"颇为推崇，曾高度评价过《周南》首篇《关雎》，认为"《关雎》，乐而不淫，哀而不伤"②。他还曾教育其子伯鱼说："女为《周南》、《召南》

---

① 分类依据参考了李旦初《〈国风〉的地域性流派》，《山西大学学报》（哲学社会科学版）1994 年第 3 期。

② 杨伯峻：《论语译注》，中华书局 2017 年版，第 42 页。

矣乎？人而不为《周南》、《召南》，其犹正墙面而立也与?"① 孔子从维护周礼的角度对"二南"作出的评价正有助于我们了解其与"郑卫之音"不同的特点。"二南派"的情诗中爱情往往与劳动交织在一起，呈现出含蓄委婉、明丽开朗的特点。

　　第三，悲壮雄劲的"秦豳派"。"秦豳派"包括《秦风》《豳风》中的 17 篇诗作，以悲壮雄劲为主要特点。秦、豳位于今陕西中部和西北部地区及甘肃东南端，与戎狄相邻，战事频仍，射猎相尚。特殊的地理位置形成了特定的风俗特点，"秦人之俗，大抵尚气概，先勇力，忘生轻死"②。秦、豳又是西周王朝的发祥地，奴隶制经济充分发展的同时社会矛盾也较为突出。因此，"秦豳派"诗作的题材以描写征伐之事、田猎之盛、抗争之烈为主，呈现出雄劲的风格特色，在军旅诗和田猎诗中体现得尤为鲜明。

　　第四，质直犀利的"魏唐派"。魏、唐在今山西南部和中部地区。具体而言，魏在今山西莆城北，后为晋所灭。唐即晋，分布在今山西大部、河北西南部、河南北部和陕西部分地区，所辖疆域广大。"魏唐派"包括《魏风》《唐风》19 篇诗作。朱熹评"其地土瘠民贫，勤俭质朴，忧深思远，有尧之遗风"，"其诗不谓之晋而谓之唐，盖仍其始封之旧号耳"③。"魏唐派"具有质直犀利的风格，诗作以揭露讽刺贵族官吏的贪婪为主要题材。李旦初据《诗序》统计，其中刺时、刺乱、刺君、刺贪、刺重敛的作品有 15 篇。"魏唐派"的劳役诗、兵役诗，多突破了思妇念远、徭役之苦的局限而有所创新，不仅描写出劳动人民被压榨的呻吟，而且揭示出痛苦的根源，讽刺的矛头直指最高统治者，大胆犀利。这些诗篇同样表现出被压迫者的觉醒和对于安居乐业的追求，质朴而犀利。

　　第五，辛辣刻峭的"齐曹派"。齐、曹在今山东境内。齐在今山东北部，倚山临海，有渔盐之利，工商业较为发达，但在齐桓公实行改革之前政治腐败。曹在今山东西部，国小邦危，君臣无道。"齐曹派"包

---

① 杨伯峻：《论语译注》，中华书局 2017 年版，第 263 页。
② （宋）朱熹：《诗集传》，中华书局 2011 年点校本，第 100 页。
③ （宋）朱熹：《诗集传》，中华书局 2011 年点校本，第 87 页。

括《齐风》《曹风》共 15 篇作品，多抨击时弊、讽刺君王之作。与"魏唐派"相比，"齐曹派"的政治讽刺诗，不侧重于揭露奴隶主贵族的剥削行为，而是重在讥讽君主的荒淫奢侈、腐败堕落。

在上述分析中可见"五派分别打上了各诸侯国政治经济发展状况的鲜明烙印，从中可以窥见不同地域民情风俗、文化心理和审美趣味的差异性"①。将诗风与各个诸侯国所处地域关联起来分析，可以鲜明地看到不同流派同中有异、各具侧重的风格特色。由此可以进一步明晰见出，十五《国风》分类编排的体例呈现出不同地理环境下民间风俗的差异性。

"《诗经》产生在与现存迥然不同的地理生态环境之中：黄河的支流与支津构成了一张巨大的水网，上百的湖泊星罗棋布于其间；充沛的雨水，造就了许许多多的隰地；川流水泊之间，形成了不少人类居住的洲岛与土丘；山林之中，泽薮之畔，生长着梅竹之类亚热带植物，并活动着犀牛之类热带动物，野猪时出，鹿群觅食，水鸟云集。这种生态环境直接影响着先民的生活方式与性格、心理、情感，形成了《诗经》温柔敦厚的风格"②，而产生于不同地域的诗篇也呈现出与当地风物相呼应的特色。

二 "诗可以观"体现出的民俗观念

春秋时代的赋诗言志以及著作引诗，主要是为了应用而非研究。春秋晚期，奴隶制度瓦解，王室衰微，诸侯兼并，礼崩乐坏，社会动乱。这个社会大变革的时期，既是动荡不安的历史年代，也是社会发展的重要转型期。在奴隶社会向封建社会转变的过程中，政治结构、经济秩序剧烈变动，人们的生活方式、价值观念也发生了深刻变化，西周以来的传统社会秩序与礼制体系发生了崩溃，以"周礼"为代表的礼乐文化出现了危机。面对礼崩乐坏、离乱动荡的时代，孔子认为应该"'祖述尧

---

① 李旦初：《〈国风〉的地域性流派》，《山西大学学报》（哲学社会科学版）1994 年第 3 期。
② 刘毓庆：《〈诗经〉地理生态背景之考察》，《南京师大学报》（社会科学版）2004 年第 2 期。

舜，宪章文武'（《礼记·中庸》），恢复周公制定的那一套政治制度、国家纲纪、伦理关系和社会生活的各种仪礼，配合以古乐陶冶性情、移风易俗，就可以救乱世、治太平、救万民"①。同时，孔子提倡礼乐，"主张必须以仁义为根本"②。孔子把"仁"纳入其"礼"的思想体系之中，将"仁"视为"礼"的新因素。自身重视仁义的礼学思想与当时突出实用性的赋诗言志风气相结合，形成了孔子以"兴观群怨"为核心的诗教理论。

（一）以"兴观群怨"为核心的诗教观

朱自清《诗教》一文中指出："诗教"这个词始见于《礼记·经解篇》：孔子曰："入其国，其教可知也。其为人也温柔敦厚，《诗》教也。疏通知远，《书》教也。广博易良，《乐》教也。絜静精微，《易》教也。恭俭庄敬，《礼》教也。属辞比事，《春秋》教也。故《诗》之失愚，《书》之失诬，《乐》之失奢，《易》之失贼，《礼》之失烦，《春秋》之失乱。"③ 这里第一次出现了"诗教"一词，也指出了诗教的特点——"温柔敦厚"。古人认为，温柔敦厚是道德修养的基本要求，也是文学创作的基本要求。文学抒写、思想表达，都应该含蓄委婉，提倡乐而不淫，哀而不伤，怨而不怒，犯而不校，一切都要遵循"礼"。

尽管各个时代对"诗教"这个历史概念的理解不尽相同，但多将孔子的诗教观视为诗教的源头。《诗经》"温柔敦厚"的风格与孔子的中庸之道十分符合，身为教育家的孔子是诗教的力行者。"孔门诗教，大致包括诗乐之教、德行之教、政事之教、文学之教几个重点。"④ 据统计，《论语》中孔子及其弟子论诗、解诗、引诗共有 19 处，⑤ 其中最能体现孔子诗教观的是"兴观群怨"。《论语·阳货》记载孔子言："小子何莫学夫诗？诗，可以兴，可以观，可以群，可以怨。迩之事父，远之事君；

---

① 夏传才：《诗经研究史概要》，清华大学出版社 2007 年版，第 33 页。
② 夏传才：《诗经研究史概要》，清华大学出版社 2007 年版，第 33 页。
③ 章太炎、朱自清等著，郭万金选编：《诗经二十讲》，华夏出版社 2009 年版，第 153 页。
④ 洪湛侯：《诗经学史》，中华书局 2002 年版，第 75 页。
⑤ 曾小梦：《先秦典籍引〈诗〉考论》，博士学位论文，陕西师范大学，2008 年。

多识于鸟兽草木之名。"① 在何晏《论语集解》中对"兴观群怨"作了如下注释：兴，"兴引譬连类"；观，"观风俗之盛衰"；群，"群居相切磋"；怨，"怨刺上政"。② 杨伯峻《论语译注》中将"兴观群怨"解释为：读诗，可以培养联想力，可以提高观察力，可以锻炼合群性，可以学得讽刺方法。③

    具体而言，诗可以兴，是说诗能起到启发思想和激发感情的作用。孔子提倡雅、颂，认为这类诗歌所配的古乐尽善尽美，对人的思想情感有积极的影响作用。《论语·先进》篇记载："南容三复白圭，孔子以其兄之子妻之。"④ "白圭"是《大雅·抑》中"白圭之玷，尚可磨也；斯言之玷，不可为也"⑤ 的省语，意即白圭的污点还可以磨掉；我们言语中的污点却没有办法去掉。南容将这几句诗读了又读，以此约束自己，谨言慎行。孔子认为南容用《诗经》培养自己的德行情操，是一种很好的自我修养，便把自己的侄女嫁给了他。孔子看重诗乐功能，着眼点正在于其具有政治教化的作用。

    诗可以观，是说诗具有观察认识作用，可以用来认识社会现实。通过诗可以观见风俗民情的盛衰，考察政治的得失。十五《国风》采录了大量的民歌，就是按这种功能而编选的。《国风》，最初单称"风"，《国风》的名称起于战国晚年。《毛诗序》以为"风"指教化和讽刺："风，风也，教也。风以动之，教以化之。"⑥ "上以风化下，下以风刺上。主文而谲谏，言之者无罪，闻之者足以戒，故曰风。"⑦ 朱熹《诗集传》谓："国者，诸侯所封之域；而风者，民俗歌谣之诗也。"⑧ 多数学者认为《国风》采自各地的民间歌谣是各地区百姓喜闻乐唱的流行歌曲。《国风》中的诗歌有描绘古代人民劳动生活的，有表现爱国主义精神的，

---

① 杨伯峻：《论语译注》，中华书局1980年版，第185页。
② （清）阮元校刻：《十三经注疏》，中华书局1980年影印本，下册，第2525页中栏。
③ 杨伯峻：《论语译注》，中华书局1980年版，第185页。
④ 杨伯峻：《论语译注》，中华书局1980年版，第111页。
⑤ 周振甫：《诗经译注》，中华书局2002年版，第455页。
⑥ （清）阮元校刻：《十三经注疏》，中华书局1980年影印本，上册，第269页下栏。
⑦ （清）阮元校刻：《十三经注疏》，中华书局1980年影印本，上册，第271页中栏。
⑧ （宋）朱熹：《诗集传》，中华书局2011年点校本，第1页。

有描写恋爱婚姻的，反映出周代社会多样化的民风民俗。

诗可以群，是指诗能起到互相沟通思想感情和互相启发的作用，也就是通过《诗经》来交流情感和沟通人际关系，从而帮助人们达到群体和谐的状态。《诗经》在政治外交和社会生活中曾有普遍的应用，人们用赋诗和引诗来表达思想意志和情感，孔子认为这是社会生活中应该掌握的知识和才能。在当时的历史环境下，孔子认识到个体之间可以通过诗歌来交流，实现思想和情感的共鸣，诗还可以培养个体的合群性，提高与人相处的能力，实现"美教化，移风俗"[1]。

诗可以怨，是说诗能起到讽喻不良政治和批评某些社会现象的作用。《诗经》中既有"怨刺上政"的政治讽喻诗，也有对各种生活现象的怨刺诗。"王欲玉女，是用大谏"[2]（《大雅·民劳》）是大臣对君王的劝谏；"夫也不良，歌以讯止"[3]（《陈风·墓门》）是国民对不善者的谴责；"君子作歌，维以告哀"[4]（《小雅·四月》）是失意士大夫的不平之怨；"维是褊心，是以为刺"[5]（《魏风·葛屦》）是婢女对主人的不满。《诗经》中的讽喻诗和怨刺诗都发挥了这种讽谏和怨诉的功能。孔子把"诗可以怨"的这一政教功能加以强化，"从而为诗歌批判、干预社会政治确立了不可动摇的准则，对后世两千多年诗歌创作的健康发展起了巨大的促进作用"[6]。

孔子的兴观群怨说，在一定程度上概括地反映了诗歌的本质特征，强调了《诗经》的政教功能、实用功能。虽然《诗经》中的各类诗歌，从采编到实际应用，基本上都与这些功能密切相关，但并不是说孔子的诗教观仅止于此，其诗教中还包含着"文学之教"。兴观群怨"都是文学作品的社会功能，也只有文学作品才能具有这样的社会功能"[7]。孔子的兴观群怨说既强调了《诗经》的政教功能，又指出了《诗经》作为文

---

① （清）阮元校刻：《十三经注疏》，中华书局1980年影印本，上册，第270页下栏。
② 周振甫：《诗经译注》，中华书局2002年版，第445页。
③ 周振甫：《诗经译注》，中华书局2002年版，第195页。
④ 周振甫：《诗经译注》，中华书局2002年版，第334页。
⑤ 周振甫：《诗经译注》，中华书局2002年版，第149页。
⑥ 张启成：《诗经研究史论稿》，贵州人民出版社2003年版，第38页。
⑦ 洪湛侯：《诗经学史》，中华书局2002年版，第74页。

学作品而具有的独特的社会功能。这些观点的提出，反映出孔子超凡卓越的见识，一方面其对《诗经》政教功能的解读与民俗具有的教化功能、规范功能和调节功能有着密切的关联性；另一方面其对《诗经》文学功能的重视为后世打破经学的桎梏，促进《诗经》研究由经学向文学的转化奠定了最初的基础。

"诗可以观"首先是一种文学现象，然后才是一种文学理论，风行于春秋时代列国观诗风俗孕育了"诗可以观"这一理论观念的产生。在今天看来可歌、可读、可吟、可诵的诗歌，在春秋时代却是具有可以观看、可以观赏、可以观察的综合艺术效果的文学形式。① 正确理解孔子"诗可以观"的精神内涵对于理解春秋时代的文学具有重要意义。春秋时代，"观诗是列国外交间通行的政治交际活动，诗体现着个人的风雅教养，也表现着邦国的风俗民情"②，引诗赋诗活动涉及宗庙祭祀、国政外交、礼仪教育等各个领域，如闻一多先生所言："诗似乎没有在第二个国度里，像它在这里发挥过的那样大的社会功能。在我们这里，一出世，它就是宗教，是政治，是教育，是社交，它是全面的社会生活。"③ "诗可以观"已经渗透到了广泛的社会生活中。

（二）源自礼学思想的民俗观

面对礼崩乐坏、社会失序的时代，孔子提出了重建西周礼乐秩序的救世方案，并且一生都致力于"移风易俗"。周游列国、办学参政、整理典籍都与这一活动有关。周游列国以寻求治国之机；办学参政以传播、实现自己的政治理想；整理典籍以便"有法可依"。孔子收集整理典籍的主要目的是为现实服务，净化风俗，改变春秋"礼坏乐崩"的局面。

"孔子是我国儒家伦理政治思想体系的创始人。伦理政治的核心是人学，因此，孔子也是从人学的角度来使用民俗资料的。他主要是在阐明

① 傅道彬：《"诗可以观"——春秋时代的观诗风尚及诗学意义》，《文学评论》2004 年第 5 期。

② 傅道彬：《"诗可以观"——春秋时代的观诗风尚及诗学意义》，《文学评论》2004 年第 5 期。

③ 闻一多：《神话与诗·文学的历史动向》，古籍出版社 1956 年版，第 202 页。

人治的过程中，力图把原始民俗观改造成与礼制有关的学问。"① 孔子以"知礼"而闻名。学礼，不耻下问。孔子到了周公庙，每件事情都发问，被人耻笑："孰谓鄹人之子知礼乎？入太庙，每事问。"② 正是因为孔子不耻下问的学习态度，使他对民俗事象了如指掌，他能对婚娶丧葬活动的各种意外变故提出相应的解决办法。他尤其重视丧礼，提倡通过隆葬厚仪，建立个人的家庭观念与社会理想相结合的群体经验，并由此自觉接受一套相应的礼仪规范。因为个人心中的礼和社会秩序的礼之间总是存在着一定的差距，只有通过不断的、反复的礼的实践，才能缩小二者间的差距，使其融合统一，从而使人成为知礼守礼的人，社会成为有礼有节的社会。他在礼学上的丰富知识对于他的民俗思想的形成具有深刻的影响。孔子对民俗的理解既涉及冠、婚、丧、祭等人生仪礼，又贯彻着礼、义、仁、德的伦理思想。孔子民俗学的主要成就是对古代民俗的搜集和整理，特别是对文武周公时代礼制的整理研究。在调查研究的基础上，孔子对《诗经》等古代典籍进行了系统的整理，这些古籍中包含着宝贵的民俗资料。

"观诗风尚反映了礼乐文化中的春秋士人的精神需求，是以礼乐为核心的社会生活的必然产物。春秋时代的典礼之盛，决定了当时的观诗之盛。如果我们简单地把春秋社会描绘成王纲解纽礼崩乐坏的乱世，就是片面的。其实春秋社会一方面表现为礼乐的被僭越被曲解被破坏，同时这也是一个礼乐被强调被坚持被建设的特殊时代。"③ 礼乐文化是春秋社会生活的核心，孔子认为要实现"礼治"必须靠诗、礼、乐三者来达成。孔子提出"兴于诗，立于礼，成于乐"④ 的主张，诗与礼是相辅相成的关系，诗是礼的载体，是西周以来礼乐文化的典型样式。礼乐连称本身就说明了诗乐在"礼"制中的重要意义。礼与乐一体的政治文化格局，说明了礼制与诗乐的天然联系，所以后来的经传总是把政治的礼与

---

① 钟敬文：《民俗学概论》，上海文艺出版社1998年版，第394页。
② 杨伯峻：《论语译注》，中华书局1980年版，第28页。
③ 傅道彬：《"诗可以观"——春秋时代的观诗风尚及诗学意义》，《文学评论》2004年第5期。
④ 杨伯峻：《论语译注》，中华书局1980年版，第81页。

艺术的诗结合起来。《论语》记载孔子及其弟子论诗，常与礼并提。

表 1-1 　　　　　　《论语》① 中诗、礼并提的情况

	篇目	原文	类型
1	《学而》	子贡曰："贫而无谄，富而无骄，何如？"子曰："可也；未若贫而乐，富而好礼者也。"子贡曰："《诗》云：'如切如磋，如琢如磨'，其斯之谓与？"子曰："赐也，始可与言《诗》已矣，告诸往而知来者。"	直接并提
2	《八佾》	子夏问曰："'巧笑倩兮，美目盼兮，素以为绚兮。'何谓也？"子曰："绘事后素。"曰："礼后乎？"子曰："起予者商也！始可与言《诗》已矣。"	直接并提
3	《述而》	子所雅言：《诗》、《书》、执礼，皆雅言也。	直接并提
4	《泰伯》	子曰："兴于《诗》，立于礼，成于乐。"	直接并提
5	《季氏》	陈亢问于伯鱼曰："子亦有异闻乎？"对曰："未也。尝独立，鲤趋而过庭。曰：'学诗乎？'对曰：'未也'。'不学诗，无以言。'鲤退而学诗。他日，又独立，鲤趋而过庭，曰：'学礼乎？'对曰：'未也。''不学礼，无以立。'鲤退而学礼。闻斯二者。"陈亢退而喜曰："问一得三：闻诗，闻礼，又闻君子之远其子也。"	直接并提
6	《先进》	南容三复白圭，孔子以其兄之子妻之。	间接并提
7	《阳货》	小子何莫学夫诗？诗可以兴，可以观，可以群，可以怨，迩之事父，远之事君，多识于鸟兽草木之名。	间接并提
8	《阳货》	子谓伯鱼曰："女为《周南》、《召南》矣乎？人而不为《周南》、《召南》，其犹正墙面而立也与？"	间接并提

第一例，"如切如磋，如琢如磨"出自《诗经·卫风·淇奥》，本是形容君子像切磋的象牙、琢磨的玉石一样好看，子贡用此来解释孔子关于道德修养的见解，孔子为此称赞子贡能够触类旁通。第二例，"巧笑倩兮，美目盼兮"出自《诗经·卫风·硕人》，本是形容女子容貌美丽，孔子发挥到"绘事后素"（先有白色底子，然后画花②），子夏又发挥到

---

① 杨伯峻：《论语译注》，中华书局 1980 年版，第 9、25、71、81、178、111、185、185 页。
② 杨伯峻：《论语译注》，中华书局 1980 年版，第 25 页。

"礼"。虽离诗的原意更远，孔子却大加称赞，这正是因为子夏发挥到了孔子主张的"礼"。第五例，孔子教儿子伯鱼，先让他学诗，再让他学礼。孔子认为"不能《诗》，于礼缪。不能乐，于礼素。"① 如果不能习诗，则情意隔绝，行礼就难免错谬；不能习乐，则质朴无文，行礼就显得单调。孔子强调诗、礼、乐三者要互相配合，而学诗又是三者中最重要的一环。孔子多次强调了学诗的重要性，让弟子们研究诗，以运用其中的道理来侍奉父母、服侍君上；让伯鱼研究《周南》《召南》，否则如同面对墙壁站着一样。南容用诗句约束自己，孔子认为是一种很好的自我修养，而把侄女嫁给了他。通过以上各例，我们可以看出孔子对诗的重视，他认为通过对诗的学习和研究，能将礼自然而然地融于人的道德之中，由礼而成俗。孔子"还曾删定'诗三百'，宣传德音圣乐，提出诗歌音乐是人生阶段的生理环节与社会环节的中介的说法以辅助礼治"②。孔子重视诗歌音乐对人的道德培养的教育和净化作用，提倡用符合伦理规范的诗乐来感化、陶冶人心，以辅礼治，认为良好民俗的形成需要礼乐的调谐。"孔子将民俗提高到维系社会的政治手段的高度，使民俗与社会政治、道德教化结合在一起。这无疑是为我国古代社会民俗观的产生奠定了坚实的基础。"③

"民俗的教化功能，指民俗在人类个体的社会化文化过程中所起的教育和模塑作用。"④ 民俗对社会群体中每个成员的行为方式具有约束作用。"民俗是起源最早的一种社会规范。"⑤ 在日常生活中，人民很难意识到民俗的规范力量，它对人的控制不像法律那样强硬，它是一种看不到却最有力的"软控"，在无形中支配着人们的行为方式。从衣食住行到婚丧嫁娶，从社会交际到精神信仰，人们在不知不觉中遵从着民俗的深层控制。民俗这种约束面最广的行为规范不仅统一着社会成员的行为方式，还维系着群体乃至民族的文化心理。民俗能统一群体的行为和思

① 王文锦：《礼记译解》，中华书局2001年版，第746页。
② 钟敬文：《民俗学概论》，上海文艺出版社1998年版，第395页。
③ 黄耕：《试论孔子的民俗思想》，《孔子研究》1990年第2期。
④ 钟敬文：《民俗学概论》，上海文艺出版社1998年版，第27页。
⑤ 钟敬文：《民俗学概论》，上海文艺出版社1998年版，第29页。

想，使群体内的成员保持向心力和凝聚力，从而使社会生活保持稳定。

孔子发现"礼之所兴，众之所治也；礼之所废，众之所乱也"①，认识到了民俗在社会生活中的重要作用，因此他常常从社会教化作用的角度来展示民俗事象的意义，如"古者诸侯之射也，必先行燕礼；卿、大夫、士之射也，必先行乡饮酒之礼。故燕礼者，所以明君臣之义也；乡饮酒之礼者，所以明长幼之序也"②。又如"昏礼者，将合二姓之好，上以事宗庙，下以继后世也，故君子重之"③。孔子以礼的总体构想来要求民俗，以实现民俗的社会教化作用，达到移风易俗的目的。为了使民俗更合乎礼的需要，即为了移风易俗，孔子将诗、乐引进来，以此来弥补民俗在某些方面的不足。如提出"兴于诗，立于礼，成于乐"④ 的主张；又如颜渊问如何治理国家时，孔子回答："行夏之时，乘殷之辂，服周之冕，乐则韶舞。放郑声，远佞人。郑声淫，佞人殆。"⑤ 孔子主张舍弃郑国的乐曲，因为郑国的乐曲靡曼淫秽。在孔子的言论中，礼和乐也常常一起出现，如"故礼以道其志，乐以和其声，政以一其行，刑以防其奸。礼乐刑政，其极一也，所以同民心而出治道也"⑥。孔子认为礼乐刑政虽各有作用，但它们的终极目标是一致的，都是用以和同人心从而走向国家大治的正道。

通过对诸多民俗事象的直观认识，孔子感受到了民俗在社会生活中的伟力。为重建西周礼乐秩序，他把民俗事象与社会政治、道德伦联系起来，将民俗作为教化百姓、移风易俗的手段。虽然孔子的民俗观深受其礼学思想的浸润，但我们不能忽略的是，"孔子的民俗知识、民俗观是其思想的基础，孔子的民俗学成就是其它成就取得的前提条件，孔子首先是一个大民俗学家，然后才是思想家、政治家和教育家"⑦。

---

① 王文锦：《礼记译解》，中华书局 2001 年版，第 747 页。
② 王文锦：《礼记译解》，中华书局 2001 年版，第 931 页。
③ 王文锦：《礼记译解》，中华书局 2001 年版，第 913 页。
④ 杨伯峻：《论语译注》，中华书局 1980 年版，第 81 页。
⑤ 杨伯峻：《论语译注》，中华书局 1980 年版，第 164 页。
⑥ 王文锦：《礼记译解》，中华书局 2001 年版，第 525—526 页。
⑦ 于学斌：《孔子的民俗学成就》，《民俗研究》1990 年第 3 期。

第二节　汉代:《诗经》民俗观念萌芽时期

"诗经汉学"是一个学术流派的名称,它不等于汉代《诗经》学。"诗经汉学"指的是自汉至唐长达一千年的古文诗经学派。① 汉代《诗经》学与当时的政治思想、学术思想关系密切,是在今文经学和古文经学的斗争中不断发展的。汉初诗定为"经",《诗经》成为国定教科书和"圣经"。主要流传的是今文《齐诗》《鲁诗》《韩诗》,古文《毛诗》四家。今文三家先居于统治地位,成为官学,《毛诗》只在民间传授,后三家衰落,《毛诗》兴盛。郑玄以《毛诗》为主,兼采三家,为《毛传》作笺,完成了今古文合流的《毛诗传笺》。汉代《诗经》学的特点主要表现为:"一是经学神学化,二是经学政治化,三是守家法与兼融的矛盾统一。"②

一　地域习俗影响下的四家诗

汉代传诗者主要有四家,即鲁、齐、韩、毛。《汉书·艺文志》:"汉兴,鲁申公为《诗》训故,而齐辕固、燕韩生皆为之传……三家皆列于学官。又有毛公之学,自谓子夏所传,而河间献王好之,未得立。"③《毛诗》元始五年立于学官,中兴,光武不采王莽时博士制度,立十四博士,力图恢复西汉旧制度。金前文在《汉代〈诗经〉学兴起的时间及特点浅探》文中指出:"汉代《诗经》学的兴起以四家诗的出现为标志,而四家诗出现的时间基本是在文帝世或景帝前。在兴起的过程中,汉代《诗经》学呈现出治《诗》学者专门化、四家《诗》学师承渊源相同、四家诗存在着不同的流传地域、四家说《诗》要旨和方法相同等一系列特点"④,其中"四家诗存在着不同的流传地域"与民俗关系较为密切。

---

① 洪湛侯:《诗经学史》,中华书局 2002 年版,第 155 页。
② 戴维:《诗经研究史》,湖南教育出版社 2001 年版,第 169 页。
③ (汉)班固:《汉书》,中华书局 1962 年标点本,第 1708 页。
④ 金前文:《汉代〈诗经〉学兴起的时间及特点浅探》,《洛阳大学学报》2007 年第 3 期。

（一）在不同地域流传的四家诗

汉代四家诗存在着不同的流传地域。四家诗传者申公、辕固、韩婴和毛苌都是不同地方的人，申公为鲁人，辕固为齐人，韩婴为燕人，毛苌为赵人。四人各自传诗，不出其故土。第一，《鲁诗》与鲁人申公。"申公者，鲁人也。"① 申公受王戊胥靡之后，"申公耻之，归鲁，退居家教"②，"申公独以《诗》经为训以教，无传，疑者则阙不传"③。申公在鲁地传诗，所习者当以鲁人为主。第二，《齐诗》与齐人辕固。"清河王太傅辕固生者，齐人也。以治《诗》，孝景时为博士。"④ "齐言《诗》皆本辕固生也。诸齐人以《诗》显贵，皆固之弟子也。"史料中虽未直言辕固传诗之地，但从"齐言《诗》皆本辕固生"可推断其传当以齐地为主。第三，《韩诗》与燕人韩婴。"韩生者，燕人也。孝文帝时为博士，景帝时为常山王太傅。韩生推《诗》之意而为《内外传》数万言，其语颇与齐鲁间殊，然其归一也。……燕赵间言《诗》者由韩生。"⑤《韩诗》所传以燕赵为主。第四，《毛诗》与赵人毛苌。"毛公，赵人也。治《诗》，为河间献王博士，授同国贯长卿。"⑥ 根据《汉书·地理志》记载赵地"北有信都、真定、常山、中山，又得涿郡之高阳、鄚、州乡；东有广平、巨鹿、清河、河间"⑦，河间为赵地的一部分，"为河间献王博士"的毛苌，其传诗当为赵地。"《史记·儒林传》评论韩诗时所说：'其语颇与齐鲁间殊'，这种'殊'不仅仅限于三家诗，实际上是四家解《诗》时都存在的。"⑧ 地域间的差异自然而然地影响到了对《诗经》的解读和传授。通过对比分析可知受地域等因素的影响，四家诗在对经文的传抄和解读上存在着差异，这些差异使得四家诗呈现出了不同

---

① （汉）司马迁：《史记》，中华书局2011年版，第2709页。
② （汉）司马迁：《史记》，中华书局2011年版，第2709页。
③ （汉）司马迁：《史记》，中华书局2011年版，第2710页。
④ （汉）司马迁：《史记》，中华书局2011年版，第2711页。
⑤ （汉）司马迁：《史记》，中华书局2011年版，第2712页。
⑥ （汉）班固：《汉书》，中华书局1962年标点本，第3614页。
⑦ （汉）班固：《汉书》，中华书局1962年标点本，第1655页。
⑧ 金前文：《汉代〈诗经〉学兴起的时间及特点浅探》，《洛阳大学学报》2007年第3期。

的特色。

（二）学术中心地域性转移对四家诗的影响

汉代四家诗中只有《毛诗》自谓传自子夏，且有谱系流传，其他三家的师承源流史无详载。为探究这种诗学传播混乱、师承不明的状况，有学者放弃了从传播主体入手的研究方法，另辟蹊径地从学术中心的地域性转移对诗学观念与流派形成的影响进行分析。

刘毓庆、郭万金在《战国〈诗〉学传播中心的转移与汉四家〈诗〉的形成》一文中阐述了随着学术中心的地域性转移四家诗呈现出不同的特色："战国学术中心有四次大转移，第一个学术中心形成于三晋之魏的西河，其学术以古史为根柢，以好古为特色。第二个学术中心转移于齐之稷下，其学术以杂学著称，而又侈谈阴阳五行。第三个学术中心转移于燕国，其特色由中和三晋之古学与齐之阴阳学说而成。第四个学术中心转移于楚之兰陵，实即鲁之次室，由荀子居兰陵而形成。其学杂帝王之术，有鲜明的政治倾向性。"① 从这四次学术中心的转移中，我们可以看到四家诗受不同地域习俗影响而形成了不同的特点。

第一，《毛诗》派"以史证《诗》"与三晋古史学统。第一个学术中心形成于三晋之魏的西河。两个核心人物是魏文侯和卜子夏。魏文侯是魏国历史上最出色的一个国君，《汉书·礼乐志》评价魏文侯说："至于六国，魏文侯最为好古。"② 子夏则是孔子学生中对六艺最为精通的弟子。在孔子逝世后，"子夏居西河教授，为魏文侯师"③。"子夏《诗》学在魏文侯的支持下，在三晋的文化土壤上发展起来，其后即传布于各地"，"汉代古文家的《毛诗》，其源头当即是形成于西河学术中心时期的子夏《诗》学"④。三晋古史学统对《毛诗》产生了明显的影响，形

---

　　① 刘毓庆、郭万金：《战国〈诗〉学传播中心的转移与汉四家〈诗〉的形成》，《文史哲》2005 年第 1 期。

　　② （汉）班固：《汉书》，中华书局 1962 年标点本，第 1042 页。

　　③ （汉）司马迁：《史记》，中华书局 2011 年版，第 1951 页。

　　④ 刘毓庆、郭万金：《战国〈诗〉学传播中心的转移与汉四家〈诗〉的形成》，《文史哲》2005 年第 1 期。

成了"毛《诗》派最大特点即在于'以史证《诗》'，多把诗篇与历史和传说中的具体人、事相联系"①的鲜明历史化倾向。

第二，《齐诗》派"好言阴阳灾异"与齐国的稷下之学。第二个学术中心是齐国的稷下。齐国是阴阳家的大本营，齐国人有尚怪好奇之风。"稷下"即"稷门之下"，稷门是齐国国都西门。"稷下学院"是座开放的文化研究学院，集中了当时天下最著名的学者，各家各派的学者在这里畅所欲言、自由发表演说。在这种兼容并包的环境中，儒家学说的传播和发展势必要受到一定的影响。"稷下是百家学说混杂之地，特别是在阴阳家的大本营里，儒家经学在这里经过发酵，必然会变味，染上百家特别是阴阳家的气味。"②《齐诗》派"好言阴阳灾异"，正是受到"稷下学术中心所特有的文化氛围造成的"③。

第三，《韩诗》派"中和三晋之古学与齐之阴阳学说"的特色与燕国特殊的地理位置。第三个学术中心在燕国。"燕国地处齐、晋之间，国力弱小，在文化上有着明显的依附性，而对其影响最大的就是身边的齐、晋二国。故而，燕人一方面与'赵、代俗相类'，一方面却迷信着齐人的阴阳五行及神仙方士。燕地的这种特殊背景自然影响到了《诗经》的传播。形成于燕地的《韩诗》有两个特点：一是引《诗》证史，一是'取《春秋》，采杂说'，以《易》说《诗》，有阴阳习气。前者正是源自三晋的古史学统，而后者则是齐地阴阳五行学说的影响所致。"④

第四，《鲁诗》派"有鲜明的政治倾向性"与荀子之学。第四个学术中心是楚之兰陵。兰陵实为鲁地，在战国时为楚国所占。"鲁国是儒家学说的发源地，此地儒学自比其他地方为盛"，"与有海滨之利的齐、

---

① 刘毓庆、郭万金：《战国〈诗〉学传播中心的转移与汉四家〈诗〉的形成》，《文史哲》2005年第1期。

② 刘毓庆、郭万金：《战国〈诗〉学传播中心的转移与汉四家〈诗〉的形成》，《文史哲》2005年第1期。

③ 刘毓庆、郭万金：《战国〈诗〉学传播中心的转移与汉四家〈诗〉的形成》，《文史哲》2005年第1期。

④ 刘毓庆、郭万金：《战国〈诗〉学传播中心的转移与汉四家〈诗〉的形成》，《文史哲》2005年第1期。

燕不同，以农业经济为主的鲁地，拘谨、守礼的民风，亦最易彬彬儒风的形成与保持，故而此地延续了中国儒家的文化正统"。① 但在战国百家争鸣的环境中，国力弱小的鲁国并不引人注意，这个中心的形成主要是因为大儒荀卿。荀卿居兰陵后，学术中心才转移到此。荀卿是既传道又传经，在战国末期和汉代初期影响颇大。"荀子之学，杂帝王之术，为政治服务的倾向太为明显"②，这使深受荀子之学影响的《鲁诗》派也呈现出"鲜明的政治倾向性"。

从上述刘毓庆、郭万金的分析中，我们不难发现战国学术中心的转移，不仅是地域上的转移，"也是《诗》学传播中心的四次转移，这四次转移在不同的文化氛围中形成了不同的《诗》学观念与思想，直接影响到了汉代《诗》学流派的形成与发展"③，四家诗受不同地域习俗影响而形成了各自的特点。

二　《汉书·地理志》的"以《诗》证俗"

《汉书》作为中国第一部纪传体断代史，其体例基本上承袭了《史记》，略有变化，如改"书"为"志"，把"世家"并入"列传"。《汉书》中的"志"共分十篇，是在《史记》八"书"的基础上加以发展而成的，专记典章制度的兴废沿革。各志内容多贯通古今，而不是专述西汉历史，其中《汉书·地理志》主要记述战国、秦、西汉时期的领土疆域、建置沿革、封建世系、形势风俗等情况。同时，《汉书·地理志》也是对"《诗经》文学地理观关注较早且建树颇丰者"，"班固以《诗》证俗也为后人正视《诗经》的风俗内涵、开拓《诗经》风俗学研究奠定了基础"④。

---

① 刘毓庆、郭万金：《战国〈诗〉学传播中心的转移与汉四家〈诗〉的形成》，《文史哲》2005 年第 1 期。

② 刘毓庆、郭万金：《战国〈诗〉学传播中心的转移与汉四家〈诗〉的形成》，《文史哲》2005 年第 1 期。

③ 刘毓庆、郭万金：《战国〈诗〉学传播中心的转移与汉四家〈诗〉的形成》，《文史哲》2005 年第 1 期。

④ 王红娟：《〈汉书·地理志〉与〈诗经〉的文学地理观》，《哈尔滨工业大学学报》（社会科学版）2013 年第 2 期。

《〈汉书·地理志〉与〈诗经〉的文学地理观》文中指出《汉书·地理志》在风俗区划上和风俗描述上都有向《诗经》借鉴之处。第一，以《诗》国地理佐证风俗区划。《汉书·地理志》"对中华风俗文化进行了区域划分，描述了区域风俗文化的特征及内部差异"①，它将天下划分为秦、魏、周、韩、赵、燕、齐、鲁、宋、卫、楚、吴、越，相当于将全国分划为 13 个风俗大区和若干风俗亚区。"在分述一些风俗亚区时有意征引《诗》国地理"，"这样的做法显然是以《诗》国地理佐证风俗区划"，"班固借用《诗》国地理以证当世风俗区划的做法切实可行，此举也同时完成了对《诗经》文学地理观的继承和发扬"②。第二，《汉书·地理志》描述各地风俗时多引《诗经》。"仅就目前存世的汉代风俗名作而言，《货殖列传》堪称首部，继踵其后，《地理志》成为标志汉代风俗学发展的第二座里程碑，其在风俗描述中有意征引《诗》国风俗的做法尤为值得关注。"③《汉书·地理志》在描述秦地、唐地等地风俗时多引用《诗经》作为证据，如以《豳诗》印证秦地好稼穑、务本业的先王遗风，"故《豳诗》言农桑衣食之本甚备"④；以《唐诗》中的《蟋蟀》《山枢》《葛生》来印证河东唐地民有先王遗教，君子深思，小人俭陋，"皆思奢俭之中，念死生之虑"⑤。《汉书·地理志》"在风俗描述中对《诗》国风俗的征引可谓详疏有别，深浅有致"⑥。详疏之别表现为其引《诗经》，或极为简易，仅提及某"风"总名；或详引诗篇、诗文。深浅之分则与班固的"风俗"认知有关"凡民函五常之性，而其刚柔缓急，音声不同，系水土之风气，故谓之风；好恶取舍，动静亡常，随君上之

---

① 李剑林：《〈汉书·地理志〉与中华区域风俗文化》，《佛山科学技术学院学报》（社会科学版）2001 年第 4 期。

② 王红娟：《〈汉书·地理志〉与〈诗经〉的文学地理观》，《哈尔滨工业大学学报》（社会科学版）2013 年第 2 期。

③ 王红娟：《〈汉书·地理志〉与〈诗经〉的文学地理观》，《哈尔滨工业大学学报》（社会科学版）2013 年第 2 期。

④ （汉）班固：《汉书》，中华书局 1962 年标点本，第 1642 页。

⑤ （汉）班固：《汉书》，中华书局 1962 年标点本，第 1649 页。

⑥ 王红娟：《〈汉书·地理志〉与〈诗经〉的文学地理观》，《哈尔滨工业大学学报》（社会科学版）2013 年第 2 期。

情欲，故谓之俗"①。可见班固已认识到"风"与"俗"的不同，因此他在引《诗》证俗时会有所侧重。

"从风俗学研究的角度而论，《地理志》对《诗》国风俗的重视、利用，有利于更好地说明、展现各地之风俗，而这较之《货殖列传》也是种进步……班固对于风俗更为关注，其阐论风俗的目的在于推崇善王至治、移风易俗"，"班固引《诗》证俗，不仅丰富了他对风俗百态的阐述，弥补了游历有限而导致的直接材料的缺失，同时也充实、完善了前人的风俗研究，更一举推动了以《诗》观风的风俗阐释方法的创新"②。

第三节　宋代：《诗经》民俗观念明晰化时期

"学术思潮总是时代政治经济发展的反映。"③ 《诗经》宋学时期（宋至明），《诗经》研究出现了新的变化。"除北宋持续的政治变革以及由此带来的经学观念变化的影响外，中唐从韩愈即已开始的经学革新以及庆历之前《诗经》学的发展同时也构成了北宋《诗经》学变革的源头。"④ 正如蒋方在《〈诗经〉与唐代国家教育》文中指出："中唐以后兴起的《诗经》讨论，着重于三个方面的问题，一是大小序的作者，二是诗的编纂意义，三是字句的疏通理解。这些讨论虽然尚未深入，却已经显现出从训诂向经义转变的趋向，开启了宋人变革《诗经》之学的路径。"⑤

一　《诗经》研究的革新

宋人改造传统经学，兴起自由研究、注重实证的思辨学风，开始重新研究《诗经》。宋儒"吸收佛、道二教的精华，重新思考，训释儒家

---

① （汉）班固：《汉书》，中华书局 1962 年标点本，第 1640 页。

② 王红娟：《〈汉书·地理志〉与〈诗经〉的文学地理观》，《哈尔滨工业大学学报》（社会科学版）2013 年第 2 期。

③ 夏传才：《二十世纪诗经学》，学苑出版社 2005 年版，第 25 页。

④ 易卫华：《北宋政治变革与〈诗经〉学发展》，博士学位论文，河北师范大学，2010 年。

⑤ 蒋方：《〈诗经〉与唐代国家教育》，《北方论丛》2008 年第 4 期。

传统经典，从而建立儒家的新的思想体系，从此，中国经学一变旧的汉学面貌而走向宋学（包括道学），实现经学史上的一次大变革"①。欧阳修《毛诗正义》、苏辙《诗经集传》都自有新意，开一代新风；王安石《诗经新义》一度成为教学和考试标准本；郑樵《诗辨妄》开始向汉学《诗经》义疏中心《诗序》发起攻击，掀起了声势浩大的"废《序》运动"。虽范处义、吕祖谦等少数学者仍宗毛郑，但已经不成气候，以朱熹为代表的"《诗经》宋学"成为当时诗学研究的主流。朱熹《诗集传》是宋学《诗经》解释学的代表著作。一方面以理学为思想基础，集中了宋人训诂、考证的成果，一方面又受到宋代疑古思潮和文学观念的影响，以文学家的眼光重新审视和评价《诗序》，并关注《诗经》的文学特点，从而使《诗集传》成为此后通行八百年的权威性读本。

宋代《诗经》研究不再盲目地迷信于传统的经学研究权威，开始以各种新视角进行探索研究，从以欧阳修为代表的"以文说诗"，再到朱熹的"里巷歌谣"之说，《诗经》民俗观念的阐释日趋明晰化。欧阳修的"以文说诗"主要体现在他的《诗经》学著作《诗本义》上，朱熹的"里巷歌谣"之说则主要体现在《诗经》学专著《诗集传》中。"欧阳修的《诗经》学专著——《诗本义》具有划时代的意义，它不仅是经学阐释由'汉学'向'宋学'嬗变的开风气之先的著作，而且体现出经学与文学相融的二元性维度，在《诗经》学史上具有开创性的意义。"② 作为文学家的欧阳修在阐释经学的时候，已经注意到《诗经》作为一部诗歌总集，与其他五经不同的文本特点。这使其在解读《诗经》本义时多以写诗作文的眼光和角度去分析，即运用文学性的方法对《诗经》进行阐释。秦蓁在《经学为"体"，文学为"用"——欧阳修〈诗经〉阐释的二元维度》文中对《诗本义》的文学阐释方法作了较为详尽的分析："具体来说，欧阳修运用了'据文求义'、'以情求之'等具有文学因素的阐释方法。""'据文求义'是欧阳修《诗本义》最核心的解《诗》方

---

① 戴维：《诗经研究史》，湖南教育出版社 2001 年版，第 265 页。
② 秦蓁：《经学为"体"，文学为"用"——欧阳修〈诗经〉阐释的二元维度》，《孔子研究》2016 年第 5 期。

法，含有丰富的文学元素。""以情求之"的"'情'有两个方面的涵义：第一，承认诗歌作为诗人抒发个人情志的载体，具有抒情性特征；第二，此乃基于某种共同人性的'人之常情'，是人类普遍情感的提炼和概括。无论哪种涵义，都体现出了《诗经》的文学特性。""两种释《诗》方法都是从文学的角度，将《诗经》的篇目当做意义自足的文本，当做诗人抒发情志的载体进行解读，以获得'诗人之意'。"① 虽然作者对欧阳修的"以文说诗"加以了肯定，但同时也指出"欧阳修《诗本义》的阐释虽已具有文学性的因素，但仍然不能脱离经学阐释这一前提，二者必须被统摄于同一'谈辩境域'中，尤其是不可放大其文学阐释的维度。因为欧阳修通过《诗本义》要寻绎的，并非是具有文学审美性的诗歌意旨，而是经学系统的'圣人之志'"② 。比较而言，朱熹《诗集传》在《诗经》民俗观念的阐释明晰化进程中贡献更为突出。

二　朱熹《诗集传》的"里巷歌谣"之说

朱熹《诗集传》是"继《毛传》《郑笺》《毛诗正义》之后的又一部里程碑式的《诗经》注本"③ ，被认为是宋代《诗经》研究的集大成之作。皮锡瑞在《经学历史》中称宋代为"经学变古时代"。宋代《诗经》学研究呈现出与汉唐义疏风格迥异的疑古惑经之风。正是在这样的学术背景之下，朱熹对《诗经》才作出了新的阐释，才有了"里巷歌谣"之说。

如马宗霍所言"《诗经》是一部以文学形式出现的政治手册"④ 。尽管"宋人不信注疏，驯至疑经；疑经不已，遂至改经、删经、移易经文以就己说，此不可为训者也"⑤ 。但是对《诗经》的阐释仍与宋代的政治关系紧密，如熙宁变法中王安石的《诗经新义》。其主要目的在于"以

---

① 秦蓁：《经学为"体"，文学为"用"——欧阳修〈诗经〉阐释的二元维度》，《孔子研究》2016 年第 5 期。
② 秦蓁：《经学为"体"，文学为"用"——欧阳修〈诗经〉阐释的二元维度》，《孔子研究》2016 年第 5 期。
③ （宋）朱熹：《诗集传》，中华书局 2011 年点校本，"前言"第 2 页。
④ 马宗霍、马巨：《经学通论》，中华书局 2011 年版，第 89 页。
⑤ 皮锡瑞：《经学历史》，中华书局 2011 年版，第 189 页。

经术造士"，以对《诗经》新的诠释来培养政治革新需要的士人。可见，宋人之"变古"，虽然对传统《诗经》学研究提出颇多质疑，但是并未弱化《诗经》学的政教色彩，其最终目的仍是"通经致用"。《诗经新义》的颁布、熙宁科举变革等政治运动打破了《毛传》《郑笺》在诗经学研究中不可动摇的地位，使《诗经》学研究面貌一新。在当时政治革新、学术研究地域化、教育平民化的时代背景下，许多学者对汉儒以美刺言诗提出了质疑，认为《诗经》是讽咏性情之作，主张以鲜明的主体意识来解读《诗经》。

（一）从"以序言诗"到"以诗解诗"

《毛诗序》是汉儒言诗的理论，其深化了孔子"《诗》，可以兴，可以观，可以群，可以怨"①的诗教理论，形成了"上以风化下，下以风刺上，主文而谲谏，言之者无罪，闻之者足以戒"②的重美刺、讽谏的解诗原则。在维护封建礼教的基础上，美君（后妃）之德、委婉刺君之失。至宋代，疑古惑经的辨伪之风盛行。尽管一些学者仍坚持遵循"宗《序》释诗"，认为"学《诗》而不求《序》，犹欲入室而不由户也"③。与尊《序》派观点相对立的则是废《序》派。其继承唐中期以来的怀疑思辨之风，对《毛诗序》为代表的汉学释诗体系产生怀疑，大胆主张废《序》释诗。废《序》派的领军人物当属北宋欧阳修。

"宋人最先怀疑古书的是欧阳修"④，其诗学著作《诗本义》对《毛诗序》《毛传》《郑笺》进行了大胆的质疑，从而撼动了《毛诗序》《毛传》和《郑笺》在《诗经》学研究中的权威性。据《四库全书总目提要》："是书凡为说一百十有四篇，《统解》十篇，《时世》《本末》二论，《豳》《鲁》《序》三问，而《补亡郑谱》及《诗图总序》附于卷末。"⑤"《诗本义》的体例和内容大致是：本义说解为此书的主体，二论

---

① （宋）朱熹：《四书章句集注》，中华书局 2011 年整理本，第 166 页。
② （清）阮元校刻：《十三经注疏》，中华书局 1980 年影印本，上册，第 271 页中栏。
③ （宋）程颢、程颐：《二程集》，中华书局 1981 年点校本，第 1046 页。
④ 梁启超：《古书真伪及其年代》，中华书局 1955 年版，第 39 页。
⑤ 司马朝军：《〈四库全书总目〉精华录》，武汉大学出版社 2008 年版，第 77 页。

三问属于专题讨论，最能反映对于《诗经》的基本观点。"① 欧阳修只对《诗经》中的 114 篇进行了论述，即其认为《毛传》《郑笺》中不合古诗之义的，为之论辩，断其本义。欧阳修在论述时提出疑问，"本义"则阐明自己的见解。欧阳修对《毛诗序》的质疑不仅表现在从训诂角度指出了《毛诗序》中的谬误，还表现在对《毛诗序》真伪的怀疑，对子夏作《毛诗序》的否定。"自唐以来，说《诗》者莫敢议毛、郑，虽老师宿儒，亦谨守《小序》。至宋而新义日增，旧说俱废。推原所始，实发于修。"② 其后苏辙《诗集传》、郑樵《诗辨妄》、王质《诗总闻》等继续对《诗经》展开全面梳理、考证和阐释，新见迭出，异彩纷呈。

朱熹在前人成果的基础上对《诗经》作了更系统、深入的探讨，承袭并发展了欧阳修以诗论《诗》、以情论《诗》的解诗方法，其《诗集传》自立新说，废《序》言诗，以诗解《诗》。所谓"以诗解诗"，就是打破《毛诗序》的制约，立足于《诗经》文本来探索诗篇本意。其一，以简明扼要的注释风格代替了汉学烦琐的注疏之风。如《桧风·羔裘》："羔裘逍遥，狐裘以朝。岂不尔思？劳心忉忉。"朱注："赋也。"③ 仅在正文之下注明其表现手法，而不加评说。又如《周南·葛覃》："葛之覃兮，施于中谷，维叶萋萋。黄鸟于飞，集于灌木，其鸣喈喈。"朱注："赋也。""赋者，敷陈其事而直言之者也。盖后妃既成绤绤而赋其事，追叙初夏之时，葛叶方盛，而有黄鸟鸣于其上也。"④ 注明其表现手法之后，结合诗文略作分析。其二，既博采众长、兼收并蓄，又择善而从、申明己意。如《小雅·小宛》：《小序》云："大夫刺宣王也。"⑤ 朱注："此诗之词，最为明白，而意极恳至。说者必欲为刺王之言，故其说穿凿破碎，无理尤甚。今悉改定，读者详之。"⑥ 言诗旨且指出《小

---

① 洪湛侯：《诗经学史》，中华书局 2002 年版，第 299 页。
② 司马朝军：《〈四库全书总目〉精华录》，武汉大学出版社 2008 年版，第 77 页。
③ （宋）朱熹：《诗集传》，中华书局 2011 年点校本，第 110 页。
④ （宋）朱熹：《诗集传》，中华书局 2011 年点校本，第 4 页。
⑤ 向熹编：《诗经词典》，商务印书馆 2014 年版，"《毛诗序》集录"第 862 页。
⑥ （宋）朱熹：《诗集传》，中华书局 2011 年点校本，第 184 页。

序》之误。又如《商颂·长发》。朱注："《序》以此为大禘之诗。盖祭其祖之所出，而以其祖配也。苏氏曰：'大禘之祭，所及者远，故其诗历言商之先君，又及其卿士伊尹，盖与祭于禘者也。《商书》曰："兹予大享于先王，尔祖其从与享之。"是礼也，岂其起于商之业欤？'今按：大禘不及群庙之主，此宜为祫祭之诗。然经无明文，不可考也。"① 引用苏氏之观点，但对自己没有把握的问题，并不强解。再如《墉风·墙有茨》。《诗序》说："《墙有茨》，卫人刺其上也。公子顽通乎君母，国人疾之而不可道也。"② 朱注："旧说以为，宣公卒，惠公幼，其庶兄顽烝于宣姜，故诗人作此诗以刺之，言其闺中之事皆丑恶而不可言。理或然也。"③ 依据诗文，朱熹认为《诗序》所言有道理，便取而用之。可见，朱熹的"以诗解诗"虽弃旧序、写新序，但他以严谨的学术态度，作到了既揭示诗的真实面目，又能摒除门户之见，自成一说。

（二）从"以政治解经"到"以理学解经"

《毛诗》每一首诗的前面都有一个解题式的简短序文，被称作"小序"。首篇《关雎》之序尤其长，不仅解《关雎》题旨，而且概论全诗，此序被称为"大序"。虽《诗序》的作者众说纷纭，但其内容上对政教功用的强调却是可以确定的。如《诗序》言："治世之音安以乐，其政和；乱世之音怨以怒，其政乖；亡国之音哀以思，其民困。"④ 又如《诗序》言："王道衰，礼义废，政教失，国异政，家殊俗，而变风、变雅作矣。"⑤ 将诗歌与社会、历史相连；将诗歌与礼教、政治相连，强调诗歌美刺讽谏的政教之用。

宋人疑古惑经，其《诗经》学研究已不同于汉学的"治经经世"，而是主张"明经治心"。即汉人以政治解经，宋人则以理学解经。宋代学者重视思辨，在释《诗经》方面呈现出理学化的新特点。如理学家程颐解《谷风》言："习习，和风。阴阳交和，则感阴而成雨。其感也阴，

---

① （宋）朱熹：《诗集传》，中华书局 2011 年点校本，第 329 页。
② 王守谦、金秀珍：《诗经评注》，东北师范大学出版社 1989 年版，第 113 页。
③ （宋）朱熹：《诗集传》，中华书局 2011 年点校本，第 38 页。
④ （清）阮元校刻：《十三经注疏》，中华书局 1980 年影印本，上册，第 270 页中栏。
⑤ （清）阮元校刻：《十三经注疏》，中华书局 1980 年影印本，上册，第 271 页下栏。

其成也雨。夫妇之道同，黾勉和同，不宜有怨怒也。盖和则夫妇之道成而家室正，如阴阳和而成雨。"① 又如解《蝃蝀》言："人虽有欲，当有信而知义，故言其大无信，不知命，为可恶也。苟惟欲之从，则人道废而入于禽兽矣。女子以不自失为信，所谓贞信之教。违背其父母，可谓无信矣。命，正理也，以道制欲则顺命，言此所以风也。"② 可见，其在阐释《诗经》时，是以阴阳气化、天理人欲、礼义廉耻等理学观念来解读诗旨的。

汉儒重视字句训诂，宋代学者则重视义理内涵，将以经明道、以道论经的理学思想融入《诗经》阐释之中。身为理学大师的朱熹继承发展了这一阐释方法。在朱熹的理学体系中，"理"是核心观念。他认为"宇宙之间，一理而已，天得之而为天，地得之而为地，而凡生于天地之间者，又各得之以为性"③。而且"理只是这一个。道理则同，其分不同。君臣有君臣之理，父子有父子之理"④。因而，社会生活中的人们应该遵循"理"、遵守社会伦理道德。这种理念体现在《诗经》阐释中便表现为"以理学解经"。

首先，君臣各守其理，即君使臣以礼，臣事君以忠。如《小雅·四牡》中朱注："此劳使臣之诗也。夫君之使臣，臣之事君，礼也。故为臣者奔走于王事，特以尽其职分之所当为而已，何敢自以为劳哉？然君之心则不敢以是而自安也，故燕飨之际，叙其情而闵其劳。言驾此四牡而出使于外，其道路之回远如此。当是时，岂不思归乎？特以王事不可以不坚固，不敢徇私以废公，是以内顾而伤悲也。臣劳于事而不自言，君探其情而代之言。上下之间，可谓尽其道矣。"⑤ 朱子之意即君与臣各守其位、各尽其职，才是符合"道"与"理"的君臣关系。其次，夫妻各尽其分，发乎情、止乎礼。如《邶风·谷风》中朱注："又言采葑菲者，

---

① （宋）程颢、程颐：《二程集》，中华书局 1981 年点校本，第 1050 页。

② （宋）程颢、程颐：《二程集》，中华书局 2004 年点校本，第 1053 页。

③ 朱杰人等编：《朱子全书》（23），上海古籍出版社、安徽教育出版社 2010 年版，第 3376 页。

④ 黎靖德：《朱子语类》，中华书局 1986 年版，第 99 页。

⑤ （宋）朱熹：《诗集传》，中华书局 2011 年点校本，第 131 页。

不可以其根之恶，而弃其茎之美，如为夫妇者，不可以其颜色之衰，而弃其德音之善。但德音之不违，则可以与尔同死矣。"① 朱子认为夫妻之间，"德音"重于"颜色"。如果不违背礼义道德，即使年老色衰，夫妻也应该同生共死。执子之手、不离不弃的脉脉温情仍是置于"理"的苑囿之下。再次，家庭成员各尽其职，依理行事。如《齐风·猗嗟》朱注："或曰：'子可以制母乎？'赵子曰：'夫死从子，通乎其下，况国君乎？君者，人神之主，风教之本也。不能正家，如正国何？若庄公者，哀痛以思父，诚敬以事母，威刑以驭下，车马仆从莫不俟命，夫人徒往乎？夫人之往也，则公哀敬之不至，威命之不行耳。'"② 朱子认为"忘亲逆理"，为人子者，要顺应天理、孝敬父母。女子则需遵守封建礼教，约束自身行为。

朱熹《诗集传》完善了宋代"以理学解经"的《诗经》阐释模式，这成为《诗经》阐释史上又一个里程碑。

（三）从"思无邪"到"里巷歌谣"之说

儒家的诗教观以"思无邪"为中心，"《毛诗序》则将'思无邪'的整体意义规定为一种政教类型，视《诗》本文为一个内在一致的统一体，以'美刺'言诗，形成从整体到部分融贯一致的封闭的诠释循环系统"③。在宋代疑古思潮的影响下，朱熹对这种诗教观进行了修正和重构，用"以诗解《诗》"来修正"美刺说"，并"重新构建了'思无邪'之'使人得其情性之正'的去邪归正的诗教观"④，主张《诗经》中的思想内容是善恶兼具的，有"无邪"，亦有"有邪"，即《诗经》中有温柔敦厚之诗，也有"淫奔"之诗，有"里巷歌谣"之诗。

所谓"淫诗"，就是描写男女恋情的诗，即今日的爱情诗。"宋儒'淫诗'之说，北宋欧阳修肇其端，南宋郑樵《诗辨妄》殿其后，朱熹

---

① （宋）朱熹：《诗集传》，中华书局 2011 年点校本，第 28 页。
② （宋）朱熹：《诗集传》，中华书局 2011 年点校本，第 81 页。
③ 李丽琴：《经学诠释学视域中的儒家〈诗〉教观——以"思无邪"为中心》，《中国比较文学》2015 年第 2 期。
④ 李丽琴：《经学诠释学视域中的儒家〈诗〉教观——以"思无邪"为中心》，《中国比较文学》2015 年第 2 期。

《诗集传》总其成。"① 欧阳修在《诗本义》中，指出《邶风·静女》为"男女淫奔之诗"。② 朱熹《诗集传序》中说："凡《诗》之所谓《风》者，多出于里巷歌谣之作，所谓男女相与咏歌，各言其情者也。"③ 明确肯定了《诗经》中"淫诗"的存在。不仅如此，朱熹还赋予"淫诗""存理去欲"的理学意义，以合于孔子"思无邪"之诗教。

其一，用"以情说诗"驳"美刺言诗"。如《邶风·静女》："静女其姝，俟我于城隅。爱而不见，搔首踟蹰。"④ 朱注为："此淫奔期会之诗也。"⑤ 而《毛诗序》说："《静女》，刺时也。卫君无道，夫人无德。"⑥ 又如《卫风·木瓜》："投我以木瓜，报之以琼琚。匪报也，永以为好也。"⑦ 朱注为："言人有赠我以微物，我当报之以重宝。而犹未足以为报也，但欲其长以为好而不忘耳。疑亦男女相赠答之词，如《静女》之类。"⑧ 而《毛诗序》说："《木瓜》，美齐桓公也。"⑨ 朱熹冲破《毛诗序》的附会，指出这些诗是"淫诗"，实际上揭开了作品的真相、揭示了真正的诗旨。在朱熹以前，欧阳修《诗本义》、范处义《诗补传》都曾指出《邶风·静女》一诗是描写男女之情的诗作。朱熹将这样的作品称为"淫诗"，正是求诗本义以反驳附会美刺。

其二，"二南"的无淫诗与存理去欲。朱熹虽以"淫奔之诗"打破了"思无邪"的诗教观，但其认定"淫诗"的标准却存在着明显的矛盾性。其认定的"淫诗"只在变风之中，"二南"中即便有些诗篇在思想内容上与之完全相类，却也并未在"淫诗"之列。对比《召南·野有死麇》和《郑风·将仲子》两诗，前者是描写一对青年男女的相爱和幽会，后者是一首爱情受到阻碍、欲爱不能的恋歌。两诗辞气相近，在

---

①　邵炳军：《论南宋〈诗〉学革新精神的基本特征——以朱熹〈诗集传〉为代表》，《江海学刊》2008 年第 3 期。

②　洪湛侯：《诗经学史》，中华书局 2002 年版，第 311—312 页。

③　（宋）朱熹：《诗集传》，中华书局 2011 年点校本，第 2 页。

④　（宋）朱熹：《诗集传》，中华书局 2011 年点校本，第 34 页。

⑤　（宋）朱熹：《诗集传》，中华书局 2011 年点校本，第 34 页。

⑥　王守谦、金秀珍：《诗经评注》，东北师范大学出版社 1989 年版，第 105 页。

⑦　（宋）朱熹：《诗集传》，中华书局 2011 年点校本，第 53 页。

⑧　（宋）朱熹：《诗集传》，中华书局 2011 年点校本，第 53 页。

⑨　（清）阮元校刻：《十三经注疏》，中华书局 1980 年影印本，上册，第 327 页下栏。

《诗集传》中却是完全不同的阐释。前者被认为是反抗强暴之诗，"南国被文王之化，女子有贞洁自守，不为强暴所污者。故诗人因所见以兴其事而美之"①。后者则被称为"此淫奔者之辞"②。这种矛盾，一方面或可认为是朱熹对风雅正变之说的赞同；另一方面或可视为其"存理去欲"观念的表现。朱熹主张遵循"天理"，亦承认"人欲"，也就是说他承认男女言情的合理性，但反对过分的不合于"理"的欲望。没有"父母之命，媒妁之言"的男女私情与爱恋，就是应当去除的"人欲"。《召南·野有死麕》"野有死麕，白茅包之。有女怀春，吉士诱之"③。意思是说有一个英勇的男子从野外用白茅把杀死的麕包起来，送给自己喜欢的女子，向她求婚。陈子展《诗经直解》中推断："为猎者，盖属于当时社会上所谓士之一阶层。"④ 王先谦说："诗人览物起兴，言虽野外之死麕，欲取而归，亦必用白茅裹之，稍示郑重之意。"⑤ 吉士有郑重求婚之行动。而《郑风·将仲子》中女主人公的爱情是不被父母兄弟认可的。正因为朱熹"存理去欲"的观念，对辞气相近的两诗作出了截然不同的评价。

其三，恋诗情歌与文学性质。"风者，民俗歌谣之诗也。"⑥ 朱熹在揭示了《风》诗特征的同时指出了泽被万世的经典著作《诗经》中存在着"里巷歌谣"。《国风》中的恋诗情歌，历来是受到经学家曲解最多的，也是文学性最鲜明的诗篇。一方面这些诗篇还原了男女相恋的情景，如《郑风·野有蔓草》《郑风·出其东门》等诗篇勾勒了相恋的场所；《召南·野有死麕》《邶风·静女》等诗篇展现了男女表达爱慕之情的方式；《陈风·月出》《陈风·泽陂》描写出男女相悦相念的情思。另一方面这些诗篇再现了当时婚姻习俗，如《郑风·将仲子》中的女主人公虽爱着"仲子"，但因没有得到"父母之命"而畏惧"人之多言"。从中可

---

① （宋）朱熹：《诗集传》，中华书局 2011 年点校本，第 16 页。
② （宋）朱熹：《诗集传》，中华书局 2011 年点校本，第 62 页。
③ （宋）朱熹：《诗集传》，中华书局 2011 年点校本，第 16 页。
④ 陈子展：《诗经直解》（上），复旦大学出版社 1983 年版，第 64 页。
⑤ 王先谦：《诗三家义集疏》，中华书局 1987 年版，第 112 页。
⑥ （宋）朱熹：《诗集传》，中华书局 2011 年点校本，第 1 页。

见当时"不待父母之命、媒妁之言，钻穴隙相窥，逾墙相从，则父母国人皆贱之"① 的礼俗。又如《卫风·氓》则是一首叙事抒情诗。全诗六章按事件发展顺序描写了订婚、结婚、教训、被弃、虐待、决绝的情节，完整地叙述了女主人公的不幸遭遇，较为成功地塑造了一个弃妇的形象。

面对这样的诗篇，朱熹冲破了《毛诗序》的牵强附会，敏锐地指出这些诗篇是"淫诗"。作为理学家的朱熹固然是为了以去邪归正的诗教观来教化人民，"使人得其情性之正"。② 但具有深厚文学素养的朱熹同时发掘了这些诗篇的抒情性和文学性。客观上，"淫诗"之说淡化了《诗经》的经典色彩，促使了《诗经》的文学回归。"《诗经》学终于在一位理学宗师的手中迈出了从经学转向文学的第一步。"③ 同时，"里巷歌谣"之说标志着《诗经》民俗观念阐释的明晰化。

如刘师培所言"汉人循律而治经，宋人舍律而论学"④，宋代学者以其大胆的质疑精神疑古惑经推动了学术的新发展。朱熹在批评方法、阐释方法、解读方法上体现出的革新精神使其成为宋代学者中的集大成者，其诗学代表作《诗集传》亦是当之无愧的"诗经宋学"集大成之作。

第四节　清代：《诗经》民俗观念文学化时期

"诗经清学"以注重考据为特征，"综览清代三百年中，以文字、声韵、训诂为特长的乾嘉考据学者以及嘉道间的《诗》学专家，对《诗经》的研究，造诣宏深，早已超越汉唐，自称流派，特点突出，成绩显著，名之为'诗经清学'。"⑤ 值得注意的是，在清代《诗经》学发展过程中，除了宋学、汉学、古文经学、今文经学之外，还始终存在着一个

---

① 杨伯峻：《孟子译注》，中华书局 2005 年版，第 143 页。
② （宋）朱熹：《四书章句集注》，中华书局 2011 年整理本，第 55 页。
③ 莫砺锋：《从经学走向文学：朱熹"淫诗"说的实质》，《文学评论》2001 年第 2 期。
④ 刘梦溪主编：《中国现代学术经典·黄侃　刘师培卷·汉宋学术异同论》，河北教育出版社 1996 年版，第 715 页。
⑤ 洪湛侯：《诗经学史》，中华书局 2002 年版，"自序"第 4 页。

独立思考派，其成员如康熙年间的姚际恒、嘉庆年间的崔述、同治年间的方玉润，他们共同的特征是不迷信古人旧说，不为传统传疏所束缚，以求实的精神探求文义，对各家注疏逐一辨析。他们在《诗经》研究中所开拓的新风与其所获得的成果至今仍有借鉴意义。其中以方氏的《诗经原始》为代表。"纵观清代诗经学虽流派甚多，各守家法，然重考据训诂，主批判思辨为其一代特征。无论恪守毛郑，发微汉学者，抑或质疑朱《传》，商兑宋学者，即便另辟径途，张扬文学者，再如辑考'三家'，研讨今文者，大致皆有此种特征。"① 由此，就专门著述，将清代诗经学除诗话、笔记、文集中散论琐语外，分为"八个流派：毛郑派、朱《传》派、兼采派、小学派、史学派、文献派、文学派、今文派"②。虽然"诗经学社会风俗、人物史实研究民国始兴，清代诗经学中可举出者寥寥"③，但是"文学派"的研究"为清代《诗经》学增色不少，为《诗经》最终走向文学研究作出了不可抹杀的贡献"④。在民俗学尚未独立存在的历史年代中，我们只能借由与之关系密切的其他学科，例如文学，从两者研究内容的交叉处寻找出其中的民俗因子。

一　历代对《诗经》文学本质的探讨

自汉初《诗》被定为"经"，《诗经》一直以庄严的面目出现，但对它的文学性解读在先秦已有萌芽，如孔子指出"《关雎》，乐而不淫，哀而不伤"⑤；"《诗》三百，一言以蔽之，曰：'思无邪'"⑥；"诗，可以兴，可以观，可以群，可以怨"⑦，认为《诗》有文学色彩，也有教化作用。孔子已关注到了《诗》的文学特点。"汉代是《诗经》经典化的时期，但随着文学观念和文学创作的发展，《诗经》的文学阐释也随之进

① 陈国安：《清代诗经学研究》，博士学位论文，苏州大学，2008 年。
② 陈国安：《清代诗经学研究》，博士学位论文，苏州大学，2008 年。
③ 陈国安：《清代诗经学研究》，博士学位论文，苏州大学，2008 年。
④ 何海燕：《清代〈诗经〉学研究》，人民出版社 2011 年版，第 2 页。
⑤ 杨伯峻：《论语译注》，中华书局 1980 年版，第 30 页。
⑥ 杨伯峻：《论语译注》，中华书局 1980 年版，第 11 页。
⑦ 杨伯峻：《论语译注》，中华书局 1980 年版，第 185 页。

一步发展，由先秦关注用《诗》的'《诗》言志'逐渐向关注作《诗》的'《诗》缘情'过渡。"① 在"《诗》缘情"观念的影响下，汉儒解《诗》在强调伦理教化的同时也注意到一些诗篇的文学色彩，如《毛传》"虽然对兴手法的解说还带有浓厚的政治意味和人伦色彩，但无疑已经窥探到它感发而动的色彩，揭示出文学创作的动因"②。

　　魏晋南北朝时期是文学自觉的时代，一方面诸多文人（如曹操、曹丕等）在创作诗歌时引用或化用《诗经》；一方面文论家（如钟嵘、刘勰等）在对文学创作进行理论总结时注意到《诗经》对后世文学创作的深远影响。

　　宋人疑古惑经，重新审视和评价《诗序》，动摇了《诗序》以政教说《诗》的地位。宋代诗话创作的兴起，进一步促使《诗经》文学阐释的兴盛。"朱熹的《诗集传》是宋学《诗经》研究的集大成著作。它以理学为思想基础，集中宋人训诂、考据的研究成果，又初步地注意到《诗经》的文学特点，是《诗经》研究的第三个里程碑。"③

　　明代文学评点之风兴盛，在中晚期迎来了《诗经》文学评点的高潮。明人诗话中（如胡应麟《诗薮》、郝敬《毛诗原解》）也有对《诗经》的文学研究。刘毓庆认为明代《诗经》学最突出的贡献"在于这个时代第一次用艺术心态面对这部圣人的经典，把它纳入了文学研究的范畴"④。明代《诗经》学的另一新气象是"进一步确认《诗经·国风》的民歌特征，把《郑风》、《卫风》与明代民歌等量齐观，突出民歌真情实感的可贵性，并带有明显的反经学的倾向"⑤。

二　清代"独立思考派"的以文学说《诗经》

　　清代"《诗经》的研究虽以经学研究为主流，但随着前代以文学

---

　　① 何海燕：《清代〈诗经〉学研究》，人民出版社 2011 年版，第 191 页。
　　② 何海燕：《清代〈诗经〉学研究》，人民出版社 2011 年版，第 192—193 页。
　　③ 夏传才：《诗经研究史概要》，清华大学出版社 2007 年版，"1982 年版序"第 12 页。
　　④ 刘毓庆：《从经学到文学——明代〈诗经〉学史论》，商务印书馆 2001 年版，"自序"第 5 页。
　　⑤ 张启成：《诗经研究史论稿》，贵州人民出版社 2003 年版，第 203 页。

说《诗》的日趋发展与兴盛，《诗》作为经和文学的双重身份得到了认可"①。清代运用文学观点论《诗》的学者主要有王夫之、金圣叹、方苞、袁枚、姚际恒、崔述、方玉润等。

（一）清代学者的"以文学说《诗》"

王夫之是清代"从文学角度研究《诗经》的第一人，《诗译》则是从文学角度研究《诗经》的第一部专著"②。姚际恒《诗经通论》"涵泳篇章，寻绎文义"③，论诗既不依傍《诗序》，也不附和朱熹《诗集传》。"姚际恒《诗经通论》的一大成就是对《诗经》的艺术性批评，这对方玉润《诗经原始》以及后代学者从艺术的角度对《诗经》进行批评有很大的影响。"④崔述《读风偶识》也认为《诗序》是卫宏所作，多不可信，主张"体会经文，即词以求其意"⑤。崔述专论《国风》，时有新意。值得一提的是崔述《读风偶识·通论读诗·人心风俗之固》言："国家之所以久，惟在人心风俗之固；而人心风俗之固，惟赖都邑大夫之贤。观《大田》之诗，'遗秉'、'滞穗'以济人，诵《无衣》之篇，'同袍'、'同仇'以结友，不惟无争而且相恤，不惟衣裳可共而且患难可同。俗何以如是美也？无他，大夫廉勤自励，修明政事，扶弱抑强，奸豪有所畏惮，故民得以相安。"⑥将《诗经》解读与人心风俗、大夫之贤、修明政事、民得以相安联系在一起。"至咸丰同治间，方玉润作《诗经原始》，主张'循文按义'以求诗的本旨，认为历代诸家论《诗》，非'考据'即'讲学'两途，都与诗的性情绝不相近，所以自汉迄今，未有达诂。其书主要特色是能注意到《诗经》的文学意义，不再单从'经学'角度解诗；书中文字，辞采斐然，非一般经解之文所能及。"⑦张启成《诗经研究史论稿》将清代的《诗经》研究分为三个主

---

① 何海燕：《清代〈诗经〉学研究》，人民出版社 2011 年版，第 199 页。
② 洪湛侯：《诗经学史》，中华书局 2002 年版，第 560 页。
③ （清）姚际恒：《诗经通论》，中华书局 1958 年版，"自序"第 9 页。
④ 李贺军：《清代〈诗经〉学独立思考派〈诗〉学研究》，硕士学位论文，河南大学，2006 年。
⑤ 崔述：《崔东壁遗书》，上海古籍出版社 1983 年整理本，第 524 页。
⑥ 崔述：《崔东壁遗书》，上海古籍出版社 1983 年整理本，第 577 页。
⑦ 洪湛侯：《诗经论文集》，艺文印书馆 2008 年版，第 9—10 页。

要流派，即复兴古文学派、复兴今文学派、反对复古的独立派。姚际恒、崔述、方玉润是反对复古的独立派的代表。"他们不跟着任何一派跑，所以他们也不为任何一派提倡，在他们生活的时代，他们是不受重视的。只是到近代，人们才发现他们的价值。"① 梁启超最早将姚际恒、崔述、方玉润三人相提并论，他说："清学正统派，打着'尊汉'，'好古'的旗号，所以多数著名学者，大率群守毛序。然而举叛旗的人也不少，最凶的便是姚立方，著有《诗经通论》，次则崔东壁述著有《读风偶识》，次则方鸿濛玉润著有《诗经原始》，这三部书并不为清代学者所重，近来才渐渐有人鼓吹起来。据我们看，《诗序》问题早晚总须出于革命的解决。这三部书的价值，只怕会一天比一天涨高吧？"② 三人不囿于传统，从文学等角度独立客观地解《诗》，这种"疑古辨伪"的思想后又被顾颉刚为首的古史辨派学者大力提倡，姚际恒、崔述、方玉润三人的《诗经》研究越来越受到近现代学者的关注。以上对清代的"以文学说《诗》"择其要，略述之。概括而言，清代的文学阐释在一定程度上打破了传统经学的桎梏，也在探寻作品原意的文学阐释中显现出包含着民俗因子的人情与事理。

（二）方玉润《诗经原始》文学阐释中的民俗因子

《诗经原始》，清方玉润撰。"据本书自序及方氏自撰日记，书成于同治八年（1869）至同治十年（1871）间。"③ "有同治十年（1871）陇东分署刻本、民国四年（1915）云南图书馆刻《云南丛书》本、民国十三年（1924）上海泰东书局据《云南丛书》本石印本。目前的通行本，是中华书局一九八六年排印本，此本是李先耕据陇东分署本整理点校而成。"④

《诗经原始》一书首载方玉润《自序》，《自序》后附《卷首》一编，编分上下。卷首上包括《凡例》和《图》。《凡例》十则，介绍作书主旨和体例。《图》为《诗无邪太极图说》《十五国风舆地图》《大东总

---

① 夏传才：《诗经研究史概要》，清华大学出版社 2007 年版，第 153 页。
② 梁启超：《梁启超论清学史二种》，复旦大学出版社 1985 年版，第 304 页。
③ 张洪海：《诗经汇评》，凤凰出版社 2016 年版，"诗经评点版本叙录"第 22 页。
④ 张洪海：《诗经汇评》，凤凰出版社 2016 年版，"诗经评点版本叙录"第 22 页。

星之图》《七月流火之图》《楚邱定之方中图》《公刘相阴阳图》《豳公七月风化之图》《诸国世次图》《附作诗时世图》九图。卷首下为《诗旨》，叙述自《虞书》《礼记》至清初各家论诗见解，并加入作者案语。正文部分共十八卷，充分凸显出《诗经原始》的体例特点。首载诗文，每篇诗文之前有作者所拟的诗序，诗文之后是作者所写的解题性质的评论。卷一至八为《国风》，卷九至十二为《小雅》，卷十三至十五为《大雅》，卷十六至十七为《周颂》，卷十八为《鲁颂》及《商颂》。各卷每篇先列篇名，下有方氏自撰小序。然后是诗正文，不论长短，均联属成篇，有圈点，眉批、旁批及篇后总评三种点评方式。方氏对《诗》旨的解读不同于经学家恪守《诗序》的做法，其大多站在文学阐释的立场对《诗》旨进行剖析。最后是《集释》和《标韵》。每卷结束之处，还有方氏对此卷各篇的总结。

方玉润《诗经原始·自序》中论述了创作《诗经原始》的原因，他指出：说《诗》者众多，门户纷争，而《诗》旨混乱，姚际恒之说虽有所得但亦有所失，因此"不揣固陋，反覆涵泳，参论其间，务求得古人作诗本意而止，不顾《序》，不顾《传》，亦不顾《论》，唯其是者从而非者正，名之曰《原始》，盖欲原诗人始意也"①。方氏认为解读《诗经》首先要"涵泳全文，得其通章大意"②，只有这样才能"窥古人义旨所在"③。解读诗歌的具体方法"先览全篇局势，次观笔阵开阖变化，后乃细求字句研炼之法，因而精探古人作诗大旨"④。只有这样读者才能与作者产生情感共鸣，从而理解诗歌的内容。"注重诗歌的语言、技巧、形象、意境，以此来阐述诗歌的文学意义，是《诗经原始》的显著特色。"⑤ 另一特色是，"能从民歌风谣的角度解说部分风诗"⑥。如对《周南·芣苢》的解读：

---

① （清）方玉润：《诗经原始》，中华书局 1986 年版点校本，"自序"第 3 页。
② （清）方玉润：《诗经原始》，中华书局 1986 年版点校本，"凡例"第 2 页。
③ （清）方玉润：《诗经原始》，中华书局 1986 年版点校本，"凡例"第 2 页。
④ （清）方玉润：《诗经原始》，中华书局 1986 年版点校本，"凡例"第 2 页。
⑤ 洪湛侯：《诗经论文集》，艺文印书馆 2008 年版，第 12 页。
⑥ 何海燕：《清代〈诗经〉学研究》，人民出版社 2011 年版，第 249 页。

《芣苢》三章，章四句。《小序》谓"后妃之美"，《大序》云"和平则妇人乐有子矣"。皆因泥读芣苢之过。按《毛传》云："芣苢，车前，宜怀妊焉。"车前，通利药，谓治产难或有之，谓其"乐有子"，则大谬。姚氏际恒驳之，谓"车前非宜男草"，其说是矣。然又无辞以解此诗，岂以其无所指实。殊知此诗之妙，正在其无所指实而愈佳也。夫佳诗不必尽皆征实，自鸣天籁，一片好音，尤足令人低回无限。若实而按之，兴会索然矣。读者试平心静气，涵泳此诗，恍听田家妇女，三三五五，于平原绣野、风和日丽中群歌互答，余音袅袅，若远若近，忽断忽续，不知其情之何以移而神之何以旷。则此诗可不必细绎而自得其妙焉。唐人《竹枝》、《柳枝》、《櫂歌》等词，类多以方言入韵语，自觉其愈俗愈雅，愈无故实而愈可以咏歌。即《汉乐府·江南曲》一首"鱼戏莲叶"数语，初读之毫无意义，然不害其为千古绝唱，情真景真故也。知乎此，则可与论是诗之旨矣。《集传》云："化行俗美，家室和平，妇人无事，相与采此芣苢而赋其事以相乐。"其说不为无见。然必谓为妇人自赋，则臆断矣。盖此诗即当时《竹枝词》也，诗人自咏其国风俗如此，或作此以畀妇女辈俾自歌之，互相娱乐，亦未可知。今世南方妇女登山采茶，结伴讴歌，独有此遗风云。①

在这里，方氏指出了《诗序》解诗之谬误，在肯定了姚际恒观点的同时对姚氏的不足处作了必要的补充。从语言特点、抒情方式、诗歌内容等方面与汉乐府《江南曲》、唐代民歌《竹枝词》等作比较，认为"愈俗愈雅，愈无故实而愈可以咏歌"，《芣苢》乃是"诗人自咏其国风俗"的民歌。

又如对《汉广》一诗的解说："殊知此诗即为刘楚、刘萎而作，所谓樵唱是也。近世楚、粤、滇、黔间，樵子入山，多唱山讴，响应林谷。盖劳者善歌，所以忘劳耳。其词大抵男女相赠答，私心爱慕之情，有近

---

① （清）方玉润：《诗经原始》，中华书局1986年版点校本，第85页。

乎淫者，亦有以礼自持者。文在雅俗之间，而音节则自然天籁也。"① 方
氏打破《诗序》桎梏，结合民俗来阐释诗意，认为此诗是民间情歌。
"方玉润这种着眼于民间歌谣特征的理解，具有比较文学的眼光，新颖
而言之有据，深得现代学者的赞赏。游国恩主编的《中国文学史》提及
该诗，即引用了方玉润的以上说法。《辞海·文学分册》的《芣苢》条
目，也采用和肯定了方氏说。"② 综上，一方面我们同意"《诗经原始》
是一部以探明《诗经》本旨为目标，突破了今古文学派的藩篱，完全从
文学的角度对《诗经》进行全面诠释且影响较大的笺注评点本"③。另一
方面，我们也应进一步关注方玉润《诗经》文学阐释中生动的民俗
因子。

---

① （清）方玉润：《诗经原始》，中华书局 1986 年版点校本，第 87 页。
② 张启成：《诗经研究史论稿》，贵州人民出版社 2003 年版，第 215 页。
③ 张洪海：《诗经汇评》，凤凰出版社 2016 年版，"诗经评点版本叙录"第 23 页。

第二章　新文化背景下的《诗经》民俗学阐释

新文化"是与旧文化相对应而提出的时代概念，而不是与西方文化相对应的民族概念"①。陈独秀在 1920 年 4 月 1 日《新青年》著文《新文化运动是什么?》强调:"新文化是对旧文化而言。文化底内容，是包含着科学、宗教、道德、美术、文学、音乐这几样;新文化运动，是觉得旧文化还有不足的地方，更加上新的科学、宗教、道德、文学、美术、音乐等运动。"② 新文化与旧文化同样包含着科学、宗教、道德、文学等方面内容，但这些内容又不尽相同，新文化的内容比旧文化更丰富，可以弥补旧文化的不足。文化会随着历史的发展变化而变化。"无论一个民族的历史多么久远，文化积淀多么厚重，一旦其社会生活本身发生根本性变革，它的学术文化主潮的内容及其走向都将发生前所未有的变迁。"③ 新文化的产生是与中国社会由传统农耕文明向近代工业文明转型的文化变迁相适应的，是中国近代化进程中文化转型的必然环节。近代中国社会的转型，是"从简单的、一元结构的、功能普泛化的封闭社会，向复杂的、多元结构的、功能专一化而又有高度整合性的开放社会转变的过程"④。在这"三千年未有之大变局"⑤ 中，社会环境、文化环

---

① 王先明:《近代新学——中国传统学术文化的嬗变与重构》，商务印书馆 2000 年版，第 26 页。

② 陈独秀:《陈独秀文章选编》（上），生活·读书·新知三联书店 1984 年版，第 512 页。

③ 王先明:《近代新学——中国传统学术文化的嬗变与重构》，商务印书馆 2000 年版，第 13 页。

④ 罗荣渠:《现代化新论——世界与中国的现代化进程》，北京大学出版社 1993 年版，第 150 页。

⑤ 孔令伟:《试论李鸿章的"三千年未有之大变局"》，《才智》2018 年第 5 期。

境都发生了前所未有的变化。

第一节　近代社会转型与《诗经》新阐释

　　1840 年的鸦片战争使中国沦为半殖民地半封建社会，丧失了独立自主的地位，并促进了自然经济的解体，同时揭开了中国人民反抗外来侵略的篇章。中国社会进入了一个大变动、大转型的历史时期。所谓社会转型是指从传统农业社会向近代工业社会的转变，即中国社会开始从自然经济为主导的农业社会向商品经济占主导的工业社会转变，伴随着这一转变，社会政治经济发生了新旧结构的更替。政治经济上的变动、转型带来了思想文化上的革新、转变。在传统向现代过渡的这一过程中，《诗经》学研究也随之发生了变革，学者对《诗经》作出了新的阐释。中国近代史从 1840 年开始到 1949 年结束，整个中国近代史是中国沦为半殖民地和半封建社会的历史。从 1840 年鸦片战争到 1919 年五四运动前夕，是旧民主主义革命阶段，这一时期政治经济的转型为《诗经》民俗学阐释提供了必要的前提条件；从 1919 年五四运动到 1949 年中华人民共和国成立前夕，是新民主主义革命阶段，这一时期《诗经》民俗学阐释应运而生并取得了不容忽视的成果。

一　晚清社会转型与《诗经》阐释的近代化倾向

　　19 世纪上半期，清王朝逐步走上了衰败的道路，政治腐败，财政拮据，国防虚弱，危机四伏。内外交困的政治、经济形势，以及由此引发的思想文化革新，推动着中国社会向近代社会的转型。"一个时代有一个时代的学术文化，每个时代的学术文化都是在其时代的政治、经济、社会和学术思潮以及科学文化总体发展水平的基础上对传统学术的延续和推进。"[1] "晚清社会的转型是伴随着社会的现代化进程的，现代化是晚清社会转型的突出特征。"[2] 这一时期的《诗经》研究也呈现出从传统

---

[1]　夏传才：《二十世纪诗经学》，学苑出版社 2005 年版，第 34 页。
[2]　王成：《晚清诗学的演变研究——以"今文学"与诗学之关联为中心》，博士学位论文，山东师范大学，2011 年。

向现代过渡的特色。

（一）经世致用：今文经学派为近代学者解诗开辟了新途径

鸦片战争以后，西方资本主义国家打开了中国闭关自守的大门，各国列强不断侵占中国领土。英国最早以武力胁迫中国割让领土，此后德、法、葡、俄等国也强行租借或割占中国海面、领土。边疆危机接踵而至，大片国土沦丧。至 19 世纪后半期，在帝国主义列强的鲸吞蚕食之下，中国的疆域已明显缩小。边疆危机"是清政府政治腐败、弱国外交造成的必然恶果"①，为保卫领土完整，中国人民进行了长期的、艰苦卓绝的斗争，这种救亡图存的意识体现在诗经学研究中，则表现为《诗经》阐释的近代化倾向。

在传统秩序即将崩溃之时，学者为了冲破经传传统和烦琐考据的桎梏，选择了以今文经传的内容和形式来议论时政。龚自珍和魏源被视为"维新变法运动的思想先驱和晚清学术思想的开启者"②，他们利用今文经学宣传社会改革思想，通过对《诗经》的诠释来宣传社会改革。魏源的《诗古微》是清代今文学派诗经学的重要代表作品，《序言》中说："《诗古微》何以名？曰：所以发挥齐、鲁、韩《三家诗》之微言大谊，补苴其罅漏，张皇其幽渺，以豁除《毛诗》美、刺、正、变之滞例，而揭周公、孔子制礼正乐之用心于来世也。"③ 魏源破除了《毛诗》"美刺"之说：

> 甚哉！美刺固《毛诗》一家之说，而说者又多失其旨也。夫《诗》有作《诗》者之心，而又有采《诗》、编《诗》者之心焉；有说《诗》者之心，而又有赋《诗》、引《诗》者之心焉。④

> 《毛诗》宜破者曰"美刺"之例，……美刺之说，则子于《毛诗明义篇》已畅之，而未及三家古义。夫诗之道，今古一同，志有所之

---

① 张宪文等：《中华民国史·第一卷（1912—1927 年）》，南京大学出版社 2013 年版，第5 页。

② 夏传才：《二十世纪诗经学》，学苑出版社 2005 年版，第 34—35 页。

③ 魏源：《魏源集·诗古微序》，中华书局 1983 年版，第 119—120 页。

④ 魏源：《诗古微·毛诗明义一》，岳麓书社 1989 年版，第 54 页。

而形于言，岂有抒写怀抱之作十不一二，而篇篇美刺他人者？……今所存《韩诗序》自《关雎》、《蟋蟀》、《雨无极》三篇为刺诗外，其余皆自作之词。《新序》、《列女传》载《二子乘舟》、《黍离》、《芣苢》、《汝坟》、《行露》、《柏舟》、《硕人》、《燕燕》、《式微》、《大车》诸诗亦然。诗以言志，万古同符，而人必守"美刺"之说者，则恐与"无邪"之旨妨也。……是《韩诗》固未尝以诗人皆无邪而必为刺诗也。……是《鲁诗》亦未尝以《诗》皆无邪而必为刺诗也。自《毛诗》以采《诗》、编《诗》之意为主，多归之美刺，说者不察，遂并以美刺为诗人之意，比、兴凿枘，《风》、《雅》茅塞。请即以《毛诗》质之。①

是三家特主于作《诗》之意，而《毛序》主于采《诗》、编《诗》之意，似不同而实未尝不同也。……作《诗》者意尽于篇中，序《诗》者事征于篇外。是《毛传》仍同三家，不以序《诗》为作《诗》，似相牴而非相牴也。

本三例以读全《诗》，则知《芣苢》、《兔罝》、《摽梅》、《汉广》，皆男女民俗之诗，而推其止乎礼义……虽非诗人言志之初心，适符国史美刺之通例。

三家之得者在原诗人之本旨，其失者在兼美刺之旁义。②

指出三家诗和《毛诗》之间存在着"作《诗》之意"与"采《诗》、编《诗》之意"的不同，《毛诗》的"美刺"之说只是其一家之言，认为《诗》应以齐、鲁、韩三家为主，对受到古文经学家质疑的三家诗予以论证并加以肯定。值得注意的是，魏源虽质疑《毛诗》一家之言的义例，但并未质疑"美刺"说诗的方法，认为男女民俗之诗是可以"推其止乎礼义"的，"虽非诗人言志之初心，适符国史美刺之通例"。魏源"大破《毛诗》'美刺'之说，拨开一千多年来笼罩在《诗经》这部古代最早的诗歌总集上的雾罩，揭示古代诗篇与社会生活、人物、事

---

① 魏源：《诗古微·三家发微下》，岳麓书社 1989 年版，第 80—82 页。
② 魏源：《诗古微·齐鲁韩毛异同论中》，岳麓书社 1989 年版，第 166—169 页。

件的本来联系，重视其本来面目"，由此"清除了古文学者给《诗经》层层涂抹上去的宣扬纲常伦理的封建卫道色彩，重新使古代诗篇获得活泼的生命，从而为近代学者解诗打开了一条新的途径"①。

目睹社会危机，与魏源志同道合的龚自珍亦致力于经世致用之学，为提倡"通经致用"的今文经学派的重要人物，其所著《五经大全始终》采用今文学，以发挥微言大义的形式，通过对《诗经》的评论，宣传社会改革、阐发治乱改制的思想。龚自珍在《己亥杂诗》第63首中言："经有家法夙所重，诗无达诂独不用。我心即是四始心，沉寥再发姬公梦。"自注："为《诗非序》、《非毛》、《非郑》各一卷。予说诗以涵泳经文为主，于古文、毛、今文三家，无所尊，无所废。"② 关于"四始"，《史记·孔子世家》载："《关雎》之乱以为《风》始，《鹿鸣》为《小雅》始，《文王》为《大雅》始，《清庙》为《颂》始。"③ 汉儒对此观点不一，齐、鲁、韩、毛皆有四始之说。龚自珍言明"无所尊，无所废"，其用意在于超越汉儒家法、师法之争，追寻《诗经》的政教本义。可见，"龚自珍阐扬《诗经》传统，主要还是就《诗》作为经典的意义给予阐发，以礼乐传统来恢复'诗'的文化、政治关怀"④。同时，要注意的是"这种阐发并非只是考古和复古，而是始终具有观照现实以及致用当代的积极诉求"⑤。在这种意识的影响下，龚自珍特别注重文学与社会政治的关联。他"讨论文学亦本着知人论世的态度，以文学观照时代兴衰，视文学为社会政治信息载体"⑥，这对近代学者重新估定《诗经》的价值、探讨如何以《诗经》民俗阐释推动"再造文明"有积极的影响。无论是魏源对《毛诗》的质疑、对男女民俗之诗可以"推其止乎

---

① 陈其泰：《清代公羊学》，东方出版社1997年版，第217页。
② 龚自珍：《龚自珍全集》，上海古籍出版社1975年版，第515页。
③ （汉）司马迁：《史记》，中华书局2011年版，第1733页。
④ 韩军、王宏波：《"心史纵横"：龚自珍诗论之双重形态辨析》，《华中学术》2012年第2期。
⑤ 韩军、王宏波：《"心史纵横"：龚自珍诗论之双重形态辨析》，《华中学术》2012年第2期。
⑥ 韩军、王宏波：《"心史纵横"：龚自珍诗论之双重形态辨析》，《华中学术》2012年第2期。

礼义"的强调，还是龚自珍对《诗经》政教本义的追寻、对《诗经》文学与社会效用的重视，都呈现出异于传统的"现代"气息，提倡经世致用的今文经学派为近代学者解诗开辟了新途径。

20世纪二三十年代，学者突破传笺束缚，将《诗经》与社会现实结合起来，将《诗经》阐释与重整道德、救亡图存直接联系起来。邱培豪在《中国古代思潮的一瞥》中说："我们中国的《诗》三百篇，也是一时代思潮的产品，如今要知道那时代的思潮，应先从《国风》入手。《国风》二字简单说一句，就是当时各国诸侯领土中的一种民俗歌谣，一出于自然，没有韵律格式的拘束，社会阶级的区别，的确足为一时代思潮之代表"[1]，既将《诗经》诠释与社会思潮结合起来，又明确指出了《国风》"民俗歌谣"的性质，其以《关雎》篇为例阐述了《诗经》研究应打破《毛传》的束缚，"解放自己"：

> 大凡一时代的思潮，总是一时代时势的反动。《诗经·国风》第一篇，《周南·关雎》，历来经学家如郑玄、朱熹、王质、孔颖达，都说是文王、后妃德泽所化，诗人因兴而美之。齐、鲁、韩三家却又说是康王政衰，贤人有感而作的刺诗，例如：
>
> 韩诗"当时大人，内倾于色，贤人见其萌，故咏《关雎》，说淑女，正容仪以刺时"。
>
> 鲁诗"佩玉晏鸣，《关雎》叹之"。
>
> 齐诗"昔周王承文王之盛，一朝晏起，夫人不鸣璜，宫门不击柝，关雎之人，见几而作"。
>
> （以上见宋王应麟《诗考》）
>
> 《经义杂记》又说"三家诗义《关雎》为刺诗，今考之汉人，则《二南》《小雅》皆刺诗也"。韩婴、申培、辕固，是汉初最先的说诗学者，他们说《关雎》，意见都是一样。《毛诗》在汉最晚出，独持异议。迨三家诗次第失亡，后来说诗士子，便一味崇信毛说，至奉为金玉科律，虽有一二中心不怿，稍主异说的，亦竟柔化，不

---

[1] 邱培豪：《中国古代思潮的一瞥》，《湖州月刊》1925年第4期。

敢公然同他们较量，千年来的神圣无辜的《诗经》因此便全被《毛
传》抓住了。如今我们要免去历来经门中人解《诗》的积弊，便是
要从大处落墨，不要再蹈前人覆辙，专向千年下压积的旧字纸里面
讨生活，要寻条活路，用正确的眼光来先解放自己，不作盲从瞎附
传笺的瞽者。①

　　作者指出三家诗与毛诗在《诗经》阐释上存在不同，三家诗消亡
后，千年来"神圣无辜的《诗经》"一直"被《毛传》抓住"的这一解
诗积弊，现今的《诗经》研究不能再蹈前人覆辙，"要寻条活路"，即
"用正确的眼光来先解放自己，不作盲从瞎附传笺的瞽者"。将解诗与国
家社会现实相结合，强调《诗经》中的"国家思想"："世乱丧离，国柄
颠倒，思今怀昔，于潦倒困厄中间，人们最富于国家思想。《国风》中
诗人国家思想的流露，虽不及大小《雅》诗人之显，然而有几首说来却
狠沉痛"。② 在这里，作者将解诗与"世乱丧离，国柄颠倒"的社会背景
相结合，以《王风·谷有蓷》《桧风·匪风》《秦风·车邻》等诗篇为
例，申明了《国风》与大小《雅》一样蕴含着诗人的"国家思想"。
　　知非的《新诗经：重整道德运动四章》则以"旧瓶装新酒"的形式
将《诗经》与重整道德联系起来：

至诚

　　循循善诱，师道自尊；孜孜聆诲，学业日增；待人莫欺，信道
益深！

无私

　　天无私覆，地无私载；日无私照，圣无私睐；天下为公，世界
永泰！

纯洁

　　见利思义，见危授命；泾渭当分，贪泉莫饮，身如白圭，四知

---

① 邱培豪：《中国古代思潮的一瞥》，《湖州月刊》1925 年第 4 期。
② 邱培豪：《中国古代思潮的一瞥》，《湖州月刊》1925 年第 4 期。

识认！

博爱

墨子兼爱，摩顶放踵；基督牺牲，救世济众；立人达人，祸福与共！①

作者以《诗经》的四言诗形式抒写了四种"至诚""无私""纯洁""博爱"道德，结合诗句"待人莫欺""世界永泰""见危授命""救世济众"之意，不难见出当时社会之动荡、重整道德之急迫。另外，从此文提及"基督牺牲，救世济众"与前文《中国古代思潮的一瞥》言及"秦国风俗，一如欧洲纪元前的雅典斯巴达，素称强悍，乐于战斗"②中可见研究者的视野不仅不再局限于中国经传，而且已将《诗经》研究置于中西文化对比的视域中。

徐英《读经救亡论》一文针对"国人震于西学之足以强人国，而谓经学之可以灭吾种"③的言论，从"不究经义者，不得非议读经，亦犹不解科学者，不得非议科学也""论经之价值""关时人之妄论""读经之方"四个大方面阐述了读经可救亡之论。作者对"宋明有清以经学亡国""经学为古代封建社会之遗物""经说之摧残民权""经学艰深，阻碍文化发达""经学艰深，阻碍儿童智力""中学生不宜读经""小学生不宜读经"的"时人妄论"进行了批驳。着重指出，对中华民族而言，"经"具有不可替代的重要价值，分别从"诸子百家之学，皆出于经也""经者吾文化之核心也""经者吾文化之本位也""修齐治平之道，立国之基也""历代英贤豪杰之士，多通经术""吾历史不可忘，即经不可忘也"六个方面论述了经的价值，强调"经者吾文化之核心"：

文学本出于经也，文史诸子，盖出于经，而后知我二千余年之思想学术，无不源于经，由此思想学术以熔铸之典章制度、经国大

---

① 知非：《新诗经：重整道德运动四章》，《新青年（上海）》1939 年第 3 期。
② 邱培豪：《中国古代思潮的一瞥》，《湖州月刊》1925 年第 4 期。
③ 徐英：《读经救亡论》，《安徽大学月刊》1935 年第 7 期。

法，自无不以经为核心；由此思想学术以陶冶之民族精神、民族意识、民族人格、民族本性，自无不以经为核心。故曰：经者吾文化之核心也。①

由上述三例可见，在晚清学者"经世致用"观念的启发下，近代学者的《诗经》研究不再囿于传笺，而能与国家现状、社会现实相结合，在新旧文化嬗变、中西文化冲突背景下关注《诗经》"非经典"的一面，如《诗经》的文学色彩、民俗歌谣性质；关注《诗经》观照现实的功能，如将解诗与道德重建、救亡图存的社会现实相联系。

（二）民间文学观点：维新派学者对近代学者解诗的启发

清朝晚期，封建主义生产关系仍占统治地位，但资本主义经济已经产生并逐步发展起来。鸦片战争以后，外国资本主义的入侵，在打破中国资本主义正常发展规律的同时，也间接刺激了中国社会图存意识的发生和壮大。

19 世纪末至 20 世纪初，民族资本主义经济有了初步发展，它虽然有着诸如资金短缺、设备较为落后、生产能力较为低下等无法避免的缺陷，但不可否认的是它推动了社会生产力的发展，客观上为即将兴起的民族民主革命运动奠定了物质基础。正是"由于中国资本主义经济的不断发展，一个以新知识、新思想培育的新知识阶层涌现出来。而新型知识阶层的出现，是与清末教育制度的变革分不开的"②。两千多年来，中国实行的是以儒学为中心的封建主义教育制度。鸦片战争后，随着近代资本主义的发展和西学的传播，在西方文明的影响和列强船坚炮利的冲击下，中国先进的知识分子意识到必须改革因循守旧的教育制度，培养适应新时代要求的新型人才。自 1862 年在北京设立同文馆开始，清政府不断在各地开设新式学堂，并派遣留学生至西方各国直接学习先进的科学文化和治国经验。由于晚清时期广泛推行新式教育制度，到清朝末年，

---

① 徐英：《读经救亡论》，《安徽大学月刊》1935 年第 7 期。
② 张宪文等：《中华民国史·第一卷（1912—1927 年）》，南京大学出版社 2013 年版，第37 页。

一个初步具有现代思想意识的新型知识阶层已经形成。"在西学的影响下，向来受儒家思想支配的中国士林，在观念意识上开始发生深刻的变化。三纲五常的伦理道德，受到西方现代政治、社会观念的冲击；知识群体中，崇尚实用，重视科学技艺，追求自由、民主、平等的风气日渐浓厚，逐步改变了中国传统的单一的封建文化结构。这些观念意识的变化，成为中国改革运动的推动力。"①

《马关条约》的签订与瓜分狂潮的接踵而至，唤醒了中国人民的危亡意识，催生了中国新兴政治力量的诞生，以康有为、梁启超为代表的维新派，为挽救民族危亡，发起变法维新运动。他们在政治上主张建立类似西方资本主义国家的议会，经济上要求发展资本主义工商业，反对封建洋务派的官督商办；文化上提倡改革科举制，讲求和引进西学。"晚清维新派学者，在经学上的立场多属于经今文学派，在文学上为桐城变体，多数人则怀抱着改革文学的志愿。因此一场新文学运动伴随维新政变而起，并影响一代知识分子的文化意识。"② 在以歌谣观点诠释《诗经》方面，尤以黄遵宪的影响较为显著。

1. "诗界革命"与《诗经》新阐释

1896 年，夏曾佑、谭嗣同等人最早提出了"诗界革命"的观点，但这个新诗运动在当时并未取得成功。戊戌变法失败之后，梁启超发表《汗漫录》重新为"诗界革命"订立了标准，尤为推崇黄遵宪的诗歌作品和诗学理论。黄遵宪的诗作运用现实主义方法，反映了近代中国的许多重大历史事件，有"诗史"之称，为资产阶级改良派的"诗界革命"奠定了重要基础。"黄遵宪既是一位觉悟很早，自觉程度很高的启蒙思想家，也是一位'师夷长以制夷'积极尝试者，还是一位兴教育、开民智的主动实施者。"③ 黄遵宪《杂感》五首中的第二首："我手写我口，

---

① 张宪文等：《中华民国史·第一卷（1912—1927 年）》，南京大学出版社 2013 年版，第40 页。

② 陈文采：《清末民初〈诗经〉学史论》，花木兰文化出版社 2007 年版，第 16 页。

③ 柯玲：《五四新文化运动的"预演"——"诗界革命"与黄遵宪之本心》，《华东师范大学学报》（哲学社会科学版）2003 年第 2 期。

古岂能拘牵。即今流俗语，我若登简编。五千年后人，惊为古斓斑。"①
表现出打破旧传统束缚的气魄和对民间口头文学的认同与向往，被视为
"诗界革命"的宣言。黄遵宪对民间、民俗、民歌的钟情与其家庭出身、
生活环境、个人喜好、诗学观念等方面有关。正如黄鸣岐在《黄遵宪诗
歌中的民歌风格》中指出："黄遵宪在当时之所以会提出'我手写我口'
的主张，固然是由于他受了欧美资产阶级民主革命思想的影响所致，但
另一方面受当地民歌风格的影响，也是一个很重要的原因。"② 黄遵宪的
家乡梅县，民歌盛行，当地人特别是劳动人民普遍喜欢唱山歌，山歌是
他们表达思想感情的工具。黄遵宪从小受到山歌和客家文化的熏陶，对
民歌有特殊的情感。一方面，民歌影响了黄遵宪的诗歌创作；另一方面，
黄遵宪的诗歌创作也将民歌推向一个新高度。黄遵宪不仅辑录了歌谣、
编纂了《新国风》，还提出了关于歌谣价值的意见，如《山歌题记》中
指出：

> 十五国风，妙绝古今，正以妇人女子矢口而成，使学士大夫操
> 笔为之，反不能尔。以人籁易为，天籁难学也。余离家日久，乡音
> 渐忘，辑录此歌谣，往往搜索枯肠，半日不成一字。因念彼冈头溪
> 尾，肩挑一担，竟日往复，歌声不歇者，何其才之大也？③

在这里，黄遵宪着意强调《国风》绝妙古今的原因在于它是"妇人
女子，矢口而成"，而这"矢口而成"的民谣却是学士大夫不能"操笔
为之"的。这"矢口而成"的歌谣才是难能可贵的"天籁"。既指出了
《国风》民俗歌谣的性质，又肯定了歌谣的宝贵价值。"这种直接将
《风》诗等同歌谣的见解，对民初以歌谣观点诠释《诗经》的工作，具
有一定启示作用。"④ 有深厚的"山歌情结"的黄遵宪，其"诗歌创作走
民间的路子，深刻地彰显了他诗歌革新的理念，成为了现代新诗发展的

---

①　黄遵宪：《黄遵宪全集》（上），中华书局 2005 年版，第 75 页。
②　黄鸣岐：《黄遵宪诗歌中的民歌风格》，《文史哲》1957 年第 6 期。
③　黄遵宪：《黄遵宪全集》（上），中华书局 2005 年版，第 275 页。
④　陈文采：《清末民初〈诗经〉学史论》，花木兰文化出版社 2007 年版，第 18 页。

基本走向。黄遵宪身体力行的'歌谣化'诗歌创作实践，对'五四'以后中国新诗发展打开了思路，由此，中国白话诗脱下了诗歌语言典雅华美的古代文言盛装，换上了 20 世纪平民百姓的口语便装"①。黄遵宪认为通俗诗歌应该反映新的社会生活和思想，其诗歌的一个重要特征就是语言的通俗化、口语化。"通俗化的语言是改良派开民智、新民德的重要工具。"② 这种民间"流俗之语"朴素易懂，适合用来宣传新思想、新道德，正合乎思想启蒙的需要。

黄遵宪的"'诗界革命'几乎包涵了五四新文化运动所有的进步因子，可以看作是五四新文化运动的一次预演。'诗界革命'以及围绕诗界革命所采用的方法、手段、渠道和措施成为日后五四新文化运动直接的借鉴"③。其一，黄遵宪的民间文学观点对五四学人有所启迪。黄遵宪将"妇人女子矢口而成"的《国风》视为民谣、视为"天籁"，体现出他对民间文学口语化特点的重视。这种推崇民间文学的态度，也流露于新文化运动领袖之一胡适的笔下：

　　我研究语言文字的历史，曾发现一条通则：在语言文字的沿革史上，往往小百姓是革新家而学者文人却是顽固党。从这条通则上，又可得一条附则：促进语言文字的革新，须要学者文人明白他们的职务是观察小百姓语言的趋势，选择他们的改革案，给他们正式的承认。④（《国语月刊》"汉字改革号"卷头言）

在语言文字沿革问题上，胡适将"小百姓"视为"革新家"，将"学者文人"视为"顽固党"，并进一步指出"学者文人"应正式承认"小百姓"的"改革案"。这种对民间、民俗力量的尊重和认同与黄遵宪

---

　　① 周晓平：《黄遵宪诗歌创作"歌谣化"的现代阐释》，《成都大学学报》（社会科学版）2012 年第 2 期。

　　② 周晓平：《黄遵宪诗文革新与"五四"新诗内在发展逻辑——兼与李卫涛先生商榷》，《齐鲁学刊》2014 年第 4 期。

　　③ 柯玲：《五四新文化运动的"预演"——"诗界革命"与黄遵宪之本心》，《华东师范大学学报》（哲学社会科学版）2003 年第 2 期。

　　④ 胡适：《胡适文集3》，北京大学出版社 1998 年版，第 651 页。

对民间文学的推崇态度非常近似。在《谈新诗》文中胡适也对《诗经》民谣特色予以认同：

> 我们若用历史进化的眼光来看中国诗的变迁，方可看出自《三百篇》到现在，诗的进化没有一回不是跟着诗体的进化来的。《三百篇》中虽然也有几篇组织很好的诗如"呡之蚩蚩"、"七月流火"之类；又有几篇很好的长短句，如"坎坎发檀兮"、"园有桃"之类；但是《三百篇》究竟还不曾完全脱去"风谣体"（Ballad）的简单组织。①

胡适认为尽管《诗经》中有"几篇组织很好的诗"，以及有"几篇很好的长短句"，但《三百篇》仍未脱去"风谣体"的简单组织，即《诗经》具有民谣的特点。这同样与黄遵宪的见解颇为一致。

新文化运动的另一领袖陈独秀也在《文学革命论》中提出："推倒雕琢的阿谀的贵族文学，建设平易的抒情的国民文学"；"推倒陈腐的铺张的古典文学，建设新鲜的立诚的写实文学"；"推倒迂晦的艰涩的山林文学，建设明了的通俗的社会文学"②。并认为"《国风》多里巷猥辞"③。陈独秀提倡的国民文学、写实文学、社会文学与黄遵宪所推崇的民间文学亦相似，而陈独秀认为"《国风》多里巷猥辞"也与黄遵宪认为"十五国风，妙绝古今，正以妇人女子矢口而成"相近，即《国风》是民谣。可见，"诗人黄遵宪对于民歌的见解，是我们近代民间文艺学史上相当重要的一页"④。黄遵宪这种直接将《风》诗等同歌谣的见解以及对民间文学的推崇对新文化运动学者的《诗经》研究有着深远的影响。

其二，黄遵宪的民俗观对五四学人的《诗经》民俗学阐释多有启

---

① 胡适：《胡适文集2》，北京大学出版社1998年版，第137页。
② 胡适：《胡适文集2》，北京大学出版社1998年版，第16页。
③ 胡适：《胡适文集2》，北京大学出版社1998年版，第16页。
④ 钟敬文：《晚清时期民间文艺学史试探》，《北京师范大学学报》（社会科学版）1980年第2期。

发。黄遵宪不仅是晚清的爱国主义诗人、维新改良派的政治活动家，还是卓越的民俗学者。"晚清时期，革命思潮高涨，黄遵宪运用当时西方启蒙主义的理论和方法，提出民族民俗是'思想启蒙利器'。他说：'天下合国之人、之心、之理没有不同'，因此，'必须研究通晓民俗'，'重邦交、考国俗'。"① "黄遵宪民俗观，突出特点有三：宽泛的民俗观；移风易俗的焦虑、希望与对精神民俗的倚重；对民俗文艺的倚重和运用。他积极地辑录歌谣，即从山歌中吸取精妙语言，并赞美山歌的艺术性。"② 黄遵宪的诗作和诗歌理论都有着明显的民俗特色。《人境庐诗草》《日本杂事诗》中有不少诗词是反映中华民族、日本社会民间风土人情的。他的创作实践中寄予着"移风易俗""治国化民"的目的。随着五四民俗学运动的深入发展，黄遵宪对于中国民间文学、民俗学的研究，被五四学者发现并重视起来。近代倡导用民俗学的方法来研究《诗经》的学者首推闻一多。他认为《国风》是民间歌谣，应该运用民俗学的方法来研究，并且参照与《诗经》时代大致相同的少数民族资料，作出印证和推断。如在《说鱼》一文中，闻一多从隐语的定义和功用入手，引出中国以"鱼"代"匹偶"或"情侣"，并以《周易》、《左传》、《诗经》、《管子》、乐府诗等古代典籍以及近代众多的民歌为证。他继而论证了打鱼、钓鱼为求偶的隐语，烹鱼或吃鱼喻合欢或结配，而吃鱼的鸟兽是主动一方，鱼为被动一方。在以丰富的例证进行论述后，闻一多在文末《探源》中揭示出鱼象征配偶的文化意义："在原始人类的观念里，婚姻是人生第一大事，而传种是婚姻的唯一目的"，"种族的蕃殖既如此被重视，而鱼是蕃殖力最强的一种生物，所以在古代，把一个人比作鱼，在某一意义上，差不多就等于恭维他是最好的人"③。

在对民间文学、民俗学的重视方面，晚清学者中无人能与黄遵宪相比，无论是理论阐释，还是创作实践，黄遵宪都作出了贡献。"他既借

---

① 钟敬文：《民俗学概论》，上海文艺出版1998年版，第411—412页。

② 周晓平：《从黄遵宪到胡适："五四"新文学何以可能》，《中国文学研究》2014年第3期。

③ 文之：《生殖崇拜的揭示——论闻一多〈诗经〉研究的独特文化视角》，《中国韵文学刊》1995年第1期。

助民间文学题材，体式和语言上的多重活力激活萎靡不振的古典诗歌，又利用其通俗性和普及性来弘扬维新思想，并作为开发民智的有力工具。他取法民间文学的审美尝试，诗歌创作走向民间，及其所衍生的'我手写我口'与'言文一致'等一系列理论，实际上为'五四'新文学进行了艰难而卓有成效的铺垫"①。

2. 提倡白话与《诗经》新阐释

战国以前，当时的语言和文言基本是合一的，在历史发展进程中，两者渐渐分离，"文言"成为记录"语言"的主要形式。随着社会和文化自身发展的需要，特别是到了近代，中西文化碰撞与交流，打破"文言"和"语言"分离的局面变得更为迫切。清朝晚期，中国社会重心逐渐下移，清政府逐渐丧失了社会凝聚力。有识之士逐渐认识到要解决中国的问题应该将希望寄托在人民身上。"必须唤起那最大多数的民众来共同担负这个救国的责任。他们知道民众不能不教育，而中国的古文古字是不配做教育民众的利器的。"② 报刊舆论宣传是维新运动的主要内容之一，与之相应的是白话报刊大量出现。一方面，维新派学者提出了倡导白话的理论。"从 1870 年代末黄遵宪纵览泰西各国及日本语言文字和文学变革发展大势，提出中国必须走'语言与文字合'的道路及行文必须'适用于今、通行于俗'的历史要求，到戊戌前夕梁启超在《沈氏音书序》中视'民智'为'国强'之根基，视言文合一为开民智之必要手段与途径，进而在《变法通议·论幼学》中将语文合一目标明确指向'俚语'，以及陈荣衮试图打破千百年来形成的语言雅俗界限的历史性努力，再到'百日维新'期间裘廷梁发表《白话为维新之本》，旗帜鲜明地提出'崇白话而废文言'的战略口号，晚清白话文运动先驱者'有意提倡白话'的理论自觉意识逐渐明朗，晚清白话文运动自此进入理论自觉阶段。"③

一方面，维新派学者为了实现"鼓民力、开民智、新民德"的变法

---

① 周晓平：《从黄遵宪到胡适："五四"新文学何以可能》，《中国文学研究》2014 年第 3 期。

② 胡适：《中国新文学大系·建设理论集》，上海文艺出版社 2003 年版，"导言"第 6 页。

③ 胡全章：《白话文运动：没有晚清何来五四》，《贵州社会科学》2012 年第 1 期。

目的创办了中国近代史上最早的一批白话报刊，其中较为著名的有《演义白话报》《无锡白话报》《平湖州白话报》《通俗报》《女学报》等。"清末的白话文运动，第一个值得重视的现象是白话报刊的蓬勃发展。"① 据不完全统计，辛亥革命前 10 年，至少有 130 多种白话报纸出版。这些报刊虽然大多存世时间不长，但从事启蒙运动的知识分子对各种媒体的对象都有清楚的了解和定位，报刊针对性比较鲜明。如《蒙学报》1897 年在上海创刊。宗旨是"以启蒙为主"②，针对的读者为儿童。"以图说、歌诀为第一要义"③，译述西方通俗儿童作品，浅易平实，是清末维新派最先用口语编写的白话报刊之一。《女学报》1898 年在上海创刊。针对读者为女性，提倡女学、女权，鼓吹婚姻自由，妇女参政。设论说、新闻、征文等栏目，使用白话。《杭州白话报》1901 年在杭州创刊。文章均采用通俗的白话文体。以宣传民主主义革命，反对帝国主义侵略为宗旨，提倡男女平权和爱国精神。是当时出版的白话文刊物中影响较大的一种。《中国白话报》1903 年在上海创刊。分论说、历史、传记、新闻、小说等栏目。以劳动者和青少年学生为主要宣传对象，是鼓吹革命的白话文刊物。《安徽俗话报》1904 年在芜湖创刊，陈独秀主编。以开通民智，救亡图存为主旨，宣传民主革命思想，反对帝国主义侵略中国，对社会弊病亦有揭露。陈独秀曾以"三爱"笔名刊发《说国家》《亡国篇》《恶俗篇》等文，是晚清影响较大的白话文刊物之一。"这些白话报刊运用浅俗的文字向民众传播变法与启蒙思想，对促进现代白话文的形成与发展奠定了基础。"④

"晚清白话报刊作为面向中下层民众的启蒙读物，不仅要照顾到读者对报刊的接受能力，还要考虑到启蒙的文化目的。"⑤ 尽管"晚清白话文

---

① 李孝悌：《清末的下层社会启蒙运动：1901—1911》，河北教育出版社 2001 年版，第 254 页。

② 夏征农、陈至立：《大辞海·中国近现代史卷》，上海辞书出版社 2013 年版，第 88 页。

③ 夏征农、陈至立：《大辞海·中国近现代史卷》，上海辞书出版社 2013 年版，第 88 页。

④ 刘光磊、孙墇：《白话报刊对白话文运动的影响》，《宁波大学学报》（人文科学版）2012 年第 1 期。

⑤ 刘光磊、孙墇：《白话报刊对白话文运动的影响》，《宁波大学学报》（人文科学版）2012 年第 1 期。

运动并没有改变文言占统治地位的局面，只是做到文白并存；而五四文学革命则彻底废除了文言，使白话文在全社会确立了正式的语言书写地位"①。但在客观上，晚清白话文运动为五四文学革命奠定了群众基础，为五四文学革命培养了人才队伍。首先，"白话报所针对的下流社会，大体上指的还是粗通文字的人。这一方面固然是因为这个阶层的人数量相当可观，亟待开发也比较容易用白话开发；一方面也是因为白话再容易，对不识字的人来说，还是起不了什么作用"②。因此，在提倡白话报刊的同时，也"提倡戏曲；重视演说、宣讲；试行字母、简字；创设简字学堂、字母报纸，针对的都是不识字的人"③。这无疑为五四文学革命奠定了群众基础。其次，新文化运动中大力倡导白话文的陈独秀、胡适、钱玄同等人，正是由清末白话文运动的参与者逐步成长为五四文学革命主力的。晚清时期的白话文运动及白话作品既影响并培养了五四文学革命的倡导者，又推动了五四文学革命的发展进程。如陈独秀在《安徽俗话报》的创刊号上，刊发了《开办〈安徽俗话报〉的缘故》一文，阐述了自己办白话报的缘故：

> 第一是要把各处的事体，说给我们安徽人听听。免得大家躲在鼓里，外边事体一件都不知道。况且现在东三省的事，一天紧似一天，若有什么好歹的消息，就可以登在这报上，告诉大家，大家也好有个防备。第二是要把各项浅近的学问，用通行的俗话演出来，好教我们安徽人无钱多读书的，看了这俗话报，也可以长点见识。④

陈独秀办白话报，第一是为了使民众了解时事；第二是用白话向民众宣传"浅近的学问"以增长见识。正因为有了这样的锻炼和实践，才

---

① 湛莹莹：《晚清白话文运动与五四文学革命的联系与区别》，《佳木斯职业学院学报》2017 年第 6 期。

② 李孝悌：《清末的下层社会启蒙运动：1901—1911》，河北教育出版社 2001 年版，第 261 页。

③ 李孝悌：《清末的下层社会启蒙运动：1901—1911》，河北教育出版社 2001 年版，第 261—262 页。

④ 陈独秀：《开办〈安徽俗话报〉的缘故》，《中国编辑》2004 年第 2 期。

能有 1917 年发表于《新青年》的《文学革命论》一文：

> 孔教问题，方喧哓于国中，此伦理道德革命之先声也。文学革命之气运，酝酿已非一日，其首举义旗之急先锋，则为吾友胡适。余甘冒全国学究之敌，高张"文学革命军"大旗，以为吾友之声援。旗上大书特书吾革命军三大主义：曰，推倒雕琢的阿谀的贵族文学，建设平易的抒情的国民文学；曰，推倒陈腐的铺张的古典文学，建设新鲜的立诚的写实文学；曰，推倒迂晦的艰涩的山林文学，建设明了的通俗的社会文学。①

陈独秀称赞了胡适首倡白话文学的功绩，并提出了文学革命发展方向的"三大主义"。"晚清白话文运动不仅作为资产阶级思想启蒙运动，在提高国民觉悟上有很大功绩，而且作为语文改革运动，在推动言、文合一方面发生了切实效用。观念的改变固然重要，写作习惯的调整与养成更是基本功。而在晚清初试身手的作者中，产生出'五四'时代以倡导新文学而名噪海内的陈独秀与胡适，也绝非偶然。前者 1904 年创办了《安徽俗话报》，后者则为发刊于 1906 年的《竞业旬报》的编辑及经常撰稿人。这一阶段的文字历练，对二人日后的取向与成就显然有决定意义。于此，晚清白话文所努力推进的语文革新层面，也得到了最充分的展示与肯定。"②

正是在晚清以开启民智、救亡图存为目的的白话文运动背景下，1908 年出现了第一本《诗经》白话诠释本——《诗经白话注》（钱荣国著）。此书"是我国现存的第一本用语体诠释《诗经》的著作"③。此书诠释浅显明白，义例与传统经学大为不同。该书"卷首《例言》说：'是编之作，在启发童蒙，以显浅明白为主，务使经义虽古奥，无师可自通，故用白话。'从这段语我们知道，在 1908 年即晚清覆亡之前，童蒙仍把《诗经》作为必修之读本，但讲授的内容与传统教学比较已有所革新"④。值得注意的是，该书使用白话的原因，或可视为时人对白话特

---

① 胡适：《胡适文集 2》，北京大学出版社 1998 年版，第 16 页。
② 夏晓虹：《晚清白话文运动》，《文史知识》1996 年第 9 期。
③ 夏传才：《二十世纪诗经学》，学苑出版社 2005 年版，第 54 页。
④ 夏传才：《二十世纪诗经学》，学苑出版社 2005 年版，第 54 页。

点的认知:第一,显浅明白;第二,无师可自通。同时,"这本书的发现说明,在 20 世纪初的民主思想启蒙时期,有的教师已经利用《诗经》中含有民主思想因素的作品作为教材,而且在'五四'新文化运动大张旗鼓提倡白话文之前十一年,已经采用白话文的形式来诠释《诗经》,促进《诗经》的普"①。从另一个角度来看,《诗经》中含有的民主思想因素,主要是因为《诗经》中相当一部分作品是来自民间,它们由口头文学转化而来,与民歌有密切的联系。这些反映当时社会生活和习俗的诗歌,承载着丰富的民俗文化,具有天然的亲民色彩,是开启民智、传播新思想得天独厚的选择。在这样的影响下,五四新文化运动时期,《诗经》被定性为民歌集,学者用五四时代的新眼光,致力于《诗经》新解,重新阐释诗篇的义旨。1922 年出版的郭沫若的《卷耳集》"最能代表'五四'时代精神","是采用新诗体今译《诗经》的第 1 本著作,可称为以新诗体进行《诗经》今译的创始"②。

维新派学者的民间文学观点以及大力倡导白话,对近代学者解诗多有启发。新文化运动中,学者对《诗经》文学性的探讨、对《诗经》的新解与今译都或隐或显地呈现出对"民"与"俗"的观照。

二 军阀政治与民俗学科建设

1916 年至 1928 年,通常称为"军阀时期"。"军阀"是指挥一支私人的军队,控制或企图控制一定范围的地区,并在一定程度上独立行事的人。在中文意义上,"军阀"是个不光彩的贬义词,意指没有什么社会意识和民族精神的一介武夫,是手中握有枪杆子以谋取个人利益的极端自私自利者。③ 事实上,军阀包括品流混杂的诸色人等,其个人品格和所实行的政策,一般的概括难以避免许多例外。在军阀时期的 12 年,北京中央政府共有 7 人任国家总统或临时执政,政府始终动荡不定、变动无常,但"军阀们所造的国家混乱和不统一局面,却为思想多样化和

---

① 夏传才:《二十世纪诗经学》,学苑出版社 2005 年版,第 54—55 页。

② 夏传才:《二十世纪诗经学》,学苑出版社 2005 年版,第 98 页。

③ 〔美〕费正清编:《剑桥中华民国史(1912—1949 年)》(上卷),杨品泉等译,中国社会科学出版社 1994 年版,第 277 页。

对传统观念的攻击提供了绝好的机遇，使之其盛极一时"①。

（一）军阀统治下相对宽松的教育环境

"军阀"指在正常的国家体系内，由自成派系的军人组成军事集团，对国家地域划分势力范围，使用军事手段割据一方，并控制其割据地的行政、司法、教育、税务等政府机构和所属官员的任命。军阀是国家中央政府和中央集权衰弱的产物。各省的军阀一般都无视中央政府的存在，有的甚至与中央政府分庭抗礼。其军事集团只服从于军事首领，并不服从于中央政府。军阀混战给中国人民带来灾难，也注定妨碍了中国经济的正常发展。但"军阀的混战也影响了中国民族主义的形成。在20世纪早期，民族主义是中国最有影响的社会运动。在一定程度上，民族主义是对军阀混战所造成的国家分裂，使国家在国际上陷于孱弱的地位。而很多军阀却也很爱打出爱国主义的旗子，提出民族主义的口号，作为其行动合法化的手段。不论军阀们的真实动机如何，其打出爱国主义旗子和提出民族主义口号，也培育了中国人应当关心国家大事和探求国家前途的出路"②。"尽管一些省和地区的督军或巡阅使宣布独立——却没一人宣布成立新的国家，乃至表示作永久性的分裂。"③中国国家统一的观念和情感非常深厚，"军阀们也公开声称，愿对文官政府效忠，承认文官治国的历史传统"；"军阀们的地方势力在中国地区造成的分割，对于国家的分裂并没有起多大的加强作用"④。"军阀的弱点不在于其谋求权力，而在于其把权力构成的眼界看的太狭窄，不能扩大到非军事方面。"⑤"中央政府和各省的军阀，都无法有效地控制大学、期刊、出版业和中国知识界的其他组织。在这些年代里，中国知识分子对国家以何

---

① ［美］费正清编：《剑桥中华民国史（1912—1949年）》（上卷），杨品泉等译，中国社会科学出版社1994年版，第314页。

② ［美］费正清编：《剑桥中华民国史（1912—1949年）》（上卷），杨品泉等译，中国社会科学出版社1994年版，第312页。

③ ［美］费正清编：《剑桥中华民国史（1912—1949年）》（上卷），杨品泉等译，中国社会科学出版社1994年版，第313页。

④ ［美］费正清编：《剑桥中华民国史（1912—1949年）》（上卷），杨品泉等译，中国社会科学出版社1994年版，第313页。

⑤ ［美］费正清编：《剑桥中华民国史（1912—1949年）》（上卷），杨品泉等译，中国社会科学出版社1994年版，第310—311页。

种方式实现现代化，对增强国力进行了热烈的讨论，从一定程度上来看，这也是军阀主义弊端的反应。"①

　　军阀总是与朝代的终结和混战相关，但这些"分裂国家的军阀，在才能和社会态度上有很大的差别，其所造成的社会影响亦因地而异"②。"有枪就是草头王"的赳赳武夫却也有可敬的另一面，比如不少军阀都曾投时间、投钱在办大学上。张作霖主政东北时期，狠抓教育，使东三省的教育得到了长足发展，还创办了令日本人震惊的东北大学。东北大学的薪水和待遇非常优厚，比北大和清华的薪水还要高。张作霖尊师重教、延揽人才，每年都拨出百万经费，支持东北大学的发展。学成归来的梁思成就在父亲梁启超的建议下去了东北大学任教。与张作霖的财大气粗不同，曹锟的手头从没有宽裕过，却也办了河北大学，办得还不错。"山西王"阎锡山办了山西大学，还在山西境内推广义务教育。"一个不能忽视的事实是，民国早期大学勃兴，此时正是各派军阀掌握实权之时。大学的发展离不开军阀的支持（至少是不捣乱）。各地方大学的崛起，更是离不开当地军阀的支持。不少大学，干脆就是军阀创办起来的。"③但"军阀办大学，骨子里不是对文化教育的认同，更谈不上对独立、自由的认同，更多的是对自身经历的一种总结"④。

　　军阀兴办学校、礼遇教授，在客观上促进了教育的发展，给大学创造了相对宽松的教育环境，促进了人才的培养、独立自由精神的形成。相对宽松的大学教育环境，也给学者提供相对稳定的物质生活保障和研究环境。1912 年 5 月 1 日，北洋政府教育部下令改京师大学堂为北京大学。"北京大学剥离了'官学时代'附着身上的教育行政管理职能，瘦身为纯粹的高等学堂。现代意义上的大学制度开始降临中国大地。"⑤ 第一，"国家办教育"是民国的一大国策。根据 1912 年 12 月颁行的《财

---

　　① ［美］费正清编：《剑桥中华民国史（1912—1949 年）》（上卷），杨品泉等译，中国社会科学出版社 1994 年版，第 314 页。

　　② ［美］费正清编：《剑桥中华民国史（1912—1949 年）》（上卷），杨品泉等译，中国社会科学出版社 1994 年版，第 311 页。

　　③ 张程：《民国说明书》，浙江大学出版社 2012 年版，第 200 页。

　　④ 张程：《民国说明书》，浙江大学出版社 2012 年版，第 200 页。

　　⑤ 张程：《民国说明书》，浙江大学出版社 2012 年版，第 183 页。

政部整理财政总计划书》，军政、外交、交通、司法经费属于中央经费，教育经费由中央和地方经费共同负责。① 1913 年财政部公布了《国家税与地方税法草案》和《国家费目地方费目标准案》两项基本的国家预算案。草案确立国家教育费的名目为"专门教育费"，此项费用"仅限于教育部直辖之机关，国立专门以上学校之费"②，而把省立、县立各学校之费用排除在外，隶属于省县两级经费范畴。1915 年颁布的《袁世凯特定教育纲要》中规定办学经费"在两税未分以前，暂照各地习惯，以部款、省款、县款三种支配之"，"学校经费，应由国家支出或补助者，由教育部与财政部随时商订办理"。③ 这些经济政策明确规定了教育经费由国家承担。有识之士普遍认为，高等教育的主要受益者乃是中央政府和整个国家，因为中央和国家层面需要更多具备高等知识的人才，而地方更多使用具备普通知识的人才，所以中央既然代表国家利益，就应承担更多高等教育经费，而地方应该承担更多普通教育经费。"故应用高等智识的经费，则属中央费，而应用普通智识的经费，则属地方费也。"（吴贯因《中央经费与地方经费》）④

第二，教师待遇高。1909 年，我国有高等学堂 24 所⑤，教员人数 161 人（本国 139 人、外国 22 人）⑥。北洋政府初期虽然大学和独立学院的数量增加很少，但是其规模却在逐步扩大，各省和部属的高等专门学校也有相应发展，到 1918 年，大学和高等专门学校的规模发展为：国立大学 3 所，私立大学 3 所，专门学校中直辖专门学校 5 所、公立专门学校 47 所、私立专门学习 28 所。⑦ 随着高等学校的增多，必然要求建立相

---

① 中国第二历史档案馆编：《财政部整理财政总计划书》，《中华民国史档案资料汇编（第三辑财政）》，江苏古籍出版社 1991 年版，第 62 页。

② 贾士毅：《民国财政史》，上海书店 1990 年版，第 125 页。

③ 中国第二历史档案馆编：《袁世凯特定教育纲要》，《中华民国史档案资料汇编（第三辑教育）》，江苏古籍出版社 1991 年版，第 37 页。

④ 上海经世文社辑：《民国经世文编伍》，北京图书馆出版社 2006 年版，第 3150 页。

⑤ 潘懋元、刘海峰主编：《清末高等学堂概况统计表》，《中国近代教育史资料汇编·高等教育》，上海教育出版社 1993 年版，第 94—96 页。

⑥ 潘懋元、刘海峰主编：《京师高等以上各学堂统计总表宣统元年（1909 年）》，《中国近代教育史资料汇编·高等教育》，上海教育出版社 1993 年版，第 349 页。

⑦ 中国第二历史档案馆编：《教育部公布全国大学概况》，《中华民国史档案资料汇编（第三辑教育）》，江苏古籍出版社 1991 年版，第 176—190 页。

应的制度，以保障大学教师的社会地位和经济地位，并规范其聘用和待遇给予行为，这样才能有效促进教师行业的壮大发展、有利于高等教育事业的发展。1914 年 7 月教育部颁布《教育部直辖专门以上学校职员薪俸暂行规程》将高校教师薪酬标准按教学任务和所在学校层次分为大学、大学预科、高等师范学校和专门学校四类，除此之外还将教员分专任、兼任两种，专任教师只要授课时间符合规定的要求就能得到相应的薪俸。[1] 1917 年 5 月教育部制定了国立大学职员任用及薪俸规程，对国立大学职员俸薪等级作出了明确规定。[2]

在教师待遇政策的执行方面，北洋政府时期的各所高校也采取了较为灵活的方式，各高校也在学校内部设置了适合自己的教师职级体系和工资额度。"1922 年北京高等师范学校 127 位教师中，平均月薪为 100元，其中，月薪 100 元以内的教师有 62 人，100—199 元的有 33 人，200—299 元的有 27 人，300 元以上的有 4 人。"[3] 1925 年 2 月编制的《国立北京大学核发薪金清册》记录了北京大学工资收入情况：校长蒋梦麟月薪为 600 元，中国文学系 6 位教授月薪 250—400 元。化学系教授4 位，其中，"合款"教授 2 位月薪 500 元，另 2 位月薪 360 元。书记月薪自 20—52 元不等。[4] "20 年代初，北京生活便宜，一个小家庭的用费，每月大洋几十圆即可维持"，"有的教授省吃俭用，节省出钱来购置几千圆一所的房屋居住；甚至有能自购几所房子以备出租者"[5]。因为有政府的财政拨款和丰厚的收入，民国前期的大学教授一般都生活富裕，可以"从事着人类最美好的事业之一：教书育人、写作游学、创造和传承思想"[6]。"自由独立的经济生活构成了自由思想与独立人格之坚强后盾和

---

① 潘懋元、刘海峰主编：《教育部直辖专门以上学校职员薪俸暂行规程》，《中国近代教育史资料汇编·高等教育》，上海教育出版社 1993 年版，第 780—783 页。

② 中国第二历史档案馆编：《教育部公布国立大学职员任用及薪俸规程令》，《中华民国史档案资料汇编（第三辑教育）》，江苏古籍出版社 1991 年版，第 165—167 页。

③ 陈育红：《民初至抗战前夕国立北京大学教授薪俸状况考察》，《史学月刊》2013 年第 2 期。

④ 王学珍、郭建荣主编：《国立北京大学核发薪金清册》，《北京大学史料（第二卷）》，北京大学出版社 2000 年版，第 502—513 页。

⑤ 陈明远：《文化人的经济生活》，文汇出版社 2005 年版，第 101 页。

⑥ 张程：《民国说明书》，浙江大学出版社 2012 年版，第 189 页。

实际保障。于是，文化人方能成为启蒙运动中传播和创新现代化知识的社会中坚。"①

在这样的背景下，雨后春笋般出现的现代大学中，涌现出许多有思想、有性格的教授。他们思想独立、特立独行，甚至藐视权力。比如高调地采取不合作态度的"辫子教授"辜鸿铭。北洋军阀各派都想拉拢辜鸿铭，他对这些"政客"的态度却是蔑视的。他还曾被军阀张作霖聘为顾问，被军阀张宗昌任命为山东大学校长，但他并未到任。而辜鸿铭的这种特立独行，在当时知识分子看来并不为过，甚至是一种"时尚"。自由独立是大多数文化人的行为准则。"时尚"的辜鸿铭却又"落后"于时代潮流。清王朝早已覆亡，他还是坚持穿长袍，脑后"拖了一条大辫子，是用红丝线夹在头发里辫起来的，戴了一顶红帽结黑缎子平顶的瓜皮帽，大摇大摆地走上汉花园北大文学院的红楼，颇是一景"②。当他这副打扮走进大学课堂时，学生们哄堂大笑。学生罗家伦还曾开玩笑地告诉同学们说："有没有人想要立刻出名，若要出名，只要在辜先生上楼梯时，把他那条大辫子剪掉，那明天中外报纸一定都会竞相刊载。"③当然，这个名是没有人敢出的。辜鸿铭这打扮守旧落后的怪诞老师，讲的却是英国文学，还讲得很有趣："辜先生对我们讲英国诗的时候，有时候对我们说：'我今天教你们外国大雅。'有时候说：'我今天教你们外国小雅。'有时候说：'我今天教你们洋离骚。'"④ 他对学生要求严厉："我有三章约法，你们受得了的就来上我的课，受不了的就早退出：第一章，我进来的时候你们要站起来，上完课要我先出去你们才能出去；第二章，我问你们话和你们问我话时都得站起来；第三章，我指定你们要背的书，你们都要背，背不出不能坐下。"⑤ 虽然学生们都认为这个要求前两点容易办到，第三点比较困难，但都"慑于辜先生的大名，也就

---

① 陈明远：《文化人的经济生活》，文汇出版社 2005 年版，第 7 页。
② 罗家伦：《回忆辜鸿铭先生》，《基础教育》2006 年第 9 期。
③ 罗家伦：《回忆辜鸿铭先生》，《基础教育》2006 年第 9 期。
④ 罗家伦：《回忆辜鸿铭先生》，《基础教育》2006 年第 9 期。
⑤ 罗家伦：《回忆辜鸿铭先生》，《基础教育》2006 年第 9 期。

不敢提出异议"①。"辫子教授"辜鸿铭以他不拘一格的风采、学贯中西的才学镇服了北大学子。事实上，"现在的人看见辜鸿铭拖着辫子、谈着'尊王大义'，一定以为他是向来顽固的。却不知辜鸿铭当初是最先剪辫子的人，当他壮年时，衙门里拜万寿，他坐着不动。后来人家谈革命了，他才把辫子留起来"②。

辜鸿铭出生在马来西亚，在欧洲接受系统教育，拥有西方多所大学的学位，但这样的辜鸿铭偏偏坚决抵制民国早期普遍存在的"全盘西化"思潮。辜鸿铭在他的著作《中国人的精神》中，用中国最古老的诗歌《诗经》描述了理想的中国女性：

> 我相信，全世界最古老的情歌是两年前我为《北京每日新闻》翻译的《诗经》中的第一篇，其中，中国人的女性理想是被描述成这样的：
>
> 关关雎鸠，在河之洲。窈窕淑女，君子好逑。
>
> "窈窕"一词与"幽闲"有同样的含义：从字面上讲，"窈"即隐蔽的、温顺的、怕羞的意思，而"窕"字是有魅力的、温文尔雅的，"淑女"两字则表示一个纯洁或贞洁的少女或者妇女。这样，在这首中国最古老的情歌中，你会发现中国女性理想的三个基本品质，也就是隐蔽之爱、害羞或腼腆以及"温文尔雅"一词所表达的那无法言状的优雅和魅力，而最后，是纯洁或贞洁。简而言之，真正或真实的中国妇女是贞洁的，她是害羞腼腆的，她是有魅力而温文尔雅的。那么，这就是中国的理想女性，这就是中国妇女。③

在这里，公开反对新文化运动尤其是新文学运动的辜鸿铭，虽在文中大谈纳妾合理，却未将《关雎》视为吟咏"后妃之德"的诗篇，

---

① 罗家伦：《回忆辜鸿铭先生》，《基础教育》2006 年第 9 期。
② 胡适：《胡适文集 11》，北京大学出版社 1998 年版，第 37 页。
③ 辜鸿铭：《中国人的精神》，李晨曦译，上海三联书店 2010 年版，第 65 页。

而是将《关雎》认定为"全世界最古老的情歌"。对"窈窕淑女"作出了新解，将其解读为中国理想女性的三个特征。而他如此解读《关雎》是为了"奉劝欧美人要善意地了解和认知中国人的社会生活、婚姻制度、历史文化和妇人的地位，不要鲁莽轻率地对一个民族和文化下道德判断"①。正是在中西文化碰撞的时代、动荡纷争的军阀政治背景下，才会有辜鸿铭这个在近代中国"以古怪著称、以西学见长、以保守为特色、并在外部世界特别是西方世界具有广泛影响的思想文化人物"②。

（二）北大自由学风与民俗学的发端

"1912—1928 年时期，一方面，是军阀时代对 20 世纪中国的政治团结和国家的实力达于低点；另一方面，这些年也是中国思想活跃和文学成就的高峰，作为对军阀一定程度的反应，在这个动乱与血腥的时代，却涌现出导致中国的重新统一，恢复青春的思想和社会运动。"③ 这个时期内，"日本的侵略集中表现在 1915 年的'二十一条'中，也集中表现军阀们为了其私利，与日本帝国主义相勾结的结果，尤其是控制北京政府的安福系军阀。1919 年，山东问题的纠纷，使之中国民族主义情绪的高涨达到新高峰"④，并最终引发了 5 月 4 日的事件。"一场有妇女参加，得到广大民众支持的学生运动发动起来了；拯救国家的责任，使学生的组织及行动达到空前的程度。这是民族主义在政治上的新表现；因为其事先未经策划，所以意义更为深远。这次事件带来许多成果，其中之一就是北京政府被迫作出让步，大约有 1150 名学生胜利地走出监狱——这是很长时间以后还有影响的一次胜利。"⑤ 北京政府未能走上预期的政治轨道，在国际事务中未能维护国家权益，导致五四运动的爆发。学生运

---

① 黄兴涛主编：《辜鸿铭卷》，中国人民大学出版社 2015 年版，"导言"第 11 页。

② 黄兴涛主编：《辜鸿铭卷》，中国人民大学出版社 2015 年版，"导言"第 1 页。

③ ［美］费正清编：《剑桥中华民国史（1912—1949 年）》（上卷），杨品泉等译，中国社会科学出版社 1994 年版，第 314 页。

④ ［美］费正清编：《剑桥中华民国史（1912—1949 年）》（上卷），杨品泉等译，中国社会科学出版社 1994 年版，第 398 页。

⑤ ［美］费正清编：《剑桥中华民国史（1912—1949 年）》（上卷），杨品泉等译，中国社会科学出版社 1994 年版，第 398 页。

动的胜利也间接表明了中央政府和各省的军阀都无法有效地控制大学的现实。同时,"五四新文化运动中的平民思想则有着质的飞跃"①,这样的现实状况在客观上有利于高校形成相对自由的学风,也促成了民俗学运动的发生。"五四新文化运动提倡平民文化,反对贵族文化,我国民俗学运动就是在这一口号下发动起来的。"②

1917 年之前,北京大学是当时唯一的一所国立大学。作为新文化运动组成部分的"歌谣运动"发端于此,这与北京大学自由的学风密切相关。1912 年 5 月 1 日,北洋政府教育部下令改京师大学堂为北京大学,大学堂总监督改称北京大学校长,总理校务。此后,严复、何燏时、胡仁源等先后任北京大学校长,但直到蔡元培接任时,"北京大学的学风才发生实质性的变化,北京大学的自由学风,也是从蔡元培出长北大以后培养起来的"③。

首先,励行改革,转变学风。"蔡学界泰斗,哲理名家,就职后励行改革,大加扩充,本其历年之蕴蓄,乐育国内之英才,使数年来无声无臭生机殆尽之北京大学校挺然特出,褎然独立,延名师,严去职,整顿校规,祛除弊习。"④ 由于北京大学继京师大学堂而来,官僚习气很重,学校制度混乱,学术空气稀薄。学生对学术没有任何兴趣,只一心想着当官拉关系。教员也是不学无术混饭度日者居多。蔡元培立志改变北京大学的不良风气,提出"大学学生当以研究学术为天责,不当以大学为升官发财之阶梯"⑤ 的办学宗旨。在其主持北大校务期间,励行改革,因文科顽固守旧者较多,所以先从文科入手进行教学上的整顿。蔡元培被任命为北大校长后,亲自聘请陈独秀出任文科学长,还聘任了胡适、刘半农、周作人等为教授。这些新力量和原在北大的钱玄同、沈尹默、沈兼士齐心协力致力于文科改革,"新派的加盟,给北大注入了新鲜的

---

① 王文宝:《中国民俗研究史》,黑龙江人民出版社 2003 年版,第 44 页。
② 王文宝:《中国民俗研究史》,黑龙江人民出版社 2003 年版,第 46 页。
③ 张宪文等:《中华民国史·第一卷(1912—1927 年)》,南京大学出版社 2013 年版,第 349 页。
④ 舒新城主编:《近代中国教育史料》,中国人民大学出版社 2012 年版,第 342 页。
⑤ 蔡元培:《孑民自述》,江苏人民出版社 1999 年版,第 119 页。

血液，使北大的教员形成了新旧一体、中西合璧的格局"①，这些教员大多具有革新思想，成为改革的中坚力量。他们在端正学术风气、启发学生研究兴趣、传授科学方法等方面，都发挥了较为积极的作用。蔡元培对外国教员，也进行了整顿。礼聘具有高深造诣的外国学者的同时也不顾外国驻华公使的威胁，坚决解聘辞退学术水平低、教学态度差的外国教员。由此，"文学革命、思想自由的风气遂大流行"②。"推行评议会制，实施教授治校；改年级制为选科制，后又改行学系制；停聘不合格教员，不问思想派别、年龄、资格、国籍，延聘高水平的进步教员；招收女生，等等。蔡元培的改革措施，有力地推动了北京大学自由学风的形成。"③

其次，提倡思想自由，主张兼容并包。"思想自由，兼容并包"不仅是蔡元培的办学方针，也是他对西方文化的态度。蔡元培先后受到了东西方两种文化的影响，"是中国现代史上一位能真正调和融通古今中外的思想家"④。蔡元培主持北京大学期间，十分重视中西文化交流。一方面，主张培养人才、吸纳人才。蔡元培"把派送学生赴欧美留学看作是输入西方文化的重要途径"⑤的同时还主张输入西方科学人才。他觉得本国人才不足、可请于某些学科"确有心得，足任研究之指导者"来补充。对外国专家，"宜不惜重资，聘任确有学问之外国大学正教授"⑥。一方面，在学术研究中积极借鉴西方的科学方法。"在科技文化上，北大在中国教育史上留下了若干个第一：第一个在中国介绍爱因斯坦的相对论，第一个开设马克思主义课程，第一个在中国演奏贝多芬的交响乐等等。"⑦这些辉煌的"第一"得益于蔡元培对待西方文化问题的正确态

① 张宪文等：《中华民国史·第一卷（1912—1927 年）》，南京大学出版社 2013 年版，第351 页。
② 蔡元培：《孑民自述》，江苏人民出版社 1999 年版，第 120 页。
③ 张宪文等：《中华民国史·第一卷（1912—1927 年）》，南京大学出版社 2013 年版，第351 页。
④ 范保国、贺金蒲：《思想自由兼容并包——论蔡元培改革北京大学的办学方针》，《延安教育学院学报》2003 年第 4 期。
⑤ 高平叔：《蔡元培论输入西方文化问题》，《群言》1988 年第 1 期。
⑥ 高平叔：《蔡元培论输入西方文化问题》，《群言》1988 年第 1 期。
⑦ 范保国、贺金蒲：《思想自由兼容并包——论蔡元培改革北京大学的办学方针》，《延安教育学院学报》2003 年第 4 期。

度。"在近代中西文化问题上，提出吸收与消化主张的，蔡元培是第一人。"[1] 他提出"研究也者，非徒输入欧化，而必于欧化之中为更进之发明；非徒保存国粹，而必以科学方法，揭国粹之真相"[2]。意即"先从西方输入新的学术；再用科学的原理，归纳本国的特点，创造出合乎本国需要的新学术"[3]。在蔡元培诚挚热情的敦请下，世界著名科学家、哲学家罗素、杜威、班乐卫、杜里舒等相继来到北京大学并巡回全国讲学，极大地浓厚了当时的学术空气。

再次，支持新文化运动，洞见"民俗"力量。"对于新文化运动，蔡不仅支持，而且积极参与。"[4] 蔡元培刚到北大，即采纳医专校长汤尔和的意见聘请原在上海主编《新青年》的陈独秀来任文科学长，并建议陈独秀将《新青年》杂志搬到北京。杂志迁京后，"《新青年》事实上已成为北大新派教授的同人刊物。从此，以《新青年》为开路先锋的新文化运动就以北大为中心，向全国广泛开展起来"[5]。蔡元培在北京大学推行的学术自由、兼容并包的方针，宣传了民主与科学的精神，推动了新思想的发展。因不满北洋政府，以学生为主的进步知识分子走上街头，参与政治运动。1918 年北京大学学生因反对对日参战借款和中日密约的签订，举行了示威游行。1919 年因巴黎和约问题，北京大学学生联合北京各高等学校学生为此游行示威，即五四运动的发生。"北京大学学生反抗北洋军阀统治的斗争，是他们思想逐渐觉悟的表现，也是北京大学自由学风培育的结果。"[6] 对于五四运动，蔡元培进行了这样的总结："盖学生在此次运动中，得了两种经验：一是进行的时候，遇着艰难，非思想较高、学问较深的同学，不能解决，于是人人感力学的必要。二是专靠学生运动，政府还是不怕，直到工商界加入，而学生所要求的，

---

① 范保国、贺金蒲：《思想自由兼容并包——论蔡元培改革北京大学的办学方针》，《延安教育学院学报》2003 年第 4 期。

② 蔡元培：《孑民自述》，江苏人民出版社 1999 年版，第 132 页。

③ 高平叔：《蔡元培论输入西方文化问题》，《群言》1988 年第 1 期。

④ 高平叔：《蔡元培改革北京大学》，《群言》1987 年第 2 期。

⑤ 高平叔：《蔡元培改革北京大学》，《群言》1987 年第 2 期。

⑥ 张宪文等：《中华民国史·第一卷（1912—1927 年）》，南京大学出版社 2013 年版，第 355 页。

始能完全做到。觉得为救国起见，非启发群众不可。所以五四以后，学生一方面加紧用功；一方面各以课余办平民夜校、星期演讲及刊布通俗刊物；这真是五四运动的收获。"① 这两种经验，第一点利于形成实学学风；第二点则彰显了群众的力量，而这种力量需要高校学生去唤醒。对学生而言，启发民众就是救国的一种重要形式。通过五四运动，学生"他们知道政治问题的后面，还有较重要的社会问题，所以他们努力实行社会服务，如平民学校、平民讲演，都一天比一天发达。这些事业，实在是救济中国的一种要着"②。启发民智，成为学生、大学的担当和使命。"在蔡元培领导之下，北大师生在教育思想、教育制度和学术思想等方面进行了一场破旧立新的改革，北大面貌为之一新，成为新文化运动的中心与五四运动的发源地。"③

在五四新文化运动中，平民思想发生了质的飞跃。如何唤醒民心、启迪民众？最贴近生活、人民口头创作的歌谣，无疑是很好的切入点。"歌谣运动正是新文化运动的一个表现。"④ 在新文化思潮的影响下，1918 年春，北京大学发起"歌谣运动"，成立了歌谣征集处，在校刊上逐日刊载近世歌谣。"北京大学歌谣征集处的成立，成为我国民俗学开始的标志。"⑤ 1920 年，顾颉刚、刘半农、容肇祖、周作人等在北京大学成立了歌谣研究会。北京《晨报》专门开设了"歌谣"专栏，并在 1922 年 12 月 17 日创办了《歌谣周刊》。"北大歌谣研究会最突出的成绩是创办了我国第一个专门性的民俗学和民间文学的刊物——《歌谣周刊》。"⑥ 在发刊词中指出："搜集歌谣的目的共有两种，一是学术的，一是文艺的。"一方面，"歌谣是民俗学上的一种重要的资料，我们把它辑录起来，以备专门的研究"；另一方面则是要"从这学术的资料之中，再由

---

① 蔡元培：《孑民自述》，江苏人民出版社 1999 年版，第 136 页。
② 蔡元培：《孑民自述》，江苏人民出版社 1999 年版，第 136 页。
③ 高平叔：《蔡元培改革北京大学》，《群言》1987 年第 2 期。
④ 萧放、孙英芳：《民国时期大学民俗学学科建设述略》，《中国大学教学》2017 年第 2 期。
⑤ 萧放、孙英芳：《民国时期大学民俗学学科建设述略》，《中国大学教学》2017 年第 2 期。
⑥ 萧放、孙英芳：《民国时期大学民俗学学科建设述略》，《中国大学教学》2017 年第 2 期。

文艺批评的眼光加以选择，编成一部国民心声的选集"①。搜集歌谣的两个目的皆与"民"相关，学术目的在于收集研究资料为民俗学服务，文艺目的在于选编"国民心声选集"为文学革命服务。民俗学从诞生之初便与文学革命密切相关。"至此，一个有组织、有计划、有纲领、有行动的中国民俗学运动，由此拉开序幕。"② 此后，出于工作之需，1923 年5 月 24 日正式成立了"风俗调查会"。"该会最重要的成绩就是张竞生制定了我国第一个民俗调查表，首开了风俗学课。"③ "据《北京大学月刊》第三十五号，1917 年 12 月 29 日，由陈独秀提议的《文科大学现行科目修正案》，其中中国史学门有课程'民俗史及宗教史'。1923 年北京大学风俗调查会成立后，张竞生担任主席，并在校内开讲'风俗学'课程。1924 年，文学院中国文学系开设'民间文艺'课程，每周一学时，由魏建功担任教员。北京大学民俗学课程的开设，不仅是民俗学进入高等教育的开始，同时也是大学服务平民社会文化建设的划时代事件。"④ 为了配合民俗学研究，1924 年 1 月 26 日又成立了"方言调查会"。这一时期，顾颉刚运用历史地理比较的方法，撰写了《孟姜女故事的转变》；董作宾在《看见她》专号中发表了《一首歌谣的比较研究》；胡适在《国学季刊发刊词》中阐明了新文化运动对整理传统典籍的影响，提出以历史进化的观点和科学的方法对古籍进行考证、辨别、研究，恢复古籍的真实面目。北京大学的学者"以其敏锐的目光和先进的思想，'发现'了民俗学这门学科的重要思想意义和学术意义"⑤。

在蔡元培的领导下北京大学"经过全面改革，北大学生以至全国学生的思想大为解放，民主与自由的意识大为增强，北京大学遂成为新文化运动的中心、五四运动的发源地"⑥。伴随着"五四新文化运动提倡平

---

① 吴平、邱明一主编：《〈歌谣〉周刊发刊词》，《周作人民俗学论集》，上海文艺出版社1999 年版，第 98 页。

② 苑利、顾军：《中国民俗学教程》，光明日报出版社 2003 年版，第 8 页。

③ 王文宝：《中国民俗研究史》，黑龙江人民出版社 2003 年版，第 54 页。

④ 萧放、孙英芳：《民国时期大学民俗学学科建设述略》，《中国大学教学》2017 年第 2 期。

⑤ 林继富、王丹：《解释民俗学》，华中师范大学出版社 2006 年版，第 8 页。

⑥ 高平叔：《北京大学的蔡元培时代》，《北京大学学报》（哲学社会科学版）1998 年第 2 期。

民文化，反对贵族文化，我国民俗学运动就是在这一口号下发动起来"①。1918 年北京大学发起"歌谣运动"，拉开了我国民俗学的序幕，歌谣征集处的成立，"成为我国民俗学开始的标志"②。

1926 年秋，北京大学处于北洋军阀统治之下，蔡元培被无故撤换，不少教授也相继辞职南下。顾颉刚、容肇祖等民俗学家先后到了福建厦门大学，并成立了"风俗调查会"，尔后又于 1927 年夏到了广州中山大学。南北民俗学者汇聚于中山大学，他们把北大时期开创的以歌谣研究会、风俗调查会和方言调查会为机构的民俗学活动带到中山大学，"开始了中国民俗学的第二次创业"③，民俗活动在中山大学活跃了起来。顾颉刚、傅斯年主持中山大学语言历史学研究所工作，并和容肇祖、董作宾、钟敬文、杨成志等发起建立了"民俗学会"。1930 年前后，钟敬文、江绍原等人又在杭州成立了民俗周刊社，为当时的中国民俗学运动带来了生机，发端于北京大学的民俗学运动的种子扩散开来。

第二节　中西文化碰撞与《诗经》学研究新变

蒋廷黻的《中国近代史》开篇就对中国与西方国家的关系进行了论述："中华民族到了十九世纪就到了一个特殊时期。在此以前，华族虽已与外族久已有了关系，但是那些外族都是文化较低的民族"，"到了十九世纪，这个局势就大不同了，因为在这个时候到东亚来的英、美、法诸国绝非匈奴、鲜卑、蒙古、倭寇、满人可比。原来人类的发展可分两个世界，一个是东方的亚洲，一个是西方的欧美。两个虽然在 19 世纪以前曾有过关系，但是那种关系是时有时无的，而且是可有可无的"。"到了十九世纪，来和我们找麻烦的不是我们东方世界里的小弟们，是那个素不相识而且文化根本互异的西方世界。"④ 中国作为东方世界里的"大哥"，到了 19 世纪以后却失去了优越地位。在 1800 年这个"瞻前顾后

---

①　王文宝：《中国民俗研究史》，黑龙江人民出版社 2003 年版，第 46 页。

②　萧放、孙英芳：《民国时期大学民俗学学科建设述略》，《中国大学教学》2017 年第 2 期。

③　苑利、顾军：《中国民俗学教程》，光明日报出版社 2003 年版，第 9 页。

④　蒋廷黻：《中国近代史》，上海古籍出版社 2014 年版，第 2 页。

的基点"① 上，中国落后了。"公元 1800 年前后，西方人因为工业革命的成功，促进了文明大跃进，也开启现代国家的序幕；但同时期的中国，虽然出现实用主义学说，却因改良的科技武力仍然屡战屡败的经验，及往后一连串的文化罹难与退却……致令'现代中国'迟至 20 世纪才出现。"②

在中西文化碰撞的背景下，中国社会被迫发生着变迁。"中国传统处境的特性之一是'匮乏经济'（economy of scarcity），正和工业处境的'丰裕经济'（economy of abundance）相对照"，而"在这两种经济中所养成的基本态度是不同的，价值体系是不同的"。③"中国传统价值观念是和传统社会的性质相配合的，而且互相发生作用的。"④"知足、安分、克己这一套价值观念是和传统的匮乏经济相配合的，共同维持着这个技术停顿、社会静止的局面。"⑤可是此时的东方和西方，已不再是各不相扰、相邻而处了。"匮乏经济是封闭的、静止的经济，而丰裕经济却是扩展的、动的经济。工业革命之后的西洋，代表着一个扩展的过程，一个无孔不入的进取性的力量。"⑥"在一个已经工业化了的西洋的旁边，决没有保持匮乏经济在东方的可能。适应于匮乏经济的一套生活方式，维持这套生活方式的价值体系是不能再帮助我们生存在这个新的处境里了。"⑦与中国传统价值观念体系相适应的传统学术文化就这样在西方工业文明的冲击下出现了新变。

一　中国传统学术文化的新变

"近代中西冲突最根本的是表现在文化层面上。西方文化全面冲击中国传统文化，造成严重的文化危机。面对封建主义的全面危机，地主阶级改革派首先是从文化上寻找出路，开始了中国近代史上的第一次文化

---

① 黄仁宇：《中国大历史》，生活·读书·新知三联书店 1997 年版，第 253 页。
② 黄仁宇：《中国大历史》，生活·读书·新知三联书店 1997 年版，第 253 页。
③ 费孝通：《乡土中国·生育制度·乡土重建》，商务印书馆 2011 年版，第 341 页。
④ 费孝通：《乡土中国·生育制度·乡土重建》，商务印书馆 2011 年版，第 346 页。
⑤ 费孝通：《乡土中国·生育制度·乡土重建》，商务印书馆 2011 年版，第 344 页。
⑥ 费孝通：《乡土中国·生育制度·乡土重建》，商务印书馆 2011 年版，第 347 页。
⑦ 费孝通：《乡土中国·生育制度·乡土重建》，商务印书馆 2011 年版，第 347 页。

选择。"①"在东西接触之初，西学的实用是早经公认的了，我们可以很简单地说，直接使东方受到患难的是西方的武器和生产技术。这就是'西学为用'的用的方面。在学习和接受西学之用的方面时，我们逐渐发现了用和体是相互关联的，是一套文化。"②鸦片战争之后，在西方文明的冲击下，我们开始反思并寻找发展的方向。近代中国相对于西方无疑是落后的，但我们也必须客观地认识到此时的中国不再闭关锁国、夜郎自大，它不屈不挠、负重前行，惊痛而醒的中国开始放眼看世界，经历了器物时代、制度时代、文化核心层反思时代，一路蹒跚却勇往直前。近代中国文化在反思中成长积淀，"中国文化的这种嬗变又不单纯是在西方文化冲击下的被动反应，更重要的原因却是中国文化发展的自身规律使然"③。

所谓"文化"，"指一个团体为了位育④处境所制下的一套生活方式"。其中的"一套"，是说"文化只指一个团体中在时间和空间上有相当一致性的个人行为"⑤。文化结构可以分为三个层面：第一，外层"物"的部分，即对象化了的劳动；第二，中层"心物结合"的"制度"部分，包括关于自然和社会的理论、社会组织制度等；第三，内层"心"的部分，即文化心理状态，包括价值观念、思维方式、审美趣味、道德情操、宗教情绪、民族性格等。这三个层面彼此相关，形成一个有机的系统。⑥也就是说，文化可以由外向内分为三个层次：外层的物质的有形的文化；中层的社会组织制度；内层即核心层的文化心理状态。"中国近代所发生的中西文化冲突，无异于文化结构的逻辑展开：从鸦

---

① 王明明：《论近代中西文化冲突中的中国文化选择》，《经济与社会发展》2007年第9期。
② 费孝通：《乡土中国·生育制度·乡土重建》，商务印书馆2011年版，第348页。
③ 张忠年：《中西文化冲突与中国近代文化嬗变》，《临沂师专学报》（社会科学版）1990年第3期。
④ "位育"一词参见费孝通的论述："讲到这里，我应该特别提出位育这个词。一个团体的生活方式是这团体对它处境的位育（在孔庙的大成殿前有一个匾写着'中和位育'。潘光旦先生就用这儒家的中心思想的'位育'两字翻译英文的adaptation，普通也翻作'适应'。意思是指人和自然的相互迁就以达到生活的目的）。"（费孝通：《乡土中国·生育制度·乡土重建》，商务印书馆2011年版，第339—340页）
⑤ 费孝通：《乡土中国·生育制度·乡土重建》，商务印书馆2011年版，第339页。
⑥ "文化三结构说"参见庞朴《文化结构与近代中国》，《中国社会科学》1986年第5期。

片战争，经洋务运动，至甲午战争，是在器物上'师夷之长技'的时期；从甲午战争，经戊戌变法，至辛亥革命，是在制度上进行变法的时期；从辛亥革命，至五四新文化运动，是从文化深层进行反思的时期。"① 在探索与实践中，新文化人在对西方文化积极借鉴的同时，对传统文化重新审视，发掘下层文化、大众文化的力量。

（一）对西方文化的借鉴

中西文化的冲突虽然自利玛窦登陆中国就已开始了，但是"传统中国的对外指针在西方文化的现代性还没有充分展露的前现代世界可保统治者'安然无恙'。但自世界大交通以来，尤其是鸦片战争以降，中西文化冲突从幕后走到台前进行了第一次正面交锋"②。根据近代历史发展进程可分为三个阶段：第一阶段是鸦片战争—洋务运动—甲午战争时期，发现器物上落后于"夷人"，开始"师夷之长技"；第二阶段是甲午战争—戊戌变法—辛亥革命时期，承认制度上落后于西方，发动维新变法、辛亥革命，学习西方政制；第三阶段是辛亥革命—新文化运动—五四运动时期，反思传统文化的不足之处，高扬民主与科学的大旗，借鉴西方文化。曾不被"天朝"放在眼里的"夷人"经过这三个阶段扩张、征服，已成为"列强"，面对西方列强的扩展侵略，被战火洗礼的中国一面反思着"中国人早肯洗心革面彻底欢迎西欧的物质文明，也不至有今日老背龙钟的状态了"③，一面在中西文化冲突中艰难地找寻复兴之路。

"近代西方文化是一个完整的理论形态和价值体系，它不仅包括西方自然科学，也包括西方社会科学。中国知识分子的先进人物，认识到这一点，整整花了80年之久。""直到五四运动，资产阶级激进民主派再次掀起批判儒家文化的热潮，喊出'科学与民主'的口号，中西文化的对立与冲突，才在各条战线上全面展开。"④

中国传统文化博大精深，创造了以四大发明为代表的辉煌的科技成

---

① 庞朴：《文化结构与近代中国》，《中国社会科学》1986年第5期。
② 周朗生：《近代中西文化冲突及其现代启示》，《广西社会科学》2005年第11期。
③ 胡适：《胡适文集4》，北京大学出版社1998年版，第22页。
④ 吴廷嘉、沈大德：《中西文化冲突的性质及其根源——兼论两种文化的价值特征》，《社会科学辑刊》1987年第5期。

就，但近代中国的科技却落后了。"中国传统文化中不发生科学，决不是中国人心思不灵，手脚不巧，而是中国的匮乏经济和儒家的知足教条配上了，使我们不去注重人和自然间的问题，而去注重人和人间的位育问题了。我不敢说在人事上中国传统文化是否有很大的造就，但是在科学上没有发达，那是无法否认的。"① 中国的传统文化中无法产生现代意义上"科学"，中国的传统核心价值观念也无法产生现代意义上的"民主"。在近代中西的文化冲突中，中国落后了，但也找到了新的发展方向。"开始于1915年的新文化运动是中西科技文化交融与冲突的最高阶段，它创造了一个更为良好和开放的文化氛围，促进了科学化时代的到来。"② 陈独秀此时提出以"民主"与"科学"为突破口来摧毁以儒家思想为代表的中国固有文化体系，动摇中国传统的核心价值观念，恰逢其时、正合时宜。

借鉴于西方文化，新文化运动树立了"民主"和"科学"两面旗帜，这使中国许多方面都发生了翻天覆地的变化，还促成了新思想、新理论的广泛传播。"作为中国近代第三次科学思想的引进，五四科学思潮既吸收了第一次科学思想引进中注重自然科学的积极因素，更继承了第二次科学思想输入中把着眼点放在变革社会制度的传统，表现出向多样化发展的趋势。以科学精神派、科学救国派、科学方法派为代表的政治派别，尽管其政治意向有明显差别，但都从不同方面对这次科学思潮的兴起和发展作出了贡献。"③ 其一，"科学精神派"是五四时期在政治和思想上影响最大的派别，陈独秀、李大钊等是这个派别的主要代表。"在他们看来，民族不能振兴，国力衰败屡弱，除了外国入侵者的掠夺和封建统治的腐朽外，还在于中国不能自强，落在了世界历史潮流的后面，缺乏近代文明；而要改变这种状况，首先要靠民主与科学精神的发扬。"④

---

① 费孝通：《乡土中国·生育制度·乡土重建》，商务印书馆2011年版，第349页。
② 肖星：《近代社会转型与科学技术发展探析》，《科教文汇》2012年第5期。
③ 汪玉凯：《论五四科学思潮——兼论近代科学在中国落后的原因》，《中共中央党校学报》2011年第3期。
④ 汪玉凯：《论五四科学思潮——兼论近代科学在中国落后的原因》，《中共中央党校学报》2011年第3期。

其二，在五四科学思潮中，科学救国的主张是另一种有代表性的思想倾向。在"科学救国"思潮的影响下，文学革命的主将鲁迅将自然科学视为救国救民的工具。为传播科学知识鲁迅曾撰写了大量介绍西方自然科学的著作。1903 年 10 月在《浙江潮》月刊发表长篇论文《中国地质概论》中他以炽热的爱国热情，介绍了我国地质矿藏的丰富。文中引述《诗经·唐风·山有枢》诗句："子有钟鼓，弗鼓弗考。宛其死矣，他人是保。"① 以此来表达对帝国主义掠夺中国矿藏的愤慨之情。《毛诗序》解此诗为："《山有枢》，刺晋昭公也。不能修道以正其国，有财不能用，有钟鼓不能以自乐，有朝廷不能洒扫，政荒民散，将以危亡，四邻谋取其国而不知，国人作诗以刺之也。"② 鲁迅取意于《毛诗序》的解释，"用以斥责封建统治者丧权辱国，'引盗入室'，号召青年振兴中华，保卫主权，主张中国的丰富矿藏应由中国人自己开采，作了全新的解释。他第一个用新思想引《诗》用《诗》"③。其三，五四时期的科学方法派，是以胡适的实验主义为代表的。以实验主义为核心的科学方法派，"最主要的在于它强调科学的态度和注重事实、服从验证的思想方法，从而为人们观察事物提供了一种新的角度"④。科学精神派、科学救国派、科学方法派的代表人物的影响下《诗经》阐释展现出新的气象。

"科学"是现代化关键的新信仰，⑤ 是扫荡封建礼教的武器。在这样的时代潮流中，"产生了以科学与民主为旨归的现代诗经学"⑥。提倡文学改良的科学方法派的代表人物胡适的《诗经》研究中，便常常可见"科学"的旗帜。胡适提出了现代《诗经》学研究的两个根本性方法，即他所主张的"整理国故"的方法：其一，"用小心的，精密的，科学的方法，来做一种新的训诂工夫，对于《诗经》的文字和文法上都重新

---

① 周振甫：《诗经译注》，中华书局 2002 年版，第 161 页。

② 周振甫：《诗经译注》，中华书局 2002 年版，第 161 页。

③ 夏传才：《二十世纪诗经学》，学苑出版社 2005 年版，第 52 页。

④ 汪玉凯：《论五四科学思潮——兼论近代科学在中国落后的原因》，《中共中央党校学报》2011 年第 3 期。

⑤ ［美］费正清编：《剑桥中华民国史（1912—1949 年）》（下卷），刘敬坤等译，中国社会科学出版社 1994 年版，第 69 页。

⑥ 夏传才：《二十世纪诗经学》，学苑出版社 2005 年版，第 84 页。

下注解"①。其二，"大胆地推翻二千年来积下来的附会的见解；完全用社会学的，历史的，文学的眼光重新给每一首诗下个解释"②。胡适提倡用"科学的方法"来对《诗经》进行新的研究，其《诗"三百篇"言字解》第一次运用现代科学的方法对《诗经》的"言"字从整体上作了统一训释。正是这种"现代的科学精神以及语法理论，才使现代学者有可能跳出个别的局限而达到普遍性的认识"③。同时，胡适进一步提出"用社会学的，历史的，文学的眼光重新给每一首诗下个解释"④，以推翻传统的附会的见解。这种对《诗经》价值重新评估的态度，反映出对传统文化的深刻反思，"这本身就是受到西方文化价值观念渗透的一个明证"⑤。

"研究近代西方思想实际上反而会使中国古代思想更显得清楚明白。近代西方的一些思想不只与中国古代思想相一致，它们实际上加深了我们对中国古代思想的理解。"⑥ 新文化人对传统文化的深刻反省在借鉴西方文化的过程中开始酝酿和勃兴了。

（二）对下层文化的重视

从鸦片战争到甲午战争，西方资本主义列强的坚船利炮击碎了中国人"天朝大国"的旧梦，神州大地掀起了救亡图存的呼号。"一种文化的某一个方面的变化通常迟早会带来其他方面的变化。"⑦ "中国人对转型原因的探索，经历了从'华夷'到'中西'再到'新旧'的思想变化。这背后虽然贯穿着对实效的现实追求，但难掩救国图强的迫切愿望。"⑧ "七十余年前的五四新文化运动，留给当代中国人的历史启示，远远胜于在这之前的任何一次社会变革和政治动乱。这是因为，五四新文化运动最适时地为一个行将衰亡的民族提出了一个最深刻和最严峻的

---

① 胡适：《胡适文集 12》，北京大学出版社 1998 年版，第 14 页。

② 胡适：《胡适文集 12》，北京大学出版社 1998 年版，第 14 页。

③ 赵沛霖：《20 世纪〈诗经〉传注的现代性特征》，《中州学刊》2006 年第 5 期。

④ 胡适：《胡适文集 12》，北京大学出版社 1998 年版，第 14 页。

⑤ 欧阳哲生：《新文化的传统——五四人物与思想研究》，广东人民出版社 2004 年版，第 31 页。

⑥ ［美］本杰明·史华兹：《寻求富强：严复与西方》，叶凤美译，江苏人民出版社 1996 年版，第 89—90 页。

⑦ ［美］伊恩·罗伯逊：《社会学》（上），黄育馥译，商务印书馆 1990 年版，第 98 页。

⑧ 张程：《民国说明书》，浙江大学出版社 2012 年版，"序"第 6 页。

问题：当闭关锁国主义再也无法抵挡世界范围内的资本主义坚船利炮的猛烈冲击时，古老的中国要想避免亡国灭种的现实危险，必须不失时机地追随世界文化潮流，通过真正的经济变革和政治革新来迎接现代化的曙光，以此立于世界民族之林，而欲达到此目标，改造整个中华民族的文化心态，不能不是一个最迫切的前提。"①

回顾历史，我们发现"来自民间社会的'启蒙者'尤其具有非比寻常的意义。我们都知道从太平天国之乱后，中央政府的权威逐渐式微，地方及社会的力量渐渐茁壮。1911 年帝制的推翻，非但没有重振中央的权势，反而使得整个政府的架构土崩瓦解。随着军阀割据局面的出现，中央政府的控制名实皆亡。国民政府的北伐，也只带来名义上的统一。所以如果我们放宽广一点来看，至少从 1850 年代开始，一直到 1949 年间将近一百年的时间，中国面临的其实是一个'国家再造'（state-building）的课题。相对于一个统一有主宰力的国家从式微、崩溃到再造的局面，我们看到社会的势力逐渐扩展，在思想、文化的转型，甚至政治、社会、经济结构的重组过程中，扮演重要的角色"②。在这种救亡图存的理念下，唤醒民众、开启民智，改造中华民族的文化心态，"新文化人有意识地采取提倡传统的下层文化，以打倒传统的上层文化的战略手法，这几乎是当时新文化人的共识"③。

五四新文化人积极倡导传统的下层文化。众所周知，任何一个进入文明阶段的国家，其社会结构必然分为统治阶级和被统治阶级，两个阶级在经济、政治上有着本质区别，在文化上也有着"楚河汉界"之别。"传统上层文化与下层文化这种相互并存、相互对立的矛盾运动构成传统文化向前发展的内在动力。"④ 五四新文化运动的代表者对此十分清

---

① 朱文华：《改造中国人的文化心态是中国现代化的前提——五四新文化运动的一条历史启示》，《复旦学报》（社会科学版）1989 年第 3 期。

② 李孝悌：《清末的下层社会启蒙运动：1901—1911》，河北教育出版社 2001 年版，第242—243 页。

③ 欧阳哲生：《新文化的传统——五四人物与思想研究》，广东人民出版社 2004 年版，第24 页。

④ 欧阳哲生：《新文化的传统——五四人物与思想研究》，广东人民出版社 2004 年版，第22 页。

楚，胡适在论及中国文学史时指出"我们中国几千年的文学史上有两个趋势，可以说是双重的进化、双重的文学，两条路子"。"一个是上层文学"，它"是贵族文学，文人的文学，私人的文学，贵族的、朝廷上的文学"；"一个是下层的文学"，它"是老百姓的文学，是活的文艺，是用白话写的文艺，人人可以懂，人人可以说的文艺"①。新文化运动正是伴随着对传统下层文化的大力提倡和对封建正统文化的严厉批判而兴起的。胡适等人提出"整理国故"，其所谓"国故"就是"中国的一切过去的文化历史"，而"国故学"是"研究这一切过去的历史文化的学问"②。"过去种种，上自思想学术之大，下至一个字，一支山歌之细，都是历史，都属于国学研究的范围"③，将国学领域扩充到一个前所未有的范围。"这项事业的一个新的趋向，是用积极的态度去研究大众文化"，"大众文化是具有活力的论点，使之鼓励顾颉刚等人努力研究民间传说和地方习俗，搜集民间故事和民歌"。④ 1919 年以后，学生中出现"到民间去"的新运动。顾颉刚将这一运动与其论点结合起来，"认为过去的知识分子总是依附于旧的贵族势力，现在则应当获得了自主权利去与普通百姓相结合"⑤。顾颉刚的这一观点鲜明地体现出新文化人文化观念的转变，他们将目光投向了下层文化、将希望寄托在了大众文化上，而"要做到这一点，就必须坚持用科学研究的方法，去研究群众的精神生活——民间传说、习俗和民歌"⑥。新文化人普遍重视对民俗文化的研究，"他们总是根据其特殊情怀和独特眼光来观察民众社会"⑦，把古典

---

①　胡适：《胡适的声音：1919—1960：胡适演讲集》，广西师范大学出版社 2005 年版，第251 页。

②　胡适：《胡适文集 3》，北京大学出版社 1998 年版，第 10 页。

③　胡适：《胡适文集 3》，北京大学出版社 1998 年版，第 11 页。

④　[美] 费正清编：《剑桥中华民国史（1912—1949 年）》（上卷），杨品泉等译，中国社会科学出版社 1994 年版，第 425 页。

⑤　[美] 费正清编：《剑桥中华民国史（1912—1949 年）》（上卷），杨品泉等译，中国社会科学出版社 1994 年版，第 425 页。

⑥　[美] 费正清编：《剑桥中华民国史（1912—1949 年）》（上卷），杨品泉等译，中国社会科学出版社 1994 年版，第 425 页。

⑦　[美] 费正清编：《剑桥中华民国史（1912—1949 年）》（上卷），杨品泉等译，中国社会科学出版社 1994 年版，第 399 页。

歌谣、神话传说、民间风俗这些"下层文化"请上学术殿堂。郑振铎悉心搜集、研究民间文学，推出《中国俗文学史》；刘半农对民歌民谣进行收集、整理；周作人提出以"人的文学""平民文学"作为创作的方向等，新文化人的这些变革，开拓了研究领域、扩大了文学视野，促进了下层文学地位的上升。"1910 年代的主题是五四时期的'整理民俗运动'，基本上是从学术、文化、思想的角度，重新估量民间文化的价值。是有史以来，中国上层的知识分子，第一次大规模的对人民的文化抱著肯定积极的态度，重加审视、探索。"①

在语言方面，传统下层文化取代上层文化的趋势更为明显。白话作为民间俗语，一直深受统治阶级的轻视和鄙薄。白话，与文言相对，是指以汉语口语为基础，经过加工的书面话。它是在唐宋以来口语的基础上形成的，起初只用于通俗文学作品，如唐代的变文、宋、元、明、清的话本、小说等。晚清之时，"有识之士认为文言已经成为国民愚弱的根源，开启民智的首要任务是要进行工具的变革——兴白话。对白话文抱有直接性和明确性的期待，希望借助白话文的平民性和大众性，使其成为传播现代性思想的有效载体"②。"清末的启蒙运动不仅在形式和内容上影响到日后的发展，在实际的推动和运作上，也下开日后各种'走向民众'运动的先河。"③"1900 年代是中国近代史上'走向人民'运动第一次大规模的开展。在本质上是一次思想、文化和社会的改良运动，具有强烈的启蒙意义。"④ 在新文化运动时期，提倡白话文是陈独秀文学革命主张中的重要内容。1916 年年底，在美国留学的胡适将《文学改良刍议》的文稿寄给了《新青年》，主编陈独秀读后拍案叫绝，立即签发，并称之为"今日中国文界之雷音"⑤。此后，《新青年》又陆续发表了一

---

① 李孝悌：《清末的下层社会启蒙运动：1901—1911》，河北教育出版社 2001 年版，第247 页。

② 吴小鸥：《文化拯救：近现代名人与教科书》，商务印书馆 2015 年版，第 310—311 页。

③ 李孝悌：《清末的下层社会启蒙运动：1901—1911》，河北教育出版社 2001 年版，第242 页。

④ 李孝悌：《清末的下层社会启蒙运动：1901—1911》，河北教育出版社 2001 年版，第247 页。

⑤ 胡明：《胡适传论》（上），人民文学出版 1996 年版，第 343 页。

系列响应这一主张的文章、通信和白话文学作品，一场白话文运动开始在文学领域展开。1918 年，"这一年的《新青年》（四卷、五卷）完全用白话做文章"[①]。1918 年 4 月，胡适的《建设的文学革命论》中说：

> 这二千年的文人所做的文学都是死的，都是用已经死了的语言文字做的。死文字决不能产出活文学。……简单说来，自从《三百篇》到于今，中国的文学凡是有一些价值一些儿生命的，都是白话的，或是近于白话的。其余的都是没有生气的古董，都是博物院中的陈列品！……中国若想有活文学，必须用白话，必须用国语，必须做国语的文学。[②]

胡适在批判传统上层文化的死气沉沉的同时，将上层文化中与白话相关的、与下层文化相关的文学作品如《诗经》等从上层文化中剥离出来，赋予新的意义，即《诗经》是文学的、有生命的、白话的（或近于白话的）。在胡适眼中"古代的文学如《诗经》里的许多民歌也都是当时的白话文学"[③]。下层文化中的白话与上层文化中的经典自《诗经》就有这样密切的联系，也意味着将白话的地位提高，"清末仍然带有泥土味的白话在胡适的往复辩难和大力提倡下，终于升堂入室，发展到一个新的境地"[④]。

1918 年冬天，陈独秀等创办《每周评论》，也是白话的。同时北京大学的学生傅斯年、罗家伦、汪敬熙等出了一个名为《新潮》的白话月刊。"民国八年开幕时，除了《新青年》、《新潮》、《每周评论》之外，北京的《国民公报》也有好几篇响应的白话文章。从此以后，响应的渐渐的更多了。"[⑤] 五四运动以后，全国发行的各种白话报刊扩大到 400 多

[①] 舒新城主编：《近代中国教育史料》，中国人民大学出版社 2012 年版，第 398 页。

[②] 胡适：《胡适文集 2》，北京大学出版社 1998 年版，第 45—47 页。

[③] 胡适：《白话文学史》，上海古籍出版社 1999 年版，第 11 页。

[④] 李孝悌：《清末的下层社会启蒙运动：1901—1911》，河北教育出版社 2001 年版，第 287 页。

[⑤] 舒新城主编：《近代中国教育史料》，中国人民大学出版社 2012 年版，第 399 页。

种，长期存在的口头语言与报刊书面文字的分裂局面基本结束，语文统一、普及国语的白话文运动在报刊舆论界赢得了胜利。1920 年 1 月，教育部通令全国把国民学校（小学）的一、二年级国文改为国语；1923年，中学国文课本亦采用国语，白话文在教育领域得已全面普及。① 各家出版的教科书开始大量选择新产生的白话小说、白话诗歌、白话戏剧、白话散文及一些用白话写成的议论文与学术文以容纳更为丰富而广阔的生活内容。这些蕴含着现代新思想、新情感，采用新手法、新形式的教科书，对于现代人的人格塑造、思维发展、情感陶冶、个性形成都有着极其重要的作用。② 在新文化人的大力提倡之下，清末已经蓬勃发展的白话文被重新定位，"将它的对象从下等社会或中下等社会，扩及到每个层面；将它的使用者从'都下引车卖浆之徒'提升到大学教授和文学、艺术殿堂的守卫者"③。白话文进入了校园、进入了教科书、进入了大学入学试卷。中国近代高校主要实行自主招生，各类大学的入学试卷在考试科目和题型、内容、难易程度等方面，有某些共同特征，也有个性差异。以 1933 年主要大学国文入学试卷题型为例，试作分析。

表 2-1　　　　　　1933 年各大学国文入学试卷题型一览④

学校＼题型	作文	标点	翻译	测验题	问/简答题	文法	成语解释
国立北平大学	"试申其义"	新式标点且译为白话文					
国立北洋工学院	"须用文言"	新式标点					
国立中山大学	时事评论						

① 欧阳哲生：《新文化的传统——五四人物与思想研究》，广东人民出版 2004 年版，第28—29 页。

② 吴小鸥：《文化拯救：近现代名人与教科书》，商务印书馆 2015 年版，第 315 页。

③ 李孝悌：《清末的下层社会启蒙运动：1901—1911》，河北教育出版社 2001 年版，第287 页。

④ 依据幺其璋、幺其琮编《民国老试卷》（新星出版社 2016 年版）整理。

续表

题型\学校	作文	标点	翻译	测验题	问/简答题	文法	成语解释
国立浙江大学	"文言白话不拘"		文言译为白话				
广州勷勤大学师范学院	作文（初试）		文言译为白话且加新式标点（初试）				
燕京大学	"文言文题"		文言译为白话	多为现代汉语题			
南开大学	短文；启事	给古文加标点；标出佳句或译为白话文					
国立北平师范大学	求学计划		标点且译为白话				
齐鲁大学	论"多难兴邦"	标点古文			古代文学知识简答		
国立中央大学	"体限文言"	古文标点					
河北省立工学院	时事论文						
河北省立农学院	"文体不拘"						
东吴大学	时事论文				"国学常识"		
厦门大学	"作文"				"文学常识"	"文法"	
国立成都大学					"国文常识"		"成语解释"

由上表可知，"作文"是国文考试中最为基础和重要的题型，而且作文题目多与时事密切相关，但作文题目的文体要求并不一致，既有要求文言的，又有要求为"文体不拘"的。"标点"和"翻译"题型有交叉，或给出古文要求标点且译为白话文；或给出古文要求译为白话文且加标点。简答题（问答题）则主要考察古代文学方面的知识。其他题型只是某一大学自己独有的题型，没有共性。从中不难看出文言文向白话文转变过渡的痕迹。虽然在"作文"题型中有些高校要求以"文言文"形式作答，但在"标点"和"翻译"题型中明显表现出对"白话文"的重视、对"新式标点"的重视。从命题倾向上，可以看出对"白话"的推广和普及是与"时事"紧密相关，白话文是开启民智、宣传新思想、改变国民性的重要工具。

"由于新文化人在思想、学术、语言、文学等方面发动的强大攻势，传统文化的内部结构发生了根本性的变化，传统上、下层文化的地位出现了置换。下层文化被立为中国现代文化的正宗，上层文化落到了负面。"① 西学的传入、传统文化内部结构的变化，"促进了中国传统学术的解体；这个变革，同时表现为传统诗经学研究体系的分解"②。

二 《诗经》学研究新变

两千多年的《诗经》学研究，各个朝代、各个流派，都无一例外地把《诗经》奉为经书，从经学的实用目的着眼去进行研究。"经学是中国历史上特殊的文化现象，它的产生、发展已经渗透于上层建筑、意识形态之中，成为中华传统文化中的一个重要部分，对于整个中华文化曾经产生过非常重大的影响。"③《诗经》研究在漫长的历史岁月中始终受到封建政权势力的控制，失去了自由发展的空间。直到辛亥革命推翻了封建专制王朝的统治，经学失去了支撑的背景，官方直接干预学术研究的情况才画上了句号。此外，五四新文化运动的爆发、马克思主义思想

---

① 欧阳哲生：《新文化的传统——五四人物与思想研究》，广东人民出版社 2004 年版，第 30 页。

② 夏传才：《二十世纪诗经学》，学苑出版社 2005 年版，第 76 页。

③ 洪湛侯：《诗经学史》，中华书局 2002 年版，第 648 页。

的传播，是"促成'现代诗学'研究蓬勃发展的更加重要、更加直接的原因"①。五四新文化运动拉开了中国现代化的序幕。这个标志着中国人民觉醒的群众运动，高举科学与民主的旗帜，扫荡两千年在中国大地盘根错节的封建文化，五四新文化运动的先驱者们为此作出了不可磨灭的历史贡献，古史辨派学者的《诗经》学论争，鲁迅、郭沫若等的《诗经》文学研究，揭开了"现代诗学"的序幕。"'现代诗学'能够摆脱经学的困扰，从事真正的文学的研究，无疑是诗经研究史上一次'质'的变化，一次可喜的飞跃。"②"在对旧经学批判的同时，产生了以科学与民主为旨归的现代诗经学。"③"'五四'先驱者们的第一个大贡献，是完成他们最初的目标：恢复《诗经》的真相实现了从经学到文学的变革。"④

（一）恢复《诗经》的文学面目

《诗经》是一本什么性质的书？这是现代《诗经》学必须首先解决的问题。两千多年来，《诗经》被尊奉为"经"，是古圣先贤们宣扬纲常礼教的教科书。在大破大立的五四时期，新文化运动的先驱们首先要打破这千年桎梏。谢无量、蒋善国、顾颉刚、缪天绶、胡朴安等学者都在其《诗经》著作中，对《诗经》进行了不同于传统《诗经》学研究的新阐释，即从文学的角度上开掘《诗经》研究的当代价值，但影响最大的还是作为现代《诗经》学开山人的胡适。

"胡适在二十年代初期，较早地彻底打破'经书'这个愚昧人民的概念，明确地提出诗三百篇不是圣贤的遗作，也'未经孔夫子编纂删订'，而只是'慢慢收集起来的一部古代歌谣总集'，古代经师所作的序说，完全是曲解，掩盖了这些歌谣的原来面目。"⑤ 他在《〈国语季刊〉发刊宣言》中直言："二千年研究的成果，究竟到了什么田地，很少人说得出的，只因为二千年的《诗经》烂账至今不曾有一次的总结算。宋

---

① 洪湛侯：《诗经学史》，中华书局 2002 年版，第 648 页。
② 洪湛侯：《诗经学史》，中华书局 2002 年版，第 648 页。
③ 夏传才：《二十世纪诗经学》，学苑出版社 2005 年版，第 84 页。
④ 夏传才：《二十世纪诗经学》，学苑出版社 2005 年版，第 84—85 页。
⑤ 夏传才：《诗经研究史概要》，清华大学出版社 2007 年版，第 177 页。

人驳了汉人，清人推翻了宋人，自以为回到汉人：至今《诗经》的研究，音韵自音韵，训诂自训诂，异文自异文，序说自序说，各不相关连。少年的学者想要研究《诗经》的，伸头望一望，只看见一屋子的烂账簿，吓得吐舌缩不进去，只好叹口气，'算了罢！'"①胡适将两千年的《诗经》研究比作"一屋子的烂账簿"，汉人、宋人、清人的研究"各不相关连"，以至现今的"少年学者"望而却步。胡适认为，既然是"烂账簿"，便不必拘泥，放下古文、今文之争，宋学、汉学之争，清清爽爽地看看这千年的《诗经》研究：

> 《诗经》到了汉朝，真变成了一部经典。《诗经》里面描写的那些男女恋爱的事体，在那般道学先生看起来，似乎不大雅观，于是对于这些自然的有生命的文学不得不另加种种附会的解释。所以汉朝的齐、鲁、韩三家对于《诗经》都加上许多的附会，讲得非常的神秘。……后起的《毛诗》对于《诗经》的解释又把从前的都推翻了，另找了一些历史上的——《左传》里面的事情——证据，来做一种新的解释。他研究诗经的见解比齐、鲁、韩三家确实是要高明一点，所以他的结果比他们也要充满一点。我们现在读的《毛诗》就是他的。照这样看起来，《诗经》的解释在历史上有许多的变迁，并且都是进步的了。到了东汉，郑康成读《诗》的见解比毛公又要高明。所以到了唐朝，大凡研究《诗经》的人都是拿《毛传》《郑笺》作底子。到了宋朝，出了郑樵和朱子，他们研究《诗经》，又打破毛公的附会，由他们自己作解释。他们这种态度，比唐朝又不同一点，另外成了一种宋代的体裁。清朝讲学的人都是崇拜汉学，反对宋学的，他们对于考据训诂是有特别的研究，但是没有什么特殊的见解。他们以为宋学是不及汉学的，……但在那个时候研究《诗经》的人，确实出了几个比汉宋都要高明的，如著《诗经通论》的姚际恒，著《读风偶识》的崔述，著《诗经原始》的方玉润，他们都大胆地推翻汉宋的腐旧的见解，研究《诗经》里面的字句和内

---

① 胡适：《胡适文集3》，北京大学出版社1998年版，第13—14页。

容。照这样看起来，二千年来《诗经》的研究确实是一代比一代进步的了。①

胡适对历代《诗经》研究进行了总结：第一，在《诗经》未成为经之前，它是自然的、有生命的文学。第二，《诗经》是在汉朝时"变成了一部经典"，之所以成为经典主要归功于道学先生们的附会解释。第三，在历史上，《诗经》的解释有许多变迁，并且都是进步的。《毛诗》以《左传》为证来作新解释要比齐、鲁、韩三家的附会解诗"高明一点"；东汉郑康成解《诗》又比《毛诗》高明；宋朝郑樵、朱熹对《诗经》的研究又打破了《毛诗》的附会，作出新解；清人则反对宋学、崇拜汉学，清人善考据训诂却"没有什么特殊的见解"，但姚际恒、崔述、方玉润推翻了汉宋腐旧的见解，确实比汉宋要高明。胡适能够不为成见所束缚，较为客观地对《诗经》学发展进行了评点，是因为他不属于古文学派，也不属于今文学派，因而没有家法、师法的羁绊，才能对各家各派的得失有较为清醒的认识：

> 《诗经》的研究，虽说是进步的，但是都不彻底，大半是推翻这部，附会那部；推翻那部，附会这部。我看对于《诗经》的研究想要彻底的改革，恐怕还在我们呢！我们应该拿起我们的新的眼光，好的方法，多的材料，去大胆地细心地研究；我相信我们研究的效果比前人又可圆满一点了。这是我们应取的态度，也是我们应尽的责任。②

客观地说，传统的《诗经》研究是不断进步的，但是都不彻底。在新的历史时期，胡适顺应时代发展的需要，提出以"我们应取的态度"，担当起"我们应尽的责任"。他用"新的眼光""好的方法"去解读《诗经》这部流传千年的典籍，重新认定了它的性质：

---

① 顾颉刚等编：《古史辨》（三），上海古籍出版社1982年版，第578—579页。
② 顾颉刚等编：《古史辨》（三），上海古籍出版社1982年版，第579—580页。

　　从前的人把这部《诗经》都看得非常神圣，说它是一部经典，我们现在要打破这个观念；假如这个观念不能打破，《诗经》简直可以不研究了。因为《诗经》并不是一部圣经，确实是一部古代歌谣的总集，可以做社会史的材料，可以做政治史的材料，可以做文化史的材料。万不可说它是一部神圣经典。①

　　《诗经》不是一个时代辑成的。《诗经》里面的诗是慢慢的收集起来，成现在这么样的一本集子。最古的是《周颂》，次古的是《大雅》，再迟一点是《小雅》，最迟的就是《商颂》《鲁颂》《国风》了。《大雅》《小雅》大半是后来的文人做的，真几首并有作者的有名；《大雅》收集在前，《小雅》收集在后。《国风》是各地散传的歌谣，由古人收集起来的。这些歌谣产生的时候大概很古，但收集的时候却很晚了。我们研究《诗经》里面的文法和内容，可以说《诗经》里面包含的时期约在六七百年的上下。所以我们应该知道《诗经》不是那一个人辑的，也不是那一个人做的。②

　　"汉代以来，《诗经》长期被尊奉为儒家经典，被认为包含了王功圣绩，成为宣扬封建礼教制度的教材，这是在两千年中的《诗经》传授史中居于主导地位的观念。"③ 胡适颠覆了这一观念，疾呼"假如这个观念不能打破，《诗经》简直可以不研究了"。《诗经》不是经典，它是"慢慢的收集起来，成现在这么样的一本集子"，"不是那一个人辑的，也不是那一个人做的"，最重要的是"《国风》是各地散传的歌谣"，《诗经》只是一部"古代歌谣的总集"，在文学上具有重要意义，其中的诗篇不过是文学作品，并不存在什么王功圣绩。这些诗篇还是我们研究社会史、政治史、文化史的材料，在肯定《诗经》具有史料价值的同时，再次否定了它"神圣经典"的崇高身份，即《诗经》是文学、是史料，却不是"圣经"。胡适恢复了《诗经》的真相，它是一部慢慢收集起来的既包含

---

　　① 顾颉刚等编：《古史辨》（三），上海古籍出版社 1982 年版，第 577 页。
　　② 顾颉刚等编：《古史辨》（三），上海古籍出版社 1982 年版，第 578 页。
　　③ 章原：《古史辨〈诗经〉学研究》，博士学位论文，复旦大学，2004 年。

宗庙颂诗，又包括各地歌谣；既有文人作品，又有民间歌谣的诗歌总集。由此，剥去了千年来"圣经"的伪装，还《诗经》以本来面目，即它是一部有价值的最古的文学作品。

（二）采用新的研究方法

在近代中国救亡图存的历史背景下，爱国知识分子不断探索着救国强民的方法。近代西方科技强国的情势使五四时期的进步分子坚信只有发展科学技术，才能富国强兵。竺可桢在《科学对于物质文明的三大贡献》文中指出："二十世纪的文化为科学的文化"①，中国近代的物质文明却明显落后了。"中国何以近来各项物质文明会一点都没有进展，而和西洋各国比较，就觉得相形见绌呢？推考其原因，就是因为科学没有发达。"② 科学救国思潮在五四时期风靡一时。显然，科学救国思潮具有爱国主义特点。五四时期的科学救国思潮不仅具有鲜明的进步性，还具有重要的启蒙性。启蒙（Enlightenment），在西方 18 世纪启蒙运动中是一个引人瞩目的字眼，其本意是"光照""启发"的意思。邓晓芒认为"启蒙"一词"并不包含唤起民众的含义，多半倒是一种思想上的个人觉醒"，而"五四的启蒙运动则特别赋予了启蒙以'开启民智'的含义"③。可见，科学救国思潮不仅重视科技救国，同样重视开启民智。如果说"科学"重在"救国"，那么"民主"则重在"强民"。"科学"与"民主"则相互依存的互动关系。揭开中国现代化序幕的五四新文化运动正是以"科学"与"民主"为旗帜的。一方面，随着新文化运动的兴起，科学救国思潮得到了前所未有的发展；另一方面，正是由于科学救国思潮的形成进一步促进了五四新文化运动的产生。"在某种程度上可以说，正是科学救国思潮的兴起加速了新文化运动的产生，因其'科学'的口号是直接受科学救国思潮影响而产生的。"④

随着五四新文化运动的发展，传统《诗经》学的逐渐瓦解，产生了以科学与民主为旨归的现代《诗经》学。"现代诗经学发展的历程，正

① 竺可桢：《竺可桢科普创作选集》，中国大百科全书出版社 2011 年版，第 4 页。
② 竺可桢：《竺可桢科普创作选集》，中国大百科全书出版社 2011 年版，第 4 页。
③ 邓晓芒：《新批判主义》，湖北教育出版社 2001 年版，"序"第 8—9 页。
④ 朱华：《近代科学救国思潮研究》，博士学位论文，北京师范大学，2006 年。

是中国传统学术对西方思想观念和新方法论不断吸取、借鉴、撞击乃至融合的历程。"① 在这一过程中，对西方新观念、新方法的借鉴丰富了《诗经》研究的内容、扩展了《诗经》研究的领域。

1. 科学的方法

20 世纪初，西方科学技术大量传入中国，自然科学研究中的方法论逐渐在科学认识、科学研究和科学思维中显示出重要的作用，这对救亡图存运动产生了积极影响。在各种主义丛生、百说竞逐的氛围中，中国先进青年逐步接受了西方流入的一些科学方法，比如"观察、归纳、演绎与实验的科学方法"，因为这些科学方法，"不但可应用于纯科学原来的题材，而且在人类思想与行动的各种不同领域里差不多都可应用"②。科学方法，简而言之就是科学研究者在科学研究的过程中所使用到的方法。常用到的科学方法有归纳法、演绎法、观察实验法等，科学方法对于科学的演进具有决定性的作用。③ 这源于自然科学研究的科学方法，成了当时许多人追求的救国手段，并且由自然科学领域延伸至社会科学、哲学等领域。洞见了科学精神价值的先进知识分子"主张通过弘扬科学精神，充分发挥科学的社会功能和精神价值，使科学成为全民的精神支柱和武器，进而推动救亡运动的发展"④。在"西学东渐"的潮流冲击下，学者提出"我们须要的是用现代人的眼光，现代的新的手法，来剥洗这斑斓的古物，使更适宜于大众的胃口"⑤。《诗经》学研究呈现出吸收西方新学的革新趋势。"目下诗经的研究，无论那方面都有着长足的进展。而这一进展是在摆开汉学宋学，用着更合理的科学方法，扩展清儒狭窄的路走去的。"⑥

其一，"别求新声于异邦"⑦。两千年来的《诗经》学研究早已形成

① 夏传才：《二十世纪诗经学》，学苑出版社 2005 年版，第 385 页。
② ［英］W. C. 丹皮尔：《科学史及其与哲学和宗教的关系》，李珩译，商务印书馆 1975 年版，第 283 页。
③ 刘敏：《民国时期〈科学〉杂志研究》，博士学位论文，内蒙古师范大学，2013 年。
④ 谢美航：《五四时期"科学救国"思潮研究》，硕士学位论文，湖南科技大学，2009 年。
⑤ 龚书辉：《〈诗经语译〉质疑》，《厦大图书馆报》1936 年第 7 期。
⑥ 龚书辉：《〈诗经语译〉质疑》，《厦大图书馆报》1936 年第 7 期。
⑦ 鲁迅：《鲁迅全集 1》，人民文学出版社 1981 年版，第 67 页。

了系统的研究体系和诗歌理论。这些成绩成就了《诗经》的经典地位，也桎梏了《诗经》学研究的发展。在中西文化碰撞的时代中，受到西方进化论和欧洲启蒙运动民主思想影响的鲁迅"第一个用热烈的爱国主义和革命民主主义思想来解释《诗经》和反对儒家诗教"[1]。鲁迅认为中国应该摆脱传统思想的桎梏，而两千年来最权威的说诗理论和诗歌创作指导思想就是最大的思想桎梏。在《摩罗诗力说》文中说：

> 如中国之诗，舜云言志；而后贤立说，乃云持人性情，三百之旨，无邪所蔽。夫既言志矣，何持之云？强以无邪，即非人志。许自繇于鞭策羁縻之下，殆此事乎？然厥后文章，乃果辗转不逾此界。其颂祝主人，悦媚豪右之作，可无俟言。[2]

鲁迅认为"三百之旨，无邪所蔽"。"思无邪"是孔子对《诗经》内容的总体概括。汉儒以后的儒家学者发扬孔子诗教思想的同时也借此来宣扬礼义进行封建伦理道德教育。这样的诗教，既对《诗经》内容作了歪曲的诠释，又将诗歌创作引上了为统治者歌功颂德的歧路。只有"智力集于科学"，才"思制天然而见其法则"[3]。"鲁迅否定了两千年来《诗经》诠释和诗歌创作的指导理论，批评它束缚人们思想、桎梏文艺创作，呼吁借鉴西方争取民主和民族解放的诗歌，回归人性的自然，面向现实的斗争。"[4]鲁迅提出的打破传统诗教的桎梏、向西方诗歌借鉴的"别求新声于异邦"方法，反映了一代新人大破大立的进步要求。

其二，"二重证据法"。"二重证据法"是国学大师王国维提出的一种研究方法。王国维治学成绩斐然，"学术史上认为他的学术标志着中国传统学术的终结和学术新时期的开始"[5]。虽不以专治《诗经》名世，但他的《诗经》学著述对现代《诗经》学有着重要的影响。王国维学说

---

① 夏传才：《二十世纪诗经学》，学苑出版社 2005 年版，第 54 页。
② 鲁迅：《鲁迅全集 1》，人民文学出版社 1981 年版，第 70 页。
③ 鲁迅：《鲁迅全集 1》，人民文学出版社 1981 年版，第 87 页。
④ 夏传才：《二十世纪诗经学》，学苑出版社 2005 年版，第 53—54 页。
⑤ 夏传才：《二十世纪诗经学》，学苑出版社 2005 年版，第 55 页。

中的许多观点和方法为现代《诗经》学所吸取。在《诗经》语言研究上，王国维继承了传统朴学的学风。朴学就是用考据训诂的方法治经之学，从考订文字、音韵、训诂入手理解经义，提倡实事求是，无征不信。这种方法论具有科学性。"集乾嘉以来考据学之大成"① 的王国维在继承这种方法，同时又借鉴了西方实证主义和思维科学，将中国传统乾嘉考据与西方自然科学的实证方法有机结合，提出了著名的"二重证据法"——"吾辈生于今日，幸于纸上之材料外，更得地下之新材料。由此种材料，我辈固得据以补正纸上之材料，亦得证明古书之某部分全为实录，即百家不雅驯之言亦不无表示一面之事实。此二重证据法，惟在今日始得为之。虽古书之未得证明者，不能加以否定，而其已得证明者，不能不加以肯定：可断言也。"② 意即将发掘的地下遗物与文献记载相互比证，求得真正的意义。他在《诗经》研究方面的文章主要有《周大武乐章考》、《说周颂》、《说商颂》（上、下）等，他利用卜辞为论据所论证的《商颂》为宋诗说，影响重大，为大多数学者所赞同。王国维运用的二重证据法在《诗经》研究方面独树一帜，作出了方法论意义上的尝试与导引，这个科学方法，被现代《诗经》学所普遍继承。

其三，"疑古的态度"③。在晚清民国的"国学"论争过程中，胡适指出中国古代的书籍缺乏系统性。比如"我们去研究《诗经》，竟没有一本书能供给我们做研究的资料的。原来中国底书籍，都是为学者而设，非为普通人一般人底研究而做的。所以青年们要研究，也就无从研究起。我很望诸君对于国故，有些研究的兴趣，来下一番真实的工夫，使它成为有系统的。对于国故，亟应起来整理，方能使人有研究的兴趣，并能使有研究兴趣的人容易去研究"④。如何使国故的书籍形成系统性？胡适提出应"把疑古和辨伪作为整理国故的基本方法"⑤，也就是用疑古的态

①　夏传才：《二十世纪诗经学》，学苑出版社 2005 年版，第 56 页。
②　王国维：《王国维文集 4》，中国文史出版社 1997 年版，第 2 页。
③　胡适：《胡适文集 12》，北京大学出版社 1998 年版，第 92 页。
④　胡适：《胡适文集 12》，北京大学出版社 1998 年版，第 91 页。
⑤　刘东、文韬编：《审问与明辨：晚清民国的"国学"论争》，北京大学出版社 2012 年版，第 348 页。

度——以"宁可疑而错，不可信而错"① 为指导方法去看待古籍、整理古籍。作为"世界文学上的宝贝"② 的《诗经》，自然也要用疑古和辨伪的方法去重新"整理"：

> 至于《诗经》，本有三千篇，被孔子删剩十分之一，只得了三百篇。《关雎》这一首诗，孔子把它列在第一首，这首诗是很好的。内容是一很好的女子，有一男子要伊做妻子，但这事不易办到，于是男子"寤寐求之"，连睡在床上都要想伊，更要"悠哉悠哉辗转反侧"呢！这能表现一种很好的爱情，是一首爱情的相思诗。后人误会，生了许多误解，竟牵到旁的问题上去。所以疑古的态度有两方面好讲：一、疑古书的真伪。二、疑真书被那山东老学究弄伪的地方。我们疑古底目的，是在得其"真"，就是疑错了，亦没有什么要紧。我们知道，那一个科学家是没有错误的。假使信而错，那就上当不浅了！自己固然一味迷信，情愿做古人底奴隶，但是还要引旁人亦入于迷途呢！我们一方面研究，一方面就要怀疑，庶能不上老当呢！③

1921 年 7 月胡适在东南大学的讲演词《研究国故的方法》中提出四种研究国故的方法，"疑古的态度"就是其中一种，其他三种是"历史的观念""系统的研究""整理"。胡适强调"疑古底目的，是在得其'真'"，就是打破传统经传的束缚，像科学家一样为求"真"，大胆怀疑、不怕犯错。他提倡的"疑古的态度"也就是一种科学的态度。其实早在 1913 年胡适就已经实践过这种"疑古的态度"。在《诗三百篇言字解》中第一次运用现代科学的方法对《诗经》的"言"字从整体上作了统一训释。胡适认为按照"以《传》、《笺》证《尔雅》，以《尔雅》证

---

① 刘东、文韬编：《审问与明辨：晚清民国的"国学"论争》，北京大学出版社 2012 年版，第 349 页。
② 胡适：《胡适文集 12》，北京大学出版社 1998 年版，第 91 页。
③ 胡适：《胡适文集 12》，北京大学出版社 1998 年版，第 92 页。

《传》、《笺》"① 的方法来解释《诗经》中的"言"字是不可取的，应该采用"西儒归纳论理之法"："鄙意以为《尔雅》既不足据，则研经者宜从经入手，以经解经，参考互证，可得其大旨。此西儒归纳论理之法也。"② "1923 年胡适支持创办《国学季刊》，在《发刊词》中阐明新文化运动对整理国故的见解，即用历史进化观和科学的方法作精确的考证，进行系统的研究和整理。"③

2. 民俗学视角

在长达两千年的传统《诗经》学研究中，《诗经》一直被视为经学的主体和政治工具。直到近代，新文化运动高举着"科学"与"民主"的旗帜展开了对封建礼教的批判，五四新文化运动的先驱们开始运用新方法对《诗经》的文化内涵进行疏理。20 世纪初我国的民俗学开始兴起。1913 年周作人在《儿歌之研究》中首先使用了"民俗学"这一概念；1927 年我国第一个"民俗学会"在中山大学成立；1928 年《民俗周刊》出版，民俗学作为一门学科的名称正式得以承认。随着我国的民俗学研究逐渐步入正轨，傅斯年、胡适、闻一多等知名学者不约而同地以民俗学视角对《诗经》进行研究，这对打破经学传统的束缚、推动《诗经》学的现代化发展具有深远意义。

其一，"到各种的人间社会去采风问俗"④。1927 年，傅斯年在《历史语言研究所周刊》发刊词中提出："我们要打破以前学术界上的一切偶像，屏除以前学术界上的一切成见！我们要实地搜罗材料，到民众中寻方言，到古文化的遗址去发掘，到各种的人间社会去采风问俗，建设许多的新学问！"⑤ 傅斯年的《诗经》研究践习了他的主张，他所取得的成就主要包括："认定'诗'是文学"⑥；考释《诗经》学的基本问题；重新解释诗旨；以《诗经》为史料论证古史和周代思想等。这些成就中

---

① 胡适：《胡适文集 2》，北京大学出版社 1998 年版，第 169 页。
② 胡适：《胡适文集 2》，北京大学出版社 1998 年版，第 169 页。
③ 夏传才：《二十世纪诗经学》，学苑出版社 2005 年版，第 128 页。
④ 傅斯年：《傅斯年全集 3》，湖南教育出版社 2003 年版，第 13 页。
⑤ 傅斯年：《傅斯年全集 3》，湖南教育出版社 2003 年版，第 13 页。
⑥ 傅斯年：《傅斯年全集 1》，湖南教育出版社 2003 年版，第 218 页。

"认定'诗'是文学"无疑是最引人注目的。他在 1919 年《新潮》第一卷上发表的《宋朱熹的〈诗集传〉和〈诗序辨〉》文中，用孔子在《论语》上论诗的话来证明诗的性质，得出"诗是文学，可用孔子的话证明，可就诗的本文考得。诗是道学，须得用笺注家的话证明，须得离开诗的文笺，穿凿而得"① 的结论。同时指出"《诗经》里的《国风》、《小雅》，没有一句有奇想的，没有一句不是本地风光的"②，即《国风》《小雅》是当时的民间文学作品。傅斯年在《诗经》研究中能打破传统经学笺注的束缚，将研究视角转向民间，回归诗文本身。这得益于他兼采中西的治学态度和与时俱进的治学方法。傅斯年既创造性地继承了中国历史比较研究的优良传统，又积极借鉴了西方比较史学、比较语言学的理论和方法；既接受王国维的二重证据法、陈寅恪的文史互证法、胡适提倡"科学的方法"③ 的影响，又自出新意地创造了具有时代精神的《诗经》研究新方法，即重视历史文献的、考古的、语言学和民俗学资料的综合运用，将考古资料、民俗资料和传统资料相互印证的研究方法。

其二，"谈《诗经》，也就是欣赏'本地风光'。"④ 1925 年，胡适在《谈谈〈诗经〉》文中说："我觉得用新的科学方法来研究古代的东西，确能得着很有趣味的效果。一字的古音，一字的古义，都应该拿正当的方法去研究的。在今日研究古书，方法最要紧；同样的方法可以收同样的效果。我今天讲《诗经》，也是贡献一点我个人研究古书的方法。"⑤ 胡适认为对于《诗经》的研究要运用新的、正当的方法，"我们在这里谈《诗经》，也就是欣赏'本地风光'"⑥。所谓"本地风光"，结合上下文义，即各地的民俗风情。虽然胡适没有研究《诗经》的专著，但这些散见于论著中的短论，特别是用民俗学知识对《诗经》中某些诗篇进行的新解读，产生了广泛的影响。如"《关雎》完全是一首求爱诗，他求

---

① 傅斯年：《傅斯年全集 1》，湖南教育出版社 2003 年版，第 219—220 页。
② 傅斯年：《傅斯年全集 1》，湖南教育出版社 2003 年版，第 220 页。
③ 胡适：《胡适文集 12》，北京大学出版社 1998 年版，第 14 页。
④ 胡适：《胡适古典文学研究论集》，上海古籍出版社 2013 年版，第 274 页。
⑤ 胡适：《胡适古典文学研究论集》，上海古籍出版社 2013 年版，第 275 页。
⑥ 胡适：《胡适古典文学研究论集》，上海古籍出版社 2013 年版，第 274 页。

之不得，便寤寐思服，辗转反侧，这是描写他的相思苦情；他用了种种勾引女子的手段，友以琴瑟，乐以钟鼓，这完全是初民时代的社会风俗"①。除《关雎》篇外，胡适所作的诗篇新解，还有《野有死麕》《嘒彼小星》《芣苢》《著》《伐檀》《葛覃》等，这些新解有的较好地结合了民俗学和民歌理论，有的阐释则较为牵强，但其"撇开一切毛《传》、郑《笺》、朱《注》等等，自己去细细涵咏原文"② 的气魄和"多研究民俗学、社会学、文学、史学"③ 的态度对现代《诗经》学的发展有着深远的影响。

其三，"用'诗'的眼光读《诗经》"④。闻一多是民国时期"对《诗经》的研究用力最多，成果最为丰富"⑤ 的学者。他以研究《国风》为主，认为《国风》是民间歌谣。既然明明是"一部歌谣集，为什么没人认真的把它当文艺看呢！"⑥ 是因为"汉人功利观念太深，把《三百篇》做了政治的课本；宋人稍好点，又拉着道学不放手——一股头巾气；清人较为客观，但训诂学不是诗；近人囊中满是科学方法，真厉害。无奈历史——唯物史观的与非唯物史观的，离《诗》还是很远"⑦。汉人、宋人、清人以及近人的《诗经》研究各有所得，却都同样没能以正确的方法揭示《诗经》本来面目。如何还原《诗经》的真相呢？闻一多认为应该"用'《诗经》时代'的眼光读《诗经》"，"用'诗'的眼光读《诗经》"⑧，即用文学的眼光、民俗学的方法去研究《诗经》这部民间歌谣集。闻一多的《诗经》研究一方面继承了朴学传统，把《诗经》中同一词语用例相同的句子集中起来，并从历代传笺注疏和其他古文献中旁征博引、验证比较，用综合分析的办法来考证《诗经》中的词语，如对"公孙硕肤"中的"肤"字的考证；另一方面综合运用民俗学、文化

---

① 胡适：《胡适古典文学研究论集》，上海古籍出版社 2013 年版，第 281 页。
② 胡适：《胡适古典文学研究论集》，上海古籍出版社 2013 年版，第 283 页。
③ 胡适：《胡适古典文学研究论集》，上海古籍出版社 2013 年版，第 283 页。
④ 闻一多：《诗经研究》，巴蜀书社 2002 年版，第 55 页。
⑤ 鲁洪生：《闻一多的〈诗经〉研究——以"兴"为例》，《北方论丛》2015 年第 4 期。
⑥ 闻一多：《诗经研究》，巴蜀书社 2002 年版，第 54 页。
⑦ 闻一多：《诗经研究》，巴蜀书社 2002 年版，第 54 页。
⑧ 闻一多：《诗经研究》，巴蜀书社 2002 年版，第 55 页。

人类学、精神分析学等多学科方法，考察上古时代的社会风俗，并结合文化状态与《诗经》时代约略相同的我国少数民族的有关资料，来推论和印证《诗经》所反映的社会生活，如对《芣苢》一诗中所包含的社会风俗的解读。闻一多既继承清代朴学的考据方法，又借鉴近代的科学方法，"与同时代的新型知识分子一道，成功地完成了时代赋予的使命，使《诗经》研究的观念与方法发生了革命性变化"[1]。

正如傅斯年所说："凡一种学问能扩充他作研究时应用的工具的，则进步，不能的，则退步。"[2] 在新时代里，传统《诗经》学研究需要与时俱进地"扩充他研究时应用的工具的"，科学的方法和民俗学的视角成为国学大师、学术界名流和进步的青年学者不约而同的选择。既继承着传统《诗经》学的优良成分、又汲取着世界先进思想和新方法的现代《诗经》学在对传统《诗经》学大破大立的革新中发展起来。

第三节 新式出版与《诗经》研究新风向

"所谓新式出版，是与传统出版相对而言的一个概念，或是指引入的西方先进出版技术，或是指有别于传统的出版物内容，或是指现代企业的组织运作方式和出版制度。中国新式出版的起步，不是源于传统出版内部条件的自身成熟，而是来自于外力的强力推动。"[3] 近代西方文化推动了我国近代出版技术的革新和我国出版物内容的结构性调整。五四新文化运动揭开了中国现代化的序幕，这个标志着中国人民觉醒的群众运动对学术文化和出版业影响显著。知识分子将"民众"提高到一个前所未有的高度，以科学和民主为旨归的现代《诗经》学应时而生，五四先驱者们的第一个重大贡献就是恢复《诗经》真相，即实现其由经到文的变革。"文献，只有进入传播的领域，才具有文化的意义。"[4] 出版业无

---

① 刘毓庆：《闻一多〈诗经〉研究检讨》，《文学评论》2012 年第 6 期。

② 傅斯年：《傅斯年全集 3》，湖南教育出版社 2003 年版，第 7 页。

③ 王余光、吴永贵：《中国出版通史·民国卷》，中国书籍出版社 2008 年版，第 16—17 页。

④ 刘冬颖：《与这位"淑女"相伴终生》，《中华读书报》2018 年 4 月 25 日，光明网，http://epaper. gmw. cn/zhdsb/html/2018-04/25/nw. D110000zhdsb_ 20180425_ 3-16. htm。

疑是将"文献"与"民众"联结起来的有效手段。在新文化思潮的直接影响下，现代出版业发生了突变，出版物内容革新、数量激增。时代影响着出版业的走向，出版业也适应并推动着时代文化的发展、促进学术研究的新变。民国时期出版机构众多，这里主要以三大出版社《诗经》著作出版情况为代表，探析出版对《诗经》研究新变的促进与推动。

一　三大出版社《诗经》著作出版情况

出版工作具有经济和文化上双重属性，民国时期的出版业不仅是当时国民经济的一个重要门类，还是推动政治变革、学术思潮、社会文化发展的一种重要力量。在众多出版机构中，上海的商务印书馆、中华书局、世界书局三大出版机构是民国时期全国出版业中的巨无霸。据当时商务印书馆总经理王云五的调查计算，1934 年全国出版物总册数的61%，1935 年全国出版物总册数的62%，1936 年全国出版物总册数的71%，均出自他们之手。① 其中商务印书馆和中华书局两大出版社的出版种数几乎占全国总数的一半。

表 2-2　　　　　　1927—1936 年商务印书馆、中华书局的
出版种数与全国总量比②

年份	商务印书馆（册）	中华书局（册）	全国总量（册）	所占全国比（%）
1927	842	159	2035	49
1928	854	356	2414	50
1929	1040	541	3175	50
1930	957	527	2806	53
1931	787	440	2432	50
1932	61	608	1517	44
1933	1430	262	3481	49

① 宋原放：《中国出版史料（现代部分）》（第一卷）（下册），山东教育出版社 2001 年版，第 426 页。

② 此表参见周其厚《中华书局与近代文化》，中华书局 2007 年版，第 39 页。

续表

年份	商务印书馆（册）	中华书局（册）	全国总量（册）	所占全国比（%）
1934	2793	482	6197	53
1935	4293	1068	9223	58
1936	4938	1548	9438	69

三大出版社以数以万计的优秀出版物熏陶着众多阅读者，影响了近世社会的阅读风尚，它们成为中国近现代出版史不可缺少的部分。三大出版社出版的《诗经》著作与《诗经》研究新变之间存在着较为重要的联系。这里以寇淑慧所著《二十世纪诗经研究文献目录》中所列民国三大出版社出版的《诗经》著作为主要依据，进行统计分析，探讨三大出版社出版的《诗经》著作对《诗经》研究新变的推动作用。

（一）商务印书馆《诗经》著作出版情况

民国时期，商务印书馆出版的《诗经》著作有 47 种。将这些著作按内容特点、出版时间、是否为丛书分类，可以较为清晰地了解商务印书馆《诗经》著作的出版情况。

1. 按内容特点分类

按内容特点可分为：概说类 3 种；今译、注释类 1 种；语言研究类 2 种；女性、婚恋类 1 种；《诗经》解释学史类 40 种，包括综论 1 种、历代《诗经》学 39 种。历代《诗经》学又包括先秦 1 种，两汉 2 种，六朝 1 种，唐代 1 种，宋代 10 种，元明 10 种，清代 14 种。可见，商务印书馆出版的《诗经》著作以"《诗经》解释学史类"为主。

2. 按出版时间分类

按出版时间可分为："出版时间为二十年代的"有 6 种：1922 年毛亨传、郑玄笺《毛诗》；1923 年谢无量《诗经研究》；1924 年谢晋青《诗经之女性的研究》；1925 年顾颉刚《诗经的幸运与厄运》；1926 年缪天绶选注《诗经》；1928 年胡朴安《诗经学》。"出版时间为三十年代的"有 40 种：1931 年蒋善国《三百篇演论》；1932 年姜亮夫《诗经联绵字考》；1933 年永瑢等《四库全书总目提要·诗经书目提要》；1934 年林之棠《诗经音释》；1934 年庄有可《毛诗说》；1934 年陈奂《诗毛氏传疏》；1935 年毛公传，郑玄笺《毛诗注疏》；1935 年林岊《毛诗讲义》；1935 年刘玉汝《诗缵绪》；1935 年孙鼎《诗义集说》；1935 年梁寅《诗演义》；1935 年朱朝瑛《读诗略记》；1935 年顾栋高《毛诗类释》；1935 年黄中松《诗疑辨证》；1935—1937 年陆玑《毛诗草木鸟兽虫鱼疏》；1936 年王质《诗总闻》；1936 年朱熹《诗序辨说》；1936 年周孚《非诗辨妄》；1936 年程大昌《诗论》；1936 年吕祖谦《吕氏家塾读诗记》；1936 年袁燮《絜斋毛诗经筵讲义》；1936 年王柏《诗疑》；1936 年王应麟《诗考》；1936 年王应麟《诗地理考》；1936 年赵惠《诗辨说》；1936 年许谦《诗集传名物钞》；1936 年陈子龙《诗问略》；1936 年杨慎《风雅逸篇》；1936 年丰坊《诗传孔氏疏》；1936 年丰坊《诗说》；1936 年阮元《诗书古训》；1936 年丁晏《毛诗陆疏校正》；1936 年毛晋《毛诗草木鸟兽虫鱼疏广要》；1936 年陶正靖《诗说》；1936 年张汝霖《张氏诗说》；1936 年劳孝舆《春秋诗话》；1936 年范家相《三家诗拾遗》；1936 年赵良霱《读诗经》；1936 年臧庸《韩诗遗说》；1938 年赵善诒《韩诗外传补正·佚文考》。在此类中，出版时间为 1931 年的 1 种；出版时间为 1932 年的 1 种；出版时间为 1933 年的 1 种；出版时间为 1934 年的 3 种；出版时间为 1935 年的 9 种；出版时间为 1936 年的 24 种；出版时间为 1938 年的 1 种。"出版时间为四十年代的"有 1 种：1940 年朱东润《读诗四论》。可见，商务印书馆出版的《诗经》著作多集中在"出版时间为三十年代"，约占商务印书馆此时期出版《诗经》著作总量的 85%。另外两种"出版时间为二十年代"的，约占商务印书馆此时期出版《诗经》著作总量的 13%。"出版时间为四十年代"约占商务印书馆此时期出版《诗经》著作总量的 2%。在"出版时间为三十年代"类中，《诗经》著作的出版时间主要集中在 1936 年和 1935 年。出版时间为 1936 年的约占此类出版总量的 60%，出版时间为 1935 年的约占此类出版总量的 23%。

　　3. 按是否为丛书分类

　　按是否为丛书可分为：非丛书类 5 种：姜亮夫《诗经联绵字考》；林之棠《诗经音释》；顾颉刚《诗经的幸运与厄运》；孙鼎《诗义集说》；庄有可《毛诗说》。丛书类共四类 44 种（实为 42 种。其中缪天绶选注

《诗经》和谢晋青《诗经之女性的研究》各有两个版本，分属不同丛书
类别，故多2种）：第一类"万有文库"5种：1926年缪天绶选注《诗
经》（万有文库1294册）；1930年谢晋青《诗经之女性的研究》（万有
文库第1292册）；1933年永镕等《四库全书总目提要·诗经书目提要》；
1934年陈奂《诗毛氏传疏》；1935年毛公传郑玄笺《毛诗注疏》（万有
文库第二集七百种）。第二类"新中学文库"1种：1937年缪天绶选注
《诗经》（新中学文库·中学国文补充读本第一集）。第三类"国学小丛
书"6种：1923年谢无量《诗经研究》；1924年谢晋青《诗经之女性的
研究》；1928年胡朴安《诗经学》；1931年蒋善国《三百篇演论》；1938
年赵善诒《韩诗外传补正·佚文考》；1940年朱东润《读诗四论》。第
四类"丛书集成初编"25种：1935—1937年陆玑《毛诗草木鸟兽虫鱼
疏》（《丛书集成初编》第1346册）；1936年王质《诗总闻》（《丛书集
成初编》第1712—1715册）；1936年朱熹《诗序辨说》（《丛书集成初
编》第1710册）；1936年周孚《非诗辨妄》（《丛书集成初编》第1725
册）；1936年程大昌《诗论》（《丛书集成初编》本）；1936年吕祖谦
《吕氏家塾读诗记》（《丛书集成初编》本）；1936年袁燮《絜斋毛诗经
筵讲义》（《丛书集成初编》第1725册）；1936年王柏《诗疑》；1936
年王应麟《诗考》（《丛书集成初编》第1727册）；1936年王应麟《诗
地理考》（《丛书集成初编》第3046册）；1936年赵惪《诗辨说》（《丛
书集成初编》第1727册）；1936年许谦《诗集传名物钞》（《丛书集成
初编》第1728—1731册）；1936年陈子龙《诗问略》（《丛书集成初编》
第1739册）；1936年杨慎《风雅逸篇》（《丛书集成初编》第1762册）；
1936年丰坊《诗传孔氏疏》（《丛书集成初编》本）；1936年丰坊《诗
说》（《丛书集成初编》本）；1936年阮元《诗书古训》（《丛书集成初
编》第0261—0264册）；1936年丁晏《毛诗陆疏校正》（《丛书集成初
编》第1346册）；1936年毛晋《毛诗草木鸟兽虫鱼疏广要》（《丛书集
成初编》第1346—1347册）；1936年陶正靖《诗说》（《丛书集成初编》
第1740册）；1936年张汝霖《张氏诗说》（《丛书集成初编》第1740
册）；1936年劳孝舆《春秋诗话》（《丛书集成初编》第1743册）；1936
年范家相《三家诗拾遗》（《丛书集成初编》第1744—1745册）；1936

年赵良霈《读诗经》(《丛书集成初编》第 1746 册)；1936 年臧庸《韩诗遗说》(《丛书集成初编》第 1746 册)。第五类"四部丛刊初编"1 种：1922 年毛亨传、郑玄笺《毛诗》。第六类"四库全书珍本初集"6 种：1935 年林岊《毛诗讲义》；1935 年刘玉汝《诗缵绪》；1935 年梁寅《诗演义》；1935 年朱朝瑛《读诗略记》；1935 年顾栋高《毛诗类释》；1935 年黄中松《诗疑辨证》。可见，商务印书馆出版的《诗经》著作中以"丛书类"居多，约占商务印书馆此时期出版《诗经》著作总量的89%。其中，"丛书集成初编"类约占此类出版总量的60%，"万有文库"类约占此类出版总量的12%，"国学小丛书"类约占此类出版总量的14%，"新中学文库"类约占此类出版总量的2%，"四部丛刊初编"类约占此类出版总量的2%，"四库全书珍本初集"类约占此类出版总量的14%。

简言之，商务印书馆民国时期出版的《诗经》著作共47种，按内容特点分类以"《诗经》解释学史类"为主，约占商务印书馆此时期出版《诗经》著作总量的85%；按出版时间分类多集中在"出版时间为三十年代"类，约占商务印书馆此时期出版《诗经》著作总量的85%；按是否为丛书分类则属于"丛书类"的更多，约占商务印书馆此时期出版《诗经》著作总量的89%。

(二) 中华书局《诗经》著作出版情况

中华书局出版《诗经》著作 2 种，其中概说类 1 种，今译、注释类 1 种。概说类为徐英《诗经学纂要》(1936)，该书共列 22 目，包括述正名、述原始、述采诗删诗、述诗序、述六义、述四始、述正变、述诗谱、述诗乐、述教义、述征引、述三家、述毛郑、述训诂、述声韵、述词章、述史地、述博物、述制作、述汉学、述宋学、述清学。实为两大部分，一是《诗经》的基本问题，二是《诗经》研究的历史。今译、注释类为喻守真《诗经童话》(1932)，主要包括黄鸟—殉葬的恶风俗、无衣—同仇敌忾、渭阳—送舅、鸱鸮—周公东征、东山—慰劳将士、棠棣—兄弟的爱、斯干—古代重男轻女的恶俗、无羊—畜牧事业、蓼莪—孝、生民—后稷降生等部分。《诗经童话》为"儿童古今通"第一集中的一种。"儿童古今通"第一集共40册，24种。

表 2 - 3　　　商务印书馆 47 种《诗经》著作出版情况分类统计①

分类	子类	细类	数量
内容特点	概说类		3
内容特点	今译注释类		1
内容特点	语言研究类		2
内容特点	女性婚恋类		1
内容特点	诗经解释学史	综论	1
内容特点	诗经解释学史·历代诗经学	先秦	1
内容特点	诗经解释学史·历代诗经学	两汉	2
内容特点	诗经解释学史·历代诗经学	六朝	1
内容特点	诗经解释学史·历代诗经学	唐代	1
内容特点	诗经解释学史·历代诗经学	宋代	10
内容特点	诗经解释学史·历代诗经学	元明	10
内容特点	诗经解释学史·历代诗经学	清代	14
出版时间	二十年代		6
出版时间	三十年代	1931	1
出版时间	三十年代	1932	1
出版时间	三十年代	1933	1
出版时间	三十年代	1934	3
出版时间	三十年代	1935	9
出版时间	三十年代	1936	24
出版时间	三十年代	1938	
出版时间	四十年代		1
是否为丛书	非丛书		5
是否为丛书	丛书②	万有文库	5
是否为丛书	丛书②	新中学生文库	1
是否为丛书	丛书②	国学小丛书	6
是否为丛书	丛书②	丛书集成初编	25
是否为丛书	丛书②	四部丛刊初编	1
是否为丛书	丛书②	四库全书珍本初集	6

① 主要依据于寇淑慧《二十世纪诗经研究文献目录》（学苑出版社 2001 年版）进行统计。

② 丛书类共四类 44 种，实为 42 种，其中缪天绶选注《诗经》和谢晋青《诗经之女性的研究》各有两个版本，分属不同丛书类别，故多 2 种。

（三）世界书局《诗经》著作出版情况

世界书局出版《诗经》著作 3 种，其中概说类 1 种，今译、注释类 1 种，语言研究类 1 种。金公亮《诗经学 ABC》（1929）为概说类，该书主要包括："诗经的来历；诗经的年代；孔子与诗经；诗与乐；诗经内容的分析和作者；六义；诗的正义与大小雅；四始；诗序；篇目次第；诗经学的流派；诗经的价值和读法；参考书举"要几个部分。马振理《诗经本事》（1936）为今译、注释类，该书详细搜罗历代典籍中的相关资料，探寻十五《国风》各篇的历史本事，并予以平议，富有创见，但因一味寻讨本事，过度依照历史比附《诗经》，亦有牵强附会之处。屈疆《诗经韵论与韵谱》（1947）为语言研究类，主要是对《诗经》声韵进行研究。

二　三大出版社《诗经》著作出版特点

依据对三大出版社《诗经》著作出版情况的整理和统计，我们对民国时期三大出版社《诗经》著作出版特点试作分析与总结。

（一）一体两翼的出版格局

商务印书馆无疑是《诗经》著作出版的"巨头"，这一时期三大出版社共出版《诗经》著作 52 种，其中商务印书馆出版 47 种，约占三大出版社《诗经》著作出版总量的 90%。商务印书馆成立于 1897 年，民国建立之前已称雄于书业界，其作为全国第一大出版机构的身份一直保持到中华人民共和国建立。"在整个民国时期，商务印书馆堪称中国规模最大、出书最多的综合性出版机构。它在出版的许多方面具有开创性的贡献，比如先进印刷术的引进与改革，领导出版业潮流的选题等。它通过数量庞大、种类齐备的出版物，在促进我国新式教育的发展及文化知识的传播、西学的引进、古籍的流传等方面作出了重大的贡献。"① 民国时期，出版业在引进西学的同时，亦致力于传统文化的流布与普及。作为第一大出版机构的商务印书馆在古籍（《诗经》著作）出版方面的

---

① 王余光、吴永贵：《中国出版通史·民国卷》，中国书籍出版社 2008 年版，第 45 页。

成绩尤为突出，"民国时期总共出版古籍约 27000 种，商务一家占 1/3 强"①。其他两大书局虽在古籍（《诗经》著作）出版数量上与之相差悬殊，但从事古籍出版的理念相当清晰。中华书局创立宗旨的第四条中强调"融合国粹欧化"②，世界书局亦言"以科学化经济化而从事国学书籍之整理"③。正因为有这样鲜明的理念，在商务印书馆提出引领出版业潮流的选题后，中华书局与世界书局才能在借鉴其成功选题思路后，结合自身特点进行改进与提高，抓住机遇取得成功。如商务印书馆推出古籍丛书《四部丛刊》后，中华书局也印行了《四部备要》。《四部丛刊》讲究古籍的版本价值，采用影印传真的出版方式，而《四部备要》则强调古籍的实用价值，采用的是聚珍仿宋版的精美排印方式。又如 20 世纪 20 年代末，经新文化运动科学观洗礼的国人已深感科学知识对于现实人生有着重要意义。《诗经学 ABC》就是这套丛书中的一本。从这一角度来说，三大出版社在古籍（《诗经》著作）出版上形成了一体两翼的出版格局。

（二）相对集中的出版时间

民国时期，商务印书馆共出版《诗经》著作 47 种，其中"出版时间为二十年代的"有 6 种、"出版时间在三十年代的"有 40 种、"出版时间为四十年代的"有 1 种。显然，商务印书馆出版的《诗经》著作多集中在"出版时间为三十年代"，约占商务印书馆此时期出版《诗经》著作总量的85%。而在"出版时间为三十年代"类中，1936 年出版的《诗经》著作最多，共有 24 种，约占出版总量的 51%。中华书局出版《诗经》著作 2 种出版时间皆在三十年代，喻守真《诗经童话》为 1932 年，徐英《诗经学纂要》为 1936 年。世界书局出版《诗经》著作 3 种，马振理《诗经本事》出版于 1936 年，占出版总量的 33%。可见，三大出版社《诗经》著作出版的时间相对集中，1936 年是出版高峰期。一方面，这与民国时期古籍出版的高峰期一致。据统计，1920 年至 1926 年，

---

① 王余光、吴永贵：《中国出版通史·民国卷》，中国书籍出版社 2008 年版，第 441 页。
② 俞筱尧、刘彦捷编：《陆费逵与中华书局》，中华书局 2002 年版，第 430 页。
③ 《优待第一期国学名著定户办法》，转引自王余光、吴永贵《中国出版通史·民国卷》，中国书籍出版社 2008 年版，第 441 页。

是民国古籍出版的第一个高峰时期；1934 年至 1937 年，为古籍出版的第二个高峰，也是古籍出版最为鼎盛的时期。最高的 1936 年，种数超过 4000 种。① 另一方面，这与现代《诗经》学自身发展的脉络相一致。20 世纪 20 年代是现代《诗经》学的创始期，在这一阶段里确认了《诗经》是文学作品。《诗经》研究由经到文后，需要建立新的诗学理论。从 30 年代起，研究性论著和论文逐渐增多。三大出版社出版的《诗经》著作，出版时间多为"三十年代"，正与《诗经》研究破旧立新的发展过程相一致。

（三）重视丛书的出版

丛书是一个重要而古老的图书出版门类。以汇集群书为旨归的丛书，具有"部头大""品种多""价格廉"特点。既能以比单行本低廉的价格获得读者欢迎，又便于读者系统性地获取知识。对出版者而言，这样的优势既有利出版社创立品牌、获得收益，又有益于传统文化的保存与传播。正因如此，在深受西学冲击的民国时期，丛书的出版更为出版者所看重。民国时期丛书出版量远超前代，据不完全统计，"民国时期丛书总数当在 6400 种左右，超过了历代出版丛书数目的总和"②。

商务印书馆民国时期出版的《诗经》著作中属于丛书类的有 44 种（实为 42 种，其中缪天绶选注《诗经》和谢晋青《诗经之女性的研究》各有两个版本，分属不同丛书类别，故多 2 种），约占商务印书馆此时期出版《诗经》著作总量的 89%。第一类"万有文库"5 种；第二类"新中学文库"1 种；第三类"国学小丛书"6 种；第四类"丛书集成初编"25 种；第五类"四部丛刊初编"1 种；第六类"四库全书珍本初集"6 种。这其中 1936 年出版的有 24 种，皆为"丛书集成初编"类，约占商务印书馆此时期出版丛书类《诗经》著作总量的 57%。在民国出版史上，1936 年是一个标志性年份。"1936 年出版丛书多达 320 种，为民国出版史上的最高峰。许多大部头的有影响的丛书都出版于这一时期。"③

---

① 王余光、吴永贵：《中国出版通史·民国卷》，中国书籍出版社 2008 年版，第 440 页。
② 王余光、吴永贵：《中国出版通史·民国卷》，中国书籍出版社 2008 年版，第 372 页。
③ 王余光、吴永贵：《中国出版通史·民国卷》，中国书籍出版社 2008 年版，第 373 页。

商务印书馆 1936 年出版的丛书类《诗经》著作与这一统计数据正相吻合。此外，民国时期出版的丛书主要可分为综合性丛书和专科性丛书两大类。商务印书馆出版的丛书类《诗经》著作既有"万有文库""丛书集成"一类的综合性丛书，又有如"新中学文库""国学小丛书"一类的专科性丛书。可见，商务印书馆出版的丛书类《诗经》著作呈现出出版时间集中、类型全面的特点。

中华书局民国时期出版的《诗经》著作中属于丛书类的 1 种，喻守真《诗经童话》（1932）。《诗经童话》为"儿童古今通"第一集中的一种。"儿童古今通"第一集共 40 册，24 种，包括《上古神话》《上古史话》《搜神记神话》《诗经童话》《礼记童话》《列子童话》《庄子童话》《墨子童话》《淮南子童话》《韩非子童话》《晏子春秋童话》《吕氏春秋童话》《论语童话》《孟子童话》《说苑童话》《中山先生故事》《左传故事》《国策故事》《史记故事》《前汉书故事》《后汉书故事》《三国志故事》《世说新语故事》《百喻经寓言》。"经过五四新文化运动的洗礼，到了 20 年代末 30 年代初，社会对儿童重要性的认识，已经完成了从少数人初期倡导到大多数人广泛接受的历史性跨越。"① 社会对儿童读物的需求量大为增加，出版界自觉地适应了这一社会需求。中华书局"儿童古今通"系列丛书就是这样的儿童读物。1935 年生活书店编辑出版的《生活全国总书目》中，专门附录了一份《全国少年儿童书目》，其厚达 106 页分为 10 大类 132 小类。在大类中，以"文艺"类所占篇幅最多，为 47 页，《诗经童话》便属于此大类，小类为"中国历史故事"。在此书名前标注 34，"3"表示可供小学中年级生或略具普通文字知识的读者阅读的；"4"是表示可供小学高年级生或初中一二年级生以及对各科有粗浅知识的读者阅读的。如一书注有两个以上的数字，则表明该书可同时供两种以上程度的读者阅读。② 编者对各书进行分级，"从一个侧面反映了当时出版的儿童图书，已经充分注意到儿童的年龄段特征及其相应

---

① 王余光、吴永贵：《中国出版通史·民国卷》，中国书籍出版社 2008 年版，第 416 页。
② 平心编：《生活全国总书目·全国儿童少年书目编例》，生活书店 1935 年版，第 2 页。

的阅读需求"①。

　　世界书局民国时期出版的《诗经》著作中属于丛书类的 1 种，金公亮《诗经学 ABC》（1929）。20 世纪 20 年代末，经新文化运动科学观洗礼的国人已深感科学知识对于现实人生的有着重要意义。在新思潮的推动下，三大出版社与时俱进地确定自己的出版方向，商务印书馆编印各种学科科普及小丛书时，世界书局也特约徐渭南主编了一套《ABC 丛书》，前后共 150 余种，于 1928 年 6 月陆续出版。这套丛书以其学科范围综合、内容通俗浅显、适合读者需要，而获得巨大成功，其特点正如徐渭南在丛书发刊旨趣中所言："西文 ABC 一语的解释，就是各种学术的阶梯和纲领。……我们现在发刊这部《ABC 丛书》有两种目的：第一　正如西洋 ABC 书籍一样，就是我们要把各种学术通俗起来，普遍起来，使人人都有获得各种学术的机会，使人人都能找到各种学术的门径。……第二　我们要使中学生大学生得到一部有系统的优良的教科书或参考书。……这部《ABC 丛书》，每册都写得非常浅显而且有味，青年们看时，绝不会感到一点疲倦，所以不特可以启发他们的智识欲，并且可以使他们于极经济的时间内收到很大的效果。"② 金公亮《诗经学 ABC》为《ABC 丛书》中的一种，作者对《诗经》中的重要问题进行了破旧立新的探讨，"凡前人陋解，《序》文谬说，一概屏弃，就诗言诗，求其会通"③。

　　"丛书的出版，作为一种出版运作方式，往往是出版者对时代感应的结果。"④ 我们可以从不同历史时期出版的丛书选题上感受到不同时代的文化信息。民国时期，以整理审视国故为前提的古籍丛书出版和吸纳融合新知为意图的翻译类丛书出版，正是中国社会处于新旧文化碰撞交替的转折点上的反映。大量学术性丛书出版于 20 世纪 30 年代，也正反映出 30 年代是我国科学研究取得较大发展、获得较大成绩的年代。

---

① 王余光、吴永贵：《中国出版通史·民国卷》，中国书籍出版社 2008 年版，第 418—419 页。
② 金公亮：《诗经学 ABC·ABC 丛书发刊旨趣》，世界书局 1929 年版，第 1—2 页。
③ 金公亮：《诗经学 ABC》，世界书局 1929 年版，"序"第 2 页。
④ 王余光、吴永贵：《中国出版通史·民国卷》，中国书籍出版社 2008 年版，第 375 页。

三　新式出版对《诗经》研究新变的推动作用

民国时期，三大出版社以出版物为中心构建了一条推动《诗经》学发展的新道路。任何一门学问的发展都离不开文化的传播，而文化的传播依赖于一定的载体。三大出版社就是《诗经》研究依赖的载体之一。商务印书馆作为中国近代文化史上的一个丰碑，对《诗经》学的发展起到了不可忽视的促进作用。商务印书馆与中华书局、世界书局根据当时社会发展的需求，聚集了一批优秀的学者、编辑出版了相对丰富的《诗经》研究著作，为《诗经》研究新变作出了有益的贡献。

（一）开启民智的出版意图与《诗经》研究新动向

出版物作为思想与文化的载体具有涤荡人心、开启民智的功能。在特定的历史条件下，出版物承担着启蒙和救亡的重要使命。五四新文化运动以恢宏的气势扫荡了沿袭千年的封建文化，也促使当时的出版业发生了突变——出版物形式变化、数量激增、内容革新。在新文化思潮的影响下，三大出版社出版的《诗经》著作在内容上呈现出新时代开启民智的气息。

《新青年》是五四运动时期最重要、影响最大的期刊。从1917年开始它受到社会的广泛关注，成为当时新文化运动的中心。其最重要的贡献就是高举科学与民主两面大旗，对封建主义文化思想展开了猛烈的批判。新文化运动的领袖们要确立新思想，首先要破除旧观念、开启民智。君主制被推翻后，家族制度和维系这一制度的"节"与"孝"观念成为传统伦理道德最后的堡垒。在宗法家族之中，女性虽承担着抚育下一代的责任，却没有基本的人身自由和与男性平等的权利。女性的解放是人的解放中重要的一环，女性要获得真正的解放，就必须破除男权社会千年相沿的"贞洁"观念。1918年5月15日《新青年》第4卷第5号登载了周作人翻译的《贞操论》；1918年7月15日《新青年》第5卷第1号登载了胡适的《贞操问题》；1918年8月15日《新青年》第5卷第2号登载了鲁迅的《我之节烈观》，揭露了贞洁观对女性的束缚与迫害，揭示了这种观念对女性的极端不公正。胡适对"贞操"进行了新的定义与解读，"贞操不是个人的事，乃是人对人的事；不是一方面的事，乃是双方面的事。女子尊重男子的爱情，心思专一，不肯再爱别人，这就是贞操。贞操是一个'人'对别一个'人'的一种态度。因为如此，男子对于女子，也该有同等的态度。若男子不能照样还敬，他就是不配受这种贞操的待遇"①。贞操不再仅仅只是女性的事，体现出男女平等倾向。这种新思潮气息自然而然地洋溢在民国时期出版的《诗经》著作中，最为明显的就是《诗经之女性的研究》一书。

谢晋青所著《诗经之女性的研究》作为商务印书馆"国学小丛书""万有文库"中的著作，曾被数次出版重印。该书包括绪论；周南、召南；邶风；鄘风；卫风；王风；郑风；齐风至秦风；陈风以下；结论十个部分，主要是对十五《国风》中的女性题材诗歌进行分析与评价，其中尤为关注爱情婚恋类诗歌的思想性和艺术性。作者在"绪论"中申明："我这次是想在《诗经》中，发掘古代妇女问题的，并不是做考据底工作，在意义方面，我们总以《诗》底本义为归宿；那些不可靠的头脑不清的误解，我们也一概不取。在艺术方面，我们总以普遍而真挚的平民主义为归宿，那些不自然的附会穿凿，我们也一概排斥。"②又在"结论"中总结："《诗经》底十五《国风》，原来存诗一百六十篇，其中经我认为有关妇女问题的，共计是八十五篇。……这八十五诗，若再依性质来区别，那就是：最多的为恋爱问题诗，其次即为描写女性美和女性生活之诗，再其次就是婚姻问题和失恋问题底作品了。……为什么恋爱问题底作品，占最大的数目呢？这就因为两性问题，是在人类生活上，占最重要的地位底证据。而且这种问题，在其他古书，如《书》《易》等，并不多见，即有亦不似《诗经》这般地多；这可见得愈是真挚普遍的文艺作品，才愈能描写真挚普遍的人生；那些纯官文的《书》，扯歪了鼻子的《易》，摧残人性的《礼》，政客偏见的《春秋》等等，当然是没有这般价值了。"③可见，作者对《诗经》的研究不再拘泥于传统的考据，而是致力于发掘那被"头脑不清的误解"所遮蔽的《诗经》本

① 胡适：《胡适文集2》，北京大学出版社1998年版，第505页。
② 谢晋青：《诗经之女性的研究》，商务印书馆1930年版，"绪论"第9页。
③ 谢晋青：《诗经之女性的研究》，商务印书馆1930年版，"结论"第89—92页。

义。因为《诗经》是不同于《书》《易》《礼》《春秋》的"真挚普遍的文艺作品"，其中才有"普遍而真挚的平民主义"所关注的人类生活中的重要问题。作者对女性问题，特别是对恋爱问题的关注"颇能体现民国以来西方推崇女性张扬人性思潮对古典文学研究的影响，一九四九年以后中国文学史中的相关评述，倾向立场，实承其绪"①。商务印书馆对此书数次出版重印，无疑对破除封建观念、提倡新思想起到了推动作用。

中华书局出版的喻守真《诗经童话》（1932）"乙编"中《斯干—古代重男轻女的恶俗》一文同样对女性问题予以关注。作者认为通过对《斯干》一诗的解读，"可以见得古时重男轻女的恶习惯，男女之间，十分歧视。这种风俗，一直遗传到现在，还没有完全革除"②。

可见，在新文化思潮的影响下，以商务印书馆和中华书局为代表的现代出版机构自觉地肩负起开启民智的历史使命，所出版的《诗经》著作在内容上呈现出异于传统《诗经》学研究的新变，洋溢出新时代的气息。

（二）重视丛书类《诗经》著作出版与传播优秀传统文化

民国时期，因西学冲击和政局动荡，国家政府无力于文化建设，对古籍文献整理与出版的主体发生了重大变化，"公立的藏书单位、民间的个人藏书家和民营的出版机构成为古籍出版的主要力量"③。新出版业在大力介绍西方学说的同时亦致力于发扬传统文化。作为民营出版企业的三大出版社，特别是商务印书馆和中华书局，出版了大量的丛书类《诗经》著作，其中尤以商务印书馆的成绩最为突出，这其中既包含着"丛书集成"一类的古籍丛书，又包含着"万有文库"一类百科齐备的丛书。《丛书集成》辑印宋、元、明、清名贵丛书 100 部，与《四部丛刊》（商务印书馆）、《四部备要》（中华书局）并称为民国时期影响最大的三部大型综合丛书。"在民国时期影响最大的是《四部丛刊》、《四部备要》、《丛书集成》这三部大型综合性丛书"④，《万有文库》则是

---

① 谢晋青：《诗经之女性的研究》，山西人民出版社 2014 年版，"前言"第 5 页。
② 喻守真：《诗经童话·乙编》，中华书局 1934 年再版，第 45 页。
③ 王余光、吴永贵：《中国出版通史·民国卷》，中国书籍出版社 2008 年版，第 439 页。
④ 李春光：《古籍丛书述论》，辽沈书社 1991 年版，第 326 页。

"民国出版史上最大的一套现代普及性综合丛书"①。前者是致力于中国固有文化流布的体现，后者是适应社会对新学巨大需求的体现。在商务印书馆的这两类丛书里，都有关于《诗经》的著作，其中"万有文库"5 种，"丛书集成初编"25 种。"国故和新知并举，正是民国时期出版物内容的两翼。"② 无论是"国故"还是"新知"中都有《诗经》著作，而"国故"中的数量相对丰富。除了这两类之外，商务印书馆的丛书类《诗经》著作还有"新中学文库"和"国学小丛书"。如果说具有版本价值的"丛书集成"类、"四部丛刊"类、"四库全书珍本初集"类《诗经》著作是以经济条件较好的学者、藏书家为读者对象的话，主要着眼于推动现代学术发展，那么价廉质优的"新中学文库"和"国学小丛书"类《诗经》著作则以购买能力有限的学生和普通民众为对象，主要着眼于文化普及。可见，商务印书馆的各种丛书类《诗经》著作都在不同层面为传播中华优秀传统文化作出了贡献。

中华书局民国时期出版的丛书类《诗经》著作《诗经童话》，是"儿童古今通"第一集中的一种。"儿童古今通"中的其他著作也都是以儿童为读者对象的古代典籍解读。世界书局民国时期出版的丛书类《诗经》著作《诗经学 ABC》是《ABC 丛书》中的一种。这套丛书把各种学术通俗化，内容通俗浅显，适合读者需要。无论是侧重于儿童读者对象的中华书局，还是致力于学术通俗化的世界书局，都为优秀传统文化的流布与普及作出了贡献。

三大出版社出版的丛书类《诗经》著作，不仅体现出民国时期专科性丛书出版的繁荣，以及文化学术的纵深化、专门化发展趋势，还将传统文化的影响力深入民间，起到了"开民智""新民德"的作用。

（三）《诗经》新阐释与重新认定《诗经》性质

"20 世纪初期西学传入，具有科学精神的实证主义和形式逻辑学，加速了中国人文科学的发展，而西方的学术分类体系，促进了中国传统

---

① 王余光、吴永贵：《中国出版通史·民国卷》，中国书籍出版社 2008 年版，第 376 页。
② 王余光、吴永贵：《中国出版通史·民国卷》，中国书籍出版社 2008 年版，第 345 页。

学术的解体；这个变革，同时表现为传统诗经学研究体系的分解。"① 三大出版社《诗经》著作的出版推动了现代《诗经》学的发展，特别是对《诗经》进行新阐释的著作对恢复《诗经》真相，即实现其由经到文的变革，起到了重要作用。

　　商务印书馆出版的谢无量《诗经研究》、蒋善国《三百篇演论》、顾颉刚《诗经的幸运与厄运》、缪天绶选注《诗经》、胡朴安《诗经学》等著作都对《诗经》进行了不同于传统《诗经》学研究的新阐释。第一，谢无量《诗经研究》（1923）。此书的章节设置和内容阐释反映出《诗经》学的转型。全书包括五章：《诗经》总论；《诗经》与当时社会之情势；《诗经》的历史上考证；《诗经》的道德观；《诗经》的文艺观。从章节设置上来看，这本书基本上运用了现代的文学研究模式。全书只有几万字，内容简略，但却"是最早的一本把《诗经》当作文学作品向读者介绍的概说"②。如作者在对《诗经》来历分析时首先提出"《诗经》在当时，是有诗以来的第一部大总集"③。第二，蒋善国《三百篇演论》（1931）。此书写于 20 年代，是当时较好的一本《诗经》概说著作。全书共八篇，主要内容涉及《诗经》编撰问题；齐、鲁、韩、毛四家诗注问题；《诗序》问题；逸诗考证；《诗经》体例断代等问题；"四始"与"六义"问题；《诗经》的艺术问题；《诗经》的特质等。全书条理明晰、资料翔实，且有新的见解。如作者肯定《三百篇》是周诗，是文学作品。第三，顾颉刚《诗经的幸运与厄运》（1925）。该书是商务印书馆出版的《小说月报丛刊》中的第四十一种，主要探讨了传说中的诗人与诗本事、周代人的用诗、孔子对于诗乐的态度、战国时的诗乐、孟子说诗等问题。此书对《诗经》性质的探讨最具代表性。顾颉刚在文中明确指出："《诗经》是一部文学书，这句话对现在人说，自然是没有一个人不承认的，我们既知道他是一部文学书，就应该用文学的眼光去批评他，用文学书的惯例去注释他，才是正辨。"④ 第四，缪天绶选注《诗经》

---

　　① 夏传才：《二十世纪诗经学》，学苑出版社 2005 年版，第 76 页。
　　② 夏传才：《二十世纪诗经学》，学苑出版社 2005 年版，第 112 页。
　　③ 谢无量：《谢无量文集》（第七卷），中国人民大学出版社 2011 年版，第 247 页。
　　④ 顾颉刚：《诗经的厄运与幸运》，《小说月报》1923 年第 4 期。

（1926）。此书是以诗本文为主，每篇之后均有"韵读""纂诂"两部分，分别注释其所属之韵部及难读难解之音义。全书包括五个部分：抒情诗（上）、抒情诗（下）、描写诗、讽刺诗、陈说诗。不同于传统的"风""雅""颂"的编排体例，其分类体例具有鲜明的文学性。自汉迄清，《诗经》一直被尊奉为"经"，极少有人敢于将其视为文学作品，"因此近当代就文学角度将《诗经》的内容加以分类，应是'诗经学史'上未曾有过的大事"①。第五，胡朴安《诗经学》（1928）。1924 年胡朴安开始在《国故月刊》发表《诗经文字学》《诗经修辞学》等系列文章，后经过整理于 1928 年定名《诗经学》由商务印书馆出版。该书介绍了《诗经》的一些基本问题和研究史，主要内容包括："命名；原始；作诗采诗删诗；大序小序；六义；四始；诗乐；诗谱；三家诗；读诗法；春秋时之赋诗及群籍之引诗；两汉诗经学；三国南北朝隋唐诗经学；宋元明诗经学；清代诗经学；诗经之文字学；诗经之文章学；诗经之礼教学；诗经之史地学；诗经之博物学；研究诗经学之书目。"虽然全书总体上仍属于旧学术的范畴，但吸收了西方学术分类方法，开始把传统《诗经》学分解，"它是由传统型向现代型过渡的产品"②。作者在《绪论》中说："诗经学者，关于《诗经》一切之学，按学术之分类，而求其有统系之学也。学术之分类，当于学术上有独立之价值。《诗经》一切之学，包括文字、文章、史地、礼教、博物而浑同之，必使各各独立；然后一类之学术，自成一类之统系。诗经学者，依《诗经》一切之学，分归各类，使有统系之可循。所以诗经学，一为整理《诗经》之方法，一为整理一切国学之方法。"③ 作者所说的"文章学"，"指《诗经》的创作艺术，即文学的研究"④。上述著作基本上都是商务印书馆"出版时间为二十年代的"《诗经》研究著作⑤，这些著作的共同倾向是从文学的角度上开掘《诗经》研究的当代价值。

---

① 洪湛侯：《诗经学史》，中华书局 2002 年版，第 655 页。
② 夏传才：《二十世纪诗经学》，学苑出版社 2005 年版，第 112 页。
③ 胡朴安：《诗经学》，商务印书馆 1930 年版，第 2—3 页。
④ 夏传才：《二十世纪诗经学》，学苑出版社 2005 年版，第 78 页。
⑤ 蒋善国《三百篇演论》出版于 1931 年，但此书写于 20 年代。

此外，中华书局出版的喻守真《诗经童话》（1932）也对《诗经》的真相进行了探讨。"序说"中指出："《诗经》这部书，本是古时民间的歌谣，抒写各地当时的风土人情；有的赞美，有的讽刺，有的是在祭祀或请客时候用来歌唱的。"① 世界书局出版的金公亮《诗经学 ABC》（1929）在探讨"诗经的来历"时推论出"诗可以说是与生俱来，是顶早产生的一种文学"②，并直言"我们就直截痛快地把荒渺无稽的唐虞抛过一边，以《诗经》作为中国最早的诗集"③。

三大出版社出版的《诗经》著作中的这种"去经学化"的新阐释，体现了《诗经》研究从经学到文学的变革，为现代《诗经》学重新认定《诗经》性质提供了理论支持和实践依据。

综上所述，以三大出版社为代表的新出版业顺应时代发展的要求，将开启民智的出版意图与传统文化的普及结合起来，在《诗经》研究从经学到文学的变革中，扮演了一个不容忽视的重要角色，其出版的《诗经》著作体现出《诗经》研究的新风向，推动了现代《诗经》学的发展。

---

① 喻守真：《诗经童话·甲编》，中华书局 1934 年再版，第 1 页。
② 金公亮：《诗经学 ABC》，世界书局 1929 年版，第 4 页。
③ 金公亮：《诗经学 ABC》，世界书局 1929 年版，第 5 页。

第三章 《诗经》民俗学阐释研究的成果（1919—1949）

在五四时代精神的影响下，"知识分子到民间去，允为一九二〇～三〇年代的一股风潮"①。知识分子走向民间体现在学术研究上，表现为对白话文学的关心和对民间戏曲、礼俗、传说的研究和对民歌收集上。二三十年代以古史辨派学者为中心展开了"《诗经》大讨论"。这个"现代《诗经》学术史上第一次大讨论"②，持续时间较长、影响也较大，"对于《诗经》从经学研究到文学研究的转变，对于近当代《诗经》研究的深入开展和进一步普及，都曾起过较大的推动作用"③。以胡适为代表的五四先驱们结合民俗学和民歌理论对《诗经》进行新的阐释，提出《诗经》并非圣经贤传，而是古代歌谣总集。学术界致力于《诗经》新解，郭沫若、鲁迅、俞平伯、刘大白等学者纷纷用五四时代的新眼光来重新解读《诗经》的题旨和诗义，《诗经》不再被视为圣经，而被定性为民歌集。以顾颉刚为代表的学者以反封建的民主思想对传统经学有所质疑，怀疑旧说、辨伪存真，对《诗经》基本问题的研究中，反对《诗序》，打破传、注、笺、疏的束缚，打破经书观念，论证《诗经》是一部周代的歌诗总集。

在对诗篇题旨有了新的认识以后，学者对《诗经》类别也提出新的主张，闻一多、郑振铎、刘大杰等学者受西方学术分类方法的影响，提

---

① 彭明辉：《疑古思想与现代中国史学的发展》，（台湾）商务印书馆 1991 年版，第 128 页。
② 赵沛霖：《论古史辨的〈诗经〉研究》，《学术研究》2004 年第 3 期。
③ 洪湛侯：《诗经学史》，中华书局 2002 年版，第 623 页。

出对《诗经》诗篇重新进行分类。郑振铎提出按诗人创作、民间歌谣、贵族乐歌来分类。闻一多主张将《国风》按照婚姻、家庭、社会三大类目来重新编次。这些分类方式彻底打破沿袭千年的编排体例，是五四运动后进步学者反传统要求的体现，也是借鉴西方新方法论来研究《诗经》的体现。闻一多的《诗经》研究将这两种研究倾向有机地结合起来，开拓了《诗经》研究的新路。闻一多的《诗经通义》以训诂为主，却不同于传统的训诂著作仅仅着眼于字词注释的方法，而是借鉴西方的文化人类学理论方法，综合运用民俗学、神话学、民族学、宗教学等观点，阐发作品的内涵，超越了传统训诂学的模式，"创造了现代《诗经》诠释学"①。

1919—1949 年，随着五四以后《诗经》讨论热潮的兴起，对《诗经》性质、《诗经》题旨和诗义、《诗经》基本问题等方面研究都呈现出与传统《诗经》学研究不同的面貌，"具有新思想、新精神的学者们，不再用'经学'的目光去看待《诗经》，而是用文学的、社会学的、民俗学的方法去透视这一古老的诗歌总集，并取得了辉煌的实绩"②。

第一节　新译今译与《诗经》民俗学阐释

在西学东渐、中西对话的历史文化语境下，胡适、顾颉刚等古史辨派学者倡导以西方的科学方法来"整理国故"，"他们解构经典，对《诗经》进行降调处理，并用民间歌谣作比较来认识《诗经》的性质，从而释放了《诗经》的民间活力和诗性特征"③。为了打破经学体系的权威性，知识分子"走向民间"，用"民俗学"的眼光来"整理国故"：

经籍器物上的整理，只是形式上的整理；至于要研究古史的内部，要解释古代的各种史话的意义，便须应用民俗学了。老实说，

---

① 夏传才：《二十世纪诗经学》，学苑出版社 2005 年版，第 162 页。
② 杨合鸣：《诗经：汇校汇注汇评》，崇文书局 2016 年版，"前言"第 4 页。
③ 谢中元：《论古史辨派以歌谣释〈诗经〉的动因和诗学意义》，《海南大学学报》（人文社会科学版）2006 年第 1 期。

我所以敢大胆怀疑古史，实因从前看了二年戏，聚了一年歌谣，得到一点民俗学的意味的缘故。①

古史辨派学者以歌谣观点来研究《诗经》，"是在反传统思潮下，对于《诗经》诠释的重建工作"②。这种"重建工作"是"大破"之后的"大立"。"整理国故"运动在打破儒学权威之后，要"找寻替代的文化"③，最合适的替代方案就是与贵族文化（上层文化）相对应存在的民间（庶民）文化（下层文化）。这一选择是上层文化与下层文化矛盾运动的必然结果，符合开启民智、改造中华民族文化心态的历史要求。"从歌谣采集到《诗经》研究，正是一种重建庶民文化的实际操作。"④《诗经》今译、新译是一种宣传、普及《诗经》的新尝试、新形式。这种新形式成为贵族文化与庶民文化之间的中转方式，促进《诗经》研究实现从经学到文学的变革。在对《诗经》的今译和新译中，学者"应用民俗学"对《诗经》的性质、《诗经》篇章的分类以及题旨和诗义进行了新的诠释。在某种程度上，民俗学视角在《诗经》研究中的应用意味着学者不再将《诗经》视为贵族文化中的圣经贤传，而是把它看作平民文化中的歌谣总集、文学作品。

一　《诗经》性质的新阐释

现代《诗经》学与传统《诗经》学最明显的不同是其重新论证了《诗经》的性质。现代《诗经》学首先解决的问题就是《诗经》是什么性质的书？胡适、郭沫若以及和他们同时代的学者其用民俗学视角新译《诗经》的论著（文章）中为解决这一问题作出了各自的贡献。他们提出《诗经》不是神圣经典，而是歌谣总集、平民文学、乐诗集等，即最古的文学作品。

---

① 顾颉刚等编：《古史辨·我的研究古史的计划》（一），上海古籍出版社1982年版，第214页。
② 陈文采：《清末民初〈诗经〉学史论》，花木兰文化出版社2007年版，第131页。
③ 陈文采：《清末民初〈诗经〉学史论》，花木兰文化出版社2007年版，第136页。
④ 陈文采：《清末民初〈诗经〉学史论》，花木兰文化出版社2007年版，第136页。

（一）《诗经》是"古代歌谣的总集"①

胡适没有专门的《诗经》研究著作，却是较早明确提出"《诗经》不是一部经典"②，并提出"关于一首诗的用意，要大胆地推翻前人的附会，自己有一种新的见解"，应该"完全用社会学的，历史的，文学的眼光重新给每一首诗下个解释"。③胡适所作的诗篇新解中结合民俗学和民歌理论进行阐释的主要有：

（1）《关雎》

　　《关雎》明明是男性思恋女性不得的诗，他却在《诗集传》里说什么"文王生有圣德，又得圣女姒氏以为之配"，把这首情感真挚的诗解得僵直不成样了。

　　好多人说《关雎》是新婚诗，亦不对。《关雎》完全是一首求爱诗，他求之不得，便寤寐思服，辗转反侧，这是描写他的相思苦情；他用了种种勾引女子的手段，友以琴瑟，乐以钟鼓，这完全是初民时代的社会风俗，并没有什么希奇。意大利、西班牙有几个地方，至今男子在女子的窗下弹琴唱歌，取欢于女子。至今中国的苗民还保存这种风俗。④

（2）《野有死麇》

　　《野有死麇》的诗，也同样是男子勾引女子的诗。初民社会的女子多欢喜男子有力能打野兽，故第一章："野有死麇，白茅包之。"写出男子打死野麇，包以献女子的情形。"有女怀春，吉士诱之。"便写出他的用意了。此种求婚献野兽的风俗，至今有许多地方的蛮族还保存着。⑤

---

① 胡适：《谈谈〈诗经〉》，《胡适文集5》，北京大学出版社1998年版，第470页。
② 胡适：《谈谈〈诗经〉》，《胡适文集5》，北京大学出版社1998年版，第470页。
③ 胡适：《谈谈〈诗经〉》，《胡适文集5》，北京大学出版社1998年版，第472页。
④ 胡适：《谈谈〈诗经〉》，《胡适文集5》，北京大学出版社1998年版，第475—476页。
⑤ 胡适：《谈谈〈诗经〉》，《胡适文集5》，北京大学出版社1998年版，第476页。

《野有死麕》一诗最有社会学上的意味。初民社会中，男子求婚于女子，往往猎取野兽，献与女子。女子若收其所献，即是允许的表示。此俗至今犹存于亚洲、美洲的一部分民族之中。此诗第一第二章说那用白茅包着的死鹿，正是吉士诱佳人的贽礼也。

又南欧民族中，男子爱上了女子，往往携一大提琴至女子的窗下，弹琴唱歌以挑之、吾国南方民族中亦有此风。我以为《关雎》一诗的"琴瑟友之"，"钟鼓乐之"，亦当作"琴挑"解。旧说固谬，作新昏诗解亦未为得也。"流之"、"求之"、"芼之"等话皆足助证此说。

研究民歌者当兼读关于民俗学的书，可得不少的暗示。①

（3）《嘒彼小星》

《嘒彼小星》一诗，好像是写妓女生活的最古记载。我们试看《老残游记》，可见黄河流域的妓女送铺盖上店陪客人的情形。再看原文：

嘒彼小星，三五在东。肃肃宵征，夙夜在公。实命不同。

嘒彼小星，维参与昴。肃肃宵征，抱衾与裯。实命不犹。
我们看她抱衾裯以宵征，就可知道她的职业生活了。②

（4）《芣苢》

《芣苢》诗没有多深的意思，是一首民歌，我们读了可以想见一群女子，当着光天丽日之下，在旷野中采芣苢，一边采，一边歌。看原文：

采采芣苢，薄言采之。采采芣苢，薄言有之。

采采芣苢，薄言掇之。采采芣苢，薄言捋之。

---

① 胡适：《胡适古典文学研究论集》，上海古籍出版社 2013 年版，第 256—257 页。
② 胡适：《谈谈〈诗经〉》，《胡适文集5》，北京大学出版社 1998 年版，第 476 页。

采采芣苢，薄言袺之。采采芣苢，薄言襭之。①

（5）《著》

《著》诗，是一个新婚女子出来的时候叫男子暂候，看看她自己装饰好了没有，显出了一种很艳丽细腻的情景。②

这些诗篇新解打破传统经解的桎梏，撕掉了《诗经》"经典"的神圣外衣，抹去了"乌烟瘴气，莫名其妙"③的文王圣德、后妃之美，将目光投回到洋溢着勃勃生机、流露着真情真性的初民社会之中，以"初民时代的社会风俗"④来解读诗义。将中外古今的社会风俗对比，论证《关雎》"完全是一首求爱诗"⑤；《野有死麕》"是男子勾引女子的诗"⑥。将关注的眼光投向"俗民"，特别是女子身上，《芣苢》"是一首民歌"⑦，是女子劳动时的歌唱；《著》显现出新婚女子"艳丽细腻"的情致；《嘒彼小星》"好像是写妓女生活的最古记载"⑧。虽然有的解释比较牵强，但总的来说很好地实践了他研究《诗经》的理念：

你要懂得三百篇中每一首的题旨，必须撇开一切《毛传》、《郑笺》、《朱注》等等，自己去细细涵咏原文。但你必须多备一些参考比较的材料：你必须多研究民俗学、社会学、文学、史学。⑨

胡适的《诗经》新解具有民俗学和文学的双重视野，尤其注重民俗

---

① 胡适：《谈谈〈诗经〉》，《胡适文集5》，北京大学出版社1998年版，第476页。
② 胡适：《谈谈〈诗经〉》，《胡适文集5》，北京大学出版社1998年版，第476页。
③ 胡适：《谈谈〈诗经〉》，《胡适文集5》，北京大学出版社1998年版，第475页。
④ 胡适：《谈谈〈诗经〉》，《胡适文集5》，北京大学出版社1998年版，第476页。
⑤ 胡适：《谈谈〈诗经〉》，《胡适文集5》，北京大学出版社1998年版，第476页。
⑥ 胡适：《谈谈〈诗经〉》，《胡适文集5》，北京大学出版社1998年版，第476页。
⑦ 胡适：《谈谈〈诗经〉》，《胡适文集5》，北京大学出版社1998年版，第476页。
⑧ 胡适：《谈谈〈诗经〉》，《胡适文集5》，北京大学出版社1998年版，第476页。
⑨ 胡适：《谈谈〈诗经〉》，《胡适文集5》，北京大学出版社1998年版，第477页。

学的研究视角。他说："《诗经·国风》多是男女感情的描写，一般经学家多把这种普遍真挚的作品勉强拿来安到什么文王、武王的历史上去；一部活泼泼的文学因为他们这种牵强的解释，便把它的真意完全失掉，这是很可痛惜的！"① 如何将失掉的"真意"找回来？便要回到民间去。当一种文学方式"生气剥丧完了，只剩下一点小技巧，一堆烂书袋，一套烂调子！于是这种文学方式的命运便完结了，文学的生命又须另向民间去寻新方向发展了"②。

　　"一切新文学的来源都在民间"③ 是胡适文学理论的一个重要观点。他强调"俗"文学是中国文学的中心源泉：

　　　　《国风》来自民间，《楚辞》里的《九歌》来自民间。汉魏六朝的乐府歌辞也来自民间。以后的词是起于歌妓舞女的，元曲也是起于歌妓舞女的。弹词起于街上的唱鼓词的，小说起于街上说书讲史的。——中国三千年的文学史上，那一样新文学不是从民间来的？④

　　《诗经》虽在汉初被尊为五经之一，具有了经典的神圣地位，但《诗经·国风》中却包含着道地的、由乐官从民间采风而来的民间歌谣。古籍中对此多有记载，如《汉书·食货志》记载："孟春之月，群居者将散，行人振木铎徇于路，以采诗，献之太师，比其音律，以闻于天子。故曰王者不窥牖户而知天下。"⑤《汉书·艺文志》载："古有采诗之官，王者所以观风俗，知得失，自考正也。"⑥ 这说的是王官采诗。《公羊传·宣公十五年》何休注："男女有所怨恨，相从而歌，饥者歌其食，劳者歌其事。男年六十、女年五十无子者，官衣食之，使之民间求诗。

----

① 胡适：《谈谈〈诗经〉》，《胡适文集5》，北京大学出版社1998年版，第475页。
② 胡适：《〈词选〉自序》，《胡适文集4》，北京大学出版社1998年版，第550页。
③ 胡适：《白话文学史》，《胡适文集8》，北京大学出版社1998年版，第160页。
④ 胡适：《白话文学史》，《胡适文集8》，北京大学出版社1998年版，第160页。
⑤ （汉）班固：《汉书》，中华书局1962年标点本，第1123页。
⑥ （汉）班固：《汉书》，中华书局1962年标点本，第1708页。

乡移于邑，邑移于国，国以闻于天子。故王者不出牖户，尽知天下所苦，不下堂而知四方。"① 这说的是各国献诗。《礼记·王制》："天子五年一巡守。岁二月，东巡守，至于岱宗，柴而望祀山川，觐诸侯，问百年者就见之。命大师陈诗，以观民风；命市纳贾，以观民之所好恶。"② 这说的是太师（乐官）陈风。这些古籍中都记录了当时的采风盛况，可知《诗经·国风》中有来自民间的歌谣。胡适认为这些来自"民间的小儿女，村夫农妇，痴男怨女"③ 的民间歌谣才是"自然的、活泼泼的，表现人生的"④，"这种民歌便是文学的渊泉"⑤。不同于庙堂文学的现实功利，民歌未必一定要具有深远的意义，只要有"生气"、有"人的意味"就好。胡适曾以汉乐府《江南可采莲》为例说："这种民歌只取音节和美好听，不必有什么深远的意义。这首采莲歌，很像《周南》里的《芣苢》，正是这一类的民歌。"⑥ 正是因为这种有"人的意味"的民歌存在，使"二千年的文学史上，所以能有一点生气，所以能有一点人味，全靠有那无数小百姓和那无数小百姓的代表的平民文学在那里打一点底子"⑦。

《诗经》这上层文化（庙堂文学）的"经典"，何尝不代表着通俗文化（平民文学）的勃勃生机呢？余英时说："胡适思想影响的全面性主要由于它不但冲激了中国的上层文化，而且也触动了通俗文化。"⑧ 胡适的《诗经》新解，冲击了"没有生气的"上层文化，也使处于边缘的、受冷落的平民文学（俗文学）开始为学界所关注。在把通俗文化提升到和上层文化同等地位的同时，通过对《诗经》"俗"的特质的阐释——"古代歌谣的总集"，使《诗经》的文学性质清晰起来，"古代的文学如

---

① （清）阮元校刻：《十三经注疏》，中华书局 1980 年影印本，下册，第 2287 页上栏。
② 王文锦：《礼记译解》，中华书局 2001 年版，第 165 页。
③ 胡适：《白话文学史》，《胡适文集 8》，北京大学出版社 1998 年版，第 160 页。
④ 胡适：《白话文学史》，《胡适文集 8》，北京大学出版社 1998 年版，第 160 页。
⑤ 胡适：《白话文学史》，《胡适文集 8》，北京大学出版社 1998 年版，第 161 页。
⑥ 胡适：《白话文学史》，《胡适文集 8》，北京大学出版社 1998 年版，第 161 页。
⑦ 胡适：《白话文学史》，《胡适文集 8》，北京大学出版社 1998 年版，第 160 页。
⑧ 余英时：《中国近代思想史上的胡适》，联经出版事业股份有限公司 1984 年版，第 29 页。

《诗经》里的许多民歌也都是当时的白话文学"①。美国《时代》杂志评论胡适："胡适曾经说，哲学是他的职业，文学是他的娱乐，而政治是他的义务。然而，文学不只是他的娱乐：当他于一九一七年回到中国时，他发动了白话文运动，这项运动使那个广大国家的文学与口语相一致，因此，打破了古老的士大夫的文学独占，并使读书与写作普及人民。"②胡适的《诗经》新解，以民俗学的视角去审视这部士大夫心目中的经典，看到了其中"民"的"意味"、"俗"的"生气"，确定了它歌谣总集的文学性质。

（二）《诗经》是"最古的优美的平民文学"③

《诗经》被定性为民歌集后，传统的义疏系统被彻底否定，学者开始用五四时期的新眼光，重新解释诗篇的题旨和诗义，"最能代表'五四'时代精神的，是1922年出版的郭沫若（1892—1978）的《卷耳集》。这是采用新诗体今译《诗经》的第1本著作，可称为以新诗体进行《诗经》今译的创始"④。郭沫若是五四时期著名的诗人，他的第一部诗集《女神》反映了五四前后反帝反封建的时代精神，"以鲜明的艺术独创性和新颖的自由体形式开创了一代诗风"⑤。他以诗歌为宣言、为武器，向封建礼教发起了挑战，"我是诗，这便是我的宣言"，"不过我觉得还软弱了一点，我应该要经过爆裂一番"⑥。他的译诗集《卷耳集》便以这种"爆裂"精神去新解《诗经》，"企图从封建礼教的长期禁锢中解放我们民族被压抑的自由之魂"⑦。他在《卷耳集》序中说：

　　我们的民族，原来是极自由极优美的民族。可惜束缚在几千年

---

① 胡适：《白话文学史》，《胡适文集8》，北京大学出版社1998年版，第157页。
② 冯爱群编：《胡适之先生纪念集》，学生书局1973年版，第187页。
③ 郭沫若：《卷耳集 屈原赋今译》，人民文学出版社1981年版，"卷耳集序"第4页。
④ 夏传才：《二十世纪诗经学》，学苑出版社2005年版，第98页。
⑤ 刘梦溪主编：《中国现代学术经典·郭沫若卷·郭沫若先生小传》，河北教育出版社1996年版，第5页。
⑥ 郭沫若：《诗的宣言》，《郭沫若全集文学编》（第一卷），人民文学出版社1982年版，第374页。
⑦ 夏传才：《二十世纪诗经学》，学苑出版社2005年版，第98页。

来礼教的桎梏之下，简直成了一头死象的木乃伊了。可怜！可怜！可怜我们最古的优美的平民文学，也早变成了化石。我要向这化石中吹嘘些生命进去，我想把这木乃伊的死象苏活转来。这也是我译这几十首诗的最终目的，也可以说是我的一个小小的野心。①

在这里，郭沫若明确指出《诗经》是"最古的优美的平民文学"。只是这原本应该生动的"文学"已经被几千年来的礼教桎梏成了没有生气的"化石"，作者连续用了三个"可怜"来表达急于改变现状的渴望。如何使木乃伊活过来？那就必须"吹嘘些生命进去"，即"从古诗中直接去感受它的真美，不在与迂腐的古儒作无聊的讼辩"②。以今译《郑风子衿》为例：

> 你衣服纯青的士子呀，我无日无夜都在思念你，我就不能到你那里去，你怎不肯和我再通消息？
>
> 你佩玉纯青的士子呀，我无日无夜都在思念你，我就不能到你那里去，你怎不肯到我这儿来？
>
> 我一人孤孤单单地，在这城阁上来往，我一天不见了你，就象隔了三月一样！③

关于《子衿》一诗，"古儒"的旧解颇多，如《毛诗序》："《子衿》，刺学校废也。乱世，则学校不脩焉。"④ 唐孔颖达《毛诗正义》："郑国衰乱不脩校，学者分散，或去或留，故陈其留者恨责去者之辞，以刺学校之废也。经三章皆陈留者责去者之辞也。"⑤ 宋王安石《诗义钩沉》："王氏曰：世之乱，生于上之人不学，莫知反本以救之。顾颠沛于

---

① 郭沫若：《卷耳集》，《郭沫若全集文学编》（第五卷），人民文学出版社 1984 年版，第 158 页。

② 郭沫若：《卷耳集》，《郭沫若全集文学编》（第五卷），人民文学出版社 1984 年版，第 208 页。

③ 郭沫若：《卷耳集》，《郭沫若全集文学编》（第五卷），人民文学出版社 1984 年版，第 185 页。

④ 向熹编：《诗经词典·〈毛诗序〉集录》，商务印书馆 2014 年版，第 858 页。

⑤ （清）阮元校刻：《十三经注疏》，中华书局 1980 年影印本，上册，第 345 页上栏。

末流以纡目前之患，而以学不切于世务，此学校所以废也。""'嗣音'，王氏亦谓：嗣弦歌之声。……'在城阙'者，学校废于乡党也。'一日不见，如三月兮'，毛氏曰：言礼乐不可一日而废。"① 宋朱熹《诗集传》："此亦淫奔之诗。"② 清姚际恒《诗经通论》："《小序》谓'刺学校废'，无据。此疑亦思友之诗。玩'纵我不往'之言，当是师之于弟子也。"③ 对于儒家先贤们或"刺学校废也"，或"留者责去者之辞"，或"淫奔之诗"，或"思友之诗"的旧解，作者一概不理，甚至对字句也不深入推敲，如"青青子衿"译为"你衣服纯青的士子呀"，并未将"衿"的"衣领"之义译出，而是大胆地"直接在各诗中去追求它的生命"④，以自己的灵感去体会诗中女子焦灼的思念之情，自然而然地将这首诗译为优美的恋歌，女子等待情人的恋歌，抹去了蒙在《子衿》之上的"乌烟瘴气"，将平凡少女热恋中那又爱又怨的缠绵悱恻之情描画出来，让人们感受到这首诗的"真美"，爱情的美好。

作者选译《诗经·国风》中相类的四十首诗，这些"大概是限于男女间相爱恋的情歌"⑤ 的译诗，摒弃了"值不得我们去迷恋，也值不得我们去批评"⑥ 的旧解，凭着自己诗人的灵感去体会诗篇中的思想感情，讴歌爱情和自由，以反封建的、个性解放的思想将这些诗重新表现出来。通过"将《诗经》还原为民歌，突出《诗经》所体现的男欢女爱的因素"⑦，来还《诗经》"平民文学"的面目。

（三）《诗经》是"中国第一部乐诗集"⑧

《诗经》是"中国第一部乐诗集"的观点是顾颉刚在为《诗经情诗

---

① 杨合鸣：《诗经：汇校汇注汇评》，崇文书局 2016 年版，第 170 页。

② （宋）朱熹：《诗集传》，中华书局 2011 年点校本，第 70 页。

③ （清）姚际恒：《诗经通论》，中华书局 1958 年版，第 111 页。

④ 郭沫若：《卷耳集》，《郭沫若全集文学编》（第五卷），人民文学出版社 1984 年版，第 157 页。

⑤ 郭沫若：《卷耳集》，《郭沫若全集文学编》（第五卷），人民文学出版社 1984 年版，第 157 页。

⑥ 郭沫若：《卷耳集》，《郭沫若全集文学编》（第五卷），人民文学出版社 1984 年版，第 208 页。

⑦ 李斌：《郭沫若、闻一多〈诗经〉研究互证》，《郭沫若学刊》2016 年第 2 期。

⑧ 陈漱琴：《诗经情诗今译》，女子书店 1935 年版，"序一"第 1 页。

今译》一书作序时提出的。顾颉刚是"古史辨学派"的核心人物，在古史考辨、民俗学、历史地理学等方面取得了很高成就，尤其长于以歌谣、民歌等民俗学的材料去印证古史。"《诗经》研究在顾颉刚的学术生涯中具有独特的地位，是顾颉刚独立从事学术研究的开始"①，"他对于《诗经》的研究，处处留下了歌谣研究的印记"②：

> 我对于歌谣的本身并没有多大的兴趣，我的研究歌谣是有所为而为的：我想借此窥见民歌和儿歌的真相，知道历史上所谓童谣的性质究竟是怎样的，《诗经》上所载的诗篇是否有一部分确为民间流行的徒歌。③

顾颉刚对歌谣、民歌的关注，正是要用这些民俗学材料去论证《诗经》是乐诗集。他在一系列论文中将《诗经》与民歌对比，从民俗学视角进行研究，如《从〈诗经〉中整理出歌谣的意见》（1923）中提出《国风》和《小雅》中有一部分平民的歌谣；在《〈诗经〉在春秋战国间的地位》（1923）中也提到《诗经》中除了贵族为应用而作的诗以外，还有一部分是平民的歌谣；在《论〈诗经〉所录全为乐歌》（1925）中着重说明《诗经》所收的民间徒歌在编集时已经全由乐工改为乐章。1932年，在为陈漱琴的白话译作《诗经情诗今译》作序时说：

> 求偶期间的动物，常发出异样的鸣叫。人类有了语言，就有两性相引的情歌。有了音乐，又进展为各体的情诗。我们可以说，一切的诗歌的出发点是性爱。这是天地间的正气，实爱之不暇，何所用其惭怍。
>
> 所以中国第一部乐诗集——《诗经》——里包含的诗情很多，

---

① 章原：《顾颉刚先生的〈诗经〉研究》，《古典文学知识》2004年第5期。
② 陈平原主编：《顾颉刚与现代民间文艺学》，《中国文学研究现代化进程二编》，北京大学出版社2002年版，第83页。
③ 钱小柏编：《顾颉刚民俗学论集》，上海文艺出版社1998年版，"自序"第13页。

作者老实地歌唱，编者老实地收录，他们只觉得这是人类应有的情感，而这些诗，是忠实于情感的产品。①

　　作者在序文的开篇将动物求偶的鸣叫与人类两性相引时的情歌类比，大胆地提出"一切的诗歌的出发点是性爱"，堂而皇之地将圣贤文化中的"经典"还了"俗"。达尔文说："人类和低等动物的感觉似乎是天生如此：一般对鲜艳的色彩和某些形态，以及韵律和谐的声音都会感到很愉快，并把这些称之为美。"② 作者听到了"经典"中令人感到愉快的"美"，原来《诗经》里包含着很多"诗情"，原来这"圣人删订"、先儒注解的圣经是"中国第一部乐诗集"。

　　除上述代表性观点外，在《诗经》的今译和新译作品中，对《诗经》性质进行探讨的主要还有：陈子展《诗经语译序》中指出《诗经》是"一部上古的诗歌总集"③；江阴香《诗经译注·序》中指出《诗经》是"中国古代之歌谣"④；纵白踪《关雎集·序诗》中说《诗经》是"一卷千载常新，常新的古歌"⑤；许啸天《分类诗经·诗经新序》中说："《诗经》是最古的民间文学。我们现在读他还可以从这书里面看得出两周时候的民情风俗，和那班在上者政教的设施"⑥，"《诗经》是世界上一部最古有韵的诗歌文学作品是一部最真最有价值的文学作品"⑦；储皖峰在《诗经情诗今译·序三》中说，"《诗经》是一部民歌（大部分）总集"⑧；孙柏庭《诗经论及其现代诗歌译文》中说："《诗经》本来是传自民间，是用当时的口语"，是"一部代表大众的歌声，抒写情感的作品"⑨。在这些今译新译作品中，学者提出各自的新见解，《诗经》不再被视

---

① 陈漱琴：《诗经情诗今译》，女子书店 1935 年版，"序一"第 1 页。
② ［芬兰］E. A. 韦斯特马克：《人类婚姻史》（第一卷），李彬等译，商务印书馆 2015 年版，第 432 页。
③ 陈子展：《诗经语译序》，《文学》1934 年第 2 期。
④ 江阴香：《诗经译注》，中国书店 1982 年版，"序"第 2 页。
⑤ 纵白踪：《关雎集·序诗》，经纬书局 1936 年版，第 1 页。
⑥ 许啸天：《分类诗经·诗经新序》，群学书社 1932 年版，第 28 页。
⑦ 许啸天：《分类诗经·诗经新序》，群学书社 1932 年版，第 45 页。
⑧ 陈漱琴：《诗经情诗今译》，女子书店 1935 年版，"序三"第 2 页。
⑨ 孙柏庭：《诗经论及其现代诗歌译文》，《文哲》1939 年第 12 期。

为高高在上的"经"，它以"平民"的面貌回到了"民间"，以"歌谣"的面目回归"文学"。

二 《诗经》篇章的新分类

《诗经》编订成书时，是按风、雅、颂的体例分类编排的。这一分类方式为后代学者所沿袭。现代《诗经》学摆脱了传统经学的困扰，不再将《诗经》视为"经"，而是将它看作"文学"，开始从事文学研究。学者从文学角度将《诗经》按内容加以分类，"应是'诗经学史'上未曾有过的大事"①。在这种文学分类中，《诗经》与民俗的密切关系明晰起来。

近代学者关于《诗经》分类的意见，多发表于诗学专著、专篇论文或者出现在文学史中，分类各有侧重，不尽相同，所分类别少则二类三类，多则十余类。此处主要论述《诗经》新译今译的专著和专篇论文中较有代表性的观点。

（一）按"《诗》的本旨"② 分类

许啸天在其言文对照白话详注《分类诗经》一书中提出按"《诗》的本旨"将《诗经》重新分类为家庭、宫廷、政治、军事、风俗、杂类。《诗经新序》中说：

> 我们读书，只须就本书的辞意上求谅解，原不用这种"越说越糊涂"的经解，所以我此番下了决心，用客观的方法去整理：
> （一）排去经解；（二）就《诗》的本旨去分类；（三）注解字意。③

在作者眼中"《诗经》是世界上一部最古有韵的诗歌文学作品是一部最真最有价值的文学作品"④，而千百年来"因信古太深，处处重考据……把好好一部关系文史学的古书——《诗经》——弄成一部和《尔

---

① 洪湛侯：《诗经学史》，中华书局 2002 年版，第 655 页。
② 许啸天：《分类诗经·诗经新序》，群学书社 1932 年版，第 45 页。
③ 许啸天：《分类诗经·诗经新序》，群学书社 1932 年版，第 45 页。
④ 许啸天：《分类诗经·诗经新序》，群学书社 1932 年版，第 45 页。

雅》相类的字书。什么蟊斯是如何形状，如何颜色；蘋蘩又是如何形状，如何颜色。做起经解来，千言万语，详证博引，说得津津有味。像这样的穷经，便算给你考证得千真万确，试问于《诗经》的本旨有何关系？于当时的民情风俗有何关系？于《诗经》的文学又有什么关系？于后人读《诗经》采求历史资料的更没有什么关系"①。既然旧有的研究方法已经无用，那么就对《诗经》进行"新式整理分类"来研究，即按照"《诗》的本旨"分为"家庭、宫廷、政治、军事、风俗、杂类"六类。这种分类与作者以"白话详注"方式解读《诗经》相呼应，有助于"推翻旧说""把二千年来荒谬的旧说打倒"②，摒弃"厚人伦、美教化"的重负，"再稍稍加点人类学风俗历史社会学的智识，就可以超过从前，下一个很对的解说，自然丝毫不费力的了"③。显然，这样的分类方式受到了人类学、民俗学、社会学的影响，其中特设置了"风俗"这一类别：

五　风俗

茉苣　汉广　雄雉　匏有苦叶　简兮　北门　北风　桑中　相鼠　干旄　考槃　芄兰

君子阳阳　中谷有蓷　兔爰　葛藟　采葛　丘中　将仲子　遵大路　山有扶苏

褰裳　丰　东门之墠　风雨　子衿　出其东门　野有蔓草　溱洧　还　东方之日

东方未明　甫田　卢令　葛屦　汾沮洳　蟋蟀　山有枢　蒹葭东门之枌　衡门

东门之池　东门之杨　月出　泽陂　隰有苌楚　伐木　鱼丽南有嘉鱼　南山有台

菁菁者莪　黄鸟　我行其野　斯干　小雅　何人斯　谷风　无将大车　都人士　瓠叶

---

① 许啸天：《分类诗经·诗经新序》，群学书社1932年版，第26—27页。
② 许啸天：《分类诗经·诗经新序》，群学书社1932年版，第42页。
③ 许啸天：《分类诗经·诗经新序》，群学书社1932年版，第44页。

苕之华　既醉　凫鹥①

"风俗"类共63篇诗歌，其特点为：首先，打破风、雅、颂的分类界限，以《国风》为主，兼取《小雅》和《大雅》。诗篇选自《国风》《小雅》《大雅》，其中《国风》46篇、《小雅》15篇、《大雅》2篇。《国风》中除《召南》《曹风》《豳风》未选外，其他皆选，《郑风》最多11篇、《王风》6篇、《陈风》6篇、《齐风》5篇，此四类所选诗篇均占原有诗篇的一半左右，其中《鄘风》1篇、《王风》1篇、《齐风》2篇、《陈风》4篇和《郑风》11篇为朱熹《诗集传》所谓"淫诗"；《邶风》5篇、《鄘风》3篇、《周南》2篇、《卫风》2篇、《魏风》2篇、《唐风》2篇、《秦风》1篇、《桧风》1篇。

每首诗下有一简要诗旨。与《毛诗序》一样，作者也在每首诗前概括出一诗旨，这些诗旨重在从民风民俗立意，虽与《毛诗序》重在圣德教化不同，但本质上都是风教之旨、都有政治教化之意。钟敬文《民俗学概论》中将民俗事象分为物质民俗、社会民俗、精神民俗、语言民俗四类，结合作者所概括的诗旨可以将这些诗篇分为物质民俗、精神民俗、社会民俗三类。第一，物质民俗类14首。物质民俗"指人民在创造和消费物质财富过程中所不断重复的、带有模式性的活动，以及由这种活动所产生的带有类型性的产品形式。它主要包括生产民俗、商贸民俗、饮食民俗、服饰民俗、居住民俗、交通民俗、医药保健民俗，等等"。②《分类诗经》"风俗"类所选物质民俗类诗篇还可具体分为生产民俗如《芣苢》"百姓采着野菜唱诗说国里风俗仁厚的意思"③、《汉广》"国里太平风俗仁厚砍柴的在江边走着唱着这诗"④；狩猎民俗如《还》"说齐国有欢喜打猎的风俗"⑤、《卢令》"说当时的风俗太欢喜打猎了"⑥；饮

---

① 许啸天：《分类诗经·目录》，群学书社1932年版，第4—5页。
② 钟敬文：《民俗学概论·绪论》，上海文艺出版社1998年版，第5页。
③ 许啸天：《分类诗经·风俗》（三），群学书社1932年版，第1页。
④ 许啸天：《分类诗经·风俗》（三），群学书社1932年版，第2页。
⑤ 许啸天：《分类诗经·风俗》（三），群学书社1932年版，第47页。
⑥ 许啸天：《分类诗经·风俗》（三），群学书社1932年版，第53页。

食民俗如《伐木》"朋友亲戚兄弟在一块儿吃着酒做的诗"①、《鱼丽》"请客吃酒做的诗"②、《南有嘉鱼》"也是请客吃酒的诗"③、《南山有台》"请客吃酒祝颂客人的意思"④ 等。第二，精神民俗类 31 首。精神民俗"是指在物质文化与制度文化基础上形成的有关意识形态方面的民俗。它是人类在认识和改造自然与社会过程中形成的心理经验，这种经验一旦成为集体的心理习惯，并表现为特定的行为方式并世代传承，就成为精神民俗。精神民俗主要包括民间信仰、民间巫术、民间哲学伦理观念以及民间艺术等等"⑤。《分类诗经》"风俗"类中属于这一方面的诗篇主要是民间哲学伦理观念类如《干旄》是"称赞人有好善的心"⑥、《芄兰》"劝年纪轻的人要守着本分"⑦ 和民间信仰类如《凫鹥》"祭祀用的诗"⑧。第三，社会民俗类 18 首。社会民俗"亦称社会组织及制度民俗，指人们在特定条件下所结成的社会关系的惯例，它所关涉的是从个人到家庭、家族、乡里、民族、国家乃至国际社会在结合、交往过程中使用并传承的集体行为方式。它主要包括社会组织民俗（如血缘组织、地缘组织、业缘组织等）、社会制度民俗（如习惯法、人生仪礼等）、岁时节日民俗以及民间娱乐习俗，等等"⑨。《分类诗经》"风俗"类中属于此方面的诗篇主要是社会制度民俗类如《桑中》"说风俗淫荡"⑩、社会组织民俗类如《葛屦》"说魏国人的风俗太刻啬气度太狭隘"⑪。

"风俗"类诗篇虽打破旧有分类体例，但仍是以最能反映各国风俗人情的《国风》为主体，尤其留意《郑风》《王风》《陈风》《齐风》，

---

① 许啸天：《分类诗经·风俗》（三），群学书社 1932 年版，第 74 页。
② 许啸天：《分类诗经·风俗》（三），群学书社 1932 年版，第 77 页。
③ 许啸天：《分类诗经·风俗》（三），群学书社 1932 年版，第 79 页。
④ 许啸天：《分类诗经·风俗》（三），群学书社 1932 年版，第 81 页。
⑤ 钟敬文：《民俗学概论·绪论》，上海文艺出版社 1998 年版，第 5 页。
⑥ 许啸天：《分类诗经·风俗》（三），群学书社 1932 年版，第 17 页。
⑦ 许啸天：《分类诗经·风俗》（三），群学书社 1932 年版，第 20 页。
⑧ 许啸天：《分类诗经·风俗》（三），群学书社 1932 年版，第 109 页。
⑨ 钟敬文：《民俗学概论·绪论》，上海文艺出版社 1998 年版，第 5 页。
⑩ 许啸天：《分类诗经·风俗》（三），群学书社 1932 年版，第 14 页。
⑪ 许啸天：《分类诗经·风俗》（三），群学书社 1932 年版，第 54 页。

《郑风》11 篇更是全部为朱熹所谓的"淫诗"，其中有些诗篇的诗旨仍
被作者概括为"风俗淫荡"，如《桑中》《溱洧》《东方之日》等。这些
所谓的"淫诗"实为更具民俗气息、更有文学色彩的诗篇，所以才会如
此"引人注目"。新拟诗旨虽与《毛诗序》有很大不同，但仍旧秉承风
俗教化的立意。其中也有诗篇新拟诗旨与《毛诗序》诗旨近似，如《子
衿》篇，《毛诗序》中说："刺学校废也。乱世，则学校不脩焉。"[1]《分
类诗经》中概括为"说教育不发达"[2]，两者相近。《子衿》诗旨历来解
释不一，《郑笺》《孔疏》都承袭《诗序》的观点不变，朱熹《诗集传》
不采《诗序》之说，认为是"淫奔之诗"[3]。朱熹看到了《子衿》中的
男女恋情，却把这首优美的恋歌当成了"淫诗"。至清人姚际恒《诗经
通论》则认为："《小序》谓'刺学校废'，无据。此疑亦思友之诗。"[4]
今人多认为此诗为恋歌，如余冠英《诗经选》："这诗写一个女子在城阙
等候她的情人"[5]；高亨《诗经今注》："这是一首女子思念恋人的短
歌。"[6] 显然，恋歌的说法，已经获得了学界的认可。

（二）按"照时代眼光"[7] 分类

随着《诗序》的义疏系统被否定，《诗经》被定性为民歌集，学术
界开始用时代的眼光对《诗经》进行新解，在重新解释诗篇题旨和诗义
的同时也对《诗经》进行了新的分类，如孙柏庭在《诗经论及其现代诗
歌译文》中，既对《诗经》的性质进行了新的探讨，又对《诗经》篇章
提出了新的分类。

孙柏庭在文中首先对《诗经》的性质进行了阐述，认为"《诗经》
本来是传自民间，是用当时的口语，加以艺术的剪裁而成"的，"不幸
后人迷信尊孔的一说，崇尚儒教的经义，把一部代表大众的歌声，抒写
情感的作品，轻轻地蒙着经典的色彩"。比如"关鸠仅是民间的恋诗，

---

① 向熹编：《诗经词典·〈毛诗序〉集录》，商务印书馆 2014 年版，第 858 页。
② 许啸天：《分类诗经·风俗》（三），群学书社 1932 年版，第 41 页。
③ （宋）朱熹：《诗集传》，中华书局 2011 年点校本，第 70 页。
④ （清）姚际恒：《诗经通论》，中华书局 1958 年版，第 111 页。
⑤ 余冠英：《诗经选》，人民文学出版社 1979 年版，第 92 页。
⑥ 高亨：《诗经今注》，上海古籍出版社 2009 年版，第 123 页。
⑦ 孙柏庭：《诗经论及其现代诗歌译文》，《文哲》1939 年第 12 期。

而说诗的人谓为与文王后妃有关，加重了道德的色彩。《桃夭》本来是民间祝颂出嫁的诗，春日良辰，正是于归佳日，而他们说到是文王之化。《卷耳》是民间男女恋念或怀慰友人的诗，又被他们轻轻地装上了后妃君子的故事"。好好的一部民歌集被"弄得啼笑皆非"。为了打破"《诗经》是儒教的'万宝全书'的印象"，应该"用新眼光看诗"①。

这种"新眼光"就是对《诗经》进行大胆的新译和新分类。首先，用现代语言翻译《诗经》，以还其民歌集的真面目。作者认为，"《诗经》，完全是古代口语写成，因年代久远，到了二千多年的今日，遂成艰深文字了。若以现代语言翻译他，则或者风趣仍得传其万一。所以我大胆的译了《周南》大部分，其余的俟有余暇，甚愿从事。不过我所译的，尚希读者不吝赐教。但因欲求合艺术化的成分，所以并未全用俗语，而以现代诗歌式出之"②。以《茉苢》篇译文为例：

采（茉）苢（一）

左一把右一把采啊，采那茉苢的草！

大家一齐采呦！

左一把右一把儿采那茉苢草啊！

大家已经采到了啊！

（二）

左一把右一把的采那茉苢草啊！

大家一齐拾取呦！

左一把右一把采那茉苢草啊，

大家已经采取了啊！

（三）

左一把右一把采那茉苢草啊，

我们用衣裳裹了他吧！

左一把右一把采那茉苢草啊。

---

① 孙柏庭：《诗经论及其现代诗歌译文》，《文哲》1939 年第 12 期。

② 孙柏庭：《诗经论及其现代诗歌译文》，《文哲》1939 年第 12 期。

我们卷着衣裳裹了他吧。①

《芣苢》原文："采采芣苢，薄言采之。采采芣苢，薄言有之。/采采芣苢，薄言掇之。采采芣苢，薄言捋之。/采采芣苢，薄言袺之。采采芣苢，薄言襭之。"② 全诗共三章，每章四句，是典型的重章叠句形式，除了六个动词"采、有、掇、捋、袺、襭"有变化，其他字句都保持不变，这看似单调的重叠，却产生出循环往复的音乐感。孙柏庭的译诗保持了这种循环复沓的形式，用口语化的语言将已变得艰深难懂的文字翻译得轻松活泼、简单质朴，将民歌重章迭唱的妙处传达出来，如同"在那春之原野，听到一群少女歌唱此诗"③。这种用现代语言翻译出的白话诗，以直观的方式让人体会到这首诗是"纯粹的民歌"，"是歌谣，是有情意的歌谣"。④

其次，按照时代的眼光，提出新的分类方式，即分为《颂》、民族史诗、民歌三类。孙柏庭在文中提出：

> 《诗三百篇》大都是民间的，其中当然也有贵族的诗。诗分《风》、《小雅》、《大雅》、《颂》。照时代眼光，可分为一、《颂》，二、民族史诗，三、民歌。⑤

作者选译了《关雎》《葛覃》《卷耳》《樛木》《螽斯》《桃夭》《兔罝》《芣苢》《麟之趾》9首《周南》中的诗篇。在每篇用现代语言翻译的诗歌之后，作者都简短地进行了分析与总结：

关雎

这一章是兴，藉水藻兴起，取其层次，来叙述一个少男少女的自由恋爱的经过，过程非常清楚，由思慕发生友谊，而发生苦念，

---

① 孙柏庭：《诗经论及其现代诗歌译文》，《文哲》1939年第12期。
② 周振甫：《诗经译注》，中华书局2002年版，第11—12页。
③ 孙柏庭：《诗经论及其现代诗歌译文》，《文哲》1939年第12期。
④ 孙柏庭：《诗经论及其现代诗歌译文》，《文哲》1939年第12期。
⑤ 孙柏庭：《诗经论及其现代诗歌译文》，《文哲》1939年第12期。

终于情感更近，而至于结合，是一首民间歌咏恋爱的诗歌。① ——民歌②

葛覃

此一章是赋……此一章藉葛草，写农村织女的生活，生趣盎然。③ ——民歌

卷耳

此一篇章是赋，写心中的意境。……是民间的友朋相念之诗。④ ——民歌

樛木

此一章颂赞之辞，大约是民间的祝诗，在寿诞的时候，风俗上每有如是的祝辞。⑤ ——颂赞之辞

螽斯

螽斯三章，系颂赞之辞，是民间的生子祝词。如现在汤饼日的祝语，此诗声调自然，不假雕琢，自成天籁，谅系当时的歌谣。⑥ ——颂赞之辞

桃夭

此一篇是兴，藉桃花引起春光已满，婚姻良季，而祝于归的少女们以幸福，是民间一首赠于归的祝诗。诗情是素朴而富有罗曼斯的气雰，以春桃形容少女青春可贵，而祝其婚后生活美满。⑦ ——颂赞之辞

兔罝

此一章是比藉兔罝来喻比武士，颂扬称赞，是民间称颂武士的诗，尚武之精神，于兹可见，把武士的神情，气势，活现纸上，读之令人兴奋。⑧ ——颂赞之辞

---

① 孙柏庭：《诗经论及其现代诗歌译文》，《文哲》1939 年第 12 期。
② 引文后文字为分类情况，下同。
③ 孙柏庭：《诗经论及其现代诗歌译文》，《文哲》1939 年第 12 期。
④ 孙柏庭：《诗经论及其现代诗歌译文》，《文哲》1939 年第 12 期。
⑤ 孙柏庭：《诗经论及其现代诗歌译文》，《文哲》1939 年第 12 期。
⑥ 孙柏庭：《诗经论及其现代诗歌译文》，《文哲》1939 年第 12 期。
⑦ 孙柏庭：《诗经论及其现代诗歌译文》，《文哲》1939 年第 12 期。
⑧ 孙柏庭：《诗经论及其现代诗歌译文》，《文哲》1939 年第 12 期。

采苢

此一章系纯粹的民歌，这是女子结群采掇苤苢，随采随歌的和声，自有他的激越之音。……简直是歌谣，是有情意的歌谣。① ——民歌

麟之趾

此一首是比。以麟写公子仁慈如麟足趾，安详如麟额，秀出如麟角。是民间颂冠之时的祝辞。……亦如《螽斯》同是民间的歌谣，因为非常出自天然，而音调自如。② ——颂赞之辞

虽然作者在文中提出了具体的分类方式，但由于只是选译，无法得其全貌，仅就作者所译的 9 首诗来看，总体上都是来自民间的歌谣，依据作者概括的题旨，可以将这些作品分为民歌和颂赞之辞两类：《关雎》《葛覃》《卷耳》《苤苢》为民歌；《樛木》《螽斯》《桃夭》《兔罝》《麟之趾》为颂赞之辞。作者对《诗经》的新分类，与其白话口语译诗一样，都是按"照时代眼光"打磨掉《诗经》上那"浓肃华贵的整容"、去掉那"扭扭捏捏装腔作态"，还原《诗经》的美好、天然，呈现出它"文学上'真'的美"③。

（三）按作品内容分类

近代学者关于将《诗经》按内容分类的意见不尽相同，这里主要论述《诗经》新译今译的专著和专篇论文中较有代表性的分类方式。

1. 抒情诗和叙事诗

这种分类方式是储皖峰在为陈漱琴的《诗经情诗今译》一书作序时提出的：

《诗经》是一部民歌（大部分）总集，她的内容，可略分为两大部分：（一）抒情诗，《国风》《小雅》中最多；（二）叙事诗，《雅》《颂》中较多。④

---

① 孙柏庭：《诗经论及其现代诗歌译文》，《文哲》1939 年第 12 期。
② 孙柏庭：《诗经论及其现代诗歌译文》，《文哲》1939 年第 12 期。
③ 孙柏庭：《诗经论及其现代诗歌译文》，《文哲》1939 年第 12 期。
④ 陈漱琴：《诗经情诗今译》，女子书店 1935 年版，"序三"第 2 页。

这种分类方式颇为简略，传达出作者对诗歌，特别是抒情诗的偏爱之情，"我是个爱好文学的人，尤其爱好诗歌，因为诗歌是文学中的花，而抒情诗又是诗歌中的花"。① 作者认为《诗经》中的叙事诗"不是健全的作品"，"只有抒情诗，是心声的露白，是苦闷的呐喊，最能表现东方民族情感的特色"②。作者认为："中国的诗歌，只有情诗是最伟大的作品，只有情诗能够真正的感动人；只有情诗具有充实的生命！"③ 作者这种偏重于抒情诗的分类方式，正是因为《诗经》这部"民歌总集"里包含着丰富的具有"东方民族情感特色"的"情诗"。这些屡屡被经学家视作"淫诗"的诗歌，洗去圣贤教化的铅华，穿上"白话"的新衣，绽放出"烂漫的花枝"④。

2. 婚姻、家庭、社会

闻一多在《风诗类钞》所附"序例提纲"中主张将《国风》分为婚姻、家庭、社会三大类：

略依社会组织的纲目将国风重行编次
三大类目　1. 婚姻　2. 家庭　3. 社会
　　小类目另见详表
可当社会史料文化史料读
对于文学的欣赏只有帮助无损害
原书依照国别的编次甚有用今亦尽量保存⑤

闻一多的"这个彻底改变原书编排的大胆设想，反映了'五四'运动以后一些进步学者反传统的要求"⑥。虽然彻底打破了《诗经》原有编排体例，但却保留"原书依照国别的编次"，即"各诗题下注明国名及

① 陈漱琴：《诗经情诗今译》，女子书店 1935 年版，"序三"第 1 页。
② 陈漱琴：《诗经情诗今译》，女子书店 1935 年版，"序三"第 3 页。
③ 陈漱琴：《诗经情诗今译》，女子书店 1935 年版，"序三"第 3 页。
④ 陈漱琴：《诗经情诗今译》，女子书店 1935 年版，"序三"第 2 页。
⑤ 闻一多：《风诗类钞甲》，《闻一多全集》（第 4 卷），湖北人民出版社 1993 年版，第 456 页。
⑥ 洪湛侯：《诗经学史》，中华书局 2002 年版，第 655 页。

全书总号码如《关雎》（周一）《竹竿》（卫五九）"①。这段简短的文字里，包含着丰富的信息：第一，以社会学的研究视角，打破《诗经》旧有的编排体例，依据社会组织的纲目重新编次；第二，将《国风》中的作品分为婚姻、家庭、社会三大类；第三，在三大类目之下可细化出更多的小类目。如《风诗类钞乙·目录》中可见"以上为第一类""以上为第二类""以上为第三类"和"以上附篇"的分类，且前两类中又分出"以上女词"和"以上男词"两种；第四，《诗经》是文学作品，同时也是社会史料、文化史料；第五，《诗经·国风》原有的国别编次很有价值，应尽量保存，作者还标出了例示"如《关雎》（周一）"。

这种大胆的、迥异于传统的分类方式体现出闻一多在现代西方文艺理论的影响下，研究既是文学作品，又是社会史料、文化史料的《诗经》时自觉地运用了文化人类学的方法。文化人类学是"一门研究人类文化的学科"②，"它和考古学、语言学、历史学、社会学、经济学、心理学有着密切的联系"。③ 文化人类学（Cultural anthropology）是人类学的一个分支学科。"人类学是一门以人类及人类行为为研究主题的学科。传统上，人类学被划分为四大领域：体质人类学（physical anthropology）、考古学（Archaecology）、语言学（Linguistics）和文化人类学（Cultural anthropology）。"④ 在我国，人类学中研究人类文化的部分均称为"文化人类学"。⑤ 它主要研究人类各民族创造的文化，以揭示人类文化的本质，使用考古、民俗学、语言学等学科方法对全世界不同民族作出描述和分析。"描述不同的风俗习惯、礼仪以及世界各个不同群体的生活方式是一般人类学中这一分支学科的一项基本任务。"⑥ 闻一多研究

---

① 闻一多：《风诗类钞甲》，《闻一多全集》（第4卷），湖北人民出版社1993年版，第456页。
② 陈国强主编：《简明文化人类学词典》，浙江人民出版社1990年版，第70页。
③ ［美］S.南达：《文化人类学》，刘燕鸣、韩养民编译，陕西人民教育出版社1987年版，第323页。
④ ［美］尤金·N.科恩、爱德华·埃姆斯：《文化人类学基础》，李富强编译，中国民间文艺出版社1987年版，"前言"第1页。
⑤ 陈国强主编：《简明文化人类学词典》，浙江人民出版社1990年版，第71页。
⑥ ［美］尤金·N.科恩、爱德华·埃姆斯：《文化人类学基础》，李富强编译，中国民间文艺出版社1987年版，"前言"第2页。

《国风》诗篇时，便"主要运用以民间风俗、神话传说、民间歌谣为研究对象的民俗学的方法，考证有关周代社会生活习俗、宗教形态、神话传说和民间歌谣的资料，来与《诗经》中这些篇章相互印证"[①]。比如对《摽有梅》中掷果定情习俗中文化意义的阐释，"疑女以果实为求偶之媒介，亦兼取其蕃殖性能之象征意义"[②]。

值得注意的是，这种分类方式在"立新"的同时提出对《诗经·国风》原有的、具有价值的国别编次形式进行了保留。这或许正是由于《国风》分类编排的体例，能很好地体现出不同地理环境下民间风俗的差异性。闻一多将《国风》中的作品分为婚姻、家庭、社会三大类，这由小及大的三类仿似构建一个社会结构、文化脉络，而这些的基础正是男与女之间的关系，故在大类之下又分"以上女词"和"以上男词"两种。闻一多在《诗经的性欲观》一文中便以国别为类，分别以郑诗、齐诗、曹诗中的相关诗篇为例，阐述了这一基础关系中蕴含的民俗文化。"现在我们可以欣赏那真正道地的郑国文学。现在我们看二十一篇郑诗，差不多篇篇是讲恋爱的。"[③] 以对《野有蔓草》和《溱洧》两诗的新解读，阐释了"《周礼》讲'仲春之月，令会男女之无夫家者'。这种风俗在原始的生活里，是极自然的"[④]。

三 诗篇解读的新内涵

在今译新译的论著、论文中，学者以时代的眼光对古老的经典作出了新解，研究主要集中于对《国风》诗篇的解读，运用民俗学材料来阐释这些古代民歌，呈现出白话译诗、另立诗旨的特点。

（一）反对诗序，另立诗旨

经过 20 年代的《诗经》学讨论，学者以反封建的民主思想来解读《诗经》，怀疑旧说，反对诗序，另立诗旨，开展自由研究，"实现了诗

---

① 夏传才：《闻一多对〈诗经〉研究的贡献》，《齐鲁学刊》1983 年第 3 期。
② 闻一多：《诗经通义甲》，《闻一多全集》（第 3 卷），湖北人民出版社 1993 年版，第 327—328 页。
③ 闻一多：《诗经研究》，巴蜀书社 2002 年版，第 4 页。
④ 闻一多：《诗经研究》，巴蜀书社 2002 年版，第 4 页。

经学由经学到文学研究的转型"①。反对诗序，是当时学术界的潮流，此处以较有代表性的刘大白《白屋说诗》为例，试作论述。1926 年，刘大白在《复旦周刊》发表《白屋说诗》10 篇，新译《绿衣》《葛生》《鸡鸣》《卷耳》《陟岵》《关雎》《绸缪》《有狐》《遵大路》《柏舟》。作者抛弃传统的说教，作出新解，另立诗旨。在解诗时，注重诗篇的文学特点，结合作品中起兴、比喻等艺术手法来解释诗义。在《说〈毛诗〉》中，以《关雎》《草虫》《汝坟》《燕燕》为例阐释了兴的意义，也新解了诗旨：

> 《关雎》底诗人所要抒写的，只是淑女底好述；《草虫》底诗人所要抒写的，只是未见君子时的忧心和既见时的心降；《汝坟》底诗人所要抒写的，只是未见君子时的怒如调饥和既见君子时的不我遐弃；《燕燕》底诗人所要抒写的，只是送之子时的瞻望和泣涕；但是他们觉得凭空说起，有的太突了，所以借了雎鸠在河洲，草虫喓喓，螽趯趯，遵汝坟伐条枚伐条肄，和飞燕差池其羽等实感来起一个头。②

刘大白对《诗经》的新解立足于抛弃旧说束缚、回归诗文本身，善于结合汉乐府等古诗来解读《诗经》，以《绿衣》为例：

> 《毛诗·邶风·绿衣》这一篇诗，《小序》把它说成卫庄姜自伤失位的诗。它说：
> > 《绿衣》，卫庄姜伤己也；妾上僭，夫人失位，而作是诗也。
> 但是咱们在这篇诗底字里行间，找不出一点关涉卫庄姜的事实来。什么绿为间色，黄为正色。间色为衣而正色反为里裳，所以譬喻嫡庶倒置的话，都是神经过敏的无稽之谈。其实，这篇诗是一篇悼亡

---

① 夏传才：《二十世纪诗经学》，学苑出版社 2005 年版，第 111 页。
② 刘大白：《白屋说诗》，岳麓书社 2012 年版，第 3 页。

诗或念旧诗。他们底根本错误，固然由于戴著颜色眼镜去看诗，而解错了两个"我思古人"的古字，也是一个原因。①

作者认为《小序》概括的诗旨没有道理，第一，在诗中找不到"一点关涉卫庄姜的事实"。那么所谓的"嫡庶倒置"，便是"无稽之谈"。第二，此诗是悼亡诗或念旧诗。误解诗旨的另一原因就是错解古字。"诗中两个古人底古字，实在就是现在所谓故人底故字。""所谓'绿衣黄里'，'绿衣黄裳'，都是亡妇底遗衣。她底丈夫，看了遗衣，中心忧悼，不知何时才能停止，这是第一第二章底意思。"认为"这篇诗，很有合晋代潘岳《悼亡诗》相类的地方"②。"所谓古人（即故人），是一个弃妇。那么，这位故夫，看了她亲手所治的绿丝所做的绿衣而记念起故人来"，"合《上山采蘼芜》诗中的故夫一样，觉得有'新人不如故'的感想"③。故《绿衣》是悼亡诗或念旧诗，与卫庄姜无关，《小序》诗旨有误。

善于结合汉乐府、唐诗等古诗来解读《诗经》，是作者新解的一个特点，其对《葛生》《鸡鸣》等诗旨的新解，也采用这种方法。

（三）葛生

《唐风·葛生》也是一篇悼亡诗。《小序》说：

《葛生》，刺晋献公也；好攻战，则国人多丧矣。

这话在本诗里面，也丝毫找不出根据来。……从这五章里面，什么地方找得出一个晋献公来呢？什么地方找得出什么好攻战的痕迹来呢？咱们要知道此诗底真义，最好再看看晋代潘岳底《悼亡诗》第三首……④

（四）鸡鸣

唐人李商隐诗：

① 刘大白：《白屋说诗》，岳麓书社 2012 年版，第 5 页。
② 刘大白：《白屋说诗》，岳麓书社 2012 年版，第 6 页。
③ 刘大白：《白屋说诗》，岳麓书社 2012 年版，第 7 页。
④ 刘大白：《白屋说诗》，岳麓书社 2012 年版，第 7—8 页。

为有云屏无限娇，凤城寒尽怕春宵；无端嫁得金龟婿，孤负香衾事早朝。

此诗底意思，合《齐风·鸡鸣》相似。……这是一位官太太在一个五更头想她上朝去的丈夫，希望他早点回来，再合她一同睡觉。她渴盼她底丈夫回来，有点神经错乱，发生错觉了。她听到了苍蝇之声，以为鸡儿在叫了，这时候朝廷上已经人满了，早朝快要完毕了，她丈夫就可以回来了。然而不然。她看到了月出之光，以为东方日出了，这时候朝廷上已经光昌了，早朝快要散退了，她丈夫就可以回来了。然而又不然。于是她有点怨了。她说，"虫飞薨薨的时候，我愿合你再睡一觉；也许你将要回来了吧，希望你不要尽管不回来，使我憎嫌你"！这不是怨她底丈夫"孤负香衾事早朝"吗？但是《小序》却说：

《鸡鸣》，思贤妃也；哀公荒淫怠慢，故陈贤妃贞女夙夜警戒相成之道焉。

哀公在哪里呢？这真是白日见鬼呵！①

分别借鉴了晋代潘岳《悼亡诗》和唐代李商隐《为有》的诗境，来阐释两诗的题旨，《葛生》为悼亡之诗、《鸡鸣》为思夫之诗，驳斥了《小序》牵强附会的诗旨。

（二）以新诗体、白话译诗

《诗经》新译、今译是当代涌现出的一种宣传、普及《诗经》的新形式。学者不再视《诗经》为"经"，而将其定性为民歌集，多从文学研究的角度出发，领会诗篇意境，确定诗篇题旨，以新诗体、白话译诗的形式进行翻译的再创作。白话译诗作品相对丰富，此处主要以开风气之先的郭沫若的《卷耳集》为例。

《卷耳集》是采用新诗体、以诗译诗的一次成功尝试。郭沫若的今译非常大胆，不仅大胆地单单选译"男女间相爱恋的情歌"②，译诗的方

---

① 刘大白：《白屋说诗》，岳麓书社 2012 年版，第 9—10 页。
② 郭沫若：《卷耳集 屈原赋今译》，人民文学出版社 1981 年版，"卷耳集序"第 3 页。

法也很大胆，摒弃旧说、直观解诗：

> 我对于各诗的解释，是很大胆的。所有一切古代的传统的解释，除略供参考之外，我是纯依我一人的直观，直接在各诗中去追求它的生命。
>
> ……
>
> 我译述的方法，不是纯粹逐字逐句的直译。我译得非常自由，我也不相信译诗定要限于直译。太戈儿把他自己的诗从本加儿语译成英文，在他《园丁集》的短序上说过："这些译品不必是字字直译——原文有时有被省略处，有时有被义释处。"他这种译法，我觉得是译诗的正宗。我这几十首译诗，我承认是受了些《园丁集》的暗示。①

郭沫若正是以这样大胆的方法来译诗，来"再创作"，他采用意译的方法，以自己对诗篇的直接感受来解诗，既不推敲原诗字句的本义，也不在乎是否与原诗章句对应，有的诗篇如《君子于役》《溱洧》《蒹葭》《月出》《泽陂》等篇只译出原诗的部分章节，有的诗篇译诗句数比原诗要多得多，如《卷耳》译诗 49 句，原诗 16 句，相差三倍。尽管如此，白话译诗明白晓畅，洋溢着自由的气息，富有感染力，如《陈风·泽陂》原诗三章，每章六句：

> 彼泽之陂，有蒲与荷。有美一人，伤如之何？寤寐无为，涕泗滂沱。
>
> 彼泽之陂，有蒲与蕳。有美一人，硕大且卷。寤寐无为，中心悁悁。
>
> 彼泽之陂，有蒲菡萏。有美一人，硕大且俨。寤寐无为，辗转伏枕。②

---

① 郭沫若：《卷耳集　屈原赋今译》，人民文学出版社 1981 年版，"卷耳集序"第 3—4 页。

② 周振甫：《诗经译注》，中华书局 2002 年版，第 199—200 页。

这首诗的传统解释主要有两种：一是《毛诗序》："《泽陂》，刺时也。言灵公君臣淫于其国，男女相说，忧思感伤焉。"[1] 《孔疏》蹈袭《序》说，把此诗当作《株林》的续篇，认为是讽刺陈灵公群臣与夏姬淫乱之诗。二是朱熹《诗集传》："此诗大旨与《月出》相类。言彼泽之陂，则有蒲与荷矣。有美一人，而不可见，则虽忧伤，而如之何哉！寤寐无为，涕泗滂沱而已矣。"[2] 认为此诗是男女相悦相念之词。郭沫若用白话、新诗体翻译了这首诗：

陈风泽陂

在他那池子里面呀，

有青青的菖蒲，香艳的荷花。

我一思念起他呀，

睡也不好，不睡也不好，

终夜里只是眼泪如麻。

在他那池子旁边呀，

有青青的菖蒲，芬芳的蕙草。

我一思念起他呀，

睡也不好，不睡也不好，

心儿里好像有刀在绞。[3]

在篇章结构上，这篇译诗只有两章，比原诗少一章；在词句翻译上，没有遵照诗篇原文翻译，如未译"硕大且卷"，又将"有美一人"译为"他"；在诗旨上，与传统解说也不同，既未采《毛诗序》附会夏姬之事，也没有翻译为男女相悦之词，而是译成一首单相思的爱情诗。郭沫若说："《诗经》一书为旧解所淹没，这是既明的事实。旧解的腐烂值不

---

① 向熹编：《诗经词典》，商务印书馆2014年版，第860页。

② （宋）朱熹：《诗集传》，中华书局2011年点校本，第109页。

③ 郭沫若：《卷耳集 屈原赋今译》，人民文学出版社1981年版，第50页。

得我们去迷恋，也值不得我们去批评。我们当今的急务，是在从古诗中直接去感受它的真美，不在与迂腐的古儒作无聊的讼辩。"① 这首译诗显然是这一观点的实践，不理会传统旧说，也不注重直译，只是从"古诗中直接去感受它的真美"。虽然这种大胆的意译有缺失，但郭沫若"第一个用反封建个性解放的思想来解释《诗经》爱情诗"，不但"开拓了《诗经》今体诗译的新路"②，而且将《诗经》从"贵族文学"还原为"平民文学"。

（三）以《国风》诗篇为主

伴随着五四新文化运动的发展，在对旧经学大破大立的批判之后，学者开始对传统文化典籍进行全面的科学的整理，对经学著作既辨伪、辑佚，也新解、今译。夏传才在《二十世纪诗经学》中对 20 年代《诗经》新解情况进行总结时说："所解释和注意的几乎全是《国风》中的诗篇。"③ 在当时重新阐释《诗经》的著述中的确多以解释《国风》为主，有代表性的如郭沫若的《卷耳集》、俞平伯的《读诗札记》、刘大白的《白屋说诗》等。

郭沫若《卷耳集》1922 年出版，是第一部采用新诗体今译的《诗经》著作。此书选择了《国风》中的《卷耳》《野有死麕》《静女》《君子于役》《山有扶苏》等 40 篇诗，这些讴歌爱情与自由的译诗富有反封建的个性色彩，为《诗经》今译开拓了新路。俞平伯《读诗札记》选译《国风》中的《卷耳》《行露》《小星》《野有死麕》《柏舟》《谷风》《北门》《静女》《载驰》等 19 篇，这部著作在注重训诂考证的同时注意使用民俗学材料，开拓了现代《诗经》学重新诠释诗篇的新路。刘大白《白屋说诗》新释《国风》中的《绿衣》《葛生》《鸡鸣》《卷耳》《陟岵》《关雎》《绸缪》《有狐》《遵大路》《柏舟》10 篇，在新解时突出了诗篇的文学特点，也较多地运用了民俗学材料。

这一情况同样出现在三四十年代的《诗经》新译今译中。三四十年

---

① 郭沫若：《卷耳集 屈原赋今译》，人民文学出版社 1981 年版，第 51 页。
② 夏传才：《二十世纪诗经学》，学苑出版社 2005 年版，第 100 页。
③ 夏传才：《二十世纪诗经学》，学苑出版社 2005 年版，第 104 页。

代《诗经》新解著述仍以《国风》篇目为主，如陈漱琴的《诗经情诗今译》、纵白踪的《关雎集》。陈漱琴《诗经情诗今译》出版于 1935 年，选《周南》之《关雎》《葛覃》；《邶风》之《击鼓》《静女》；《鄘风》之《柏舟》《蝃蝀》；《卫风》之《伯兮》《有狐》；《王风》之《采葛》《大车》《丘中有麻》；《郑风》之《将仲子》《叔于田》《遵大路》《山有扶苏》《蓦兮》《狡童》《褰裳》《出其东门》《野有蔓草》；《齐风》之《鸡鸣》《东方之日》《东方未明》《甫田》；《魏风》之《十亩之间》；《唐风》之《葛生》；《陈风》之《泽陂》；附录《魏风》之《伐檀》，皆为《国风》中的诗篇，以白话口语译诗，浅近明白，引有原诗且附有注释。纵白踪的《关雎集》出版于 1936 年，选《周南》4 篇；《召南》5 篇；《邶风》7 篇；《卫风》1 篇；《鄘风》2 篇；《王风》3篇；《郑风》2 篇；《齐风》2 篇；《唐风》2 篇；《秦风》2 篇；《豳风》1 篇；《桧风》1 篇；《魏风》1 篇；《小雅》4 篇，除《小雅》4 篇，其他 33 篇皆选自《国风》，白话译诗，附有原诗，且有"注"解释字词、"音注"标注字音、"解"阐释诗旨。

除举例著作外，在民国期刊的新译今译的论文也多选译《国风》中诗篇（详见"附录一"）。新译今译论著虽因多以《国风》中的诗篇为主，给人造成《诗经》是一部民歌集的印象，但《诗经》新解的平民化走向正反映出《诗经》学研究与时代发展相适应，《诗经》阐释与民俗学相结合的特点。

（四）运用民俗学材料

在郭沫若《卷耳集》译诗之后，各种新解纷纷出现，学者在对《诗经》新译、今译时，不约而同地运用民俗学资料来理解这些古代民歌，其中较为突出的是闻一多、俞平伯、刘大白、胡适等。此处主要以俞平伯的《读诗札记》为例。

《读诗札记》初名《茸芷缭衡室读诗札记》。作者 1923 年起陆续在《小说月报》和《燕京学报》发表释《国风》的作品《卷耳》《行露》《小星》《野有死麕》《柏舟》《谷风》六篇，后又增释《北门》《静女》《载驰》等篇，结集出版。"这部著作开拓了现代诗经学重新诠释诗篇的新路，成为现代诗经诠释学的先行者。"① 第一，作者对传统的《诗经》阐释有所质疑，认为应当"先祛成见，继通文义"②，抛弃封建说教的同时切实地训诂考释词语作出新解。如对《卷耳》诗义的新解，开篇就对质疑"前人异说"："这篇，前人异说极多，什么后妃、文王、贤人搅成一团糟，现在均置之不论。朱熹头脑比较的清楚，知此诗为怀远人矣，但仍不免扭捏地说了一句：'人盖谓文王也。'盖者何？疑词也。然则幸亏了这一个'盖'字。诸家多不免说说官贤思贤等话。其实从诗本文看，只见有征夫、思妇，并不见文王、后妃，更何处着一贤人耶？"③ 在批驳旧说、涵泳本文之后，逐字逐句考释词语、训诂考证："诗中共有六'彼'字，歧义颇多。……'寘'、'酌'、'陟'皆外动词，'金罍'五名皆为其客词……诗中又有七'我'字关系全篇大义。"④ 最后在切实训诂考证的基础上，得出新解，"此诗作为民间恋歌读，首章写思妇，二至四章写征夫，均系直写，并非代词"⑤。

第二，运用民俗学资料阐释诗篇。在《读书札记》中，俞平伯对前人旧说多有批驳，并注意运用民俗学资料来理解这些古代民歌，现以曾引起学者热烈讨论的《野有死麕》为例来论述。白话文学、民间文学的倡导者如顾颉刚、胡适、俞平伯等在书信中曾对这首诗展开热烈的探讨，并作出了新的阐释，顾颉刚认为"《召南·野有死麕》篇是一首情歌"⑥；胡适则提出"《野有死麕》一诗最有社会学上的意味"⑦，建议研究者应当读读"关于民俗学的书，可得到不少的暗示"⑧；俞平伯与两人就诗中词语和此章之义展开讨论，提出了自己的观点，其《读诗札记》中对《野有死麕》的阐释更为明晰并具有新意：

---

① 夏传才：《二十世纪诗经学》，学苑出版社2005年版，第100页。
② 夏传才：《二十世纪诗经学》，学苑出版社2005年版，第101页。
③ 俞平伯：《俞平伯全集》（三），花山文艺出版社1997年版，第8页。
④ 俞平伯：《俞平伯全集》（三），花山文艺出版社1997年版，第8—9页。
⑤ 俞平伯：《俞平伯全集》（三），花山文艺出版社1997年版，第11页。
⑥ 俞平伯：《俞平伯全集》（三），花山文艺出版社1997年版，第32页。
⑦ 俞平伯：《俞平伯全集》（三），花山文艺出版社1997年版，第34页。
⑧ 俞平伯：《俞平伯全集》（三），花山文艺出版社1997年版，第35页。

野有死麇，白茅包之。有女怀春，吉士诱之。（一章）

林有朴樕，野有死鹿。白茅纯束，有女如玉。（二章）

舒而脱脱兮。无感我帨兮。无使尨也吠。（三章）

三百篇之诗，旧说多缪……有些诗意本分明，无劳笺注者，乃亦强为比附，甚至故作曲说，使原诗之意由明而晦，由通而塞，则诚不知其是何用意也。《小星》便是一例，《野有死麇》亦然。①

作者首先指出，旧说笺注者强作比附，使《野有死麇》原本明晰的诗意变得晦涩难懂，其后结合民俗学材料分析曲说之因。此诗之谬起于《小序》误解毛公训诂中民间礼俗的具体含义："毛公于此训故初无甚谬；只有两句话说糟了，开卫、郑之先路。他说：'凶荒则杀礼，犹有以将之'，'非礼相陵则狗吠'。于是《小序》上说：'虽当乱世，犹恶无礼也。'其实毛公无非以死麇、死鹿非聘礼之常，故想当然曰'凶荒杀礼'；又以犬吠示警，故想当然曰'非礼相陵'。凶荒杀礼原非必是乱世，禁犬勿吠亦非必是恶无礼也。郑玄之谬则更有甚于卫宏。毛公仅说'凶荒'，卫宏便说'乱世'，到了郑玄竟一口咬定为'纣之世'。不知他何以知之？"②笺注者们多次提到的"礼"显然是与婚嫁相关的。婚嫁之礼乃是人生大礼，是各个时代、各个民族都非常重视的礼仪。《礼记·昏义》记载："昏礼者，将合二姓之好，上以事宗庙，而下以继后世也，故君子重之。是以昏礼纳采、问名、纳吉、纳征、请期，皆主人筵几于庙，而拜迎于门外，入，揖让而升，听命于庙，所以敬慎重正昏礼也。"③《昏义》说明了婚礼的内容，也强调了婚礼的重要价值。古代婚嫁要遵循"六礼"，即结婚所必须遵循的六种礼仪。除了《礼记·昏义》中的五礼外，还包括《仪礼·士昏礼》中增加的"亲迎"。纳采，纳，接纳；采，采择。纳采即"采择之礼"④，是指男方送礼物到女方家，表示愿意谈婚事。问名，是请媒人问女方的姓名和出生年月日。纳

---

① 俞平伯：《俞平伯全集》（三），花山文艺出版社 1997 年版，第 29 页。

② 俞平伯：《俞平伯全集》（三），花山文艺出版社 1997 年版，第 29—30 页。

③ 王文锦：《礼记译解》，中华书局 2016 年版，第 820 页。

④ 高丙中：《中国民俗概论》，北京大学出版社 2009 年版，第 261 页。

吉，男方卜得吉兆，备礼通知女家，决定联姻。纳征，是男方送钱和礼物给女家，表示订婚。请期，男方卜得结婚吉日，征得女家同意。亲迎，就是新郎亲至女家迎娶。《野有死麇》中吉士以死麇作为礼物送给少女，被认为"非聘礼之常"。下聘礼就是"六礼"中的"纳征"。《仪礼·士昏礼》："纳征，玄纁、束帛、俪皮。"① 玄纁是黑黄两色的币帛，古代行聘礼用之，向被聘者表示尊敬之意。皮，指成对的鹿皮。② "周代，庶人用缁帛，士大夫用玄纁、束帛、俪皮。"③ 俪皮是成对的鹿皮，婚礼称俪皮之礼，夫妻伉俪，皆由此而来。《野有死麇》中的吉士送给少女的不是俪皮，而是死麇（"麇，獐也，鹿属，无角"④）、死鹿。这样的礼物不能说是聘礼，却可表达思慕之情。吉士也未必是士大夫，或如王质《诗总闻》所言"吉士""当是在野而又贫者，无羔雁币帛以将意，取兽于野，包物以茅，护门有犬。皆乡落气象也"⑤。这就是说生活在乡间之人，取鹿于野，包物以茅作为定情之物。⑥ 结合婚礼习俗分析解读之后，我们知道"其实此诗一点也不难懂，用不着左说右说，绕许多弯子的。《诗经》，前人不讲则已，一讲便糟，愈讲便愈糟；其故因诗人之心与迂儒之心相去较远耳。即以此诗而论，第一章明明说'吉士诱之'，则非正式缔姻可知。然而数千年来曾无痛快说一句话者，其故良可思"⑦。

俞平伯在批驳笺注者们曲解诗旨的同时，也发现见解弘通的笺注者姚际恒探寻到《野有死麇》被蒙在"及时婚姻"训教之后的真情真意：

此篇是山野之民相与及时为昏姻之诗。昏礼，贽用雁，不以死；皮、帛必以制。皮、帛，俪皮、束帛也。今死麇、死鹿乃其山中射猎所有，故曰"野有"，以当俪皮；"白茅"，洁白之物，以当束帛。

---

① （清）阮元校刻：《十三经注疏》，中华书局1980年影印本，上册，第962页下栏。
② 王巍：《诗经民俗文化阐释》，商务印书馆2004年版，第219页。
③ 秦永洲：《中国社会风俗史》，武汉大学出版社2015年版，第291页。
④ （宋）朱熹：《诗集传》，中华书局2011年点校本，第16页。
⑤ 陈子展：《诗经直解》（上），复旦大学出版社1983年版，第64页。
⑥ 王巍：《诗经民俗文化阐释》，商务印书馆2004年版，第219页。
⑦ 俞平伯：《俞平伯全集》（三），花山文艺出版社1997年版，第31页。

所谓"吉士"者，其"赳赳武夫"者流耶？"林有朴樕"，亦"中林"景象也。总而论之，女怀，士诱，言及时也；吉士，玉女，言相当也。定情之夕，女属其舒徐而无使帨感、犬吠，亦情欲之感所不讳也欤？①

作者发现虽然姚际恒也不能免俗地"引据《昏礼》，不敢说他们野合，而必说及时婚姻"②，但是姚氏却有足令前人咋舌的大胆之处，即通过利用民俗学材料来探寻《野有死麕》的真相。俞平伯在姚氏的研究成果上更进一步，抛弃迂儒的礼教观念，新解诗旨，还这首被腐儒痛恨的诗以本来的面目："定情之夕，女属其徐而无使帨感、犬吠，亦情欲之感所不讳也欤？"③

依我看，此诗并不难懂。当知诗人心中初无迂儒之礼教观念存在，故诱女之男未始不可称吉士，而怀春之女未始不可称如玉也。至于三章，全系赋体，亦无艰深晦滞之处。麕鹿、白茅，所以将恋爱之意，非必某以代皮，某以代帛。所谓吉士，或系武夫，或系猎者皆不可知。前两章写林中景象及士女之丰姿，三章则述为婚时女之密语，神情宛尔，绝妙好词。不知腐儒何恨于此诗，而必欲毁损之以为快耶？吾每读此等明白晓畅之好诗，其痛恨迂儒之心尤甚于读他诗。有意曲解，其蔽甚于不知妄说。④

俞平伯这种运用民俗学材料来新解诗旨的方法是与他的文学观念相一致的。他主张："要把诗的形貌还原，使接近民众的程度渐渐增加"；"好的文学的素质，大部分是平民的，所以和民众隔绝只因为有了贵族的形貌。若把形貌还原，这个问题差不多已解决了一半。"⑤ 同时，他认

① 俞平伯：《俞平伯全集》（三），花山文艺出版社1997年版，第31页。
② 俞平伯：《俞平伯全集》（三），花山文艺出版社1997年版，第31页。
③ 俞平伯：《俞平伯全集》（三），花山文艺出版社1997年版，第31页。
④ 俞平伯：《俞平伯全集》（三），花山文艺出版社1997年版，第31—32页。
⑤ 俞平伯：《俞平伯全集》（三），花山文艺出版社1997年版，第597页。

为诗人虽然是先驱者，但却不能脱离社会、脱离"民间"，"文学家——诗人自然在内——是先驱者，是指导社会的人，但他虽常在社会前头，却不是在社会外面。因为外社会去指导社会，仿佛引路的人抛弃游客们而独行其道，决是不可能的。在社会一方面看，诗人自然是民众底老师，但他自己却向民间找老师去！"① 正因如此，他才能抛弃迂儒旧说，认为《野有死麕》既非"恶无礼也"②，也非"言淫乱之非礼耳"③，甚至不是"山野之民相与及时为昏姻之诗"④，而是一首"能将春机发动之光景描出"⑤ 的"绝妙好词"⑥。得文学之本真，去经学之附会，既是五四时代追求民主、科学的时代氤氲所致，也是一大批如俞平伯、胡适等代表人物敢于破旧立新、一空依傍的勇闯新路、勇立新说的才情所成。

第二节　文学史教科书⑦与《诗经》民俗学阐释

教科书，俗称课本，有鲜明的时代印记。教科书具有在潜移默化间提高人们认识、塑造国民精神的重要作用。"近代历史重大的变革关头，全社会寄希望于教育，教育寄希望于全新的教科书，编写出版教科书成为当时表达危机思想的一个方式，教科书被赋予了救亡图存、复兴民族的刻不容缓的神圣伟大使命。"⑧ 在面对民族存亡与文化存亡的危机时刻，"中国近现代知识分子以深沉的历史感和高瞻远瞩的自觉意识，用激情与灵感及我们难以想象的热诚，将自己对历史、对世界、对人生的总体理解和把握熔铸在一本本小小的教科书，确立新的文化支点和标准"⑨。

---

① 俞平伯：《俞平伯全集》（三），花山文艺出版社 1997 年版，第 537 页。
② 向熹编：《诗经词典·〈毛诗序〉集录》，商务印书馆 2014 年版，第 855 页。
③ 杨合鸣：《诗经：汇校汇注汇评》，崇文书局 2016 年版，第 42 页。
④ （清）姚际恒：《诗经通论》，中华书局 1958 年版，第 45 页。
⑤ 俞平伯：《俞平伯全集》（三），花山文艺出版社 1997 年版，第 30 页。
⑥ 俞平伯：《俞平伯全集》（三），花山文艺出版社 1997 年版，第 31 页。
⑦ 以《民国丛书》中收录的各种"文学史"为主要研究对象。
⑧ 吴小鸥：《文化拯救：近现代名人与教科书》，商务印书馆 2015 年版，"自序"第 7 页。
⑨ 吴小鸥：《文化拯救：近现代名人与教科书》，商务印书馆 2015 年版，"自序"第 9 页。

在各种教科书中，与《诗经》研究密切相关的自然是文学史教科书。文学史教科书是作为晚清民国时期教育制度改革的副产品而产生的。在光绪三十二年时，王国维《奏定经学科大学、文学科大学章程书后》在讨论当时的教育问题时提出"分科大学章程中之最宜改善者经学、文学二科是已"①，认为：

> 可合经学科大学于文学科大学中，而定文学科大学之各科为五：一经学科，二理学科，三史学科，四国文学科，五外国文学科（此科可先置英、德、法三国，以后再及各国）。而定各科所当授之科目如左：
>
> 一、经学科科目。
>
> ……
>
> 四、中国文学科科目。一哲学概论，二中国哲学史，三西洋哲学史，四中国文学史，五西洋文学史，六心理学，七名学，八美学，九中国史，十教育学，十一外国文。②

王国维的主张体现了西方文化逐渐渗入中国传统文化体系，西方的学术分类被逐渐接受。到五四以后大学不再专设经学，儒家经典的内容被归并入哲学、历史学、文学、教育学等学科中。尽管在当时的传统研究中，还未能产生现代意义上的文学史，但教育层面的改革为文学史创作提供了空间。

中华民国成立后，为恢复教育秩序发布了"暂行办法"，随后又颁布了"学校令"和"学校规程"，以调整改造教育系统。1912 年 10 月24 日，颁布《教育部公布大学令》，对大学分科作了调整，将"大学分为文科、理科、法科、商科、医科、农科、工科"③ 七科。1913 年 1 月12 日，教育部公布《大学规程》，比之前的分科更细化具体，大学文科

---

① 舒新城主编：《近代中国教育史料》，中国人民大学出版社 2012 年版，第 205 页。
② 舒新城主编：《近代中国教育史料》，中国人民大学出版社 2012 年版，第 208 页。
③ 潘懋元、刘海峰编：《中国近代教育史资料汇编·高等教育》，上海教育出版社 1993 年版，第 367 页。

分为哲学、文学、历史学、地理学四门，文学门下又分为八类：国文学类、梵文学类、英文学类、法文学类、德文学类、俄文学类、意大利文学类、言语学类。"中文学科"当时被分为国文学类和言语学类两部分。《大学规程》规定，国文学类和言语学类所授课程如下：

国文学类：（1）文学研究法，（2）说文解字及音韵学，（3）尔雅学，（4）词章学，（5）中国文学史，（6）中国史，（7）希腊罗马文学史，（8）近世欧洲文学史，（9）言语学概论，（10）哲学概论，（11）美学概论，（12）论理学概论，（13）世界史。

言语学类：（1）国语学，（2）人类学，（3）音声学，（4）社会学原理，（5）史学概论，（6）文学概论，（7）哲学概论，（8）美学概论，（9）希腊语学，（10）拉丁语学，（11）西洋近世语概论，（12）东洋近世语概论。①

根据规定，国文学类课程13种，言语学类课程12种，文学类开设语言学类课程三种，言语学类又开设文学类课程三种，可见中文学科在雏形期即有文学与语言二分的苗头，而相互交叉的课程也为两类最终合流提供了基础。课程名称主要以"文学史""概论""原理""学"来命名，显示出学科教育知识化、理论化、科学化的发展趋势，中国文学史、言语学概论、美学概论、文学概论等课程逐步成为中文学科的主干课程，人类学、社会学课程的设置则体现出受西方文化的影响和研究视角的拓展。然而，在这两类课程中并没有《诗经》。事实上，《诗经》被划分在哲学门中。哲学门分为中国哲学类和西洋哲学两类。《诗经》在中国哲学类中：

中国哲学类：（1）中国哲学（《周易》、《毛诗》、《仪礼》、《礼记》、《春秋·公、谷传》、《论语》、《孟子》、《周秦诸子》、《宋理

---

① 璩鑫圭、唐良炎编：《中国近代教育史资料汇编·学制演变》，上海教育出版社1991年版，第698—699页。

学》），（2）中国哲学史，（3）宗教学，（4）心理学，（5）伦理学，
（6）论理学，（7）认识论，（8）社会学，（9）西洋哲学概论，
（10）印度哲学概论，（11）教育学，（12）美学及美术史，（13）生
物学，（14）人类及人种学，（15）精神病学，（16）言语学概论。①

从这种分类中，我们可以看出《诗经》并未被视作"文学"而是
"哲学"，这固然由于先秦时期文史哲不分，文化呈现出综合形态，但更
重要的是因为《诗经》沿袭千年的"圣经"身份。在中国哲学类中除了
传统的诸如《诗》《礼》《易》《春秋》的课程，还包括宗教学、心理
学、伦理学、社会学、人类及人种学、精神病学这些西化的课程，中西
文化的碰撞为《诗经》学研究转型奠定了基础。

1927 年颁布的《国民政府教育方针草案》中则着重提出了对民众化
教育的重视，提出"民众化的教育是民众所有的教育，而且是民众人人
皆能享受的教育"。同时，"教育要变成改革社会、建设社会的种种活
动，那就学校的设备课程活动都要变成社会化了"②。在教育改革的推进
下，文学史一科在中学、大学教育中被普遍引入，并形成了文学史教科
书编写的热潮。谢无量《中国大文学史》、郑振铎《插图本中国文学
史》、陆侃如和冯沅君《中国文学史简编》、钱基博《现代中国文学史》
等均是在此潮流中完成的。而在文学史的编写之中，《诗经》作为先秦
重要的经典文献，成为中国文学史家纷纷关注的重点。"民国时期的各
类文学史教科书毫无例外的把《诗经》放在了中国文学开端的地方。"③
在教育制度改革的影响和推动下，《诗经》被作为"白话文学""俗文
学""民间文学""平民文学"的代表为中国文学史家所关注和重视。除
上文提及文学史教科书外，在《民国丛书》中也不乏与《诗经》新诠释
相关的文学史著作，这里主要选取与《诗经》民俗学阐释关系较为密切
的作为论述重点，即以胡适《白话文学史》、郑振铎《中国俗文学史》、

---

① 璩鑫圭、唐良炎编：《中国近代教育史资料汇编·学制演变》，上海教育出版社 1991 年
版，第 698 页。

② 舒新城主编：《近代中国教育史料》，中国人民大学出版社 2012 年版，第 608 页。

③ 石强：《民国时期〈诗经〉文学阐释研究》，硕士学位论文，山东师范大学，2014 年。

刘大杰《中国文学发展史》为代表进行阐述。

一 "新文学"视野下的《诗经》民俗学阐释

胡适的这部《白话文学史》脱胎于其在国语讲习所教授"国语文学史"时的讲义："民国十年（1921），教育部办第三届国语讲习所，要我去讲国语文学史。我在八星期之内编了十五篇讲义，约有八万字，有石印的本子。"① 此后，作者又对这一初稿几经修改，于 1927 年交由新月书店出版。这部文学史教科书从初稿到出版间隔了六年，这期间国内国外都增添了不少文学史料，包括敦煌石室的唐五代写本的俗文学、胡适在巴黎伦敦收集的俗文学史料、日本发现的中国俗文学史料、国内学者们收集整理的歌谣等重要材料。胡适对这些新材料十分重视，"这些新材料大都是我六年前不知道。有了这些新史料作根据，我的文学史自然不能不彻底修改一遍了。新出的证据不但使我格外明白唐代及唐以后的文学变迁大势，并且逼我重新研究唐以前的文学逐渐演变的线索。六年前的许多假设，有些现在已得着新证据了，有些现在须大大地改动了"②。为了将这些新发现的俗文学史料增补进书中，作者"索性把我的原稿全部推翻了"③。这固然是由于作者治学严谨，更重要的是作者认为"一切新文学的来源都在民间"④，作者对于俗文学史料的重视，也是对于新文学的态度。

胡适的《白话文学史》是一部未按计划完成的著作，原计划写成上、中、下三卷，但实际上仅完成了上卷。尽管如此，这"半部著作也足以标示一种新的范例"⑤。《白话文学史》的框架内容和评判标准在当时都是标新立异的，作者不但在一些具体细节的分析上表现出敏锐的才思，而且对中国文学发展变化中的某些重要环节也提出了新的见解，如

---

① 胡适：《白话文学史》，上海古籍出版社 1999 年版，"自序"第 1 页。
② 胡适：《白话文学史》，上海古籍出版社 1999 年版，"自序"第 6 页。
③ 胡适：《白话文学史》，上海古籍出版社 1999 年版，"自序"第 6 页。
④ 胡适：《白话文学史》，上海古籍出版社 1999 年版，"自序"第 8 页。
⑤ 胡适：《关于胡适的〈白话文学史〉》，《白话文学史》，上海古籍出版社 1999 年版，第 2 页。

中国故事诗的兴起、佛经的翻译等都是文学史上不可忽视的大问题。"我们差不多可以说，《白话文学史》是第一部具有现代学术眼光的中国文学史专著"①，是一部与文学革命、新文化运动紧密相关的著作。

（一）文学革命影响下的新文学观念

作为文学史教科书诞生的《白话文学史》却并非单纯的教科书或学术研究著作，它的产生与新文化运动紧密相关，可以说是社会变革的产物。在新文化运动的影响下，社会对新文化、新思想的需求越来越强烈，而古老陈腐的文言却与其相冲突，成为传播新文化的阻力。面对这样的局面，胡适、陈独秀等有识之士适逢其时地纷纷倡导"文学革命"。胡适作为白话文运动的倡导者适应社会变革的要求，从文学革命的角度来提倡白话文，以此动摇文言在社会生活中的地位。从这个角度来说，《白话文学史》是一部倡导新文学观念的文学史教科书。

胡适早在 1916 年 10 月 1 日发表于《新青年》的《寄陈独秀》一文中就曾提出文学革命应从"八事"入手："年来思虑观察所得，以为今日欲言文学革命，须从八事入手。八事者何？一曰，不用典。二曰，不用陈套语。三曰，不讲对仗（文当废骈，诗当废律·）。四曰，不避俗字俗语（不嫌以白话作诗词）。五曰，须讲求文法之结构。此皆形式上之革命也。六曰，不作无病之呻吟。七曰，不摹仿古人，语语须有个我在。八曰，须言之有物。此皆精神上之革命也。"② 这里已明确提出"不避俗字俗语"的观点。在 1917 年 1 月 1 日发表于《新青年》的《文学改良刍议》文中再次提出文学改良的"八事"："吾以为今日而言文学改良，须从八事入手。八事者何？一曰，须言之有物。二曰，不摹仿古人。三曰，须讲求文法。四曰，不作无病之呻吟。五曰，务去烂调套语。六曰，不用典。七曰，不讲对仗。八曰，不避俗字俗语。"③ 此"八事"比之前"八事"略有变化，再一次提出"不避俗字俗语"的观点。

在 1917 年 5 月 1 日发表于《新青年》的《历史的文学观念论》一

---

① 胡适：《关于胡适的〈白话文学史〉》，《白话文学史》，上海古籍出版社 1999 年版，第 11 页。
② 胡适：《胡适文集 2》，北京大学出版社 1998 年版，第 4—5 页。
③ 胡适：《胡适文集 2》，北京大学出版社 1998 年版，第 6 页。

文中论及文学改良时说："居今日而言文学改良，当注重'历史的文学观念'。一言以蔽之，曰：一时代有一时代之文学。此时代与彼时代之间，虽皆有承前启后之关系，而决不容完全抄袭；其完全抄袭者，决不成为真文学。愚惟深信此理，故以为古人已造古人之文学，今人当造今人之文学。至于今日之文学与今后之文学究竟当为何物，则全系于吾辈之眼光识力与笔力，而非一二人所能逆料也。惟愚纵观古今文学变迁之趋势，以为白话之文学种子已伏于唐人之小诗短词。"① 在此不仅提出了"一时代有一时代之文学"的文学观念，还指出了白话文学不可抑制的勃勃生机，白话的力量不是来自下层社会，而恰恰是源自古文学、正统文学。这也是胡适倡导的白话文学与维新派人士倡导的白话文运动的不同之处。"大抵自'戊戌维新'以来，一般人士倡导白话文，主要着眼于普及教育、开发民智、推广'有用之学'，同时也触及了文言的某些根本弊病。但这种'白话文运动'未能取得显著的成效。这既是因为社会条件的不成熟，也是因为倡导者主要是从便于普及、便于使用的价值上看待白话文；反言之，这其实仍是承认了文言在'高雅'层次上的优势。"② 胡适却"不是把白话文视为便利'下愚'的工具，而是从'历史必然'、'世界通则'这两个基点来看它的价值；这种具有历史与理论深度的认识"③，一方面，"白话之文学种子已伏于唐人之小诗短词"，白话文学从古文学、正统文学中获得力量。在胡适眼中，经典的唐诗从不曾远离"白话"。他深信初唐是"一个白话诗的时期"④，而伟大的现实主义诗人杜甫晚年的一大成功是善于做"小诗"。"小诗"叙述的是"简单生活的一小片、一小段、一个小故事、一个小感想、或一个小印象"，用的是"最自由的绝句体，不拘平仄，多用白话"⑤。杜甫的"小诗"影响颇深，"到了宋朝，很有些第一流诗人仿作这种'小诗'，遂成中国诗

---

① 胡适：《胡适文集2》，北京大学出版社1998年版，第27页。

② 胡适：《关于胡适的〈白话文学史〉》，《白话文学史》，上海古籍出版社1999年版，第2—3页。

③ 胡适：《关于胡适的〈白话文学史〉》，《白话文学史》，上海古籍出版社1999年版，第4页。

④ 胡适：《白话文学史》，上海古籍出版社1999年版，第132页。

⑤ 胡适：《白话文学史》，上海古籍出版社1999年版，第208页。

的一种重要的风格"①。另一方面，"正统文学也往往是从草野田间爬上来的"②，正统文学之所以成为"正统"离不开白话文学的滋养。胡适在《中古文学概论序》中批评那些质疑白话文学的守旧者："这是因为他们囿于成见，不肯睁开眼睛去研究文学史的事实。他们若肯平心静气地研究二千多年的文学史，定可以知道文学史上尽多这样的先例；定可以知道他们所公认的正统文学也往往是从草野田间爬上来的。《三百篇》中的《国风》，《楚辞》中的《九歌》，自然是最明显的例。"③《国风》和《九歌》来自草野田间，却被视为经典和正统文学的源头。正统文学从一开始就离不开白话文学的滋养。胡适从文学革命的角度，指出"白话"的"有用"不止于开发民智、救亡图存、普及教育，还在于它有"文言"所没有的鲜活的生命力。胡适在证明白话文学并不劣于文言文学之后，又证明白话文学胜于文言文学，"一部中国文学史也就是一部活文学逐渐代替死文学的历史。我认为一种文学的活力如何，要看这一文学能否充分利用活的工具去代替已死或垂死的工具。当一个工具活力逐渐消失或逐渐僵化了，就要换一个工具了。在这种嬗递的过程之中去接受一个活的工具，这就叫'文学革命'"④。而"文学革命的目的是要用活的语言来创作新中国的新文学，——来创作活的文学，人的文学。新文学的创作有了一分的成功，即是文学革命有了一分的成功"⑤。《白话文学史》便是一部为文学革命所需而生的文学史教科书。

胡适自言："在1916年的春天，我对中国文学史已得到一个新认识和新观念——中国文学不是一个一成不变的东西；它是一连串地有着生气勃勃的变动。我把这些变动叫做'革命'。"⑥他指出："在中国文学史里面，便曾经有过好多次的'文学革命'。自《三百篇》而下，三千年来中国诗歌的流变之中，便有过一连串的革命。"⑦特别是"近五年的文

---

① 胡适：《白话文学史》，上海古籍出版社1999年版，第208页。
② 胡适：《胡适文集3》，北京大学出版社1998年版，第610页。
③ 胡适：《胡适文集3》，北京大学出版社1998年版，第610页。
④ 胡适：《胡适文集1》，北京大学出版社1998年版，第312页。
⑤ 胡适：《胡适文集1》，北京大学出版社1998年版，第106页。
⑥ 胡适：《胡适文集1》，北京大学出版社1998年版，第313页。
⑦ 胡适：《胡适文集1》，北京大学出版社1998年版，第312页。

学革命，……他们老老实实的宣告古文学是已死的文学，他们老老实实的宣言'死文字'不能产生'活文学'，他们老老实实的主张现在和将来的文学都非白话不可。这个有意的主张，便是文学革命的特点，便是五年来这个运动所以能成功的最大原因"①。"近五年"是指 1919—1923 年，这段时期内社会变革推动了新文学运动的发展，为白话文的广泛传播奠定了基础，胡适在《五十年来中国之文学》文中说：

> 民国八年的学生运动与新文学运动虽是两件事，但学生运动的影响能使白话的传播遍于全国，这是一大关系；况且"五四"运动以后，国内明白的人渐渐觉悟"思想革新"的重要，所以他们对于新潮流，或采取欢迎的态度，或采取研究的态度，或采取容忍的态度，渐渐的把从前那种仇视的态度减少了，文学革命的运动因此得自由发展，这也是一大关系。因此，民国八年以后，白话文的传播真有"一日千里"之势。②

《白话文学史》初稿成于 1921 年，几经修改完善后出版于 1927 年。其间，白话的广泛传播、文学革命运动的自由发展、新文学运动的影响，交融于倡导文学革命的新文化运动领袖胡适的笔端，无论是现实客观条件的影响，还是作者主观能动性的实践，《白话文学史》都势必呈现出新文学观念。概言之，《白话文学史》是一部深受文学革命影响的、倡导新文学观念的文学史教科书。

（二）《国风》是白话文学

胡适是"极力提倡白话文学"③的，在 1918 年发表于《新青年》的《建设的文学革命论》一文中直言不讳地说："简单说来，自从《三百篇》到于今，中国的文学凡是有一些价值有一些儿生命的，都是白话的，或是近于白话的。其余的都是没有生气的古董，都是博物院中的陈

---

① 胡适：《胡适文集 3》，北京大学出版社 1998 年版，第 202—203 页。
② 胡适：《胡适文集 3》，北京大学出版社 1998 年版，第 260 页。
③ 胡适：《胡适文集 2》，北京大学出版社 1998 年版，第 62 页。

列品！"① 他做《白话文学史》是"要大家都知道白话文学史就是中国文学史的中心部分。中国文学史若去掉了白话文学的进化史，就不成中国文学史了，只可叫做'古文传统史'罢了"②。他的"白话文学"概念是比较宽泛的："包括旧文学中那些明白清楚近于说话的作品"。所谓"白话"有三个意思："一是戏台上说白的'白'，就是说得出，听得懂的话；二是清白的'白'，就是不加粉饰的话；三是明白的'白'，就是明白晓畅的话。"③ 何谓文学？胡适也"曾用最浅近的话说明如下：'文学有三个要件：第一要明白清楚，第二要有力能动人，第三要美'"④。在"这样宽大的范围之下，还有不及格而被排斥的，那真是僵死的文学了"⑤。依据这样的标准，《诗经》自然属于白话文学。然而，《白话文学史》一书的第一编是"唐以前"，而不是《三百篇》。难道《诗经》在胡适眼中不是白话文学吗？当然不是。胡适在《自序》中还特别作出了解释："我很抱歉，此书不曾从《三百篇》做起。这是因为我去年从外国回来，手头没有书籍，不敢做这一段很难做的研究。但我希望将来能补作一篇古代文学史，即作为这书的'前编'。"⑥ 从这段致歉文字中可以看出胡适对未能从《诗经》开始做《白话文学史》之事是深以为憾的，为了能更为完整地体现出自己对于白话文学史的观点，他还拟定出《国语文学史》的新大纲：

一、引论

二、二千五百年前的白话文学——《国风》

三、《春秋》战国时代的文学是白话的吗

四、汉魏六朝的民间文学

（1）古文学的死期

---

① 胡适：《胡适文集2》，北京大学出版社1998年版，第46页。
② 胡适：《白话文学史》，上海古籍出版社1999年版，第2页。
③ 胡适：《白话文学史》，上海古籍出版社1999年版，"自序"第7页。
④ 胡适：《胡适文集2》，北京大学出版社1998年版，第149页。
⑤ 胡适：《白话文学史》，上海古籍出版社1999年版，"自序"第7—8页。
⑥ 胡适：《白话文学史》，上海古籍出版社1999年版，"自序"第8页。

（2）汉代的民间文学

（3）三国六朝的平民文学

五、唐代文学的白话化

（1）初唐到盛唐

（2）中唐的诗

（3）中唐的古文和白话散文

（4）晚唐的诗与白话散文

（5）晚唐五代的词

六、两宋的白话文学

（1）宋初的文学略论

（2）北宋诗

（3）南宋的白话诗

（4）北宋的白话词

（5）南宋的白话词

（6）白话语录

（7）白话小说

七、金元的白话文学

（1）总论

（2）曲一　小令

（3）曲二　弦索套数

（4）曲三　戏剧

（5）小说

八、明代的白话文学

（1）文学的复古

（2）白话小说的成人时期

九、清代的白话文学

（1）古文学的末路

（2）小说上　清室盛时

（3）小说下　清室末年

十、国语文学的运动①

在这个新计划里，"二千五百年前的白话文学"《国风》被置于开篇，意即《诗经》是白话文学的源头。虽然这个修改计划后来并未付诸实践，但这个计划代表了胡适"当时对于白话文学史的见解。其中最重要的一点自然是加上汉以前的一段，从《国风》说起"②。

《白话文学史》虽始自汉朝，"不过《诗经》到了汉朝已成了古文学了，故我们只好把他撇开。俗语说的好：'一部廿四史，从何处说起！'我们不能不有一个起点，而汉朝恰当古文学的死耗初次发觉的时期，恰好做我们的起点"；"古文在汉武帝时已死了，所以我们记载白话文学的历史也就可以从这个时代讲起"③。作者说古文在汉武帝"那个时候已成了一种死文字了"，而且"汉武帝到现在，足足的二千年，古体文的势力也就保存了足足的二千年。元朝把科举停了近八十年，白话的文学就蓬蓬勃勃的兴起来了；科举回来了，古文的势力也回来了"④。意即在汉武帝时古文死了，此后被死了的古文（科举）统治的时期，白话文学就无法蓬勃发展。也就是说，在汉武帝之前，古代的文学是有生气的、活的文学，即"其实古代的文学如《诗经》里的许多民歌也都是当时的白话文学"⑤。

这样来看，无论是作者在拟定的《国语文学史》新大纲中的直接言明"二千五百年前的白话文学——《国风》"，还是以"古文学的死耗初次发觉的"汉朝为《白话文学史》开端的迂回暗示，我们都可以领会到作者对《诗经·国风》的定位，即《诗经·国风》是白话文学。

（三）《国风》来自民间

胡适重视来自民间的俗文学材料，他几次修改完善《白话文学史》也是为了把新的俗文学材料增补进书中。当他发现这些新材料时，既欣

---

① 胡适：《白话文学史》，上海古籍出版社1999年版，"自序"第2—3页。
② 胡适：《白话文学史》，上海古籍出版社1999年版，"自序"第3页。
③ 胡适：《白话文学史》，上海古籍出版社1999年版，第11页。
④ 胡适：《白话文学史》，上海古籍出版社1999年版，第8页。
⑤ 胡适：《白话文学史》，上海古籍出版社1999年版，第11页。

喜又遗憾："近年来，国内颇有人搜集各地的歌谣，在报纸上发表的已很不少了。可惜至今还没有人用文学的眼光来选择一番，使那些真有文学意味的'风诗'特别显出来，供大家的赏玩，供诗人的吟咏取材。"①第一，歌谣搜集整理颇有成绩，值得欣喜；第二，没有人以文学的眼光发现"风诗"的意味，引以为憾；第三，具有文学意味的风诗不是案头经典，它可以供人赏玩，恰因它是来自民间"各地的歌谣"。在胡适的新文学观念中，风诗是文学，它来自民间。新搜集的歌谣、风诗是文学，那千年前的《诗经》呢？胡适在《白话文学史》中声称："中国三千年的文学史上，那一样新文学不是从民间来的？"②如同他认定《国风》是"二千五百年前的白话文学"一般，胡适同样认定"《国风》来自民间"③。

　　胡适新文学观念的一个重要观点是："一切新文学的来源都在民间。民间的小儿女，村夫民妇，痴男怨女，歌童舞妓，弹唱的，说书的，都是文学上的新形式与新风格的创造者。这是文学史的通例，古今中外都逃不出这条通例。"④创造新文学的人不是王公大臣、饱学之士，而是来自民间的普通民众。因为创造者来自民间，所以"新文学的语言是白话的，新文学的文体是自由的，是不拘格律的"⑤。《诗经》在语言和文体上呈现出的特点，都显示出它来自民间。第一，《国风》是白话文学，《诗经》特别是《国风》的语言是比较通俗的，"《国风》多里巷猥辞，《楚辞》盛用土语方物"⑥，正是由于"《国风》来自民间，《楚辞》里的《九歌》来自民间"⑦。第二，《诗经》的文体是比较简单的"风谣体"。胡适曾在《谈新诗》文中论及诗体解放时说道："我们若用历史进化的眼光来看中国诗的变迁，方可看出自《三百篇》到现在，诗的进化没有一回不是跟着诗体的进化来的。《三百篇》中虽然也有几篇组织很好的

---

① 胡适：《胡适文集 3》，北京大学出版社 1998 年版，第 637 页。
② 胡适：《白话文学史》，上海古籍出版社 1999 年版，第 15 页。
③ 胡适：《白话文学史》，上海古籍出版社 1999 年版，第 15 页。
④ 胡适：《白话文学史》，上海古籍出版社 1999 年版，第 15 页。
⑤ 胡适：《胡适文集 2》，北京大学出版社 1998 年版，第 134 页。
⑥ 胡适：《胡适文集 2》，北京大学出版社 1998 年版，第 16 页。
⑦ 胡适：《白话文学史》，上海古籍出版社 1999 年版，第 15 页。

诗如'氓之蚩蚩'、'七月流火'之类；又有几篇很好的长短句，如'坎坎伐檀兮'、'园有桃'之类；但是《三百篇》究竟还不曾完全脱去'风谣体'（Ballad）的简单组织。"① 可知，《诗经》的诗体属于较为简单的风谣体。另外，胡适在讨论中国古代民族的故事诗时说："《三百篇》中如《大雅》之《生民》，如《商颂》之《玄鸟》，都是很可以作故事诗的题目，然而终于没有故事诗出来。可见古代的中国民族是一种朴实而不富于想象力的民族。他们生在温带与寒带之间，天然的供给远没有南方民族的丰厚，他们须要时时对天然奋斗，不能像热带民族那样懒洋洋地睡在棕榈树下白日见鬼，白昼做梦。所以《三百篇》里竟没有神话的遗迹。所有的一点点神话如《生民》《玄鸟》的'感生'故事，其中的人物不过是祖宗与上帝而已。（《商颂》作于周时，《玄鸟》的神话似是受了姜嫄故事的影响以后仿作的。）所以我们很可以说中国古代民族没有故事诗，仅有简单的祀神歌与风谣而已。"② 这里，再次提及《诗经》中没有故事诗，仅有简单的祀神歌与风谣而已。可见，《国风》在语言和诗体上呈现出的特点都显示出它来自民间。《国风》是来自民间的风诗。

《白话文学史》对《诗经》的阐释主要是侧重它来自民间、使用白话和风谣体方面。白话是具有民间口语特色的语言，风谣体具有歌谣的性质。"'歌''谣'分称，最早见于《诗经·园有桃》：'心之忧矣，我歌且谣。'歌因配乐和受曲调制约，一般节奏比较徐缓。谣不配乐，没有曲调，取吟诵方式，章句格式比较自由，节奏一般比较紧促。'歌'与'谣'，也常统称之为'歌谣'。'民间歌谣'常简称为民歌。篇幅短，抒情性强，为其主要特征。"③ 民间歌谣属于民俗学中民间口头文学中的一类，即"韵文的民间诗歌（抒情的和叙事的长诗、各种歌谣）、谚语、谜语"④。民间口头文学一直是民俗学研究的对象。民间口头文学一直密切地联系着各种民俗事象，并渗透到各种民俗活动当中，成为民

---

① 胡适：《胡适文集2》，北京大学出版社1998年版，第137页。
② 胡适：《白话文学史》，上海古籍出版社1999年版，第47页。
③ 钟敬文：《民俗学概论》，上海文艺出版社1998年版，第273页。
④ 钟敬文：《民俗学概论》，上海文艺出版社1998年版，第241页。

俗文化的载体，因而它成为民俗学不可缺少的重要组成部分。《白话文学史》倡导"一切新文学的来源都在民间"①的新文学观念，自然尤为关注《诗经》的民间口头文学特点。这也与胡适的文学理论观念相一致，他认为研究民歌的学者应该读些民俗学的著作，还推荐了西方民俗学的相关著作："研究民歌者当兼读关于民俗学的书，可得不少的暗示。如下列各书皆有用：Westermarck：Development of Moral Ideas and Practice. Hobhouse：Morals in Evolution."②研究《诗经》的文法、题旨也"必须多研究民俗学，社会学，文学，史学"③。总体来说，《白话文学史》中的《诗经》民俗学阐释，一方面源于《诗经》自身具有民间口头文学的特点，另一方面也与胡适关注民俗学的研究理念有关。

二　"俗文学"视野下的《诗经》民俗学阐释

郑振铎是中国俗文学、民间文学研究的大家，他的学术范围宽广包括文学、史学和考古学，最突出的学术成就则主要体现在中国文学史研究上，先后出版多部文学史著作《文学史略》（1924）、《文学大纲》（1927）、《插图本中国文学史》（1932）、《中国俗文学史》（1938）等，这其中学术质量较高、影响深远的是《插图本中国文学史》与《中国俗文学史》。在《插图本中国文学史》中，郑振铎不仅从"文学发展的民间视角上，将'《诗经》与《楚辞》'作为一章，放置在中国文学最早的源头上"④，还在异于传统的篇章分类方式中体现出鲜明的民俗倾向。《中国俗文学史》一书不仅被视为俗文学创学科的开山之作，还奠定了民间文学研究中的"俗文学派"。郑振铎在此书中以俗文学的研究视角，分析探讨了《诗经》的性质与本相。

（一）西方学术影响下的俗文学观念

郑振铎"在倡导新文学观的过程中，以外国文学为镜而发现了俗文学的价值。他较为系统地向国人译介了许多西方的民间文学、民俗学、

① 胡适：《白话文学史》，上海古籍出版社1999年版，"自序"第8页。
② 胡适：《胡适古典文学研究论集》，上海古籍出版社2013年版，第257页。
③ 胡适：《谈谈〈诗经〉》，《胡适文集5》，北京大学出版社1998年版，第477页。
④ 石强：《民国时期〈诗经〉文学阐释研究》，硕士学位论文，山东师范大学，2014年。

人类学等方面的学术成果，这使得其俗文学研究拥有了深厚的理论素养，其研究方法也表现出较为明显的西方色彩"①。有研究者认为他的俗文学观念承袭于胡适，从学术传统的延续上来说固然如是，但从学术观念形成的原因上看，与其说两人之间是研究理念传承的关系，不如说是两人有相似的学术经历而形成了相近的研究理念。

胡适以白话文学研究开一代风气，所取得的研究成果和在方法论方面的开拓，都深刻地影响了当时及以后的学人。在俗文学研究领域，胡适的白话文学观对郑振铎俗文学观念的影响颇为显著，"这不仅仅体现在《中国俗文学史》中大量地引用了《白话文学史》的论证材料，而且很多观念性的理论主张皆来源于此"②。郑振铎最看重的文学形态是从民间文学向雅文学过渡的文学样式，这与胡适在《白话文学史》中提出的"俗文学"概念十分相近。如胡适在《白话文学史》中提出："白话文学史就是中国文学史的中心部分，中国文学史若去掉了白话文学的进化史，就不成中国文学史了，只可叫做'古文传统史'罢了。"③ 而在郑振铎《中国俗文学史》中则有"'俗文学'不仅成了中国文学史主要的成分，且也成了中国文学史的中心"④ 的说法。郑振铎之所以深受胡适的影响，是因为"他与胡适在研究理念上实在是有着惊人的相似之处"⑤。

这相似之处是由于两人的文学研究都受到了西方学术的影响。其一，两人都有在国外学习的经历。胡适曾留学美国，郑振铎也曾游学欧洲。郑振铎在《欧行日记》中记述了自己的"学习计划"："这次欧行，颇有一点小希望。（一）希望把自己所要研究的文学，作一种专心的正则的研究。（二）希望能在国外清静的环境里做几部久欲动手写而迄因上海环境的纷扰而未写的小说。（三）希望能走遍各国大图书馆，遍阅其中之奇书及中国所罕见的书籍，如小说，戏曲之类。……以上的几种希望，

---

① 申利锋：《西方学术对郑振铎俗文学研究的影响》，《河南师范大学学报》（哲学社会科学版）2013 年第 2 期。

② 赵勇：《郑振铎与中国俗文学理论体系的创建》，《山东社会科学》2012 年第 8 期。

③ 胡适：《白话文学史》，上海古籍出版社 1999 年版，"自序"第 7 页。

④ 郑振铎：《中国俗文学史》，中国社会科学出版社 2009 年版，第 1 页。

⑤ 李俊：《郑振铎与胡适：被掩盖的学术传承》，《天中学刊》2014 年第 2 期。

也许是太奢了。至少：（一）多读些英国名著，（二）因了各处图书馆的搜索阅读中国书，可以在中国文学的研究上有些发见。"① 郑振铎实现了他的"学习计划"，在欧洲避难和游学期间，他伏案于英法两国的国家图书馆里，遍读有关中国古典小说、中国古代戏曲和变文方面的书籍，并研究了希腊、罗马文学和神话，阅读和搜集了不少西方人类学和民俗学的著作，翻译了外国民俗学理论专著《民俗学概论》《民俗学浅说》等。郑振铎对人类学派民俗学、神话学的观点颇为贯通，并怀着急迫的心情率先将英国的民俗学著作介绍到国内。他在《民俗学浅说》的《译序》中说："近来的许多中国民俗学家们，每多从事于搜辑与比较专门的研究，对于最浅近的民俗学基本常识的介绍，反而不去注意到。难道以其太浅近了，故不屑一顾么？我等得很久，这一类浅近还不曾有得出现过。于是，我也只好不敢再藏拙了。"②

其二，两人的学术研究都受到西方民俗学的影响。上文已述胡适建议研究民歌的学者应该读些民俗学的著作，还推荐了西方民俗学的相关著作。郑振铎的俗文学研究同样深受西方学术的影响。周予同在为郑振铎《汤祷篇》作的序中说："什么时候，他读到佛累才（J. G. Frazer）的《金枝》（The Golden Bough），我不清楚，但他被这部书迷住了！他藏有原著本，又有节本。他曾经有这样的计划，为了扩大中国学术的部门，想着手翻译这部民俗学大著，设法接洽承印的书店；后来因为时间不够，书店也不易接受，又想改译节本，但都没有实现。那时候，中国的新史学界，疑古、考古、释古三派鼎足而立。考古派受发现的史料所局限，释古派受反动的统治所压制，都未能开展；只有疑古派，以怀疑求真相号召，在高等学校讲坛上和出版企业中都非常流行。但他觉得疑古派继承崔述、康有为的学统，只是中国式的旧的为学方法的总结，而不是新的学派的开创。'如果从今以后，要想走上另一条更近真理的路，那只有别去开辟门户。'……他抱有这样的真诚，他具有这样的气魄，他拟

---

① 卢今、李华龙编：《郑振铎日记》，山西教育出版社1998年版，第3—4页。

② 郑振铎：《民俗学浅说》，《郑振铎全集》第二十卷，花山文艺出版社1998年版，第285—286页。

有这样的企图；他想凭借他的希腊神话学的修养，应用民俗学、人类学的方法，为中国古史学另辟一门户，使中国古史学更接近于真理的路！"① 从这段话中我们可以知道郑振铎不仅对西方民俗学非常感兴趣，而且希望将它应用到中国古史研究当中。后来，他自己在回顾自己的学术思想时，也坦陈他的学术研究受到西方学者的影响，尤其是民俗学研究曾受到了安德路·莱恩（Andrew Lang）和弗来赛（Frozer）的影响："还受安德路·莱恩（Andrew Lang）的民俗学的影响，认为许多故事是在各国共同的基础上产生的。（资产阶级民俗学者分为两派，一派是德国人麦克斯·皮尔（Max Beer），主张各种民间故事都是一个发源地传出来的。一派是英国人安德路·莱恩，主张人类都有共同的环境，因此会产生同类型的故事）还有弗来赛（Frozer）'金枝'（The Golden Boagh）也影响我。"② 胡适和郑振铎的《诗经》研究都受到了西方民俗学的影响，两人都以民俗学方法对《诗经》篇章进行解析。如胡适对《野有死麕》篇题旨的分析中，采用比较的方法，通过对中西婚俗的比较来探讨诗旨。郑振铎运用人类学和民俗学方法解析中国的古代传说的尝试是从《汤祷篇》开始的。在这篇文章中，郑振铎"综合运用西方新的社会科学和研究方法（如人类学、民俗学、神话学等等以至唯物史观）"③，对中国古代有关"汤祷于桑林"传说的文献进行分析，认为古代帝王的祈雨活动，其原始的动因是帝王肩负着巫术的或曰宗教性的责任，这其实是一种"蛮性的遗留"④ 的信仰习俗。后来又作《玄鸟篇》《黄鸟篇》《伐檀篇》，这几篇为《诗经》中的篇目，郑振铎运用民俗学方法解读了诗篇中包含的民俗文化意象，重新阐释了各篇诗旨。如《黄鸟篇》从《黄鸟》一诗入手，运用民俗学方法论述了中国古代的赘婿风俗。

（二）用"俗文学"还原《诗经》真相

何谓"俗文学"？"俗文学"就是通俗的文学，就是民间的文学，也

---

① 郑振铎：《汤祷篇》，《郑振铎全集》第三卷，花山文艺出版社 1998 年版，第 574—575 页。

② 郑振铎：《最后一次讲话》，《郑振铎全集》第三卷，花山文艺出版社 1998 年版，第 379 页。

③ 陈福康：《郑振铎传》，北京十月文艺出版社 1994 年版，第 277 页。

④ 陈福康：《郑振铎传》，北京十月文艺出版社 1994 年版，第 278 页。

就是大众的文学。换一句话，所谓俗文学就是不登大雅之堂，不为学士大夫所重视，而流行于民间，成为大众所嗜好、所喜悦的东西。① 在郑振铎为"俗文学"下的定义里，中国的"俗文学"范围很广，"凡不登大雅之堂，凡为学士大夫所鄙夷、所不屑注意的文体，都是'俗文学'"②。更为重要的是"俗文学"不仅是中国文学史的主要成分，而且是"中国文学史的中心"③。原因有二：第一，正统文学范围狭小，只限于诗和散文。第二，正统文学的发展和"俗文学"的发展密切相关。正统文学往往是由"俗文学"升格而来的。"在许多今日被目为正统文学的作品或文体里，其初有许多原是民间的东西，被升格了的"，"像《诗经》，其中的大部分原来就是民歌"④。

郑振铎认为在《诗经》未成为经典之时，它是民间的、活泼泼的东西，具有"俗文学"的若干特质：其一，大众的。"她是出生于民间，为民众所写作，且为民众而生存的。她是民众所嗜好、所喜悦的；她是投合了最大多数的民众之口味的。故亦谓之平民文学。……她所讲的是民间的英雄，是民间少男少女的恋情，是民众所喜听的故事，是民间的大多数人的心情所寄托的。"⑤《诗经》里，特别是《国风》中有许多描写农民生活的歌谣，如"《七月》这一篇诗写农人们的辛勤的生活是如何的详尽而逼真……却也处处流露出不平之鸣"⑥。又如"在《周南》、《召南》里，有几篇民间的结婚乐曲，和后代的'撒账词'等有些相同。《关雎》里有'琴瑟友之'、'钟鼓乐之'，明是结婚时的歌曲"⑦。其二，《诗经》是无名的集体的创作。郑振铎认为《诗经》中有民间歌谣，也有诗人的创作。但诗人创作中"《诗序》所说的三十几篇有作家主名的诗篇，大多数是靠不住的"⑧。大多数是我们"不能知道他们的确切的时

---

① 郑振铎：《中国俗文学史》，中国社会科学出版社 2009 年版，第 1 页。
② 郑振铎：《中国俗文学史》，中国社会科学出版社 2009 年版，第 1 页。
③ 郑振铎：《中国俗文学史》，中国社会科学出版社 2009 年版，第 1 页。
④ 郑振铎：《中国俗文学史》，中国社会科学出版社 2009 年版，第 2 页。
⑤ 郑振铎：《中国俗文学史》，中国社会科学出版社 2009 年版，第 2—3 页。
⑥ 郑振铎：《中国俗文学史》，中国社会科学出版社 2009 年版，第 23 页。
⑦ 郑振铎：《中国俗文学史》，中国社会科学出版社 2009 年版，第 21 页。
⑧ 郑振铎：《插图本中国文学史》，中华书局 2016 年版，第 40 页。

代"的"许多无名诗人"①。其三，口传的。"她是流动性的；随时可以被修正，被改样。到了她被写下来的时候，她便成为有定形的了，便可成为被拟仿的东西了。"②《诗经》与民歌有密切的联系，其中有一部分作品就是民歌。《诗经》的产生、结集和流传，就是由口头文学向正统文学转化的产物。郑振铎认为在中国古代文学中主要包括了诗歌和散文两种文体。在散文方面，基本是庙堂文学，民间的作品全没有流传下来。"但在诗歌方面，民间的作品却被《诗经》保存了不少。在《楚辞》里也保存了一小部分。《诗经》里的民歌，其范围是很广的。除少年男女的恋歌之外，还有牧歌、祭祀歌之类的东西。"③

尽管《诗经》有着明显的"俗文学"特质，但事实上在两千多年的《诗经》研究中，它的真实性质一直被"经"的庄严宝相所遮蔽。战国末期《诗》被定为"经"，汉初《诗经》成为"圣经"和国定教科书。随着《诗经》身份的"高贵"，它的文学性质被掩盖了。郑振铎也认为随着经学在汉代成为仕进之途，"博士相传，惟以训诂章句为业；对于《诗经》更是茫然的不知其真相的为何"④。但他对于《诗经》真相的被蒙蔽，作了更进一步的追根溯源：

> 古代的歌谣，最重要的一个总集，自然是《诗经》。《诗经》在很早的时候，便被升格而当做"应用"的格言集或外交辞令的。孔子，相传的一位《诗经》的编订者，便很看重"诗"的应用的价值。
>
> 诗可以兴，可以观，可以群，可以怨；迩之事父，远之事君，多识于鸟、兽、草、木之名。
>
> 这是孔子的话。他又道：
>
> 不学诗，无以言。
>
> 这可以算是最彻底的"诗"的应用观了。在实际上，当孔子那

① 郑振铎：《插图本中国文学史》，中华书局 2016 年版，第 40 页。
② 郑振铎：《中国俗文学史》，中国社会科学出版社 2009 年版，第 3 页。
③ 郑振铎：《中国俗文学史》，中国社会科学出版社 2009 年版，第 8 页。
④ 郑振铎：《中国俗文学史》，中国社会科学出版社 2009 年版，第 15 页。

时候，"诗"恐怕也确是有实用的东西。我们知道在《春秋》的时候，诸侯们、大臣们，乃至史家们，每每的引诗以明志，称诗以断事，或引诗以臧否人物。①

郑振铎认为"《诗经》在这时候似乎已被蒙上了一层迷障。她的真实的性质已很难得为人所看得明白"②。在春秋时代，"诗"就已广泛应用于列国间的政治交际活动中，"诗"与当时的礼乐文化密切相关。孔子看重"诗"的应用价值，正是因为他认为要实现"礼治"必须靠诗、礼、乐三者来达成。孔子提出"兴于诗，立于礼，成于乐"③的主张，《论语》记载孔子及其弟子论诗，常与礼并提。诗与礼是相辅相成的关系，诗是礼的载体，是西周以来礼乐文化的典型样式。这也为"诗"的经典化奠定了基础。"《诗经》在秦汉以后，因其地位的抬高，反而失了她的原来的巨大威权"④，"遇到了不可避免的厄运：一方面她的地位被抬高了，一方面她的真价与真相却为汉儒的曲解胡说所蒙蔽了。这正如绝妙的《苏罗门歌》一样，她因为不幸而被抬举为《圣经》，而她的真价与真相，便不为人所知者好几千年！"⑤此后的漫长岁月中，宋代朱熹等人虽以直觉说"诗"打破了迷古的训诂重障，但还不敢完全冲破古代旧解的牢笼。明代有文人搜集民歌、拟作民歌，如冯梦龙一人便辑十卷《山歌》，一些经学著作也明显地带上了文学评品的色彩，如姚舜牧《诗经疑问》。清代是一个反动的时代。古典文学发达，俗文学被重重地压迫着，清代"《诗经》的研究虽以经学研究为主流，但随着前代以文学说《诗》的日趋发展与兴盛，《诗》作为经和文学作品的双重身份得到了认可"⑥。五四运动以来，搜辑各地民歌及其他俗文学之风大盛。《诗经》研究者不再仰视它，而是将"《诗经》和《乐府诗集》、《花间集》、

① 郑振铎：《中国俗文学史》，中国社会科学出版社 2009 年版，第 14 页。
② 郑振铎：《中国俗文学史》，中国社会科学出版社 2009 年版，第 15 页。
③ 杨伯峻：《论语译注》，中华书局 1980 年版，第 81 页。
④ 郑振铎：《插图本中国文学史》，中华书局 2016 年版，第 30 页。
⑤ 郑振铎：《插图本中国文学史》，中华书局 2016 年版，第 31 页。
⑥ 何海燕：《清代〈诗经〉学研究》，人民出版社 2011 年版，第 199 页。

《太平乐府》、《阳春白雪》一类的书等类齐观"，即将《诗经》视为"俗文学"，发现"《诗经》的内容并没有什么奥妙，并没有什么神秘"。"在《诗经》里，在那三百篇里，性质是极为复杂的；自庙堂之作以至里巷小民之歌，无所不有。而里巷之作，所占的成分尤多。"① 《诗经》里的"里巷之歌"包括"'桑间濮上'的恋歌"，"这一部分的民间恋歌"是"最晶莹的珠玉"，还包括"民间的一些农歌，一些社饮、祷神、收获的歌。古代的整个农业社会的生活状态在那里都活泼泼的被表现出来"。② 这些所占成分尤多的民间恋歌和民间农歌属于中国俗文学内容中的第一类"诗歌"，"这一类包括民歌、民谣、初期的词曲等等"③。郑振铎认为："从《诗经》中的一部分民歌直到清代的《粤风》、《粤讴》、《白雪遗音》等等。都可以算是这一类里的东西。"④

郑振铎以"俗文学"的视角去看待这部古老的"圣经"，发掘了它所具有大众的、口传的、无名作者创作的"俗文学"特质，指出《诗经》中包括大量的来自民间的"里巷之歌"，认为《诗经》是由"俗文学"升格而成的正统文学，它的真相是"古代的歌谣，最重要的一个总集"⑤，即"《诗经》是最早的一部诗歌总集"⑥。

（三）篇章分类方式中的民俗倾向

郑振铎的《诗经》研究，非常注重《诗经》的"俗文学"特质。他从俗文学视角出发，抛弃了《诗序》旧解，从《诗经》文本中发掘诗篇的题旨。在这一过程中，郑振铎提出传统的分类方法掩盖了《诗经》的真实性质和本相，他在《插图本中国文学史》中直言不讳地说："《诗经》中所最引人迷误的是风、雅、颂的三个大分别。"⑦ 他认为"当初的分别风、雅、颂三大部的原意，已不为后人所知；而今本的《诗经》的次列又为后人所窜改，更不能与原来之意旨相契合。盖以今本的《诗

---

① 郑振铎：《中国俗文学史》，中国社会科学出版社 2009 年版，第 15 页。
② 郑振铎：《中国俗文学史》，中国社会科学出版社 2009 年版，第 16 页。
③ 郑振铎：《中国俗文学史》，中国社会科学出版社 2009 年版，第 4 页。
④ 郑振铎：《中国俗文学史》，中国社会科学出版社 2009 年版，第 4 页。
⑤ 郑振铎：《中国俗文学史》，中国社会科学出版社 2009 年版，第 14 页。
⑥ 郑振铎：《插图本中国文学史》，中华书局 2016 年版，第 29 页。
⑦ 郑振铎：《插图本中国文学史》，中华书局 2016 年版，第 31 页。

经》而论，则风、雅、颂三者之分，任用如何的巧说，皆不能将其抵牾不合之处弥缝起来。"① 要探求《诗经》的真相就要打破风、雅、颂的分类，抛弃旧说，专注于《诗经》文本本身去探寻真实的性质：

> 我们似不必拘泥于已窜乱了的次第而勉强去加以解释，附会，甚至误解。《诗经》的内容是十分复杂的；风、雅、颂之分，是决不能包括其全体的；何况这些分别又是充满了矛盾呢？我们且放开了旧说，而在现存的三百零五篇古诗的自身，找出他们的真实的性质与本相来！②

传统的风、雅、颂的三分法"引人迷误"，郑振铎提出以现代的分类方法取而代之。郑振铎将《诗经》的内容分为诗人的创作、民间歌谣、贵族乐歌三类。这种分类方式中显示出鲜明的民俗倾向。其一，为"诗人的创作"③。这部分包括了《诗序》中"有主名"的创作和许多无名诗人的创作两种。郑振铎认为《诗序》记载"有主名"创作多为误说，可确信的作家寥寥无几。许多无名诗人的创作虽不能知道他们的确切的年代，但从中可以看出两种情调：歌颂赞美的和感伤、愤懑、迫急的。这些无名诗人的作品，遣词用语，更为奔放自由，更具艺术价值。特别是后者，"在《诗经》之中，这些乱世的悲歌，与民间清莹如珠玉的恋歌，乃是最好的最动人的双璧"④。

其二，为"民间歌谣"⑤。这部分诗歌多采自民间，作者无从可考。又可分为恋歌，如《静女》《将仲子》；结婚歌，如《关雎》《桃夭》；悼歌及颂贺歌，如《螽斯》《蓼莪》；农歌，如《七月》《甫田》等。第一，恋歌。郑振铎认为"《诗经》中的民间歌谣，以恋歌为最多"⑥。恋

---

① 郑振铎：《插图本中国文学史》，中华书局 2016 年版，第 32 页。
② 郑振铎：《插图本中国文学史》，中华书局 2016 年版，第 33 页。
③ 郑振铎：《插图本中国文学史》，中华书局 2016 年版，第 33 页。
④ 郑振铎：《插图本中国文学史》，中华书局 2016 年版，第 42 页。
⑤ 郑振铎：《插图本中国文学史》，中华书局 2016 年版，第 33 页。
⑥ 郑振铎：《插图本中国文学史》，中华书局 2016 年版，第 42 页。

歌，也是《诗经》中最美的、最真的。"在全部《诗经》中，恋歌可说是最晶莹的圆珠圭璧；假定有人将这些恋歌从《诗经》中删去了，——像一部分宋儒、清儒之所主张者——则《诗经》究竟还成否一部最动人的古代诗歌选集，却是一个问题了。"① 旧儒主张删去的恋歌正是《诗经》中的最动人、最具俗文学色彩的部分，"他们乃是民间小儿女的'行歌互答'，他们乃是人间的青春期的结晶物。虽然注释家常常夺去了他们的地位，无端给他们以重厚的面幕，而他们的绝世容光却终究非面幕所能遮掩得住的"②。《诗经》中的恋歌以十五《国风》中最多，这些深挚恳切的恋歌"将本地的风光，本地的人物，衬托出种种的可入画的美妙画幅来"③。这些恋歌因地域的不同而呈现不同情致：

> 《郑风》里的情歌，都写得很倩巧，很婉秀，别饶一种媚态，一种美趣。《东门之墠》一诗的"其室则迩，其人甚远"，"岂不尔思，子不我即"，与《青青子衿》一诗的"纵我不往，子宁不嗣音"，"一日不见，如三月兮"，写少女的有所念而羞于自即，反怨男子之不去追求的心怀，写得真是再好没有的了。④

> 《陈风》里，情诗虽不多，却都是很好的。像《月出》与《东门之杨》，其情调的幽隽可爱，大似在朦胧的黄昏光中，听凡珴令的独奏，又如在月色皎白的夏夜，听长笛的曼奏。⑤

> 《齐风》里的情诗，以《子之还兮》一首为较有情致。《卢令》一首则以音调的流转动人。齐邻于海滨，也许因是商业的中心，而遂缺失了一种清逸的气氛。这是商业国的一个特色。又齐多方士，思想多幻渺虚空，故对于人间的情爱，其讴歌，便较不注意。⑥

---

① 郑振铎：《插图本中国文学史》，中华书局 2016 年版，第 42—43 页。
② 郑振铎：《插图本中国文学史》，中华书局 2016 年版，第 43 页。
③ 郑振铎：《插图本中国文学史》，中华书局 2016 年版，第 43 页。
④ 郑振铎：《插图本中国文学史》，中华书局 2016 年版，第 43—44 页。
⑤ 郑振铎：《插图本中国文学史》，中华书局 2016 年版，第 44 页。
⑥ 郑振铎：《插图本中国文学史》，中华书局 2016 年版，第 44 页。

虽都是动人的恋歌，却因地域不同、经济文化不同呈现出不同的民俗文化特色，各有风致。可见，"民间文学这个东西，是切合于民间的生活的"，"民众的生活又是随了地域的不同而不同的，所以这种文学便也随了地域的不同而各有不同的式样与风格"①。第二，结婚歌、颂贺歌。在《诗经》里亦有不少民间的祝贺之歌，结婚、迎亲之曲。如《关雎》《桃夭》都是结婚歌；《螽斯》《麟趾》则为颂贺多子多孙的祝词。这些诗篇不再与圣王贤妃有关，只是民众生活中平常的热闹与祝福。第三，农歌。在《诗经》里有许多极好的民间的农歌。如《无羊》是一首美妙的牧歌。这些农歌将当时的农村生活，生动活泼的表现出来，农民在祭祀、在宴会、在劳作、在交谈，"在那些农歌里，我们竟不意的见到了古代的最生动的一幅耕牧图了"②。

其三，为"贵族乐歌"③。此类诗歌多为贵族朝廷所作，多为宴饮、祭祀乐歌，如《伐木》将宴会描写得栩栩如生。又可分为宗庙乐歌，如《文王》《下武》；颂神乐歌或祷歌，如《思文》《云汉》；宴会歌，如《鹿鸣》《伐木》；田猎歌，如《车攻》《吉日》；战事歌，如《常武》等。这些描写贵族宴饮的诗歌，部分表现出一种"清隽"的特征。

郑振铎的新分类打破风、雅、颂的界限，按内容来分类的方式注重诗歌本身、不为《诗序》束缚，回到民间、回到生活里，力求还原《诗经》俗文学的真相，在篇章分类方式中体现出民俗倾向。

三　社会学视野下的《诗经》民俗学阐释

刘大杰的《中国文学发展史》在其众多著作中是最著名的也是流传最广的一种。它出现后"很快被推举为这一研究领域内最具有系统性、成就最为特出的一种，从而确立了中国文学史著作的基本范式。而且，此书不仅影响了后来多种同类型著作的撰写，其自身也一直没有完全被替代、没有停止过在高校教学及普通读者中的流行。总之，要论影响的

---

① 郑振铎：《插图本中国文学史》，中华书局 2016 年版，"绪论"第 11 页。
② 郑振铎：《插图本中国文学史》，中华书局 2016 年版，第 45 页。
③ 郑振铎：《插图本中国文学史》，中华书局 2016 年版，第 33 页。

广泛与持久，至今还没有一种文学史能够超过它"①。此书初版分上下两卷，上卷完成于 1939 年，1941 年由中华书局出版；下卷完成于 1943 年，出版于 1949 年初。初版本后由百花文艺出版社重印。此后在 1957 年、1962 年两次修订，改为上、中、下三卷，先后由古典文学出版社、中华书局出版。另外，还有一种 20 世纪 70 年代的修订本。1957 年版和 20 世纪 70 年代的修订本，出于不同的原因曾引起广泛的批判和讨论。各种版本中最具代表性的是初版本和 1962 年修订本，1962 年修订本至今仍为众多高校作为教材，台湾和香港也有以此为教材的。这两个版本有所不同。初版本的撰写受外界影响较小，完全出于作者独立的研究，文笔自由飞扬，"是了解作者学术思想的最原始记录；对于有志研究中国文学史学和民国学术史的学者来说，它是最重要而不可被取代的著作；对于一般读者来说，它是本世纪最具才华和文采、最客观冷静、体系完整而又具有浓厚个人色彩的文学史著作之一"②。不足之处则在于结构上还存在一些缺陷，论述也不够精细，线条略粗。与初版本相比，1962 年修订本中那种自由挥洒的言论减少了，许多跟新时代政治标准有冲突的人名、引文被删去，同时也增加了若干新流行的术语。"大概而言，初版本更多地体现了刘先生早年的才情，而 1962 年修订版尽管有不少拘束，就知识性、学术性来说，还是比前者显得成熟和老练。"③《中国文学发展史》从初版本到修订本，都留下了时代变化的痕迹，又有各自的特点，在对《诗经》的阐述中也存在着差异。如在这两个版本的章节目录上的差异：

表 3－1　　　　《中国文学发展史》初版本与 1962 年修订本
在章节目录上的差异对比

初版本	1962 年修订本
第二章　周诗发展的趋势	第二章　周诗发展的趋势及其艺术特征

① 刘大杰：《中国文学发展史》（上），复旦大学出版社 2011 年版，"前言"第 3 页。
② 刘大杰：《刘大杰先生和他的〈中国文学发展史〉》，《中国文学发展史》，百花文艺出版社 2007 年版，第 618 页。
③ 刘大杰：《中国文学发展史》（上），复旦大学出版社 2011 年版，"前言"第 6 页。

续表

初版本	1962 年修订本
一 《诗经》时代的社会形态	一 《诗经》时代的社会形态
二 《诗经》与乐舞的关系	二 《诗经》与乐舞的关系
三 宗教诗的产生	三 宗教性的颂诗
四 宗教诗的演进	四 颂诗的演进
五 社会诗的产生	五 社会诗的产生与文学的进展
六 抒情诗	六 抒情歌曲
七 余论	七 《诗经》的文学特色

可见，这两个版本的《诗经》阐述从理论框架到诗篇分类上都存在着不同。大体上，"初版作为个人学术专著，不但呈现了这种分析、归纳、总结的思路和研究过程，而且也呈现了在一些学术问题上与不同见解之间交锋、辩驳的情况，如第二章'周诗的发展趋势'中对采诗说的见解，……确是一部极富个性色彩的学术专著型文学史"①。"1962 年版基本贯彻了建国后的文艺思想，如文学反映论，文学的人民性、阶级性、政治性，文学内容决定文学形式等观念"②，但个人观念被删去了不少。我们在论述其中的《诗经》民俗学阐释情况时，会兼顾两个版本的优长，并略倾向于初版本，因初版本中蕴藏着更多的"与五四新文学精神相通的东西"③。

（一）融通中西的文学史体系

《中国文学发展史》能获得成功，一个重要的原因是其在理论上独具特色。文学史这种著作类型是经日本的中介从西方传入的，据陈玉堂《中国文学史旧版书目提要》统计，从 1904 年最早的国人撰写的文学史林传甲的《中国文学史》出版到 1938 年刘大杰着手撰写《中国文学发

---

① 贾毅君：《文学史的写作类型与文本性质——论刘大杰〈中国文学发展史〉的三次修订》，《天津大学学报》（社会科学版）2001 年第 3 期。

② 贾毅君：《文学史的写作类型与文本性质——论刘大杰〈中国文学发展史〉的三次修订》，《天津大学学报》（社会科学版）2001 年第 3 期。

③ 刘大杰：《中国文学发展史》（上），复旦大学出版社 2011 年版，"前言"第 5 页。

展史》期间，具有通史性质的中国文学史著作出版了 86 部。这些著作写法不一、水平悬殊，"可以说中国文学史学最初二十年的多数著作水平不高，也缺乏有别于传统学术史的明确的文学史写作意识，更何况其中很大一部分仅是为应付教学而匆忙拼凑起来的单薄的小册子"①。在这样的背景下，刘大杰《中国文学发展史》问世后很快被推举为最有系统性的著作，正是由于"刘大杰先生既有文学创作的丰富积淀，又有对新旧文学和东西文学的融通理解和透彻体悟"②。

刘大杰在进行文学史创作时，既汲取了前人的研究成果，如王国维《人间词话》和《宋元戏曲史稿》、梁启超《陶渊明》、胡适的小说论文、周作人《中国新文学源流》等，又探究了近代西方文学理论著作，如泰纳《艺术哲学》和《英国文学史》、朗宋《文学史方法论》、佛里契《艺术社会学》和《欧洲文学发达史》、勃兰兑斯《十九世纪文学主潮》等，其中主要是法国进化论和社会学派的文艺理论和文学史著作。在社会学和进化论的影响下，提出"在社会物质生活日在进化的途中，精神文化自然也是取着同一的步调"，"在这种状态下，文学的发展，必然也是进化的，而不是退化的了。文学史者的任务，就在叙述他这种进化的过程与状态，在形式上，技巧上，以及那作品中所表现的思想与情感。并且特别要注意到每一个时代文学思潮的特色，和造成这种思潮的政治状态、社会生活、学术思想以及其它种种环境与当代文学所发生的联系和影响"③。在朗宋"写文学史的人，切勿以自我为中心，切勿给与自我的情感以绝对的价值，切勿使我的嗜好超过我的信仰"④ 观点的影响下，提出文学史创作者应保持客观的态度，如果"随着自己的好恶，对于某种作品某派作家，时常发生不应有的偏袒或谴责，因此写出来的不是文学发展的历史，而成为文学的评论了"⑤。

---

① 刘大杰：《刘大杰先生和他的〈中国文学发展史〉》，《中国文学发展史》，百花文艺出版社 2007 年版，第 619 页。
② 刘大杰：《刘大杰先生和他的〈中国文学发展史〉》，《中国文学发展史》，百花文艺出版社 2007 年版，第 619 页。
③ 刘大杰：《中国文学发展史》，百花文艺出版社 2007 年版，"自序"第 1 页。
④ 刘大杰：《中国文学发展史》，百花文艺出版社 2007 年版，"自序"第 2 页。
⑤ 刘大杰：《中国文学发展史》，百花文艺出版社 2007 年版，"自序"第 2 页。

　　《中国文学发展史》中引入了进化论、社会学派、唯物史观等观点，把这些理论组织成为自己的体系来说明中国文学的发展。在这些西方文艺理论著作中，对刘大杰《诗经》研究影响较为直接的是佛里契的《艺术社会学》。"艺术社会学是将艺术创作、艺术传播、艺术消费等艺术活动作为一种社会现象，是艺术学与社会学结合后的跨学科研究，不仅需要从社会学角度对艺术进行综合研究，也需要从艺术学角度对社会问题进行探讨。艺术社会学涉及艺术与社会方方面面的联系，不仅涉及艺术创作的社会条件、艺术商品的社会功能、艺术收藏的社会心理、艺术价值的社会标准，还涉及艺术与经济、政治、哲学、美学、道德、民族、宗教等社会环境的互动。"① 佛里契的《艺术社会学》将艺术分为巫术、宗教、教育、纯粹四个阶段，全面论述了艺术发展的社会机制以及宗教信仰、风俗习惯等社会因素对艺术创作产生的影响，尤其注重对巫术艺术和神话人类学的探究。刘大杰在论述艺术起源、巫术文学和《诗经》的宗教色彩时多受其影响。"《诗经》中的宗教诗是端庄沉闷、简朴无华的，刘先生说明它产生于宗教思想统治全部人心的时代，一切艺术哲学都只能屈服于宗教意识，'在祭坛下面得着其发展的生命'，而这又是任何一个国家的文学都要经过的一个重要阶段。"② 从社会学角度对《诗经》宗教诗的特点进行了分析。

　　刘大杰在推动新旧学风转型期走在时代前列的学者的同时，也深受法国社会学和进化论的影响，使他在创作时"既将文学的发展与时代状况和社会发展综合起来加以考察，他的视野不能仅仅限于历代文学作品，必须将历代的政治举措、社会变迁、宗教信仰、艺术氛围等因素综合起来加以考虑"③。刘大杰将西方理论的元素与中国固有文学史观中的合理成分相融合，形成了自己的文学史体系：

---

　　① 　陶小军：《艺术社会学发展态势探析》，《东南大学学报》（哲学社会科学版）2016 年第 6 期。

　　② 　刘大杰：《刘大杰先生和他的〈中国文学发展史〉》，《中国文学发展史》，百花文艺出版社 2007 年版，第 625—626 页。

　　③ 　刘大杰：《刘大杰先生和他的〈中国文学发展史〉》，《中国文学发展史》，百花文艺出版社 2007 年版，第 621—622 页。

大抵以"物质基础"、"社会经济"以及"精神文化"等因素为文学的背景和条件，在此基础上追究每一时代的"文学思潮"，同时联系文学的"生物的机能"，通过分析具体作家各具个性的创作，最终描绘出作为"人类情感与思想发展的历史"的"文学发展史"。①

（二）注重分析诗篇的社会背景

受到西方进化论和社会学理论的影响，刘大杰在论述《诗经》时，不仅"注意到每一个时代文学思潮的特色"②，而且尤为关注文学与社会生活、政治状态之间的联系和影响。在解读篇章时，注重分析社会背景；在诗歌分类上，注意文学发展与社会发展之间的密切联系。

首先，对《诗经》产生时代的社会形态进行分析。在经济基础上，农业经济成为西周社会生产的主业。由《大雅》中的《生民》《公刘》《绵绵瓜瓞》诸诗看来，周人很早就从事农业，并靠着农业兴盛起来。周族祖先后稷天赋异禀，从小就懂得农作物种植，教导人民耕种；公刘、古公亶父等人继承其业，使农业进一步的发展；到文王之时，农业更为发达，经济得到发展。刘大杰在分析周族农业经济发展时，还注意到了"其它种种环境"③，他认为周人农业发达还与地理环境有关，周人祖先居于关中一带，那里有良好的地理环境，为农业发展提供了条件。这样，"周代初期的农业，一面是凭着祖先的经验与良好的地理环境，一面再从那些和他们发生交涉的部族学习农耕的方法，到后来再加以被征服的民族的劳力的辅助，农业得到了迅速的发展"④。《诗经》中的《七月》《信南山》《楚茨》《甫田》《大田》《丰年》等，或记农民的生活，或记祭祀，或说明农业与国家的重要关系。由于经济生产的发达，思想文化也随之得到了新的发展。周朝确立了维护阶级秩序的宗法制度，封建的

---

① 刘大杰：《中国文学发展史》（上），复旦大学出版社 2011 年版，"前言"第 4 页。
② 刘大杰：《中国文学发展史》，百花文艺出版社 2007 年版，"自序"第 1 页。
③ 刘大杰：《中国文学发展史》，百花文艺出版社 2007 年版，"自序"第 1 页。
④ 刘大杰：《中国文学发展史》（上），复旦大学出版社 2011 年版，第 20 页。

贵族政治、父权的家族制度、贵族地主与农奴阶级的形成，都是这一时期政治社会上的特征。作为维护天子地位的天神教，巩固父权地位的祖先教，也进一步地带着伦理的政治的观念，在宗教思想中出现。刘大杰认为"从《诗经》现存的作品看来，当时的文学，正是那些为宗教服务的颂歌，代表的便是《周颂》"①。

其次，诗歌分类与社会时代的发展相呼应。刘大杰受到王国维《殷商制度论》的启发和影响，指出《诗经》的出现是与西周时代物质文明发展相适应的："与殷商不同的如国家家族以及宗教男女间的种种制度，正是西周时代的文明。社会基础进展到了这种阶段，人民的生活情感，自然是日趋于丰富繁杂，思辨的智力也发达起来了。在这种情况下，成形的哲学与文学，适应当代的物质生产与社会生活而出现的事，是一种极合理的现象。在文学上作为这一个时代的代表的，是到现在还存在着的那三百零五篇的《诗经》。"② 此后，又依据西周时代各个历史时期思想文化特点将《诗经》分成不同的类别：

表 3 - 2　　　《中国文学发展史》初版本与 1962 年修订本
在《诗经》篇目分类上的异同

初版本分类	1962 年修订本分类
成、康时代宗教诗	成、康时期宗教诗
厉、平时代叙事诗、社会诗	史诗、宴猎诗
宫廷的宴猎诗	厉、幽、平及其他时期的社会诗
民间的情歌舞曲	民间的抒情歌曲

诗歌分类虽然在初版本和 1962 年修订本中略有区别，但总的来说诗篇分类是与历史和思想进展过程基本保持一致的。"这些兴亡治乱之迹，在三百多篇诗里，反映着非常明显的影子。在思想方面，我们也可看出

① 刘大杰：《中国文学发展史》（上），复旦大学出版社 2011 年版，第 22 页。
② 刘大杰：《中国文学发展史》，百花文艺出版社 2007 年版，第 12—13 页。

一种进化的痕迹。"① 如何更好地将自己对西周时代社会变迁的独特见解表达出来呢？作者正是通过这种将文学发展与社会发展联系起来的分类方式来表达的：

> 周初去古未远，神鬼的至尊观念，还能坚固地统治人们心灵。当时的文学，正是那些为宗教服务的舞歌。那代表的便是《周颂》。后来社会进化，人事日繁，产业发达与政治权力的进展，那些支配的贵族，在生活满足之外，便逐渐想到那些声色的娱乐。于是文学便由宗教的领域，走进人事的领域。大小《雅》中的那些宴会诗、田猎诗便是极好的代表。再如那些记载民族英雄的叙事诗，也是属于这一类的作品，厉、幽以后，国势日非。战乱财穷，人心怨乱，昔日尊严的宗教观念，在人心中起了动摇，无论对于天神或是人主，都发出怨恨的呼声了。古人称变《风》变《雅》的那些作品，正好作为这种呼声的代表。②

可见，作者将《诗经》中的诗篇分为宗教诗、宴会诗、田猎诗、叙事诗、抒情诗等类别，主要是与各诗所反映的社会背景有关。作者将诗歌类型与不同社会发展阶段相对应，从某种程度上说，刘大杰的《诗经》分类中体现着社会的变迁、思想的进展、文学的进化。

（三）不同类型诗歌中的民俗内涵

两个版本的诗歌类型略有不同，但本质上并无差别，都是依据社会变迁、思想发展、文学进化来进行分类的，为便于论述，择精简者从之，即主要分为宗教诗、宴会诗、田猎诗、民族史诗、社会诗、抒情诗。

其一，宗教诗。这类诗歌是《诗经》中较早的作品，以《周颂》为代表，《雅》中的祭祀诗也属于这一类。同这种宗教诗歌性质相同的还有《商颂》和《鲁颂》。《周颂》"在艺术形态上，还没有脱离歌辞、音乐、跳舞的混合形式；在艺术的功能上，正履行着宗教的使命"③。如

① 刘大杰：《中国文学发展史》，百花文艺出版社2007年版，第13页。
② 刘大杰：《中国文学发展史》，百花文艺出版社2007年版，第13页。
③ 刘大杰：《中国文学发展史》（上），复旦大学出版社2011年版，第24页。

《维清》《酌》《桓》《赉》《般》等都是象舞、武舞的歌辞；《清庙》《维天之命》等是乐歌。还有一些诗歌表面上看好像与宗教无关，但它们其实是祭祖酬神的乐歌，如《噫嘻》《臣工》等。这些宗教诗的民俗内涵是通过解读诗篇中对宗教祭祀的描写来体现的。祭祀是通神的主要手段，是祈神、谢神的基本形式。祭祀的祈神活动充满着神秘的宗教气氛。先秦时代的天子都要进行祭天的活动。"从周公开始，把自己的祖先放在天帝周围一同祭祀，叫做配天。"① 商周时代的"天""帝"是一个模糊笼统的概念，但它职权范围广泛，可以支配自然界的风雨、决定统治者的更替、决定人间的生死祸福。在远古人类生产力低下的情况下，对神灵的信仰表现出明显的功利性，希望神灵为农耕生产服务，风调雨顺，如《噫嘻》："噫嘻成王，既昭假尔，率时农夫，播厥百谷。骏发尔私，终三十里。亦服尔耕，十千维耦。"② 此诗叙述了周王祭祀上帝及先公先王后，亲率官、农播种百谷，并通过训示田官来勉励农夫努力耕田，共同劳作的情景，是一首反映周初的农业生产和典礼的诗。《丰年》："丰年多黍多稌，亦有高廪，万亿及秭。为酒为醴，烝畀祖妣，以洽百礼，降福孔皆。"③ 这是一首秋收后酬谢鬼神时所奏的乐歌。刘大杰将《诗序》和古希腊文学结合起来对它进行了更深一层的解读：

> 再如《丰年》，《诗序》说："秋冬报也。"在古希腊的文学里，也可看出类似的情形。悲剧起源于迎神，喜剧起源于社祭，都与农事生产有关，如果从这里来看《周颂》的农事诗，就可以得到深一层的体会。④

刘大杰将农事与文学、宗教联系起来，认为这些祭祖宗祀社稷的诗歌反映出当时人们的劳动和生活。这些诗篇是研究西周农业生产的重要史料，也是了解当时政治思想的材料。君主政治与父权的家族制度出现

---

① 秦永洲：《中国社会风俗史》，武汉大学出版社 2015 年版，第 471 页。

② 周振甫：《诗经译注》，中华书局 2002 年版，第 506 页。

③ 周振甫：《诗经译注》，中华书局 2002 年版，第 508 页。

④ 刘大杰：《中国文学发展史》（上），复旦大学出版社 2011 年版，第 25 页。

后，万物本乎天、人本乎祖的尊祖敬天的宗教观念也确立起来。天上、地上最尊严的分别是上帝、天子；阴间、阳间最有权力的分别是祖先、家长。两种观念互相结合推演，"形成一种上帝祖先的混合宗教，家族组织便成为政治上的主要原素，宗法精神遂成为国家政治上的主要精神了"①。在宗教思想统治人心的时代，祭祀祈祷自然带有政治意义，而为统治阶级所掌握的文学艺术也要适合于统治者的要求，"屈服于宗教意识之下，在祭坛下面得着其发展的生命了"②。这些宗教诗是适合于当时的意识形态的，文学价值不高，更多的是实用的、功利的价值。

其二，宴会诗、田猎诗和民族史诗。刘大杰认为："在文学发展的过程上，经过了巫术的行动与宗教的仪式两个阶段以后，必然是要走上人事的阶段的。"③ 文学艺术在统治阶级的掌握下，由宗庙进入宫廷，这样宗教性颂诗之后便是宫廷的乐歌，"从前艺术是负着祷神媚祖的使命，现在是进于娱人的社会的任务了。这种现象，我们由二《雅》中许多宴会诗、田猎诗，便可以得到说明。这些诗的年代，正与前期的那些宗教诗歌，是紧紧地接续着的"④。如《鹿鸣》《湛露》《车攻》《吉日》等，这些诗或描写宴会场面，或歌咏田猎情景，它们的内容和情感都与宗教诗完全不同。在这些诗中出现的不再是上帝祖先，而是天子、君子、嘉宾；钟鼓琴瑟不再是娱鬼神的，而是娱人的；文字艺术和诗歌意境也表现出明显的进步。这些诗歌的民俗内涵是通过解读诗篇中对宴会、田猎的描写来体现的。如《小雅·伐木》全诗三章，首章以"伐木"起兴，"鸟鸣"求友之声，比喻人须求友，末二句写神灵降福；二章写打扫屋宇，陈设酒食，宴饮诸父、诸舅；三章写以酒肴之宴，歌舞之乐，与同辈朋友共饮。在我国的饮食民俗中有祭祀食俗、待客食俗。祭祀食俗源于人们的灵魂不灭观念，祭祀时以美味佳肴供奉神灵、祖先，使他们感到愉悦从而赐福人类。供奉的食品最终是为凡人享用，祭祀时还伴随歌舞，娱神娱人。待客食俗，我国自古有礼仪之邦之称，招待客人热情礼

---

① 刘大杰：《中国文学发展史》（上），复旦大学出版社2011年版，第26页。
② 刘大杰：《中国文学发展史》（上），复旦大学出版社2011年版，第26页。
③ 刘大杰：《中国文学发展史》，百花文艺出版社2007年版，第18页。
④ 刘大杰：《中国文学发展史》，百花文艺出版社2007年版，第18页。

貌，这是我国人民的传统美德。待客时竭尽全力让客人满意喜欢，待客时酒是经常出现的，如在苗寨，每有客至即以酒献，主人殷勤劝饮，还常歌舞助兴。刘大杰的解读中自然也注意到了这些情状和习俗，但他更为关注的是这些热闹场面与宗教诗中的不同：

> 像《伐木》那篇对于宴会的情状的描写，那是更为生动的。朋友聚会起来，吃肉饮酒，奏的奏乐，跳的跳舞，那完全是人的世界，不是神的世界了。像《灵台》中所描写的，百姓们造起亭台楼阁来，内里养着麋鹿鱼鸟，安置着大鼓大钟，那都是帝王的娱乐品，绝不是神鬼的娱乐品。不用说，那帝王不一定便是文王，是那些有权有势的统治阶级。[1]

可见，刘大杰对这些民俗场面的关注，更多的是为了说明"从这时候起，人从神鬼的手里，分得了一部分享受艺术的特权"，特别是为了说明"无论是为神的，或是为人的，艺术仍是离不开他的实用的功利的任务"。[2]

这一时期，接着宗教诗出现的还有民族史诗。为了不忘记祖先的功德，也为了树立统治者的楷模，人们有意把祖先们的功业和奋斗史交织着神话传说材料记述下来，民族史诗也就由此而来。《大雅》中的《生民》《公刘》《绵绵瓜瓞》《皇矣》《大明》五篇，可视为民族史诗的代表作。在这类诗歌中，民俗内涵主要表现为作者对其中神话传说因素的关注。神话传说是民间口头文学中的一种，主要产生于原始社会和阶级社会初期。神话的内容广泛涉及宗教、哲学、社会制度、习俗、心理等。它最主要的特质是对自然现象和社会文化现象起源的解释。民族史诗中的《生民》叙述的是后稷的历史，就"是一首传说的史诗"[3]。"这首充满了神话传说的诗，虽不能作为信史，但原始社会的影子，却保存得很浓厚。在初民的母系社会里，人民只知有母不知有父，所以这里只提出

---

① 刘大杰：《中国文学发展史》，百花文艺出版社 2007 年版，第 19 页。
② 刘大杰：《中国文学发展史》，百花文艺出版社 2007 年版，第 19 页。
③ 刘大杰：《中国文学发展史》，百花文艺出版社 2007 年版，第 19 页。

母亲的名字姜嫄来。说他父亲是帝喾《史记·周本纪》，那是后人创造的事了。因为当时是母系社会，自然有重女轻男的习俗，姜嫄既是祷神求子，生下了后稷又把他丢去，恐怕就是轻男之故。"① 作者认为《生民》中的神话传说与社会制度有关，是母系社会习俗在文学中的体现。《生民》中的神话传说属于神性英雄神话，后稷有着自己的神奇事迹，如他神奇的诞生、成长及天赋。《生民》中也包含对人类起源的探索，如姜嫄因踏着上帝走过的脚步而怀孕生子。

其三，社会诗和抒情诗。从厉王被逐至平王东迁，社会与思想都发生了剧烈的动摇，这反映在《诗经》中便是变风变雅的社会诗。"这些诗失去了宗教诗的庄严，宴会、田猎诗的快乐与威武，涂满了社会离乱的黑暗的色彩。由神鬼帝王的阶段，再进一步而转入于社会民众的阶段了。"② 这些社会诗反映了广阔的社会生活，揭露了剥削阶级的罪恶，表现了人民大众的思想感情。《七月》《伐檀》《硕鼠》《黄鸟》等诗篇，表现出奴隶们的呼声和对于剥削阶级的反抗与谴责，虽语言朴实，艺术感染力却很强。刘大杰认为："这时代的诗人，已放弃了神鬼与君主的范围，张着两眼，在直视着全民众全社会的生活了。由那些诗我们可以听出民众心灵的呼声，可以看出民众状态的影子。"③ 文学的发展经过了宗教仪式与君主贵族娱乐的阶段，进入社会生活及民众感情表现的时期，它同音乐、舞蹈完全分离，得到了独立发展的可能。社会诗与此前那些专为媚神、媚鬼、媚人的作品相比，"这些诗是带了浓厚的个人性与社会性了"④。

抒情诗在口头文学时代便已出现。它的产生，还在宗教诗以前。不过它们开始只在口头歌唱，用文字记录下来比较晚。《国风》、"二南"中的抒情诗，"是《诗经》时代最后的产品"⑤。《国风》和"二南"中的诗篇，绝大部分是民间的抒情诗。《国风》是风土之音。与文句庄严典雅、受思想束缚限制的宗庙朝廷的作品不同，民歌完全是个人的自由

---

① 刘大杰：《中国文学发展史》，百花文艺出版社 2007 年版，第 20 页。
② 刘大杰：《中国文学发展史》，百花文艺出版社 2007 年版，第 21 页。
③ 刘大杰：《中国文学发展史》，百花文艺出版社 2007 年版，第 24 页。
④ 刘大杰：《中国文学发展史》，百花文艺出版社 2007 年版，第 25 页。
⑤ 刘大杰：《中国文学发展史》，百花文艺出版社 2007 年版，第 25 页。

创作与热烈情感的表现。这些作品里，表现了人民的劳动生活以及热烈的爱情。《十亩之间》《芣苢》《狡童》《野有蔓草》《将仲子》《鸡鸣》《卷耳》《子衿》《野有死麕》等，"比起那些带了神鬼气味的宗庙诗，富贵气味的朝廷诗来，这些美丽的民歌，自然更能使我们了解和爱好"①。这些情诗，在后代以道德哲学为基础的儒家学者眼里，是不被重视的，曾给它们以各种不同的曲解。"在春秋时代，《诗经》早已失去了它本身的文学地位，而成为一本政治上社会上最有用的百科全书了。"②东汉《诗序》产生后，"在过去二千年中，《诗经》的价值与意义，全包含在《诗序》里面，《诗经》本身的文学价值，却完全降为《诗序》的附庸的事"③，《诗经》中的宗教诗、宴会诗、恋爱诗都变成对人民进行道德教育的材料。

总体来说，刘大杰认为："在《三百篇》中，社会诗和抒情诗，是最重要的部分。由社会诗可以看出当日社会生活的全影，由这些恋歌，可以体会当日浪漫的人性和男女心灵的活动，然而也就从这里开始了社会文学与个人文学的分野。"④ 这两类诗歌的民俗内涵比较前两类来说，更多地体现为作者对这两类诗歌的定位上，社会诗是反映"全民众全社会的生活"⑤ 的，抒情诗是"美丽的民歌"⑥，它们反映的是普通民众的心声，有的是劳动与爱情的歌唱；有的是对于神权的质疑与反抗；有的是对黑暗现实的讽刺与批评等，这些诗篇更富有人民性和现实性。

第三节　民国期刊⑦与《诗经》民俗学阐释

20 世纪初期，随着清王朝被推翻，中国的政治制度发生了根本性的

---

① 刘大杰：《中国文学发展史》，百花文艺出版社 2007 年版，第 26 页。
② 刘大杰：《中国文学发展史》，百花文艺出版社 2007 年版，第 27 页。
③ 刘大杰：《中国文学发展史》，百花文艺出版社 2007 年版，第 27 页。
④ 刘大杰：《中国文学发展史》，百花文艺出版社 2007 年版，第 26 页。
⑤ 刘大杰：《中国文学发展史》，百花文艺出版社 2007 年版，第 24 页。
⑥ 刘大杰：《中国文学发展史》，百花文艺出版社 2007 年版，第 26 页。
⑦ 主要以"民国时期期刊全文数据库"和"大成老旧刊全文数据库"中相关资料为统计依据。

变革，这对意识形态、学术研究产生了巨大的影响，这一时期的《诗经》研究出现了一系列的新变化。封建统治被推翻后，经学失去了支撑的背景而黯然落幕；五四新文化运动爆发，马克思主义新思想得以传播，《诗经》学研究终于可以挣脱经学的千年困扰，开始真正的文学的研究。以古史辨派学者为主体的《诗经》大讨论，鲁迅、郭沫若、闻一多等关于《诗经》文学研究的卓越见解揭开了现代《诗经》学的序幕。不同于传统《诗经》学解经之作的阐释和鉴赏类著作、文章大量涌现，标志着《诗经》文学研究的深入与发展。这些著作多有创见，自成特色。相比于著作，这些散见于民国期刊中的文章所涉及的民俗事象更广泛、更丰富，更适合总体性分析。这里主要从女性视角、科技视角、生活视角选取较有代表性的文章综而论之。

一 女性视角下的《诗经》民俗学阐释

在先秦文学中，《诗经》应是最富有女性气息的著作了，只是她们的爱怨痴嗔、她们的衣香鬓影都被汉人用"后妃之德""后妃之美"之类的标榜遮蔽了；宋人看出这些作品乃男女言情之作，却又卫道地说成"淫诗"；清人不脱汉宋窠臼，将这些诗说成"刺淫"之作。两千年来研究者竟不能认识《诗经》情诗的真面貌，是因为他们一直将《诗经》看成代圣贤立言的经学而非文学的缘故。五四运动之后，陆续出现了一批批驳《诗序》的论文，一致批评了《诗序》对诗篇的曲解，五四以后"去《序》说《诗》"成为学术风尚。《诗序》义疏系统被彻底否定，《诗经》被定性为民歌集，即《诗经》不再被尊为经，而被视为文学。

随着思想解放运动的深入，女性权利问题如婚姻自主、人格独立、参政权、教育权、产儿制限等引起有识之士的关注。"新文化运动时期，中国兴起了思想史上第一次大规模的女性主义思潮。"[1] 关注女性问题的先进知识分子翻译、介绍了大量西方女性主义著作，如陈独秀翻译了法国人 Max O' rell 所作的 *Thoughts on Women*；周作人翻译了日本与谢野晶

---

① 尹旦萍：《西方思想的传入与中国女性主义的崛起——新文化运动时期女性主义的思想来源》，《武汉大学学报》（哲学社会科学版）2004 年第 4 期。

子著的《贞操论》，这些介绍和宣传为中国女性主义者了解西方女性主义开阔了视野。"西方的婚姻自主观是中国女性主义者拿来的第一件武器，并把它作为开展女性主义的起点。"① 在不平等的婚姻中，"女子被人把'母'、'妻'两字笼罩住，就轻轻把人格取消了"②，成为他人的附属品，失去了自己独立的人格。在女性主义思潮影响下，学者纷纷对《诗经》中的女性问题给予关注，《诗经》中那些按《诗序》题旨被解为颂扬女子"妇德"的诗篇如《卷耳》等，被学者以时代的新眼光重新诠释了。

在这样的时代精神影响下，1922 年，郭沫若以昂扬的民主精神和非凡的文学鉴赏力，选取《诗经》中"男女间相爱恋的情歌"③ 40 首译为新诗，取名《卷耳集》出版。它抛弃传统传注的束缚，以诗说诗，恢复了《诗经》情诗的本来面貌，影响深远。此后，各种以新眼光阐释《诗经》的新解纷纷出现，有专著，也有文章。如谢晋青著《诗经之女性的研究》一书，对此作了专门研究。此书对十五《国风》里的女性题材尤其是爱情婚恋诗歌的思想与艺术进行分析与评价。他说："《诗经》底十五《国风》，原来存诗一百六十篇，其中经我认为有关妇女问题的，共计是八十五篇。……这八十五诗，若再依性质来区别，那就是：最多的为恋爱问题诗，其次即为描写女性美和女性生活之诗，再其次就是婚姻问题和失恋问题底作品了。……为什么恋爱问题底作品，占最大的数目呢？这就因为两性问题，是在人类生活上，占最重要的地位底证据。而且这种问题，在其他古书，如《书》《易》等，并不多见，即有亦不似《诗经》这般地多；这可见得愈是真挚普遍的文艺作品，才愈能描写真挚普遍的人生。"④ 作者不仅认为《诗经》中的女性问题非常重要，而且提出要抛弃旧解，以新的态度来解读："我这次是想在《诗经》中，发

① 尹旦萍：《西方思想的传入与中国女性主义的崛起——新文化运动时期女性主义的思想来源》，《武汉大学学报》（哲学社会科学版）2004 年第 4 期。

② 中华全国妇女联合会妇女运动历史研究室编：《五四时期妇女问题文选》，中国妇女出版社 1981 年版，第 127 页。

③ 郭沫若：《卷耳集　屈原赋今译》，人民文学出版社 1981 年版，"卷耳集序"第 3 页。

④ 谢晋青：《诗经之女性的研究》，山西人民出版社 2014 年版，第 85—88 页。

掘古代妇女问题的，并不是做考据底工作，在意义方面，我们总以《诗》底本义为归宿；那些不可靠的误解，我们是一概不取。在艺术方面，我们总以普遍而真挚的平民主义为归宿，那些不自然的附会穿凿，我们也一概排斥。"① 除专著外，更多的是散见于民国期刊中的各种从女性视角对《诗经》篇章进行阐释的文章，它们大多以关注女性的恋爱和婚姻为主，也有一些关注服装与女性生活的。

其一，情诗中的民俗新释。《诗经》中有很多情诗。"情诗是少男少女之间互相悦慕、思念的心声，是男女情爱诗中美学价值较高的诗篇。作为研究对象，我们固然应当揭示这些诗篇所蕴含的丰富社会内容、思想性质、阶级属性、社会历史背景以及政治、经济、文化、历史、地理诸方面的内涵与特点及至民俗学价值。"② 在新的历史时期，学者澄清旧时误解，对这些情诗中包含着的民俗学价值进行了新的诠释。

首先，反对旧说，提出新解。第一，这些诗是歌咏民间风俗的诗篇，不是"后妃之德"化行俗美的圣言。吴日强《诗经里的恋爱篇》提出："在一部诗经中，占着很重要地位的周南召南之风诗，为它作小序和作传的人，不是说后妃有德，便是说化行俗美。这一种话，曾经瞒哄过数千百年数万万人的心目，直到晚近，才有人看破了其中的奥秘，认为这里的诗篇，都是当时男女恋爱的写实。"③ 《关雎》为《诗经》首篇，《诗序》称其主旨是"后妃之德，《风》之始也，所以风天下而正夫妇也"④。吴日强则认为"这一篇诗是一个男子单相思的呻吟"，"关雎诗为真正歌咏民间风俗的篇章，所以放置在卷首，同时因为这篇诗所咏的是单相思的情调"⑤。第二，这些诗是产生于民间，女性主人公是劳动妇女，而非"后妃""王姬"。《恋爱指南：应该熟读诗经》中指出："诗经不仅是一部中国古代最初的诗歌总集，而且它是产生于民间，反映着民间的痛苦与呼喊，欢乐烦闷，恋爱的享受与别离的愁叹……它替当时

---

① 谢晋青：《诗经之女性的研究》，山西人民出版社 2014 年版，"绪论"第 5 页。
② 赵明编：《先秦大文学史》，吉林大学出版社 1993 年版，第 244 页。
③ 吴日强：《诗经里的恋爱篇》，《读者》1947 年第 5 期。
④ 向熹：《诗经词典》，商务印书馆 2014 年版，第 854 页。
⑤ 吴日强：《诗经里的恋爱篇》，《读者》1947 年第 5 期。

社会留下爱与恨的烙印。"① 《从诗经发掘的姬周妇女恋爱观》中也说："诗经搜集这许多情诗，而当时民众又是老实地唱歌着这许多性爱的艳歌。"② 情诗中的女性"都是健美强壮的劳动妇女"③，不是后妃、王姬那样的贵妇。第三，这些诗是歌颂自由恋爱的诗篇，而非"淫诗"。才君《由诗经说到恋爱》中以《静女》《褰裳》为例，提出："中国古时，男女是完全自由的，要恋爱谁，就可以恋爱谁。"④ 《静女》《褰裳》两诗是被宋人朱熹视为"淫诗"，《静女》是"此淫奔期会之诗也"⑤；《褰裳》曲解为"淫女语其所私者"⑥。才君认为，这些被误解的情诗里其实是包含着超越一切的自由的恋爱，这"恋爱是超乎一切的性灵，不容掺杂一点金钱，礼教，威权等等或其他杂质在里面的"⑦。第四，情诗反映出当时不纯正的风俗。吴日强在《诗经里的恋爱篇》中分析恋爱情况时，提出当时的民间风俗和"高大门第"的家风都不纯正，"关雎诗十足的表现出当时民间风俗不纯正"，"高大门第人家的家风，也不大清白"。⑧ 当时"男子追求女人，当时相习成风，而女子恋念男的也比比皆是"⑨，而且还有抢婚的习俗，认为《鹊巢》篇中"以百来辆车迎娶，分明就是抢婚，而且所抢的新妇，恐怕还是别人的妻子，所谓鹊巢鸠居，不是已经暗示了这种婚姻是非法的吗？当时的风俗，败坏至如此极，后人提到周公召公，莫不肃然起敬，真是莫名其妙？"⑩

其次，不同的恋爱观，多样的恋爱方式。第一，不同的恋爱观阐释。虽然有学者认为《诗经》中的情诗反映出先秦时期自由恋爱的风俗，如文震《从诗经上说到婚姻问题（续第一期）》以《召南·行露》为例论

---

① 《恋爱指南：应该熟读诗经》，《京沪报》1946 年第 9 期。
② 蔚宾：《从诗经发掘的姬周妇女恋爱观》，《浙东月刊》1937 年第 7 期。
③ 《恋爱指南：应该熟读诗经》，《京沪报》1946 年第 9 期。
④ 才君：《由诗经说到恋爱》，《华语月刊》1930 年第 11 期。
⑤ （宋）朱熹：《诗集传》，中华书局 2011 年版，第 34 页。
⑥ （宋）朱熹：《诗集传》，中华书局 2011 年版，第 68 页。
⑦ 才君：《由诗经说到恋爱》，《华语月刊》1930 年第 11 期。
⑧ 吴日强：《诗经里的恋爱篇》，《读者》1947 年第 5 期。
⑨ 吴日强：《诗经里的恋爱篇》，《读者》1947 年第 5 期。
⑩ 吴日强：《诗经里的恋爱篇》，《读者》1947 年第 5 期。

述："看这篇诗，我们便知道古代婚姻是极自由的。"① 但也有学者的观点与之相反，如李建芳《诗经时代的女性生活研究》以《齐风·南山》和《卫风·氓》为例论述："古代婚姻不是基于男女的是基于'父母之命，媒妁之言'"，认为"包办婚姻在当时已是普遍现象"②。如同对《诗经》时代的恋爱是否自由有不同态度一样，对当时女性的恋爱观（择偶标准）也有不同的阐释，主要包括"拜金主义"恋爱观和"非拜金主义"恋爱观。蔚宾《从诗经发掘的姬周妇女恋爱观》认为《诗经》是一部"姬周妇女恋爱问题汇集"③，可以从中见出当时妇女的恋爱观：

> 当时女子所抱负的，莫非"拜金主义"的恋爱观。请看诗经里描写的女性，她们理想中憧憬着的恋人，大概不是"君子"就是"士"。而这些"君子"与"士"不是贵族就是大地主。决不是现在所谓"君子小人"的"君子"，也不是"研究学问之人谓之士"的"士"。倘若你是个白屋之士，恐怕那时的女子也决不会把你放在心目中吧！④

显然，作者认为当时女子的恋爱观是"拜金主义"的，与之观点相同的还有汪静之《诗经里女子选择情人的基本条件》。在文中，作者概括女子的三种选择：女子最爱的是贵族君子；武士是女子恋爱的目标；才子、军阀、博士、买办都是女子的理想人物。汪静之认为"从《诗经》里可以看出古代女子选择情人或丈夫的基本条件和今日女子选择情人或丈夫的基本条件同样是经济"⑤。之所以有这样的选择，"是因为向来女子在社会上没有地位，妻，妾，奴，婢是站在同一阶级的，经济权，政权，职业权，遗产权，教育权……一切权利都没有，女子不能独立生活……所以自《诗经》以来的女性，选择她们最高理想的情人或丈夫，

① 文震：《从诗经上说到婚姻问题（续第一期）》，《并州学院月刊》1933 年第 4 期。
② 李建芳：《诗经时代的女性生活研究》，《新创造》1932 年第 2 期。
③ 蔚宾：《从诗经发掘的姬周妇女恋爱观》，《浙东月刊》1937 年第 7 期。
④ 蔚宾：《从诗经发掘的姬周妇女恋爱观》，《浙东月刊》1937 年第 7 期。
⑤ 汪静之：《诗经里女子选择情人的基本条件》，《大陆杂志》1932 年第 4 期。

只注重对方的经济条件——而且以此为唯一的条件，基本的条件；至于对方的状貌，体格，情感，思想，才能，人格，名誉等更重要的条件，竟完全牺牲不顾了"①。姑且不论这种观点是否十分恰当，但作者将对文学作品的分析与政治经济因素及社会历史背景相结合的方法值得借鉴。与这种观点相对的是"非拜金主义"恋爱观，以乐未央《诗经民歌中反映的妇女生活·恋爱·结婚》为例，作者在文中针对拜金主义论进行了论辩：

> 这样说来女子是向来崇拜财势的，可谓定矣。但是细加研究之后，不禁为古今妇女要喊起冤枉来。现在女子的"冤枉"暂且不去管它，诗经时代的女子却要分辩一下。
>
> （一）名字的误解。"君子"为什么一定只好是"国君之子"，郑风风雨，召南草虫殷其雷，小雅菁菁者我等的君子若是解作"国君之子"已是不可想像，而君子于役（王风）说贵族地主也要当征夫，而他妻子在家养鸡牧牛，思念从戎的"君子"，我想是不可能的吧！所以"君子"是可以解作贵族地主的（如伐檀），但是在当时也是一般的尊称。
>
> （二）至于说"士"是武士也未尝不可，但若说"解作一般男子的通称，误"的话，则也不尽然。这只要翻翻诗经中的"士"字比较一下就可。现在最值得讨论的是他把"武士"比军阀，则今日之勤务兵也何不称之曰"军阀"？盖当时之武士为贵族之从属，一如今之保镖，卫士或勤务兵，既无军阀之大权，更非女子恋爱之主要对象。
>
> （三）当时阶级严格，一个奴隶的女儿居然梦想高攀贵族，那不是发痴了吗？且贵族朝三暮四，强掠女子（见七月女心伤悲，殆及公子同归），这种人谓之"女性最满意的情人"，则这个奴隶之女也可谓"自投火坑"不自量力了。而且一当了贵族的老婆可得受种种礼节的拘束，叫一个劳动惯的女子如何过得来。难道天下真有一

----

① 汪静之：《诗经里女子选择情人的基本条件》，《大陆杂志》1932 年第 4 期。

种所谓自讨苦吃的人去干这样傻事，我想当时的女子对于"食之者"的贵族地主们平日对待女子的行径，总了解得透吧！

（四）当时女子因为自己也是从事生产的一员，且社交公开，男女相与歌舞，自己选择对象的机会极多，为何要高攀不可就的贵族呢？何况女子并不一定"爱钱"的，决不会势利得像现代都市太太小姐一样。而自由却是宝贵的东西呀！①

作者针对拜金主义恋爱观从作品内容、文化内涵、阶级属性、社会历史背景方面进行分析和反驳，提出自己的观点"我们可以肯定地说：当时女子'最满意的情人'，既不是贵族的地主，也非特权阶级的'武士'，乃是体强力壮，能从事田事，打猎的劳动青年人"②。第二，多样的恋爱方式。当时男女恋爱的方式是多样的，"男子追求女人，当时相习成风，而女子恋念男的也比比皆是。"③ 有男性对女性的追求，如《关雎》中男子用音乐来挑动女子；《野有死麇》中男子获取野兽作为礼物献给女子；《将仲子》中"那些情人可更爽快，爬起墙来了"④。有女子对男子的追求，如《摽有梅》中"这位女子起初还耐心等着，到后来却忍不住自己跑到她情人那里去了"⑤。还有两情相悦的密约，"这一类向来称之谓淫奔私合的诗份是最多"⑥，从这些多样的恋爱方式中，"我们不难想到当时的确是自由恋爱极为流行的。所谓'邂逅相遇，适我愿兮'可见古时结合的自由，风尚所趋，不足为怪"⑦。

其二，婚姻诗中的民俗新释。婚姻是维系人类自身繁衍和社会延续的最基本的制度和活动。婚姻的民俗传承是社会民俗中的重要内容。《诗经》中婚姻诗有的描写了女子出嫁，男子"亲迎"的热闹场面；有的展现了婚姻中的幸福与不幸，将一幅幅多姿多彩而又鲜活的婚俗画卷

① 乐未央：《诗经民歌中反映的妇女生活·恋爱·结婚》，《女声》1943 年第 11 期。
② 乐未央：《诗经民歌中反映的妇女生活·恋爱·结婚》，《女声》1943 年第 11 期。
③ 吴日强：《诗经里的恋爱篇》，《读者》1947 年第 5 期。
④ 乐未央：《诗经民歌中反映的妇女生活·恋爱·结婚》，《女声》1943 年第 11 期。
⑤ 乐未央：《诗经民歌中反映的妇女生活·恋爱·结婚》，《女声》1943 年第 11 期。
⑥ 乐未央：《诗经民歌中反映的妇女生活·恋爱·结婚》，《女声》1943 年第 11 期。
⑦ 乐未央：《诗经民歌中反映的妇女生活·恋爱·结婚》，《女声》1943 年第 11 期。

展现出来。婚姻作为民俗现象，其内容主要包括婚姻形态和婚姻仪礼。首先，《诗经》中的婚姻形态不是单一的。第一，一夫多妻制。李建芳认为《诗经》是封建社会的产物。在这个时期女性地位下降，一夫多妻制成为主要的婚姻形态。"当氏族社会崩溃时候，社会由女性中心变为男性中心，女子便逐渐陷于隶属的地位。到封建社会，其奴隶的地位，更利害，而且更确定。……如果说，从前的氏族家庭是男女平等，那末，现在便男尊女卑了；如果说，氏族社会或氏族家庭中是群婚制，性的生活比较平等，那末现在便是一夫多妻制；男子可以讨许多老婆，女子要求得第二个男子的欢爱，其惟一的办法，只有私通。总而言之，现在女子是男子的附属品，玩物，私有财产。"① 群婚制以后的婚姻形态主要是一夫一妻制、一夫多妻制和一妻多夫制。"前一种比较普遍，后两种恩格斯称之谓'历史上的奢侈生产品'。其实，一夫多妻制之在东方，特别是在中国，不但不是'历史上的奢侈生产品'，简直是几千年来传统的婚姻制度。这种婚制给与女性的痛苦当然很利害，我们先说明此种婚制发生之经济，然后再看这种婚制在诗经上反映出来的敝害。"② 作者以《大雅·思齐》为例，说明了一夫多妻制的存在："思齐大任，文王之母，思媚周姜，原室之妇；大姒嗣徽音，则百斯男。大任是文王的母亲，周姜是文王的姨母，大姒是文王的妃，大姒能继前人美德，所以，文王有百个儿子。这首诗当然够说明当时有妻妾制之存在。"③ 作者认为在这种婚姻形态下，女性的婚姻生活是痛苦的，男性也不快活：

> 诗经上描写多妻制给与女性的痛苦，再没有比这首诗更为动人！这证明多妻制的婚姻毫无爱情可言。女子完全因势力而处于男子虐待，凌辱之下。"我心匪石，不可转也！我心匪席，不可卷也！威仪棣棣，不可选也！"这是女子在男子压迫之下无可奈何！柏舟四章永远成为封建会社内女性受辱凌的纪念碑。……

---

① 李建芳：《诗经时代的女性生活研究》，《新创造》1932 年第 2 期。
② 李建芳：《诗经时代的女性生活研究》，《新创造》1932 年第 2 期。
③ 李建芳：《诗经时代的女性生活研究》，《新创造》1932 年第 2 期。

在上面这些引证中，我们把多妻制下的女性的痛苦作了一个大概的叙述。但如果说，在多妻制之下，丈夫一定快活，也是错误的设想。不，丈夫有时也感受极大的苦恼。特别是醋海风波难以当受。墙有茨三章便是多妻丈夫苦恼的供词。可惜现在讨小老婆的不来读这诗歌。①

第二，一夫一妻制。多妻制婚姻中女性多是不幸的，那么在一夫一妻制的婚姻中呢？丁道谦在《诗经中的妇女社会观》中结合美国考古学者莫尔甘的理论："由母权制度转入父权制度的过程，便是经过了相当的岁月而始出现的，这制度的转移的原因，完全是由于财产的性质有了改变的缘故，……男子既成了比较富裕，所以在他的家庭以内，也就有了一个比较重要的位置。……男子与女子的职务，从此就变换了；这个变换的原因，是要从分工里面找出来的"②；还有恩格斯的理论："因女子的家内劳动比起男子谋生的工作来，实属不关重要。后者是一切，而前者是一不足取的附属员"③，论述了在母权制向一夫一妻制的转变过程中女性因经济地位的下降而在家庭中处于从属地位。以《豳风·七月》为例，论证了"在一夫一妻家族制度下的男子是财产的所有者，一切是随心所欲的；主动的；女子不仅不是财产的所有者，并且是男子财产的一部分，自由是失掉了的，被动的"④。这样的家族制度，《诗经》中表现得非常明白：

七月流火，九月授衣；一之日觱发，二之日栗烈，无衣无褐，何以卒岁？三之日于耜，四之日举趾，同我妇子，馌彼南亩，田畯至喜。（《豳七月》）

在初秋时候，暑退将寒，所以感到了有授衣的需要，十一月以后，天气日寒，没有衣服加身，是不能抵御冬天的冷的，所以在春

① 李建芳：《诗经时代的女性生活研究》，《新创造》1932 年第 2 期。
② 丁道谦：《诗经中的妇女社会观》，《食货半月刊》1936 年第 7 期。
③ 转引自丁道谦《诗经中的妇女社会观》，《食货半月刊》1936 年第 7 期。
④ 丁道谦：《诗经中的妇女社会观》，《食货半月刊》1936 年第 7 期。

天的时候，少壮的人都不得不努力了，因为老者和妇孺是不能为力的，只好依赖于年壮的人。女子既依赖于男子，所以少壮者便将妇孺看为他们之属了。由此看来，男子是家长，不是很明白了吗？同时可以得知男女分工——男治外，女治内了。

七月流火，九月授衣，春日载阳，其鸣仓庚，女执懿筐，遵彼微行。爰求柔桑，春日迟迟，采蘩祁祁，女心伤悲，殆及公子同归。

七月流火，八月萑苇；蚕月条桑，取彼斧戕，以伐远扬，猗彼女桑，七月鸣鵙，八月载绩；载玄载黄，我朱孔扬，为公子裳。（《豳七月》）

这是说一个许嫁的女子是应随公子同归的，这不是女子出嫁以后便应住在丈夫家吗？至于养蚕采桑，还是为着公子做衣裳呢！并且如到夫家以后，回家也是非常困难的，甚至父母殁也不能一见其遗容，女子终身如卖给丈夫一样了。①

作者结合西方学者的理论分析了女性在家庭中地位的变化，并力图通过《七月》一诗来阐释这种变化，即女性在一夫一妻制的婚姻形态中处于从属的地位。作者这种新解读，结合政治经济理论分析社会想象有合理之处，也尚有牵强之处。多数学者认为《七月》一诗是总结周代奴隶社会农事经验的诗歌，也有学者认为这是远古时抢婚的遗俗，"女心伤悲、殆及公子同归者，女子自知得为公子所占有，恐为公子强暴侵陵而伤悲耳。在奴隶制度下，生产关系之基础为奴隶主占有生产资料与生产工作者。此生产工作者即奴隶主所能当作牲畜买卖屠杀之奴隶。知此，则知此女心之所以伤悲矣。"②

第三，入赘婚。民间习惯称入赘婚为"招女婿"。这种婚姻的特征是女方不出嫁到男方家，而是招男方入女家。入赘的女婿往往家贫或孑然一身。采取这种婚姻形式，往往是因为女方家庭没有儿子，即没有男性继承人。女婿入赘后，要为女方父母养老送终，但生下的孩子随母姓，

---

① 丁道谦：《诗经中的妇女社会观》，《食货半月刊》1936 年第 7 期。
② 陈子展：《诗经直解》（上），复旦大学出版社 1983 年版，第 476 页。

可以继承女方家业。乐未央《诗经民歌中反映的妇女生活·恋爱·结婚》中在论述"婚姻的不自由"时说到的第一种现象就是"入赘"："据郑振铎在中国俗文学史上册（二十九页）中说：'小雅'中的'黄鸟'和'我行其野'是古时的入赘制度，今录下以作参考：'婚姻之故，言就尔居'，这不明明的说着'入赘'的事么？'尔不我畜，复我邦家'和'此邦之人，不我肯穀。言施言归，复我邦族'其事实是相同的。赘婿之不为人所重，古今如一。"[①]

第四，抢婚。"在没有得到女方本人及其亲属同意的情况下，强行将该女子抢走，即所谓'抢夺婚'。这种娶妻方式在世界很多地方都曾有过。"[②] 中国古代社会存在着抢婚习俗。李建芳《诗经时代的女性生活研究》文中以《召南·行露》为例对这种婚姻形式进行了论述：

> 掠夺婚姻在古代各民族中是通行的婚姻形式一种。不诗诗经上关于掠夺婚姻的记载很少，这大概因为掠夺婚姻到了诗经时代已不很通行了，但无论如何不能说没有。掠夺婚姻中，女性往往是牺牲者。当一个男子得着友人的帮助夺得某女个子时，"花烛之夜"总是来取"强奸"形式，有时女子虽被奸辱而仍然不肯从男子，结果弄到吃官事。这种事情在现在中国乡间还找得出例子来。此种婚姻形式存在一天，女子遭受辱凌总是不可免的，现在我们来看一看此种婚制之下的时代牺牲者。
>
> 谁谓雀无角？何以穿我屋？谁谓女无家？何以速我狱？虽速我狱，室家不足！
>
> 谁谓鼠无牙？何以穿我是？谁谓女无家？何以速我讼？虽速我讼！亦不女从！[③]

在论述后，作者强调："我把这首诗专列一章，是在证明诗经时代还

---

① 乐未央：《诗经民歌中反映的妇女生活·恋爱·结婚》，《女声》1943 年第 11 期。

② ［芬兰］E. A. 韦斯特马克：《人类婚姻史》（第二卷），李彬等译，商务印书馆 2015 年版，第 712 页。

③ 李建芳：《诗经时代的女性生活研究》，《新创造》1932 年第 2 期。

有这种婚姻形式。这种婚姻形式给与当时女性的痛苦当然不小。"① 抢婚和入赘都是民间的特殊的婚姻形态。我国有些地区，直至今日，在举行婚礼时，还常常模仿"抢婚"的仪式，演出一番男方抢劫、女方抗争的场面，成为一种必不可少的婚俗节目，这是抢婚形态的遗俗。

其次，丰富的婚姻仪礼。婚姻是慎重的大事。要听从"父母之命，媒妁之言"；要举行隆重的仪式；要选择恰当婚时。"在中国古代，行婚礼的季节，果属一定否，这是问题，应该广博地征诸各种文献，及从土俗学上与别的民族作比较研究的；但作为诗说，齐鲁韩毛四家，都有一定的季节。"② 李建芳在《诗经时代的女性生活研究》中以《桃夭》为例说明了"古人结婚的时期是在二三月间"③。"诗经时代的结婚，要经过什么手续呢？有豳风中的伐柯：伐柯如何？匪斧不克，娶妻如何？匪媒不得。伐柯伐柯，其则不远。我觏之子，笾豆有践。这可知古代社会男女的结婚，是匪媒不得成的。践是陈设，笾豆是些礼器，娶妻的时候，须隆重其事，陈设许多礼器，以表示慎重的意思。"④ 婚姻仪式首要有以下几个环节。第一，亲迎。"亲迎"是新婿亲自去女家迎娶新娘的仪式，是婚礼中的重要礼仪。这种礼仪相当繁缛琐细，"亲迎"的交通工具、新郎新娘的装扮和从者、新郎迎候的地点，还有闹洞房等，都属于"亲迎"礼仪。《诗经》中有多篇作品反映了这一礼仪形式。李建芳《诗经时代的女性生活研究》中以《召南·鹊巢》为例解读了这一习俗：

> 维鹊有巢，维鸠居之；之子于归，百两御之。
> 维鹊有巢，维鸠方之；之子于归，百两将之。
> 维鹊有巢，维鸠盈之；之子于归，百两成之。
> 这自然是一个贵族或富人嫁女，"百两御之"，"百两将之"，"百两成之"，不是贵族或富人自然办不到。当时的诗人很羡慕这纳亲之家大发其财。因之，他说：啊！这真是鹊巢鸠居呀！

---

① 李建芳：《诗经时代的女性生活研究》，《新创造》1932 年第 2 期。
② ［日］佐藤广治：《诗经底所谓三星与婚时（未完）》，《文学旬刊》1933 年第 1 期。
③ 李建芳：《诗经时代的女性生活研究》，《新创造》1932 年第 2 期。
④ 文震：《从诗经上说到婚姻问题》，《并州学院月刊》1933 年第 1 期。

从这首上，还可以看出古代迎亲的礼式，和现在差不多。先是男家去接亲（"百两御之"），然后是女家送亲（"百两将之"），此外，女家还要送许多东西（"百两盈之"）给女儿。

新娘子迎到新郎门上之后又怎样办呢？不必说，也和现在通行的仪式一样：行拜礼。拜礼时，新郎穿一身漂亮衣服，屋内要弄得热热闹闹地。[①]

在《诗经》时代，"亲迎"的交通工具主要是马车。《鹊巢》中就描写了百辆车子迎亲的隆重场面，男家百辆车迎接新娘，女家百辆车送亲，场面壮观热闹，可见当时迎亲车辆多已成为一种习俗。此外，新郎的衣服要漂亮，新房也要布置得喜气洋洋。

第二，闹洞房。又称闹新房，就是新婚之夜，亲朋好友在房中和新郎、新娘戏谑逗闹，又称戏妇或戏婿。文震《从诗经上说到婚姻问题》中以《唐风·绸缪》为例论述了这一习俗：

> 我们把婚姻上的第二个问题——结婚研究过，继续就研究洞房花烛夜的生活，这种生活在一般道学先生，雅不欲谈，我以为这是人生天性带来的一种自然而且必须的生活，关系优生学极大，如何能略而不谈呢！闲话少说，书归正传，看唐风里的绸缪罢：
>
> 绸缪束薪，三星在天，今夕何夕，见此良人，子兮子兮，如此良人何！
>
> 绸缪束刍，三星在隅，今夕何夕？见此邂逅，子兮子兮，如此邂逅何！
>
> 绸缪束楚，三星在户，今夕何夕？见此粲者，子兮子兮，如此粲者何！
>
> 这是女子嫁后，洞房中和她丈夫撒笑的话。大概他们事前已有一度计划，不期竟尔成为事实，喜出望外，所以起首就拿绸缪束薪，束刍和束楚的话，你看她对于洞房花烛夜欢乐如何呢？是今夕何夕，

---

① 李建芳：《诗经时代的女性生活研究》，《新创造》1932 年第 2 期。

见此良人，见此粲者，他并极力形容她的丈夫道：子兮！子兮！如
此良人何！如此粲者何！从前作了一度恋爱，而今成为夫妇，天助
其缘，所以说如此邂逅何！①

《诗序》认为此诗"刺晋乱也。国乱则婚姻不得其时焉"②。今学者
多以为《绸缪》是一首爱情诗。作者文震抛弃了《诗序》陈腐观点，语
带诙谐地谈起了"道学先生"雅不欲谈的话题——洞房花烛，因为这是
自然而然的天性，也是生活中不可或缺的事项。作者将这首被认为"婚
姻不得其时"的作品解读出了婚姻幸福圆满的内涵。从前的一度恋爱竟
成为今夕的洞房花烛，道不尽的喜悦之情，化作一声声情不自禁的感叹
"子兮！子兮！如此良人何！如此粲者何！"这哪里是"不得其时"的怨
刺，分明是佳偶天成的和美。作者打破《诗序》禁锢，将诗篇解读得富
有民俗气息和生活情趣。

第三，送嫁、陪嫁与归宁。《诗经》时代，女子出嫁，还有送嫁和
陪嫁的习俗。据王巍《诗经民俗文化阐释》书中对《诗经》反映的陪嫁
习俗进行了总结：在女子出嫁之时，娘家送给女子一些财物，主要是日
常生活用品，女子将这些财物带到丈夫家；还有就是随嫁到丈夫家的婢
仆，一般贵族嫁女才会有。古代诸侯嫁女，以同姓女子陪嫁做妾，称为
娣。李建芳《诗经时代的女性生活研究》在解读《桃夭》《燕燕》时就
提到了这一习俗：

桃之夭夭，灼灼其华；之子于归，宜其室家。
桃之夭夭，有蒉其实；之子于归，宜其家室。
桃之夭夭，其叶蓁蓁；之子于归，宜其家人。

自从女性中心变为男性中心之后，从前男大到女家的风习一变
而为女大到男家。从此女到男家反叫做"于归"，即是到自己家里
去。这种习俗在典型的封建社会内已成为确定的宗法法典。女大既

---

① 文震：《从诗经上说到婚姻问题（续第一期）》，《并州学院月刊》1933 年第 4 期。
② 向熹编：《诗经词典·〈毛诗序〉集录》，商务印书馆 2014 年版，第 859 页。

然要到别人家里去，女子自己的父母一旦当女儿离开自己时，一定
非常悲哀；又，父母在女儿出嫁时一定要送许多东西给女儿。——
这些，都反映在诗经里面。

燕燕于飞，差池其羽；之子于归，远送于野；瞻望弗及，泣涕
如雨；

燕燕于飞，颉之颃之；之子于归，远送将之；瞻望弗及，伫立
以泣；

燕燕于飞，下上其音；之子于归，远送于南；瞻望弗及，实劳
我心；

旧说这首诗是庄姜送陈女戴妫，我觉得不然。我看这首诗是写
女儿出嫁时的情形；"燕燕于飞，……颉之颃之，……上下其音"，
明明是象征女子出嫁得夫。"之子于归"，与桃夭和维鹊上的"之子
于归"应当是一样的解释。①

作者反对旧说，从民俗的角度提出新说。《诗序》认为《燕燕》一
诗是"卫庄姜送归妾也"②。朱熹《诗集传》承袭《诗序》主张："庄姜
无子，以陈女戴妫之子完为己子。庄公卒，完即位，嬖人之子州吁弑之，
故戴妫大归于陈，而庄姜送之，作此诗也。"③ 清代姚际恒《诗经通论》
也同意《诗序》之说。李建芳对此提出异议：旧说这首诗是庄姜送陈女
戴妫，我觉得不然。我看这首诗是写女儿出嫁时的情形；"燕燕于
飞，……颉之颃之，……上下其音"，明明是象征女子出嫁得夫。"之子
于归"，与桃夭和维鹊上的"之子于归"应当是一样的解释。④ 与《诗
经》中相类诗篇进行对比，结合民间婚俗，认为此诗是一首描写民间送
嫁的诗。在送女儿出嫁之时，父母还送许多东西给女儿，这就是陪嫁的
习俗。作者的新解中，不仅以民俗解读代替旧说，而且注意到这种送嫁、
陪嫁的习俗与女性社会地位的下降有关。不再是男性到女性家，而是女

---

① 李建芳：《诗经时代的女性生活研究》，《新创造》1932 年第 2 期。
② 向熹编：《诗经词典·〈毛诗序〉集录》，商务印书馆 2014 年版，第 855 页。
③ （宋）朱熹：《诗集传》，中华书局 2011 年点校本，第 23 页。
④ 李建芳：《诗经时代的女性生活研究》，《新创造》1932 年第 2 期。

性出嫁去男性家，明明是离开自己的家去别人的家却称为"于归"，作者认为这便是男尊女卑的表现。当然，女子出嫁后也还是会回来的，作者认为《周南·葛覃》便反映了"归宁"的习俗："女子既嫁之后，并不是永远不回母家的，反之，回母家是一定的礼节。言告师化，言告言归；薄浣我私；薄浣我衣；害浣害否，归宁父母。"① 作者认为"归宁"，回母家也是一种礼节。新婚女子回娘家探亲就叫"归宁"，也就是俗称的"回门"。"归宁"也是婚礼中的一项。"归宁"的习俗和送嫁习俗一样，一直传承了下来。

二　科技视角下的《诗经》民俗学阐释

1923 年，胡适在《〈科学与人生观〉序》中曾说："这三十年来，有一个名词在国内几乎做到了无上尊严的地位；无论懂与不懂的人，无论守旧和维新的人，都不敢公然对他表示轻视或戏侮的态度。那个名词就是'科学'。这样几乎全国一致的崇信，究竟有无价值，那是另一问题。我们至少可以说，自从中国讲变法维新以来，没有一个自命为新人物的人敢公然毁谤'科学'的。"② 胡适的论断是否过于绝对，我们也姑且不论，至少我们可以从他的论断中得到一个明确的信息，在当时"科学"具有一种革故鼎新的力量。"科学"最初被引入中国时，主要是指自然科学，但随着五四新文化运动的兴起，"科学"与"民主"成为五四新文化运动中光辉夺目的两面旗帜。"科学"被赋予了更为丰富的内涵，"它不仅历史地成为新文化的重要内容，而且也成为新文化在构建过程中的重要原则与方法。正是基于科学所提供的原则与方法，新文化运动的先驱们有效地引进了外来的各种文化，较为全面和深入地批判了中国固有文化的弊端"③。"科学"在政治和文化中的重要意义，自然而然地反映在学术研究中，从科技视角去吐故纳新地研究《诗经》、分析其中的民俗事象成为一种必要。"民间科学技术，理应是民俗学研究的

---

① 李建芳：《诗经时代的女性生活研究》，《新创造》1932 年第 2 期。
② 胡适：《胡适文集 3》，北京大学出版社 1998 年版，第 152 页。
③ 徐祖华：《五四新文化中的科学信念》，《中文论坛》2017 年第 2 期。

一个不可或缺的组成部分，或者说，如果离开了民间科学技术的调查研究，民俗学的研究就不能被认为是完整的。"① 民间的许多科学技术活动，如技艺传授、服饰制作等，本身就是民俗。民间流传着各种以天变预测吉凶顺逆的谚语，《诗经·小雅·信南山》中便有"上天同云，雨雪雰雰"的记载。中国的民间科学知识、民间工艺技术和民间医学都属于民间科学技术。

其一，天文历法与《诗经》民俗阐释。中国传统天文学包括天象观测和历法制定两个部分。天象观测的主要目的是用天象的变化来预测人间的祸福。历法的制定，主要是为了安排农业生产和祭祀活动。第一，透过"星"光看《诗经》中的民俗。1933 年《文学旬刊》载佐藤广治（作）、汪馥泉（译）的《诗经底所谓三星与婚时》文中，作者认为古代婚时是民俗学中一个需要旁征博引来探讨的重要问题，但三家诗与毛诗观点不一致，这个不一致在对"三星"的解释上有所体现，于是，作者便通过对"三星"为何的分析来探究古代行婚礼的季节，主要是针对与婚时直接有关的《唐风·绸缪》中"三星"进行讨论，最后提出：

> 所谓三星。看作参为稳当；看作心，是由于想定了以婚之正时为仲春而发生的附会说头吧。尤其是，参底显现的季节，为收获已终的农闲的季节，对于婚姻是很适宜的时候。在农桑的《荀子》中有着确证，也不是偶然的事。当这个季节，谁底眼中都潦然的三星，煌煌地交照着。这在与婚姻有关的诗歌中被歌咏，不是当然可以有的事吗。至于遂行婚姻，可定了截然的季节与否，这是须得再行论究的事；现在简单地说，我并不以为有一定的季节。但作为一般民众底习俗，自有以为便到的季节吧。而且以为，这可不是，太多是在这参底显现的冬期遂行的吗。②

作者认为对"三星"的不同解释反映出《毛传》《郑笺》对于"婚

---

① 钟敬文：《民俗学概论》，上海文艺出版社 1998 年版，第 208—209 页。
② ［日］佐藤广治：《诗经底所谓三星与婚时（续完）》，《文学旬刊》1933 年第 5 期。

之正时"各自不同的看法。第一，所谓"三星"当看作"参"。看作"心"，是以婚之正时为仲春而发生的附会之说；第二，"参"显现的季节，是适宜婚姻的时候。在《荀子》中有确证；第三，对于婚时，作者"并不以为有一定的季节。但作为一般民众底习俗，自有以为便到的季节吧"①。作者认为古代婚时并不一定发生于仲春或冬季，之所以有这种划分，一是由于"婚之正时"的不同观点；一是由于民众习俗。

1938 年《北平近代科学图书馆馆刊》第 5 期载野尻抱影《诗经的星》文中开篇即言："《诗经》不待说是中国最古的诗集，相传是自殷代至春秋时代四方列国的歌谣三千余篇，后经孔子删辑为三百十一篇的。这部诗集，同时又是投射侧光于中国古代的天文历学上的贵重文献。"②作者结合诗篇的题旨和其中所涉及的民俗来谈《诗经》中的"星"，主要以《诗经》中《小星》《绸缪》《七月》《渐渐之石》为例，谈了参、昴、火、毕四个星宿，如以《绸缪》为例，说"参"：

> 一样关于参，有著名的绸缪一诗：
>
> 绸缪束薪、三星在天、今夕何夕、见此良人、子兮子兮、如此良人何。
>
> 绸缪束刍、三星在隅、今夕何夕、见此邂逅、子兮子兮、如此邂逅何。
>
> 绸缪束楚、三星在户、今夕何夕、见此粲者、子兮子兮、如此粲者何。
>
> ——《国风·唐风》（绸缪）
>
> 依古注所说，这首歌谣是咏国乱民贫，夫妇虽结缘而不得婚姻之时，及后乃得遂其婚姻之礼的欣喜的。首章妻语其夫，次章是夫妻共语，末章是夫语其妻；各章之"子兮子兮"是自己叫自己的欢喜之辞。而各章起句"绸缪束薪……束刍……束楚"，可以解作男女成婚的隐喻。于是，根据诗经中收着这首诗和"习习谷风"一类

---

① ［日］佐藤广治：《诗经底所谓三星与婚时（续完）》，《文学旬刊》1933 年第 5 期。
② ［日］野尻抱影：《诗经的星》，《北平近代科学图书馆馆刊》1938 年第 5 期。

的诗的事实，古来一部学者，便作为否定《史记·孔子世家》之以诗经为孔子所删定的记载的主要理由了。

再说这里反复说着的"三星"。这究竟所指何星，也是自古纷纭聚讼。……学者的解说也莫衷一是。

关于此事，有一件饶有兴趣的事。民国二十二年版的小科学书《天文考古录》里面，载着一个新说，说："三星在天"指冬季的参三星，"三星在隅"指暮春出现的心三星，最后的"三星在户"指新秋七夕前后的牵牛（现名河鼓）三星。而且加以解释道：诗，是藉三对的星教人以宜于嫁娶的季节，戒人以夏非其时的。

此说虽嫌过度拘牵于星象，但其三星的配列，还扛出很相似的河鼓三星，使我想起日本也有些地方名这三对的星同为"参星"（Oyakatsugibosh）。

要之，"三星"的任何解释都难以越出臆测一步的。然而诗本身，一边咏恋爱的喜悦，一边却冷森森静寂寂，有说不出的悲哀。而且严冬的三星在那里刻画得最清楚。二千几百年前的中国的风俗固无由设想，但是由于这一次的事变，试在内地的寒村空想这样的情景，我想也未必徒然罢。①

作者在这里既采旧说，又引新释；既与"自古纷纭聚讼"类比，又与日本之习俗对比。第一，采古注解析题旨；第二，引毛亨、郑玄观点等探究"三星"为何，而"学者的解说也莫衷一是"；第三，引民国之时新释"诗，是藉三对的星教人以宜于嫁娶的季节，戒人以夏非其时的"；第四，提出自己的看法。作者认为关于"三星"的解释都是臆测。尽管无法真正由"三星"解读出千百年前的风俗，但恋爱的喜悦与冬日寒星的刻画，相互映衬间烘托出的悲哀伤感之境，颇有文学色彩。

作者还引《小雅·都人之什·渐渐之石》：

有豕白蹢、烝涉波矣、月离于毕、俾滂沱矣、武人东征、不遑

---

① ［日］野尻抱影：《诗经的星》，《北平近代科学图书馆馆刊》1938 年第 5 期。

他矣。……

据说这首诗是周代东征的武将咏行路之艰的诗的一节，而屡次被引用的是"月离于毕、俾滂沱矣"句此即所谓月五星干犯占，究竟有多少事实的根据不得而知。……

一方面在西洋，自希腊以毕（Hyades 星群）为降雨的星，后世的诗亦常有咏之者。于是学者中也有谓其与东洋的毕宿传说有所关联者。①

《渐渐小石》是一首描写周王朝将士东征，慨叹道路艰险、跋涉劳苦的诗篇。"月离于毕、俾滂沱矣"两句朱熹《诗集传》注解为："毕，星名。豕涉波，月离毕，将雨之验也。"② 这句诗是说，月亮靠近毕星，有雨。作者指出，"月离于毕、俾滂沱矣"即所谓月五星干犯占，虽不知"有多少事实的根据"，但希腊也认为"毕为降雨的星"。民间流传的各种预测气候变化、水旱程度的方法，虽"究竟有多少事实的根据不得而知"，但是"由于占星的需要，人们认识星的数星、亮度、颜色、分布、运动等自然属性，则有一定的科学价值"③。

第二，通过《诗经》中的天文历法探讨其成书时代。1928 年《科学》第 1 期载饭岛忠夫（撰）、陈啸仙（译）《书经诗经之天文历法》一文通过对《吉日》《十月之交》《小星》《巷伯》等诗篇中的天文历法的解读来推断《诗经》的成书时间：

《诗经》之编纂，究属何时代之事乎？试检其内容，又有十干十二辰。《小雅吉日》篇曰：吉日维戊。吉日庚午。《小雅十月之交》篇曰：十月之交，朔日辛卯。

此等诗篇，皆干支制作以后所作者。《诗经》中又有二十八宿。《国风召南小星》篇云：嘒彼小星，维参与昴。《小雅巷伯》篇云：

---

① ［日］野尻抱影：《诗经的星》，《北平近代科学图书馆馆刊》1938 年第 5 期。
② （宋）朱熹：《诗集传》，中华书局 2011 年点校本，第 230 页。
③ 钟敬文：《民俗学概论》，上海文艺出版社 1998 年版，第 214 页。

哆兮侈兮，成是南箕。又《大东》篇云：睆彼牵牛，不以服箱。有
捄天毕，载施之行。维南有箕，不可以簸扬。又《渐渐之石》篇
云：月离于毕，俾滂沱矣。凡此诸诗，皆二十八宿命名后所作者。

《豳风七月》篇云：七月流火。此乃十二次之一也。此篇乃歌
一年间各月农事之状态者。其历以立春之节为正月，古来学者之说
皆一致。所谓七月流火者，当七月，即立秋时，大火即 Scorpio 或可
为其代表之 a Scorpii，昏时低下于西方也。若据《毛诗》之序为周
初所作，则有一月之差。若视为西元前三四百年时之状态，则无
困难。

又《十月之交》篇中，记日蚀事曰：十月之交，朔日辛卯，日有
食之，亦孔之丑。《毛诗》序云：十月之交，大夫刺幽王也。……予
以为《诗经》之日蚀，与春秋之日蚀为以同法推定者。其诗之后
段，又明言其有月蚀周期之智识云：

彼月而食，则维其常，此日而食，于何不臧。《史记天官书》
述月蚀周期之后，有云：故月蚀常也，日蚀为不臧。两相参考，益
足证明前之推定矣。

平山博士又于纪元前一千年至一年间，求中国可见十月辛卯之
日蚀尚有二个；即 B. C. 735 XI 30 及 B. C. 491 XI 14 也。前者当平王三
十六年，后者当鲁哀公十四年。博士谓《诗经》之日蚀，中国全地
皆能见之；本此理由以推之，解作平王三十六之事。但予由其诗之
内容考之，疑系幽王时事。故《诗经》编纂时期，亦不能不谓与
《书经》同时代。《诗经》之诗，或为民谣，或为朝会之歌，或祭祀
所用之歌，实多为以前传来者。然三百篇编纂完成之年代，决不能
谓在《书经》完成以前。①

作者对《诗经》中所提及的天文现象进行整理分析，相关的天文现
象主要有"十干十二辰""二十八宿""十二次""日蚀""月蚀"等，
将这些现象与相关文献记载（如二十八宿命名，《史记》中的月食记载

---

① ［日］饭岛忠夫：《书经诗经之天文历法》，陈啸仙译，《科学》1928 年第 1 期。

等）相对比，来判断《诗经》的成书年代。

其二，地理气候与《诗经》民俗阐释。地理学知识主要集中在地貌、矿物、气候、气象、水文等几个方面。地理环境的不同，会形成不同的民间风俗。气象气候知识也具有较强的地域性，不同地区认识气象的角度不同，形成各种民谚。第一，因地理区域不同而呈现出不同特点。1934 年胡光熙《诗经之年代与地理之考证》文中说："诗经三百篇，以黄河为中心，故属于中国北方之文学也。"① 依据地理位置，从整体上概述出《诗经》具有北方文学特点。《诗经》篇目所涉及地区广泛，对其进行细致的地理区分，更能见出其特色。《诗经》分类编排的体例，体现出不同地理环境下的差异性，这在《汉书·地理志》便有阐述。这一时期的《诗经》研究也不乏这样的阐释。1945 年《教育与文化（福州）》创刊号载林志纯《诗经地理研究》一文从三个方面对《诗经》地理研究进行了论述：从地理观点说风、雅、颂；《诗经》之地理分布；《诗经》地理区域。作者从地理观点区分风、雅、颂之别："窃以为风、雅、颂之别，当从地理观点求之，因其来源之不同，即由于地理故也。大体言之，雅为中央之诗，风为地方之诗，颂则中央地方皆有，然专用于郊庙。故国风多作于平民，虽有时亦出于贵族；雅、颂多作于贵族，虽有时亦采自平民。"② 这样的区分，一方面有利于清晰地看到风、雅、颂的区别，另一方面有利于突出《诗经》非"经"的"平民"性特点。第二，《诗经》与气候变迁。周朝以农立国，《诗经》中有不少反映农业生产的农事诗，农业生产与气象、气候关系密切，不乏如"上天同云，雨雪雰雰"这样的谚语。朱熹《诗集传》解说为："同云，云一色也。将雪之候如此。"③ 在这一时期，也有学者从气候角度关注《诗经》，如1935 年《复兴月刊》第 9 期鲍先德的《从诗经卫风上证明黄河流域古今气候之殊异》文中，从气候变迁角度对《诗经》进行研究，但作者主要是以《诗经》为史料，证明黄河古今气候的不同。作者说："余以为中

---

① 胡光熙：《诗经之年代与地理之考证》，《持志中国文学系二二级级刊》1934 年第 1 期。
② 林志纯：《诗经地理研究》，《教育与文化》1945 年第 1 期。
③ （宋）朱熹：《诗集传》，中华书局 2011 年点校本，第 205 页。

国黄河流域，古时实有竹，无须采之域外。诗《卫风·绿竹》篇曰：'瞻彼其澳，绿竹漪漪'又曰：'籊籊竹竿，以钓于淇'若谓上古之竹，采自域外，则此漪漪者何由解之？古所谓渭川千亩竹，亦何以解之？考淇县在今河南极北境，位于北纬三十六度，所谓淇水汤汤之淇水即由淇县之北境，而东南流入卫河，再东北流入山东境，于临清与运河交合，据淇县人云。今时气候，至为寒冷，已无竹之踪迹，由此以观，则古时淇县之气候，必绝异于今日。否则何以有漪漪之绿竹乎？淇县在黄河之北，其情如此，则黄河流域之他部，当可类推而得。"① 此后，作者从"森林之斩伐""地形之变异""沙漠之南迁"三个方面分析了气候变异的原因，"由以上三端观之，黄河流域古今之气候，必有重大之不同，故春秋时淇县之竹，尚能绿色漪漪，今则渺无其迹，彼时气候既温暖适宜，故我先民能于其间休养生息。发荣滋长，在历史上造成灿烂光辉之文化也"②。这种对比观照之于今日的生态环境建设仍有现实意义。

其三，医药与《诗经》民俗阐释。在古代医学被视为"方技"的组成部分。根据《汉书·艺文志》的记载，"方技"包括医经、经方、神仙、房中四大部分，共同特点是求得健康长寿、延续生命。随着历史发展，"神仙"和"房中"这类方术色彩较浓的内容，逐渐与道教融合而脱离了医学体系，"医经"（医学理论）与"经方"（治疗方法）逐渐成为传统医学的主体。中国古代药物的使用渊源很早，药物知识的文字记载可以追溯到先秦。1927 年《医界春秋》第 17 期载沈香波《诗经苤苢莱茵为中国女界最古药物学》，文中指出："周礼天官命医师聚毒药以疗民疾。其明证也。是故考药物者。莫古于诗。药物之关乎女子者。尤莫古于诗。"③ 认为苤苢（车前草）与莱茵（贝母）与女性关系密切。"吾女界粗明药物。学于风诗。早具端倪。"④ 1947 年《进修月刊》第 1 期所载的林凯民《诗经药物考》一文对《诗经》中所涉及的药物从"诗经篇名""诗经药物原名""今名""效用"四个

---

① 鲍先德：《从诗经卫风上证明黄河流域古今气候之殊异》，《复兴月刊》1935 年第 9 期。
② 鲍先德：《从诗经卫风上证明黄河流域古今气候之殊异》，《复兴月刊》1935 年第 9 期。
③ 沈香波：《诗经苤苢莱茵为中国女界最古药物学》，《医界春秋》1927 年第 17 期。
④ 沈香波：《诗经苤苢莱茵为中国女界最古药物学》，《医界春秋》1927 年第 17 期。

方面进行了梳理统计，作者以科学的统计方法揭示出《诗经》中所包含的药物知识。作者说："论语阳货章，子曰：'小子何莫学夫诗。诗可以兴。可以观。可以群，可以怨，迩之事父，远之事君，多识于鸟兽草木之名'。予始疑之，迨先师顾公明道，谓予，汝学医，曷知诗经中有药物乎。乃读诗，信焉。"① 作者以医者的科学精神对曾经怀疑的《诗经》进行了研究，发现了其中的医学价值，并身体力行地发扬之。

"五四时期的科学精神，其实更多的代表一种批判性的知识态度和人生态度，它并非是建筑在完备的科学研究基础上所形成的'实验室伦理'，而是胡适所言的'重新估定一切价值'的怀疑精神和探索精神。"② 正是这种大胆质疑而勇于探索的科学精神推动了《诗经》民俗阐释的进一步发展。

三 生活视角下的《诗经》民俗学阐释

在提倡民主与科学的时代思潮下，以女性视角和科技视角对《诗经》中民俗事象进行阐释是自然而然的，但对于《诗经》民俗事象的阐释不仅仅出于这两种视角，且难以分出具体类别，其中有关于农业的、音乐的、服饰的、宗教信仰的等各种民俗事象。虽然这些民俗事象属于不同民俗类型，但它们都与人们的日常生活密切相关。因此，我们不妨以"生活"这一视角去分析探讨。生活是指人类生存过程中的各项活动的总和，实际上是对人生的一种诠释，包括人类在社会中与自己息息相关的日常活动和心理影射。生活中的衣食住行、大事小情无不与民俗文化有着千丝万缕的联系。

其一，服饰与《诗经》民俗阐释。"从服饰文化学的角度来看，服饰已经渗透在民俗诸般事象之中，而民俗，由于是作为人的生活习俗的轨迹，始终也离不开，甚至说不可能离开服饰——服饰与人已密不可分。"③ 服饰是民俗事象之一，它与民俗密不可分，"服饰是民俗生活的

---

① 林凯民：《诗经药物考》（一），《进修月刊》1947 年第 1 期。
② 唐小兵：《"五四"倡导的科学精神》，《团结报》2015 年 4 月 30 日第 7 版。
③ 华梅：《服饰民俗学》，中国纺织出版社 2004 年版，第 5 页。

产物，服饰是民俗的载体，服饰丰富了民俗生活"①。《诗经》中已有不少关于服饰的记载，"我们不妨将这部分的材料摘出研究，以明当时人类的衣的生活，也是民生学上及古代社会史上所当讨论的。我们从这里可以明了《诗经》时代的衣服是与阶级制度有关；而衣料的来源又与妇女的生活有关"②。1933 年《女子月刊》第 8 期载黎正甫《诗经时代之服装与妇女生活》文中结合《诗经》中的具体诗篇，先介绍了关于衣服织造的基本问题：衣服的织造已有专业；衣服不仅有实用价值，也讲究美观；衣服的材料；织工比较精密。然后论述了衣服与阶级制度有关："我们知道那时候的社会制度，是有阶级区分的，所以穿的衣服，当然要分出等级。上面说过，天子穿衮服，上公穿衮服，惟天子之衮服异于上公。其余卿大夫则狐裘，羔裘。贵族的女子也都是锦衣绣裳，异于普通平民。并且重男轻女，男子与女子自呱呱坠地后，就有歧视于其间。穿的衣服，不消说得男子要优于女子。"③ 可见，在《诗经》中，不同阶级之间、男女之间的服饰是存在差异的，这反映出根据人的阶级、地位和身份的不同而构成的服饰习俗文化。

其二，农业与《诗经》民俗阐释。农业民俗是伴随古代农业经济生活而产生的文化现象。它既是生产经验的总结，又是指导生产的文化产物。第一，农业生产过程习俗。这类习俗主要包括农业生产工具的制作与使用及具体的生产程序等。此类民俗既可以起到传授农业生产技术知识的作用，也是精神文化的重要组成部分。1943 年《新湖北季刊》第 3 期载李长年《诗经时代之农业生产及其问题》一文对此论述甚详，主要从自然环境、主要农作物、农具、农业经营、农业附产、农业生产上的问题几个方面对《诗经》时代的农业生产问题进行阐释。择其要点录之：

一、周人是农业民族。以其自然环境论，是极适宜于农业之发展。

---

① 华梅：《服饰民俗学》，中国纺织出版社 2004 年版，第 1 页。
② 黎正甫：《诗经时代之服装与妇女生活》，《女子月刊》1933 年第 8 期。
③ 黎正甫：《诗经时代之服装与妇女生活》，《女子月刊》1933 年第 8 期。

二、农作物之种类很多，而以黍稷为其主要之食粮。

三、农具已采用青铜，有耒耟钱镈铚艾等器具。

四、周代农业经营有二特质，（1）是大农制的生产，（2）扩散化的经营。因而耕作技术亦有所进步，如采耦耕制，并知道施肥、灌溉、中耕、除虫害等技术。

五、农业附产中有渔猎、牧畜、养蚕、染织等项，后二者是农家妇女的工作。

六、周代农业技术虽然提高，农业生产虽云发达，但仍有障碍农业发展之限制因子在。如在自然条件方面，有旱灾、风暴、虫害、土埌冲刷等现象，在社会经济条件方面，农业生产关系趋于恶劣，领主一味盘剥农奴，使他们不能安于生产，致为限制农业改进之有力的因子。而周人对于自然之限制因子，诿归之鬼神对，于社会经济制度上之矛盾，又未察知。所以，长此以往，造成春秋时代人口上之相对过剩及社会紊乱的局面。①

第二，祭田神、先农和社神的习俗。在我国古代农业生产占主导经济成分的社会里，祭天、祭祖、祭山川土谷之神等是农事活动中的一项主要内容。人民期望通过这种仪式活动，满足生产和生活上的需求。1943 年《文艺先锋》第 4 期载成惕轩《诗经中的兵与农》中反映这种情况：

田家的祭祀

古代以神道设教，人民大都崇祀天神，以期禳灾赐福，田家亦然，其举行的祭祀，约可分为下列两种：

1. 祈年　岁收的丰歉如何？影响农民的生计甚大！而农民对于年岁丰歉的由来，则以冥冥之中，自有主宰，故于山川社稷等等，特致馨香祷祝之忱，翼能"介黍稷而穀士女"：

小雅甫田云："以我齐明，与我牺羊，以社以方，我田既臧，农

---

① 李长年：《诗经时代之农业生产及其问题》，《新湖北季刊》1943 年第 3 期。

夫之庆，琴瑟击鼓，以御田祖，以祈甘雨，以介我稷黍，以穀我士女"（朱云社后土也方者秋祭四方报成万物田祖先啬也即神农）。

大田云："来方禋祀，以其骍黑，与其黍稷，以享以祀，以介景福"（朱云禋祀四方之神而报赛焉）。

一旦遭遇凶荒，即至慨于圭璧之无灵，群公之莫助，如：

大雅云汉云："天降丧乱，饥馑荐臻，靡神不举，靡爱斯牲，圭璧既卒，宁莫我听。……旱既太甚，黾勉畏去，胡宁瘨我以旱，憯不知其故，祈年孔夙，方社不莫。昊天上帝，则不我虞，敬恭明神，宜无悔怒。"

以上是属于祈年方面的。

2. 祈祖 古者以孝教天下，人民尊祖敬宗，烝尝罔替，每当春秋佳日，便即举行隆重的祀典。[①]

祭祀是民众向神祇乞求福佑或趋避灾祸的一种行为，它具有相应的仪式制度。祭祀的祈神活动，充满着神秘的宗教气氛。随着社会的发展进步，其中的宗教色彩渐渐淡薄。祭祀是通神的主要手段，是祈神、谢神的基本形式。人们敬天祭祖希望得到庇佑和赐福，同时，通过祭祀还能加强部落内部、氏族、家族内部的团结。此外，祭祀时所保存的神话、传说、歌舞等活动，也起到了传播文化的作用。

其三，音乐与《诗经》民俗阐释。民间音乐与宗教祭祀音乐、宫廷音乐、文人雅士音乐共同构成中国传统音乐。四类音乐有密切的内在联系，但社会功用有所不同。杨荫浏《中国古代音乐史稿》对《诗经》中的歌曲性质进行了分类总结："《诗经》中歌曲共分三类：1.《风》包括十五国的民歌……2.《雅》是贵族文人在学习了民间歌曲之后，发抒自己的思想感情的作品……3.《颂》是王在祭自己的祖先时所用的乐歌。"[②] 总体来说，《国风》最容易看出民歌曲调的重复和变化情况；《雅》的歌词中也可以看出贵族文人的创作中有着民间歌曲的基础，它

① 成惕轩：《诗经中的兵与农》，《文艺先锋》1943 年第 4 期。
② 杨荫浏：《中国古代音乐史稿》，人民音乐出版社 1981 年版，第 48 页。

们的结构形式大体与民歌相同，是出于民歌的体系；"颂"则很少与民歌有共同之处。

在这一时期，《诗经》已不再被视为"经"，而被视为乐歌、文学。1925 年顾颉刚在北京大学研究所《国学门周刊》发表了《论〈诗经〉所录全为乐歌》，作者认为"《诗经》中一大部分是为奏乐而创作的乐歌，一小部分是由徒歌变成的乐歌"①。作者着重说明《诗经》所收的民间徒歌在编制时已经全由乐工改为乐章。1930 年《东北大学周刊》载张旭光《读书札记——古歌与诗经》中说："风是平民的歌谣，遇有不平，不满的事，便歌他们的怨愤，拿他们所歌的来讥警人主"，"雅比风深，是卿士，丈夫们的作品，不像平民像那的真纯"，"颂是贵族的私用的作品，用它颂扬祖宗的功德，词句非常华丽，并没有平民的思想"。"按照文学的眼光去看，风顶好，雅次之，颂是顶干燥无味的东西，而没有情感换言之：风是民歌就是平民文学；雅是朝廷的文学；颂是宗庙的文学。"② 作者认为风、雅、颂有不同的社会功用，也是不同类型的文学。1932 年《协大学生》载沈岁霖《诗经新论》，作者提出："我们应当在诗的本身上来解诗，我们决不能还因袭道学的传统，来凭空揣测《诗经》是美什么人的圣德，是褒奖那个圣女的幽闲贞静之德。我们相信《诗经》有许多惹情的歌曲，那些歌曲是情感的结晶品，是爱的出产物，也许是古代人间社会的写真。我们应该睁开我们的倦眼，戴上一副望远镜来窥视诗经里面的景物和宝贝。"③ 作者回到"诗的本身上来解诗"，认为《诗经》是"古代人间社会的写真"。1941 年《宇宙风（乙刊）》发表的金启华、周仁济（合译）的《诗经战歌今唱（汪辟疆序）》提出"诗歌本来要和语言和音乐作密切的结合，才能大众化"④。《无衣》《破斧》《载驰》"这几篇古代战歌，是充满了民族自卫和奋斗到底的精神；也就是我民族坚强抵抗暴力，获得一种光荣战绩的绝好史料"⑤。

---

① 钱小柏编：《顾颉刚民俗学论集》，上海文艺出版社 1998 年版，第 266 页。
② 张旭光：《读书札记——古歌与诗经》，《东北大学周刊》1930 年第 108 期。
③ 沈岁霖：《诗经新论》，《协大学生》1932 年第 4 期。
④ 金启华、周仁济：《诗经战歌今唱（汪辟疆序）》，《宇宙风（乙刊）》1941 年第 40 期。
⑤ 金启华、周仁济：《诗经战歌今唱（汪辟疆序）》，《宇宙风（乙刊）》1941 年第 40 期。

第四章　《诗经》民俗学阐释研究的价值（1919—1949）

　　贾植芳在《中国文学史料学》序中说："我国过去的文学史料研究家，对中国文学史料的整理和研究，多从断代史着眼：或者是中国古代文学，或者是中国近代文学、现代文学，可谓划疆而治，壁垒分明，'井水不犯河水'。但中国文学史料学作为一门独立学科，实应贯通古今，视古今为一个整体。"① 中国文学史料学是中国文学史研究的基础学科，它是中国文学和历史学的交叉学科。我们研究的问题，在学科上，涉及《诗经》学与民俗学的交叉；在时间范围上，涉及古今。五四新文化运动之后，传统《诗经》学研究逐渐为现代《诗经》学研究所取代，《诗经》的经学意义被文学解读所消解、淡化。然而，《诗经》无论是被视为儒家经典，还是被看作最宝贵的古代文学作品，它都是中国文化的瑰宝，这些从古到今各有侧重的阐释和解读，从整体意义上说，都是《诗经》学研究中互相关联的、应该贯通的组成部分。同时，随着中外文化的交流和融会，西方的先进思想和新方法进入《诗经》学的视野中，为《诗经》学建设提供了新的借鉴。这样，汲取着新思想和新方法的《诗经》民俗学阐释在对传统《诗经》学大破大立的革新中发展起来，它身上有《诗经》恒久的魅力，也有新时代给予的勃勃生机。

---

　　① 潘树广、涂小马、黄镇伟主编：《中国文学史料学》，华东师范大学出版社2012年版，"序"第2页。

第一节 由经到俗的《诗经》研究新局面

在第一次世界大战和俄国十月革命胜利的影响下，民主观念传播开来，"平民主义思潮"兴起，研究者纷纷将研究重点投向民众，学术界出现了"平民文学"的口号。新文化运动提出"民主"与"科学"的口号，被唤醒的中国知识分子对儒家文化进行了深刻的反思与批判。西方新思想、新方法的传入开拓了学者的研究视野。在这些因素的影响和推动下，20世纪20—40年代，中国古典文学研究领域形成了空前活跃的局面。这一时期政治、经济、文化上的种种新变投射在《诗经》学研究上，使《诗经》阐释呈现出由经到俗的新局面。

一 以民主和科学为支点的《诗经》民俗学阐释

胡适因提倡文学改良而成为新文化运动的领袖之一，他致力于推翻存在了两千多年的文言文，是第一位提倡白话文、新诗的学者。《寄陈独秀》（原载于1916年10月1日《新青年》第2卷第2号）和《文学改良刍议》（原载于1917年1月1日《新青年》第2卷第5号）都鲜明地提出文学革命"八事"。"八事"虽基本相同，却同中有异。在《寄陈独秀》中，被其视为"精神上之革命"的最后两事（即"七曰，不摹仿古人，语语须有个我在。八曰，须言之有物"[1]），而在第二年发表的《文学改良刍议》一文中，则列在"八事"之首（"一曰，须言之有物。二曰，不摹仿古人"[2]）。两文虽相隔不久，表现出的革新（特别是精神上之革新）之意越发明确。陈独秀为之"声援"的《文学革命论》一文则着重阐释了"精神上之革命"的重要性。认为"政治界虽经三次革命，而黑暗未尝稍减。其原因……大部分，则为盘踞吾人精神界根深底固之伦理，道德，文学，艺术诸端，莫不黑幕层张，垢污深积"[3]。可

---

① 胡适：《胡适文集2》，北京大学出版社1998年版，第5页。
② 胡适：《胡适文集2》，北京大学出版社1998年版，第6页。
③ 胡适：《胡适文集2》，北京大学出版社1998年版，第15页。

见，在新文化运动主将的心目中，"文学革命"不但是"精神上之革命"的重要组成部分，而且关系到革命是否能真正成功。正是基于这样的背景，胡适对《诗经》的阐释，打破了传统的经学观念，融入了"民主"和"科学"的色彩，他说："在我看来，'民主'是一种生活方式；是一种习惯性的行为。'科学'则是一种思想和知识的法则。科学和民主两者都牵涉到一种心理状态和一种行为的习惯，一种生活方式。"（《"五四运动"一场不幸的政治干扰》）①胡适将其对"民主"和"科学"的独特理解融会于《诗经》阐释中，即以民俗学的方法来解读《诗经》。

"民俗，即民间风俗，指一个国家或民族中广大民众所创造、享用和传承的生活文化。"②而"民俗学是研究民间风俗习惯的一门科学。它的主要任务，是以科学的态度，对历史与当代的民俗事象，进行调查、收集、整理、描述、分析和论证"③。简言之，"民俗学的任务，是帮助我们认识民族历史与文化传统，解释和改造现实社会生活"④。可见，民俗学是一门有助于人们认识历史与文化、改造现实社会的人文科学。同时，民俗学具有交叉学科的性质，与历史学、语言学、文化人类学、社会学、宗教学等都有着密切的关系。

"'民俗'，主要产生、流传于民间、下层社会"⑤的特点，以及"用风俗来为政治服务"⑥的传统正与新文化运动的政治目标相一致。在新思潮的冲击下，胡适以一种崭新的态度去评判作为儒家经典的《诗经》。他曾在《新思潮的意义》文中提出"研究问题、输入学理、整理国故、再造文明"⑦的主张，并强调"新思潮的唯一目的是什么呢？是再造文明"⑧。民俗学的性质和特点与旨在重建中国价值观的新文化运动正可呼应。《诗经》民俗学阐释成为新文化运动与文学革命之间起承转

---

① 胡适：《胡适文集1》，北京大学出版社1998年版，第356页。
② 钟敬文：《民俗学概论》，上海文艺出版社1998年版，第1页。
③ 钟敬文：《民俗学概论》，上海文艺出版社1998年版，第6页。
④ 钟敬文：《民俗学概论》，上海文艺出版社1998年版，第9页。
⑤ 王文宝：《中国民俗研究史》，黑龙江人民出版社2003年版，"概说"第1页。
⑥ 王文宝：《中国民俗研究史》，黑龙江人民出版社2003年版，"概说"第2页。
⑦ 胡适：《胡适文集2》，北京大学出版社1998年版，第551页。
⑧ 胡适：《胡适文集2》，北京大学出版社1998年版，第558页。

合的关节点。从民俗学的视角对《诗经》进行阐释研究，对实现新思潮的目的显然是十分有利的。

（一）研究态度：重新估定《诗经》的价值

《诗经》作为儒家经典被推崇了两千多年，在提倡文学革命的胡适眼里《诗经》具有与传统意义上的价值不同的新价值。这种对《诗经》价值的重新估定，不仅鲜明地呈现在专门之作中，如《谈谈〈诗经〉》；还体现在与之相关的研究中，如《中学国文的教授》。在此文中，胡适将中学古文教材分为两类：

（1）第一学年　第一年专读近人的文章。①

（2）第二三四学年　后三年应该多读古人的古文。我主张分为两种教材：

（甲）选本。不分种类，但依时代的先后，选两三百篇文理通畅，内容可取的文章。②

（乙）自修的古文书。最重要的还是学生自己看的书。一个中学堂的毕业生应该看过下列的几部书：

（a）史书：《资治通鉴》或《四史》（或《通鉴纪事本末》）。

（b）子书：《孟子》、《墨子》、《荀子》、《韩非子》、《淮南子》、《论衡》等等。

（c）文学书：《诗经》是不可不看的。此外可随学生性之所近，选习两三部专集，如陶潜、杜甫、王安石、陈同甫……之类。③

胡适自言"我这篇《中学国文的教授》，完全是理想的"④。但此文虽为构想，且对《诗经》只提了一句，其中却传达出重要的讯息。第一，中学四年的学习时间，学习近人文章的时间为一年，而学习古文是三年。第二，所拟定中学生古文教材似比今之大学生的参考书目更为深

① 胡适：《胡适文集2》，北京大学出版社1998年版，第157页。
② 胡适：《胡适文集2》，北京大学出版社1998年版，第158页。
③ 胡适：《胡适文集2》，北京大学出版社1998年版，第158页。
④ 胡适：《胡适文集2》，北京大学出版社1998年版，第162页。

广。在西学东渐的时代背景下，胡适认为这些书是"一个中学堂的毕业生应该看过"的。注意是"看过"，而非今之大学生视其为参考书目偶尔"查阅"。第三，胡适所列分类为史书、子书、文学书，这种分类与传统的"经史子集"四部分类法相近。胡适所列的"文学书"包含于集部。显然，在胡适的分类中独不见"经部"。胡适的分类虽没有"经部"，却仍十分关注"经典"，强调《诗经》是"不可不看"的。胡适将本为经典的《诗经》划入"文学书"之类，将《孟子》划入"子书"之类。他不仅刻意消解"经部"这一类别，还巧妙地暗示了《诗经》非"经"，而是"文学"。中学古文教材分类正是胡适新文化运动精神的体现。在这一构想中，致力于推翻文言文、提倡白话文的胡适对古文仍是极为重视的。学习时间上，学习古文的时间是学习近人文章时间的三倍。学习内容上，虽打破传统的分类，却仍涉及经史子集各个方面。正如"近代新学实际是新时代中西学术文化交汇过程中的新生命体"①，但这个新生命体与中国旧学有着密不可分的关系，"旧学是新学的基点和前提，没有旧学本身发展的内在要求，没有源于旧学的经世之学对于以'实用之学'为特征的西学的认同和最初的接纳，就不会有近代新学的起步"；"没有旧式书院和科举八股自身更新变革的现实要求，没有洋务以后新学堂体系与旧学体系的双轨并行及其渗透，就不会有近代新学制度上的最终胜利"②。胡适的国文教授计划正体现出"当中国士人和新一代知识分子立足于中国学术文化之基和社会现实，统摄西学而重建新的中学时，其基本的宗旨中则包含着避免西化和失落中学的努力"③。如梁启超《中国学术思想变迁之大势》中预言："二十世纪是中西文化'结婚'的时代，'彼西方美人，必能为我家育宁馨儿，以亢我宗也'。"④ 胡适不仅大力提倡白话文，还致力于新学制改革。其"促使中国近现代教

---

① 王先明：《近代新学——中国传统学术文化的嬗变与重构》，商务印书馆 2000 年版，第 208 页。

② 王先明：《近代新学——中国传统学术文化的嬗变与重构》，商务印书馆 2000 年版，第 207 页。

③ 王先明：《近代新学——中国传统学术文化的嬗变与重构》，商务印书馆 2000 年版，第 205 页。

④ 龚书铎：《近代中国与近代文化》，湖南人民出版社 1988 年版，第 108 页。

科书的价值取向、学科名称、编写体例、文化语境等发生了重要的转变"①。其新变之处，主要体现在对经典价值的重新估定上，以文学革命之呐喊动摇儒家经典之神圣。

作为新文化运动的领袖人物，胡适在《新思潮的意义》一文中指出："据我个人的观察，新思潮的根本意义只是一种新态度。这种新态度可叫做'评判的态度'。"②认为应当站在新文化的立场上，对因袭相传的风俗制度，对奉为经典的圣贤之言，都要大胆质疑与反思，要"重新估定一切价值"③。由此，胡适明确提出"《诗经》不是一部经典"④，"是一部古代歌谣的总集"⑤，并声称"《诗经》总算是世界文学上的宝贝"⑥，"是世界最古的有价值的文学的一部"⑦。被历代学者视为经典的《诗经》，在胡适眼中虽然仍是"宝贝"，却不再是"经典"，不过是一部"歌谣总集"。《诗经》之重要，不再是因其承载着王道教化、担当着美刺讽谏之责，而是因其是最古老、最有价值的"文学"作品。胡适不仅将《诗经》视为文学作品，还强调它是"歌谣总集"。胡适极为推崇民间文学，对歌谣亦很重视，曾专门撰文《歌谣的比较的研究法的一个例》探讨歌谣的研究方法。在胡适看来歌谣是指那些源于民间的，与文人创作有所区别的诗歌。他认为《国风》是"来自民间"⑧的歌谣，而"《大雅》、《小雅》里有一部分是当时的卿大夫做的"⑨。"孔子选诗，其三百篇中，大半皆情诗也"；"凡此诸诗，所以能保存者，正以春秋时代本不以男女私相恋爱为恶德耳。后之腐儒，不明时代之不同，风尚之互异，遂想出种种谬说来解《诗经》。诗之真价值遂历二千余年而不明，则皆诸腐儒之罪也"⑩。

---

① 吴小鸥：《文化拯救：近现代名人与教科书》，商务印书馆 2015 年版，第 326 页。
② 胡适：《胡适文集 2》，北京大学出版社 1998 年版，第 552 页。
③ 胡适：《胡适文集 2》，北京大学出版社 1998 年版，第 552 页。
④ 胡适：《胡适文集 12》，北京大学出版社 1998 年版，第 12 页。
⑤ 胡适：《胡适文集 12》，北京大学出版社 1998 年版，第 12 页。
⑥ 胡适：《胡适文集 12》，北京大学出版社 1998 年版，第 91 页。
⑦ 胡适：《胡适文集 12》，北京大学出版社 1998 年版，第 11 页。
⑧ 胡适：《白话文学史》，上海古籍出版社 1999 年版，第 15 页。
⑨ 胡适：《胡适文集 12》，北京大学出版社 1998 年版，第 12 页。
⑩ 胡适：《胡适文集 2》，北京大学出版社 1998 年版，第 34 页。

胡适标新立异的观点让《诗经》从"天上"落入"人间"。胡适以明白晓畅的语言，大胆坚决地打破了《诗经》神圣庄严的面目，赋予《诗经》以清新活泼的面貌。"假如这个观念不能打破，《诗经》简直可以不研究了"①，这种研究态度正体现了新文化运动精神在诗学领域的扩展与延伸，正是因为对《诗经》"经"的地位自觉而有针对性地"重新估定"，才有其后丰富的、多角度的《诗经》研究成果。

在肯定《诗经》文学性的同时，胡适充分认识到《诗经》的史料价值，认为《诗经》"可以做社会史的材料，可以做政治史的材料，可以做文化史的材料"②，并据此而读出"《野有死麕》一诗最有社会学上的意味"③。对《诗经》史料价值的肯定，并非始于胡适，其观点之独特在于能从社会、政治、文化上进行着眼。这既不同于传统学者通过强调《诗经》的史料价值来宣扬封建伦理观念，又不同于现代史学家纯粹从史学角度对《诗经》的利用。胡适对《诗经》史料价值的界定更为丰富，这有助于从社会、政治、文化等多角度对《诗经》内涵进行开拓发掘，推进更深层次《诗经》的研究。

胡适对《诗经》的价值进行了重新估定，《诗经》不是经典，而是文学、歌谣。这些歌谣不只是出于贵族卿大夫，还有很多来自民间。同时，《诗经》是带有"社会学"意味的史料。胡适对《诗经》价值的阐释中，已经具有了民俗学的意味。

（二）研究方法：以"科学"方法整理《诗经》

"民国初年作为教育现代化基础的主要命题是：随着帝制的崩溃，旧秩序已经无可挽回地失去作用；中国必须着手建立自己的新的教育制度；以及——随着新文化运动的兴起——'科学'和'科学方法'将证明是新制度得以建立的最坚固的基础。"④　新文化运动树立了"民主"和"科学"两面旗帜，这使中国在许多方面都发生了翻天覆地的变化，促成了

---

① 胡适：《胡适文集5》，北京大学出版社1998年版，第470页。
② 胡适：《胡适古典文学研究论集》，上海古籍出版社2013年版，第275页。
③ 顾颉刚：《古史辨》（三），上海古籍出版社1982年版，第442页。
④ ［美］费正清编：《剑桥中华民国史（1912—1949年）》（下卷），刘敬坤等译，中国社会科学出版社1994年版，第366页。

新思想、新理论的广泛传播。胡适所提倡的文学改良正是引人瞩目的新变之一。在《诗经》的研究中，常常可见"科学"的旗帜。胡适提出了现代《诗经》学研究的两个根本性方法，实际也是他所主张的"整理国故"的方法：其一，"用小心的，精密的，科学的方法，来做一种新的训诂工夫，对于《诗经》的文字和文法都重新下注解"①。其二，"大胆地推翻二千年来积下来的附会的见解；完全用社会学的，历史的，文学的眼光重新给每一首诗下个解释"②。

1921年4月27日《胡适的日记》中记载着他对于《诗经》的几点独立见解："关于训诂一方面，当用陈奂、胡承珙、马瑞辰三家的书作起点，参用今文各家的异文作参考"；"当注重文法的研究，用归纳的方法，求出'《诗》的文法'"；"当利用清代古音学的结果，研究《诗》的音韵"。他认为这样"既已懂得《诗》的声音、训诂、文法三项了，然后可以求出三百篇的真意，作为《诗》的'新序'"③了。以归纳的方法和古音韵学的结果来求出《诗经》真意，这正是胡适以"科学"方法整理《诗经》的体现。

1922年4月26日的日记中则提出"须用歌谣做比较的材料"，"须用社会学与人类学的知识来帮助解释《诗经》"，并明确提出"用文学的眼光来读《诗》。没有文学的鉴赏力与想象力的人，不能读《诗》"④。将《诗经》视为文学，而非经典。对《诗经》的研究要"平易近人"，借助人类学和社会学的知识，从古代时期的风俗习惯着眼，分析诗篇。

1922年8月19日的日记中提出"胡适试做的《诗经新解》"的研究计划：

（1）序说：先列举"旧说"，先秦及自汉人到龚橙、方玉润，不加评论，但使人看古人可以有随便瞎说的自由，我们现在也有同样的自由。次举"今说"，是我自己的诗序。

---

① 胡适：《胡适文集12》，北京大学出版社1998年版，第14页。
② 胡适：《胡适文集12》，北京大学出版社1998年版，第14页。
③ 胡适：《胡适的日记》，中华书局1985年版，第25页。
④ 胡适：《胡适的日记》，中华书局1985年版，第337页。

（2）训诂：

①动植物不详注，如雎鸠仅注"是一种水鸟"。

②凡古字今人不能了解的，皆用简明的"集注"法，于毛、郑、朱、……胡承珙、陈奂、马瑞辰诸家内，酌取一个最满意的解说。间列己意。

③古字有今字可举时，皆为举出。如"流之"之"流"等于现在南方之"撩"，北方之"捞"；如"芼"字等于今之"摸"。

④绝对的注重文法，故最注重所谓"词"（虚字）。

（3）校勘：择取四家诗异文及古书引诗异文之重要者。

（4）音韵：暂从阙，将来请玄同补作。

（5）写法：用新诗写法，每"句"为一行，每章为一段，注重标点符号。①

这一计划从序说、训诂、校勘、音韵、写法五个方面，提出《诗经》整理的构想，从不同角度印证胡适整理《诗经》的"科学"理念。阐释最多的"训诂"部分，主要运用比较归纳之法。"序说"采用"旧说"与"今说"对比的方式，虽不加评论，却令读者于新旧对照中发现旧说之不足，这亦属比较归纳的科学方法。"校勘"侧重考察异文，"音韵"中的"从阙"态度、"写法"注重标点符号都体现出胡适的"科学"理念。从《胡适的日记》中，我们可以看出胡适力图以科学的方式来整理《诗经》的态度。如其对《诗经》中"于以"的解释，便是以新经学的方法阐释的。胡适为《诗经》学研究建立起科学的方向，其所言"古经典在今日还正在开始受科学的整理的时期"②，对当时学界影响颇大。

1931 年 6 月 10 日《青年界》第 1 卷第 4 号的《〈周南〉新解》一文，较为系统地体现出胡适以"科学"方法整理《诗经》的主张。对《周南》11 篇诗歌重新注解，每篇注解均包括诗歌原文、字词训诂、旧

---

① 胡适：《胡适的日记》，中华书局 1985 年版，第 432—433 页。

② 胡适：《胡适文集 11》，北京大学出版社 1998 年版，第 759 页。

说罗列、今说新解四部分内容，并力图在相应内容中融入异于传统的新元素。"诗歌原文"采用新诗写法，每句一行，每章一段，并加以西式标点，使诗歌显豁易读。"字词训诂"解释词义，校勘文字。"旧说罗列"选取有代表性的大家之言，既能看到各家观点的异同，又能大体上观旧说之流变。"今说新解"阐释自己对诗篇的理解，观点颇为独到。值得注意的是，胡适提倡用民俗学的方法研究《诗经》，这与各代经学家的阐释迥然不同。这种阐释是建立在对《诗经》进行文学研究的基础上。他认为《诗经》是诗歌，是古代"无名之诗人"抒发内心情感的诗歌，反映了当时的社会风貌和生活习俗，应将它们放到当时的历史背景中进行解读。他对《周南》篇诗歌的解说颇为大胆，如认为《关雎》篇是"写一个男子思念一个女子，睡梦里想他，用音乐来挑动他。后人惯用此诗来贺初婚，故不知不觉的把这个初婚的意思读进诗里去"①。这与《毛诗序》"后妃之德也。《风》之始也，所以风天下而正夫妇也，故用之乡人焉，用之邦国焉"②的经典阐释相去甚远。胡适认为"用歌谣（中国的，东西洋的）做比较的材料，可得许多暗示"③。用意大利、西班牙、中国的苗族"男子在女子的窗下弹琴唱歌，取欢于女子"④的风俗来说明《关雎》是一首求爱诗，"他求之不得，便寤寐思服，辗转反侧，这是描写他的相思苦情；他用了种种勾引女子的手段，友以琴瑟，乐以钟鼓，这完全是初民时代的社会风俗，并没有什么稀奇"⑤。

胡适主张在解读《诗经》时运用歌谣、民俗学、社会学、人类学、史学等现代多学科知识当作参考比较的材料，摆脱毛《传》、郑《笺》、《诗序》、朱注等的束缚，"自己去细细涵咏原文"，认为"比较材料越多"，"《诗经》越有趣味"⑥。认为"用歌谣（中国的，东西洋的）做比

---

① 胡适：《胡适文集 10》，北京大学出版社 1998 年版，第 44 页。
② 王秀梅译注：《诗经·毛诗序》，中华书局 2015 年版，第 2 页。
③ 胡适：《胡适的日记》，中华书局 1985 年版，第 336 页。
④ 胡适：《胡适文集 12》，北京大学出版社 1998 年版，第 18 页。
⑤ 胡适：《胡适文集 12》，北京大学出版社 1998 年版，第 17 页。
⑥ 胡适：《胡适文集 12》，北京大学出版社 1998 年版，第 19 页。

较的材料，可得许多暗示"①。如用社会学与人类学的知识来解读《野有死麕》。广泛搜集歌谣民俗资料，将中国与西方的风俗进行比较，认为此诗是男子猎取野兽来向女子表达爱意的诗。"野有死麕，白茅包之"是"古代男子对女子求婚的一个方法"②。"美洲土人尚有此俗，男子欲求婚于女子，必须射杀一个野兽，把死兽置在他心爱的女子的门口。在中国古时，必也有同类的风俗。古婚礼'纳采用雁，纳吉用雁，纳征用俪皮（两鹿皮），请期用雁'（《士昏礼》），都是猎品。"③ 这是以亚洲、美洲的土著习俗作参考比较材料的。此种求婚献野兽的风俗，至今有许多地方还存在着。胡适的《诗经》"今说新解"启发了研究者在进行《诗经》研究时综合运用现代多学科知识方法发掘《诗经》文化内涵，尤其是原始文化内涵，闻一多及后来的《诗经》文化阐释一派多得力于这种发轫于胡适的研究方法。

（三）研究目的：以《诗经》民俗阐释推动"再造文明"

在《历史的文学观念论》中，胡适提出"一时代有一时代之文学"，"古人已造古人之文学，今人当造今人之文学"④。胡适的《诗经》阐释中同样体现出这种目的。"新文化运动是一场远离神圣、走向民间、回归人的原点的运动。"⑤ 这场运动促使学者的学术目光发生转移，拓宽了《诗经》研究的范围，引发了学术新观点的产生。胡适的《诗经》阐释中体现出新文化运动平民化、大众化、人性化的文化走向。经过春秋战国赋诗、言语、讽谏、典礼的实用阶段后，从汉代开始，《诗经》便被奉为蕴含了圣人教化的神圣经典，两千多年来学者的研究总是在不断回述圣人之意中，曲意迎合《诗经》的伦理教化功用。虽然其间也有如郑樵、方玉润等不同声音的存在，但传统《诗经》研究的主流还是以解经为目的的经学研究。相对传统诗学而言，胡适的《诗经》研究抛弃了传

① 胡适：《胡适的日记》，中华书局1985年版，第336页。
② 胡适：《胡适的日记》，中华书局1985年版，第336页。
③ 胡适：《胡适的日记》，中华书局1985年版，第336页。
④ 胡适：《胡适文集2》，北京大学出版社1998年版，第27页。
⑤ 白宪娟：《新文化运动影响下的古典文学研究论——以20世纪二三十年代的〈诗经〉研究为例》，《内蒙古社会科学》2007年第3期。

统的经学研究范式，如《谈谈〈诗经〉》中提到《野有死麕》是"男子勾引女子的诗"①；《小星》则"好像是写妓女生活的最古记载"②，描写了妓女送铺盖上店陪客的情形。这样的阐释无疑是走向民间而远离神圣的，胡适将《毛传》《郑笺》的附会解释视为糟粕，用回归人的原点的民俗学阐释撕下了笼罩在《诗经》上的庄严面纱，着力发掘《诗经》的本来面目，以确立起《诗经》的文学本位原则，让《诗经》成为"活的文学""人的文学"。③ 胡适所作正如其在《新思潮的意义》中所言："新思潮对于旧文化的态度，在消极一方面是反对盲从，是反对调和；在积极一方面，是用科学的方法来做整理工夫。"④ 最终，通过整理国故来推动"再造文明"。

与同时代的学者相比，胡适对《诗经》研究的贡献主要在于理论上的开创之功。尽管他对顺应潮流新变的《诗经》研究也产生了一些不良影响（如对《诗经》中民歌的过度推崇造成的研究偏颇），尽管他当时提出的某些观点并不十分符合《诗经》的实际情况，但是对于打破经学的桎梏、肯定《诗经》的文学地位，从而推动《诗经》学走上现代化的道路，起到了积极的作用。胡适对《诗经》的阐释侧重于强调《诗经》是一部歌谣总集、是一部民间文学作品，这与他在新文化运动中提倡白话文、提倡民间文学的观点相一致。胡适的《诗经》民俗学阐释，是他"整理国故"的一个重要组成部分，其目的是还《诗经》的本来面目、还原历史，以实现"新文化运动的最后目标""再造文明"。⑤

总体而言，在新文化运动中，胡适将其对"民主"和"科学"的独特理解融会贯通于《诗经》阐释中，即以民俗学的方法来解读《诗经》，这打破了传统的经学观念，在一定程度上实现了其"再造文明"的文学革命主张。如夏传才在《诗经研究史概要》中的评价："胡适是现代资产阶级《诗经》研究的开山人，在现代和当代《诗经》研究中，是有重

---

① 胡适：《胡适文集 12》，北京大学出版社 1998 年版，第 18 页。
② 胡适：《胡适文集 12》，北京大学出版社 1998 年版，第 19 页。
③ 胡适：《胡适文集 1》，北京大学出版社 1998 年版，第 106 页。
④ 胡适：《胡适文集 2》，北京大学出版社 1998 年版，第 558 页。
⑤ 胡适：《胡适文集 1》，北京大学出版社 1998 年版，第 389 页。

要影响的。"① 历史学家、传记文学家唐德刚在《胡适口述自传》中亦认为："我们如把胡氏整理国故的成绩和任何乾嘉大师或民国巨儒来平列互比，笔者个人便觉得到现在为止适之先生还是前空古人，后无来者的！"②

二　以乐歌为切入点的《诗经》民俗学阐释

顾颉刚是古史辨派的代表人物，同时也是一位卓有建树的民俗学家。顾颉刚的这种"双重身份"成为他开启《诗经》研究新方向的契机。他曾自言："我所以敢大胆怀疑古史，实因从前看了二年戏，聚了一年歌谣，得到一点民俗学的意味的缘故。"③ 他自戏剧和歌谣中获得启发，用民俗学的材料去考证古史。而他研究歌谣是有所为而为的："我想借此窥见民歌和儿歌的真相，知道历史上所谓童谣的性质究竟是怎样的，《诗经》上所载的诗篇是否有一部分确为民间流行的徒歌。"④ 正因为顾颉刚秉持着"历史上和古典文学上的许多问题必须用民间文艺的眼光方可得到解释和证实"⑤ 的态度，所以他以乐歌为切入点来探讨《诗经》的真实性质。

（一）认定了《诗经》所录全为乐歌

顾颉刚在《从诗经中整理出歌谣的意见》文中，从风、雅、颂的分类，较为具体地论述了《诗经》与歌谣的问题，认为风、雅、颂的分类就是歌谣与非歌谣的分类，即风是歌谣，雅、颂不是歌谣。但具体分析之后发现，《国风》中虽然有不少歌谣，但也有不少非歌谣；《小雅》中非歌谣的部分固然多，但歌谣也不少；《大雅》和《颂》中基本可以说没有歌谣。相比于胡适概论《诗经》"是一部古代歌谣的总集"⑥ 的观点，顾颉刚的观点更为符合实际，更为准确。同时，顾颉刚提出《国

---

① 夏传才：《诗经研究史概要》，中州书画社1982年版，第225页。
② 胡适：《胡适文集1》，北京大学出版社1998年版，第390页。
③ 顾颉刚等编：《古史辨》（一），上海古籍出版社1982年版，第214页。
④ 钱小柏编：《顾颉刚民俗学论集》，上海文艺出版社1998年版，"自序"第13页。
⑤ 钱小柏编：《顾颉刚民俗学论集》，上海文艺出版社1998年版，"自序"第21页。
⑥ 胡适：《胡适文集12》，北京大学出版社1998年版，第12页。

风》和《小雅》中的一部分平民歌谣，由乐师收集整理后转为乐章，已非歌谣本来的面目。这一观点受到了魏建功的质疑，他对顾颉刚提出的"《诗经》所收的民间徒歌已经全由乐工改为乐章"[1] 的观点提出了反对意见。顾颉刚作《论〈诗经〉所录全为乐歌》进行"解答"。

关于《诗经》所录是否全为乐歌，这在宋代以前是不成问题的。自宋以来，开始有人怀疑《诗经》中有一部分是徒歌，即"《诗经》有徒歌"论。顾颉刚认为徒歌和乐歌有区别的：徒歌是民众为了发泄内心的情绪而作的；没有一定的形式，也没有极整齐的格调。乐歌是乐工为了职业而编制的，更为重视乐谱的规律而不是内心的情绪；有整齐的歌词，复沓的乐调。两者无疑都具有音乐性，但又有天然的区别，徒歌是发自内心的歌唱，重在情感的抒发，不拘泥于外在形式；乐歌是乐工专为听者设计的，重视形式和乐调。厘清了两者的异同，再来具体分析《诗经》所载诗篇是徒歌还是乐歌。顾颉刚在《论〈诗经〉所录全为乐歌》中从春秋时期的徒歌、《诗经》本身、汉代以来的乐府、古代流传下来的无名氏的诗篇四个方面论述证明了《诗经》所录全为乐歌的理由，得出结论：

> 春秋时的徒歌是不分章段的，词句的复沓也是不整齐的；《诗经》不然，所以《诗经》是乐歌。凡是乐歌，因为乐调的复奏，容易把歌词铺张到多方面；《诗经》亦然，所以《诗经》是乐歌。两汉六朝的乐歌很多从徒歌变来的，那时的乐歌集又是分地著录，承接着《国风》，所以《诗经》是乐歌。徒歌是向来不受人注意的，流传下来的无名氏诗歌亦皆为乐歌；春秋时的徒歌不会特使人注意而结集入《诗经》，所以《诗经》是乐歌。[2]

顾颉刚引述《诗经》诗篇与春秋徒歌、汉乐府、古诗十九首以及当代民间歌谣作对比，进行了透辟的论证，反驳了魏建功的观点，也批驳

---

[1] 钱小柏编：《顾颉刚民俗学论集》，上海文艺出版社 1998 年版，第 252 页。

[2] 钱小柏编：《顾颉刚民俗学论集》，上海文艺出版社 1998 年版，第 282 页。

了南宋程大昌和清初顾炎武的"《诗经》有徒歌"的主张。夏传才对顾颉刚这一论断给予高度评价"顾颉刚对《诗经》的论断，可以认为是对这个问题八百年争论的一个总结"①。

（二）以民间文艺的眼光廓清《诗经》旧解的附会

顾颉刚将《诗经》认定为乐歌，是对一个争论了八百年之久的问题的总结，也是下一个问题的开始，"《诗经》里面有一部分是歌谣，或是由歌谣转成的乐歌，这是大家都承认的。究竟哪些是民间歌谣，哪些是贵族的诗篇呢？我们可以说，其中有一些原来确是平民唱的，它们为贵族所欣赏，由贵族的乐师收集起来，配上了乐谱。……至于究竟哪些是真正由人民群众唱出来的，哪些是贵族们模仿了民歌而做的，我们该得细细分析一下"②。我们承认了《诗经》是乐歌后，新的问题出现了，我们需要分析哪些是真正的民歌，哪些是模仿的民歌？为什么要区分呢？那是因为：

> 《诗经》中有好多篇实在与儒家思想毫无关系，只是过去硬被经师们套上了儒家的思想。例如《关雎》一首中的"关关雎鸠，在河之洲"，在实际上只是个起兴，但历代经学家却把它解释成是情意"挚而有别"，并把它说成是与后面的两句"窈窕淑女，君子好逑"有比拟的关系。其实，这完全是两回事。关于这起兴问题，我在苏州歌谣中找到了一些证据。例如：
>
> 萤火虫，弹弹开，千金小姐嫁秀才。
>
> 南瓜棚，着地生，外公外婆叫我亲外甥。
>
> 一朝迷露（雾）间朝霜，姑娘房中懒梳妆。
>
> 所有这些开头的一句都是引起后面一句的韵脚的。又如：
>
> 阳山头上竹叶青，新做新妇像观音。
>
> 栀子花开心里黄，三县一府捉流氓。
>
> 这前后两句更可以看出是无关的，"栀子花开心里黄"和"三县一

---

① 夏传才：《二十世纪诗经学》，学苑出版社 2005 年版，第 108 页。
② 钱小柏编：《顾颉刚民俗学论集》，上海文艺出版社 1998 年版，"自序"第 21 页。

府捉流氓"，试问可以发生什么样的关系呢？那无非是为了"黄"和"氓"是同一韵脚，借来起兴而已。《诗经》中许多诗也是这般情形，只要开个头，起着押韵的作用，就完成了它的任务。这些起兴的诗，无疑是民间诗人唱出的多；贵族固有摹拟，但决不会像民间诗人使用的活泼。所以有了歌谣的比较资料，以前许多想入非非的解释就大体上可以扫除了。①

《诗经》的《野有死麕》一首，末几句是"舒而脱脱兮，无感我帨兮，无使尨也吠。"这本是一个女的对男的说："你慢慢地来，别动我的手巾，别叫狗叫起来。"但过去却把它解释成一个贞洁的女子对男的说，你应该以礼来求婚，别碰我，我是贞洁的；如以非礼相欺，狗将叫起来。这就成为严肃地拒绝对方的口气了。我们把苏州的民歌来比一比："结识私情结识隔条浜，绕浜走过二三更。"男的说："走到伍笃（你们的）场上狗要叫；走到伍笃窝（家）里鸡要啼；走到伍笃房里三岁孩童觉转来。"女的说："倷（你）来末哉（好了）！我麻骨门闩笤帚撑，轻轻到我房里来！三岁孩童娘作主，两只奶奶（乳房）塞进嘴，轻轻到我里床来。"可见这只是叫男的轻轻地进来而决不是拒绝他。像这样的情诗，在《诗经》里面有很多，但过去在经学家为统治阶级服务的要求下都被涂上一层圣贤的大道理，——作了曲解。②

作者说明了必须加以区分的原因：《诗经》中很多诗篇其实与儒家思想没有关系，却硬被为统治阶级服务的经师们解读出了儒家思想。作者将被曲解的诗篇与民歌进行了比较，认为《关雎》诗中并没有"挚而有别"的情意和前后句间比拟关系，"关关雎鸠，在河之洲"实际上只是起兴，和民间歌谣一样起着押韵的作用而已，并没有什么深意。《野有死麕》末句只是男女间普通的对话，和民歌中的场景差不多，并非贞洁的女子严肃地拒绝对方的口气。本是普通的情诗，被经学家涂上了

---

① 钱小柏编：《顾颉刚民俗学论集》，上海文艺出版社1998年版，"自序"第21—22页。
② 钱小柏编：《顾颉刚民俗学论集》，上海文艺出版社1998年版，"自序"第22—23页。

圣贤的大道理，曲解得变了模样，但"有了歌谣的比较资料，以前许多想入非非的解释就大体上可以扫除了"①。所以，作者提出以民间文艺的眼光去解决历史上和古典文学上的问题，用民间文艺的眼光廓清《诗经》旧解的附会，还《诗经》文学的面目。"顾颉刚从歌谣角度谈《诗经》巩固了新文学的阵地，还'《诗经》是一部文学书'的价值。《诗经》尤其是十五国风显示的新鲜活泼的质地，或哀怨或甜蜜的真挚情感，以及被后世士人所忽略贬斥的民间因素成了新文学溯源的重要源头。这是对新文学的原动力在民间观点的夯实。"②

三　以民俗学方法对《诗经》进行新阐释

现当代文学史上倡导用民俗学方法来研究《诗经》的学者中，闻一多无疑是影响最大的一位。闻一多的《诗经》研究著作甚为丰富，主要著作有《风诗类钞》（分为甲、乙两篇）、《诗经新义》（共23篇，分别考据"二南"各诗中36个词语，纠前谬、作新诂、得新义）、《诗经通义》（以训诂为主，逐篇注解、考释、校笺，包括《国风》全部及《小雅》之一部分）、《诗新台鸿字说》（考释"鸿"字）、《高唐神女传说之分析》（考释上古传说中神女形象的演化及社会意识形态的变化）、《姜嫄履大人迹考》（考证《生民》中姜嫄"履帝武敏歆"的含义）、《说鱼》（主要研究《诗经》中"鱼"和"食"两系列语词的隐语意义）、《歌与诗》（探讨诗歌与诗的起源和"诗三百"的诞生）、《文学的历史动向》（论《诗经》在中国文学史的地位）、《匡斋尺牍》（关于《诗经》研究的10篇通信，讨论研究方法以及某些词和篇义）。可见，闻一多的《诗经》研究以《国风》为主。他认为《国风》是民间歌谣，应该运用民俗学的方法来进行研究，而且有必要参照与《诗经》时代约略相同的少数民族资料，作出推断和印证。

"1930—1940年代，运用民俗学和神话学方法对古典文学进行诠释

---

① 钱小柏编：《顾颉刚民俗学论集》，上海文艺出版社1998年版，"自序"第22页。
② 朱洪涛：《"吹拨妖尘迷雾"——新文化时期顾颉刚〈诗经〉研究的路径问题》，《东吴学术》2017年第6期。

和批评，实践得最彻底也最成功的学者中，闻一多无疑影响最大。"① 他运用民俗学的方法对《姜嫄履大人迹考》中"履帝武敏歆"进行了考证：

> 余所疑履迹为祭礼中一种象征的舞蹈，其所象者殆亦即耕种之事矣。古耕以足踏耜，其更早无耜时，当直以足践土，所谓畯是也。《公羊传·宣六年》注："以足蹢曰畯。"《续汉书·郡国志》注引《博物志》："东阳县多麋，十千为群，掘食草根，其处成泥，名曰麋畯。"畯之言踆也，以足践而耕之曰畯，麋畯犹言麋耕耳。履帝迹于畎亩中，盖即象征畯田之舞，帝（神尸）导于前，姜嫄从后，相与践踏于畎亩之中，以象耕田也。②

闻一多认为所谓的"履迹"其实是祭祀中一种象征耕种之事的舞蹈，而"感生"说乃耕种季节时"野合"风俗之结果：

> 《续汉书·礼仪志》曰："言祠后稷而谓之灵星者，以后稷又配食灵星也。"是灵星亦周郊祀之异名。祠灵星，公尸衣丝衣，载会弁，以象天帝，是姜嫄衣帝营衣，即衣尸衣，衣尸衣而坐息于尸处，盖即"攸介攸止"时行夫妇事之象征，此或据晚世之制言之，其事虽与古异，其意则同也。
>
> 以上专就《生民》诗为说。诗所纪既为祭时所奏之象征舞，则其间情节，去其本事之真相已远，自不待言。以意逆之，当时实情，只是耕时与人野合而有身，后人讳言野合，则曰履人之迹，更欲神异其事，乃曰履帝迹耳。③

"履帝武敏歆"出自《大雅·生民》。《大雅》中《生民》《公刘》

---

① 叶静、余悦：《西方民俗学视野和中国古典文学研究》，《社会科学研究》2009 年第 1 期。
② 闻一多：《闻一多全集第 3 卷·神话编》，湖北人民出版社 1993 年版，第 52 页。
③ 闻一多：《闻一多全集第 3 卷·神话编》，湖北人民出版社 1993 年版，第 53 页。

《绵》《皇矣》《大明》五篇叙事诗具有比较完整的故事情节和较为清晰的人物形象。这些诗篇结构宏大，充满幻想和神话色彩。《生民》这首诗成功地塑造了后稷的英雄形象，其母姜嫄因践踏上帝的足迹而受孕生后稷。

在西方民俗学中有神话—仪式学派，这一学派出现于 20 世纪 30 年代，弗雷泽的著作和他对仪式与神话功能的重新评估、对复杂宗教体现在实践方面的起源定性，都给这个学派奠定了认识基础和研究空间。弗雷泽认为神话产生于从巫术向宗教的过渡阶段，所以神话中保留有巫术信仰的残余。在弗雷泽看来，与仪式密切相关的是神话，多数神话是为了解释仪式或习俗才产生的。民俗学中的神话—仪式论者是文化进化论者中的特殊一群。根据他们的观点，文化和艺术开始于原始人类的仪式行为，特别是献祭仪式。就像文化进化一样，仪式也口头地进步，从而引起神话出现。仪式是原初的形式，神话是它的直接派生物。哈里森认为："神话绝不是历史事件或者人的记录，但它能够自由地存在于它的仪式里，而这样的仪式可能接触到历史事件或人物。神话也可能脱离其原生的仪式和起源时期的形式而被后来的人们不断应用。"①

神话与仪式关系的讨论在民俗界影响深广，研究者把许多口头艺术形式以及与之相关的古代文学作品，都看作与仪式有关，比如由于叙事作品主要讲述的是超自然现象、超自然的人物，所以仪式研究是必要的；叙事故事中的人物利用超自然的力量创造了奇迹，而奇迹构成了故事情节和发展的线索，所以有必要将宗教仪式方面的知识作为分析的基础。《生民》记述了周族始祖后稷的诞生及其发明种植谷物的事迹。后稷孕育和诞生被描述得如神话一般，出生后被多次抛弃而不死，而且天生善于种田。显然在叙事诗《生民》中，后稷是超自然的国王，并以超自然的力量创造了奇迹，而奇迹构成了故事情节和发展的线索。这样看来，该诗正适合用宗教仪式方面的知识来作分析。闻一多运用民俗学和神话学对这首神话般的诗篇进行了阐释，"履迹"其实是祭祀中一种象征耕种之事的舞蹈，"感生"说是耕种季节时"野合"风俗的结果。此外，

---

① 孟慧英：《西方民俗学史》，中国社会科学出版社 2006 年版，第 164 页。

闻一多还用民俗学和神话学去阐释了《诗经》中诗歌的性爱象征和原始乐舞"性爱享神"的功能等。值得一提的是，闻一多在运用民俗学方法的同时也没有背离乾嘉考据学的"实证"精神，在论述中既采用了西方民俗学方法，又注重训诂考证。用他自己的话说，就是"把古书放在古人的生活范畴里去研究；站在民俗学的立场，用历史神话去解释古籍"①。从中也可见出他所坚持的研究原则：读懂文字；带读者到《诗经》时代；用文学的眼光。还《诗经》以文学的本来面目，正是他《诗经》研究力求达到的目的。

从胡适的"再造文明"到顾颉刚的"《诗经》全为乐歌"再到闻一多的"运用民俗学方法"，三位学者如明亮的星，指引了前路，与志趣相投的学者合力促成了《诗经》研究走向由经到俗的转变，以民间文艺的眼光，廓清了《诗经》旧解的重重迷雾；以民俗学的方法，还原了《诗经》的文学面目，开拓了《诗经》研究的新局面。

第二节　经俗交融的《诗经》阐释新特色

《诗经》民俗学阐释（1919—1949）既是东西方文化碰撞的产物，又是《诗经》学自身发展的必然结果；既带有鲜明的时代烙印，又带有《诗经》研究转型期的特征。它呈现出经俗交融的新特色，既是中国传统文化中的"圣经"与西方科学理论民俗学的交融，又是《诗经》本身所具有的经典性（经）与文学性（俗）的交融。在新民主主义革命时期，内外双重因素的碰撞交融使《诗经》阐释体现出以"俗"证"文"、以"诗"为"史"和移风易俗的特点。

一　以"俗"证"文"

在当下的《诗经》学研究中，我们说《诗经》是中国文学史上第一部诗歌总集，是自然而然的事情，但在现代《诗经》学的创始期，《诗经》的文学性质还是一个需要论证的问题。为了打破《诗经》"经"的

---

① 刘烜：《闻一多评传》，北京大学出版社1983年版，第275—276页。

光环，还《诗经》以文学的面目，当时的学者以民俗学的视角对《诗经》的文学性进行了阐释，发掘《诗经》生于民间的"大众"特质；强调《诗经》的民间口语色彩，以《诗经》在性质、内容、语言等方面体现出的"俗"来证明它的文学性。

（一）发掘《诗经》生于民间的"大众"特质

现代《诗经》学研究的首要任务就是破除对"经"的尊崇，还《诗经》以本来的面目。学者不约而同地从民俗学的视角去发掘《诗经》生于民间的"大众"特质。郑振铎在《中国俗文学史》中说："《诗经》在很早的时候，便被升格而当做'应用'的格言集或外交辞令的。"①《诗经》在春秋之时的确是非常有实用性的，诸侯臣子们、史家们经常引诗以明志、称诗以断事、以诗臧否人物。《诗经》突出的应用价值使它"在这时候似乎已被蒙上了一层迷障。她的真实的性质已很难得为人所看得明白"②。在《诗经》神圣化的道路上，孔子是一位重要人物。而作为《诗经》的编订者的孔子是"很看重'诗'的应用的价值"③。文震在《从诗经上说到婚姻问题》中概括："最初由孔子辑成三百十一篇后，他对诗经作了许多的批评：什么不学诗无以言啦。什么诗可以兴可以观可以群可以怨，迩之事父，远之事君，多识于鸟兽草木之名啦。什么诗三百一言以蔽之思无邪啦。什么诵诗三百不能专对虽多亦奚以为啦……，把个诗经的价值，说的天花乱坠，于是研究诗经的人，风起云涌似的，有子夏的诗序，有齐鲁韩三家的诗，有大小毛公的诗传，有朱熹的诗经集传……把个诗经的解说，也弄的杂乱无章，有的说是淫奔之词，有的说是美贤人也……的许多臆会。"④ 在孔子的关注和影响之下，《诗经》在神圣化的道路上一路向前。那么，《诗经》究竟是什么呢？在批驳神圣化之后，作者提出《诗经》研究应当去圣还俗，回到民间了：

---

① 郑振铎：《中国俗文学史》，中国社会科学出版社 2009 年版，第 14 页。
② 郑振铎：《中国俗文学史》，中国社会科学出版社 2009 年版，第 15 页。
③ 郑振铎：《中国俗文学史》，中国社会科学出版社 2009 年版，第 14 页。
④ 文震：《从诗经上说到婚姻问题》，《并州学院月刊》1933 年第 1 期。

诗经究竟是什么？就他的类别来说；可分为风雅颂三种，就他的性质来说，是一种许多表达情意的辞章的集成。雅颂我们且不研究——本文只采十五国，所以说，不研究雅颂，并不是没研究的价值——风又是什么？据朱熹的解说：国者诸侯所封之邑，而风者民俗歌谣之辞也。既是民俗之歌谣之辞，当然其中不尽是文人学士的作品，怨女旷夫的歌谣，渔翁樵叟的讴吟，也包涵在内。在文人学士的作品里，或者不免有赞颂圣上，借题发挥的臭架子，而在怨女旷夫和渔翁樵叟的讴吟歌谣里，不过写明他们的生活状况罢了。还有什么周之文王，生有圣德，又得圣女姒氏以为之配啦。什么文王之化，自家而国啦。什么美君子也啦……的话，生吞活剥的添进去呢？即使退一步说：诗人主柔，所谓言之者无罪，闻之者足以戒，把他要说的话，完全寄托在鸟兽草木及闺房男女上而借题发挥是对的，那末他一定是以当时的社会作背景，而所写的当然是当时男女两性生活的实况吧！那末我们拿这种借题发挥的实际两性生活状况，来研究婚姻问题，也不为过火呀，所以我们要撇去向来的许多生吞活剥的臆会解说，而专从诗文上裸体的去研究他——诗经。①

在这里，作者明确提出《诗经》的性质不是经学圣典，是一种"表达情意的辞章的集成"，即肯定了《诗经》的文学性，并特别强调了《国风》是"民俗歌谣之辞"。当前研究《诗经》要撇去那些臆会的解说，从《诗经》的文本入手，去圣还俗，去探究当时"实际的生活状况"。

在大破大立的时代风潮中，这样的研究观点是具有普遍性且无可厚非的，它对确立《诗经》的文学性有着重要意义。《诗经》不再被视为圣经，它是来自民间的、具有"大众"特质的文学。"诗经是中国最古最美的一册诗集。可说是包含着整个宇宙的真善美。对于两性的情爱都是描写得淋漓尽致。尤其是国风，真是人们所有情感的火焰，热切情感的流露。可以说，诗经里大多是求偶的恋歌，是自然活泼的作品。真可

---

① 文震：《从诗经上说到婚姻问题》，《并州学院月刊》1933 年第 1 期。

媲美称为'古代通俗文艺'，或曰'古代社会问题特辑'。"① 但我们也要客观地看到，孔子不仅推动了《诗经》的神圣化，也是一位研究民间文学的大家，他也关注到了《诗经》的"俗"。"《诗经》便是一部最古最大的民歌集；孔子便是一个研究民间文学的大家。《诗经》里所收的列国歌谣，不但是最自然最纯朴的初民的文学，而且又是研究古代民族生活民族心理的绝好资料。"② 孔子的兴观群怨说，在一定程度上概括地反映了诗歌的本质特征，强调了《诗经》的政教、实用功能。虽然《诗经》中的各类诗歌，从采编到实际应用，基本上都与这些功能密切相关，但并不是说孔子的诗教观仅止于此，其诗教中还包含着"文学之教"。兴观群怨"都是文学作品的社会功能，也只有文学作品才能具有这样的社会功能"③。孔子的兴观群怨说既强调了《诗经》的政教功能，又指出了《诗经》作为文学作品而具有的独特的社会功能。这些观点的提出，反映出孔子超凡卓越的识见，一方面其对《诗经》政教功能的解读与民俗具有的教化功能、规范功能和调节功能有着密切的关联性；另一方面其对《诗经》文学功能的重视为后世打破经学的桎梏，促进《诗经》研究由经学向文学的转化奠定了最初的基础。

（二）强调《诗经》的民间口语色彩

民俗学，特别是兴起时期的民俗学对口头民俗或口头艺术或文学的传播非常重视。民俗学的产生和发展，往往是从民间文学方面开始的。以民俗学方法研究《诗经》自然会对它的民间口语色彩加以关注。《诗经》的民歌特色不仅直观地表现在具有民俗色彩的里巷歌谣上，还体现在它重章叠句的章法和朴素和谐的语言上。刘大杰在《中国文学发展史》中，对"《诗经》的文学特色"进行论述时尤为注重《诗经》的民间口语色彩。

第一，里谚童谣，矢口成韵。"《诗经》产生在几千年前，那时还没有人为的严密的韵律。但声音的和美，是《诗经》的特征。两三千年前

---

① 蔚宾：《从诗经发掘的姬周妇女恋爱观》，《浙东月刊》1937 年第 7 期。
② 苑利主编：《二十世纪中国民俗学经典·民俗理论卷·论民间文学》，社会科学文献出版社 2002 年版，第 5 页。
③ 洪湛侯：《诗经学史》，中华书局 2002 年版，第 74 页。

的古歌，大都出于天籁，成于自然。"①《国风》《大雅》《小雅》中的许多诗篇，音节美妙动听，正是因为掌握了音韵的自然与和谐的规律。两三千年前的无名诗人，在音节创造上有如此成就，令人惊叹。

第二，语助词的使用。《诗经》中有多样的语助词不仅使诗歌音律和谐，还使诗歌的情感更为真实和丰富，显示出民歌的特色。作者对《诗经》中这样的语助词进行了专门分析：

之字："维鹊有巢，维鸠居之；之子于归，百两御之。"（《召南·鹊巢》）

乎字："是究是图，亶其然乎！"（《小雅·棠棣》）

者字："知我者，谓我心忧；不知我者，谓我何求。"《王风·黍离》

也字："何其处也，必有与也；何其久也，必有以也。"（《邶风·旄丘》）

矣字："陟彼砠矣，我马瘏矣。我仆痡矣，云何吁矣。"（《周南·卷耳》）

焉字："嗟行之人，胡不比焉；人无兄弟，胡不佽焉。"（《唐风·杕杜》）

哉字："已焉哉，天实为之，谓之何哉！"（《邶风·北门》）

兮字："于嗟阔兮，不我活兮；于嗟洵兮，不我信兮。"（《邶风·击鼓》）

只字："母也天只，不谅人只！"（《鄘风·柏舟》）

且字："不见子都，乃见狂且。"（《郑风·山有扶苏》）

思字："汉之广矣，不可泳思；江之永矣，不可方思。"（《周南·汉广》）

止字："既曰归止，曷又怀止。既曰庸止，曷又从止。"（《齐风·南山》）

其字："彼人是哉，子曰何其。"（《魏风·园有桃》）

---

① 刘大杰：《中国文学发展史》（上），复旦大学出版社2011年版，第37页。

乎而字："俟我于庭乎而，充耳以青乎而，尚之以琼莹乎而。"
（《齐风·著》）

只且字"右招我由房，其乐只且。"（《王风·君子阳阳》）①

这些语助词都是当时民间的口头语，没有实义，却不可或缺。它们
的存在，不仅使音调优美和谐，而且使情感表达更为曲折生动。它们或
表惊叹，或表疑问，或表欢欣，或表悔恨，将民间口头语的生动气息恰
如其分地展现出来。"这些语助词的使用，使得那些诗篇更接近口语，
更接近自然，显示出《诗经》民歌的特色。"② 《诗经》的民歌特色即其
文学性的体现。

二　以"诗"为"史"

在五四新文化运动影响下，一批精通国学而又深受西方近代学术思
想影响的学者，如胡适、钱玄同、顾颉刚等，他们主张以"严格的不信
任一切没有充分证据的东西"③ 的疑古精神冲破"经书即信史"④ 的成
见，对儒家经典、古书古史进行重新认识和考辨。在他们的倡导下，历
史上的"疑辨运动"又在近代复兴起来，以顾颉刚为首的"古史辨"派
的崛起。古史辨派，又称"疑古派"，是一个以"疑古辨伪"为特征的
史学、经学研究的学术流派。他们发表的古史辨伪的文章后由顾颉刚等
汇集成《古史辨》一书，其内容包括对《周易》《诗经》等经书的考辨，
对儒、墨、道、法诸家的研究，对夏以前有关古史传说、"阴阳五行说"
的起源、古代政治及古帝王系统的关系的考辨和研究等。学者以理论和
实际研究为《诗经》史料学研究奠定了基础，不再仅仅以历史研究的方
法来研究《诗经》，还运用《诗经》中的史料来研究历史。

在学者眼中，《诗经》中的诗篇也是一种史料。许啸天《分类诗经》

---

① 刘大杰：《中国文学发展史》（上），复旦大学出版社 2011 年版，第 37—38 页。
② 刘大杰：《中国文学发展史》（上），复旦大学出版社 2011 年版，第 38 页。
③ 胡适：《胡适文集 3》，北京大学出版社 1998 年版，第 276 页。
④ 刘梦溪主编：《中国现代学术经典·顾颉刚卷·与钱玄同先生论古史书》，河北教育出
版社 1996 年版，第 517 页。

序中说："《诗经》这部书，我认为在古书中是最真实，而在文史学上是有价值的。"① "从这里面得到极丰富的历史资料，时代背景。"② 郑振铎《插图本中国文学史》中说道："我们研究古代的诗篇，除了《诗经》这一部仅存的选集之外，竟没有第二部完整可靠的资料。"③ 他在另一部重要的文学史著作《中国俗文学史》中更为具体地说："在《诗经》里，有许多描写农民生活的歌谣。这些歌谣，最足以使我们注意。他们把古代的农业社会的面目，和农民们的欢愉、愁苦和怨恨全都表白出来，而且表白得那么漂亮，那么深刻，那么生动活泼；仿佛两千数百年前的劳苦的农家的景象就浮现在此刻的我们的面前。这是最可珍贵的史料。"④ 傅斯年《诗经讲义稿》中说："我们去研究《诗经》应当有三个态度，一、欣赏他的文辞；二、拿他当一堆极有价值的历史材料去整理；三、拿他当一部极有价值的古代言语学材料书。"⑤

其一，以《诗经》为史料分析中国古代社会婚姻状况。郭沫若认为"《诗经》是我国文献中的一部可靠的古书，这差不多是没有可以怀疑的余地的"⑥。在《中国古代社会研究》中，论证氏族社会向奴隶社会的推移是发生在殷周之际时，列出了三个理由，其中两个是以《诗经》为论据的：

第一，在古公亶父的时候周室还是母系的社会。《大雅·绵》第一章："古公亶父陶复陶穴，未有家室。"这是说文王的祖父一代还在穴居野处。第二章："古公亶父来朝走马，率西水浒，至于岐下，爱及姜女，聿来胥宇。"古公已经是一位游牧者。他逐水草而居，骑着马儿沿着河流走来，走到岐山之下，便找到一位姓姜的女酋长，便作了她的丈夫。这不明明是母系社会吗？

---

① 许啸天：《分类诗经·诗经新序》，群学书社 1932 年版，第 27 页。
② 许啸天：《分类诗经·诗经新序》，群学书社 1932 年版，第 28 页。
③ 郑振铎：《插图本中国文学史》，中华书局 2016 年版，第 30 页。
④ 郑振铎：《中国俗文学史》，中国社会科学出版社 2009 年版，第 22—23 页。
⑤ 傅斯年：《〈诗经〉讲义》，中华书局 2014 年版，第 13 页。
⑥ 郭沫若：《中国古代社会研究》，《郭沫若全集历史编》（第一卷），人民出版社 1982 年版，第 90 页。

第二，武王的母亲，就是文王的夫人，有一百个儿子。《大雅·思齐》的第一章："太姒嗣徽音，则百斯男。"这当然不免是诗人的夸张，但无论怎样夸张，总要有四五十个儿子然后才可以举其成数而言"百"，一夫一妻的配偶要生四五十个男子是绝对不可能的。这儿只能有两种解释：一种是文王多妻，一种是亚血族群婚。在文王的祖母一代都还是女酋长制，应该以后一种解释为合理。又"文王十三生伯邑考，十五生武王，"伯邑考要算文王十二岁时候的种子，这除解释为亚血族群婚以外，也大不近情理。①

郭沫若以《诗经》中的诗篇为"可靠"史料，论证了在古公亶父之时，周王室处于母系社会；当时的婚姻制度为亚血族群婚。婚姻是维系人类自身繁衍和社会延续的最基本的制度和活动。婚姻制度是随着人类历史整体的发展变化而不断进化的，从原始族群的乱婚和血缘群婚，进化为氏族社会的非血缘群婚和对偶婚，又进而固定为文明社会的一夫一妻制。虽然"在世界各地的民族志中，尚未发现乱婚乃至群婚的确凿证据"②，但韦斯特马克在《人类婚姻史》中提出："在实行一妻多夫制的许多民族中，都有群婚存在。"③ 他认为"真正的群婚，都是与一妻多夫制相伴而生的"④。这样看来，周王室处于母系社会的状况与亚血族群婚制度的出现似乎也"近情理"。郭沫若"这种密切结合社会历史发展和社会制度变化的动态考察，使人们看到了'三百篇''活生生'的本来面貌，也看到了那个时代的方方面面的生活。这种从时代历史和社会制度的特点出发认识作品的思想内容和性质的方法，是以唯物史观为基础的社会历史学的分析方法，符合文学的发展规律和特点，是完全正确的"⑤。

---

① 郭沫若：《中国古代社会研究》，《郭沫若全集历史编》（第一卷），人民出版社 1982 年版，第 101 页。
② 钟敬文：《民俗学概论》，上海文艺出版社 1998 年版，第 173 页。
③ ［芬兰］E. A. 韦斯特马克：《人类婚姻史》（第三卷），李彬等译，商务印书馆 2015 年版，第 1182 页。
④ ［芬兰］E. A. 韦斯特马克：《人类婚姻史》（第三卷），李彬等译，商务印书馆 2015 年版，第 1187 页。
⑤ 赵沛霖：《郭沫若〈中国古代社会研究〉在〈诗经〉学史上的意义》，《齐鲁学刊》2004 年第 4 期。

其二，以《诗经》为史料分析中国古代土地制度。胡适将《诗经》当作"可以完全信任"的史料。在《胡适口述自传·青年期逐渐领悟的治学方法》中说："在全篇之中，我没有引用任何不可充分信任之书，和不十分可靠之文。我指出所谓《五经》之中，只有《诗经》一项我是可以完全信任的；我对《书经》和《礼记》的态度则特别审慎，未敢遽引一辞。《礼记》中只是第二篇《檀弓》我认为它有其真实性的。《管子》和《晏子春秋》在我看来是同样不足信。"① 他认为中国古代没有井田制，以《诗经》为史料对中国古代是否有井田制进行了分析：

1.《寄廖仲恺先生的信》

不但"豆腐干块"的封建制度是不可能的，豆腐干块的井田制度也是不可能的。井田的均产制乃是战国时代的乌托邦。战国以前从来没有人提及古代的井田制。……此外如《诗经》的"雨我公田"，"南东其亩"，"十亩之间"，似乎都不是明白无疑的证据（《诗序》更不可信了）。我们既没有证据证明井田制的存在，不如从事理上推想当日的政治形势，推想在那种半部落半国家的时代是否能实行这种"豆腐干块"的井田制度。②

试看《诗经·豳风·七月》，《小雅·信彼南山》、《甫田》等诗，便可看出一幅奴隶行乐献寿图。那时代的臣属真能知足！他们自己"无衣无褐"却偏要尽力"为公子裘""为公子裳"！他们打猎回来，"言私其豵，献豜于公"，便极满意了。他们的祷词是，"曾孙（田主）之稼，如茨如梁。曾孙之庾，如坻如京。乃求千斯仓，乃求万斯箱。黍稷稻粱，农夫之庆"。把这几篇同《伐檀》比较，便可看出两个绝不相同的时代。古代的相臣属制度是默认的。后来"封建制度"破坏，只是这个默认的上下相臣属的阶级捣乱了。古代并没有均产的井田制度，故有"无衣无褐"的贫民，有"载玄载黄"的公子裳，有"狐狸"的公子裘（《七月》），有"千斯仓，万

---

① 胡适：《胡适文集1》，北京大学出版社1998年版，第298页。
② 胡适：《胡适文集2》，北京大学出版社1998年版，第306页。

斯箱"的曾孙，有拾"遗秉滞穗"的寡妇。因为古代本没有均产的时代，故后来的"封建制度"的破坏并不是井田制的破坏。①

以上所说，并不是反对胡先生的唯物的研究，因为所谓"封建制度"，不但是政治上的上下相臣属，也是经济上的上下相统属。上文所引《诗经》便是明例。此外如"我出我车，于彼牧矣。召彼仆夫，谓之载矣。王事多难，维其棘矣"。这虽是军事上的隶属，其实等于经济上的隶属。②

2. 《答廖仲恺、胡汉民先生的信》

他又引《诗》来说"虽周亦助也"。这可见孟子实在不知道周代的制度是什么，不过从一句诗里推想到一种公田制。这种证据已很薄弱了。③

汉民先生引加藤繁的话："……那土地公有的古代，人民没有发生土地的所有权，人君也不曾拿私有财产的样子'所有'那些田地。……并没有公家当作私有财产'所有'的田土，我们看《诗经》和《左传》都未曾发现这样田土的痕迹。"这段话实在不确。《诗经》里明明说过"人有土田，女覆夺之"。这还是西周的诗哩。④

至于（3）条所论的《诗经》两章，虽然未必"能证井田因此也不存在"，但是也未必能证明井田因此存在。至于《信南山》、《甫田》两篇的"曾孙"，我决不信是指成王的。我对于汉儒说诗，几于没有一个字不怀疑。汉儒的酸腐脑筋，全没有文学的观念。《维天之命》的曾孙也未必即指成王，因为成王并不是文王的曾孙，即使这个曾孙是成王，也不能证明那两个曾孙也是成王。《噫嘻》一篇和那两篇诗的文体相差很远，也不知相隔多少时代，更不能互相

---

① 胡适：《胡适文集2》，北京大学出版社1998年版，第306—307页。
② 胡适：《胡适文集2》，北京大学出版社1998年版，第307页。
③ 胡适：《胡适文集2》，北京大学出版社1998年版，第315页。
④ 胡适：《胡适文集2》，北京大学出版社1998年版，第317页。

引证了。①

关于井田制是否存在，学者有不同的见解。胡适认为古代没有井田制，"不但'豆腐干块'的封建制度是不可能的，豆腐干块的井田制度也是不可能的。井田的均产制乃是战国时代的乌托邦"②。郭沫若在《奴隶制时代》中承认中国古代有井田制，但他认为井田制"那完全是孟子的乌托邦式的理想化"③。暂且不论井田制是否存在这一问题，仅言胡适等人以《诗经》为信史的态度，学者不再将《诗经》奉为高高在上的"圣经"，恪守着"尊经"的原则，在解经、注经中领会圣人之意，而是将它看作有实用价值的史料，从民俗学、社会学的角度去解读《诗经》，将《诗经》真正还给"《诗经》时代"。

三　移风易俗

尽管在现代《诗经》学研究中"学者们不再把《诗经》当作'经夫妇、成孝敬，厚人伦、美教化、移风俗'的经书，而把它看作古代一部歌谣来研究"④，但是《诗经》具有双重身份，我们在明确《诗经》的本质是文学的同时也不能忽略其"经"的身份。"《诗经》的基本素质虽是'文学'的，而它的文化血统、它的地位身份则是'经'的。'诗'是它自身所具有的，'经'则是社会、历史赋予它的殊荣。"⑤"《诗》作为'经'，它的特殊地位决定了各个时代的人一定要对它作出适合时代需要的阐释与理解，以求引导现实政治与人生。"⑥ 在 20 世纪上半期，学者以民俗学视角对《诗经》作出的新解，客观上仍具有引导现实政治与人生的移风易俗功用。

其一，开启民智。《诗经》作为乐歌集，它的产生、结集与流传和

---

① 胡适：《胡适文集 2》，北京大学出版社 1998 年版，第 324 页。

② 胡适：《胡适文集 2》，北京大学出版社 1998 年版，第 306 页。

③ 郭沫若：《奴隶制时代》，《郭沫若全集历史编》（第三卷），人民出版社 1984 年版，第 28 页。

④ 夏传才：《二十世纪诗经学》，学苑出版社 2005 年版，第 110—111 页。

⑤ 刘毓庆、张晨妍：《百年来〈诗经〉研究的偏失》，《名作欣赏》2015 年第 1 期。

⑥ 刘毓庆：《从文学到经学》，《名作欣赏》2010 年第 10 期。

礼乐文化有着千丝万缕的联系。在我国源远流长的礼乐文化中，《诗经》的政治教化功能越来越凸显。虽然现代《诗经》学不再视其为经典，而是将它看作文学，但依旧重视它在社会改良和人心教化中移风易俗的重要作用。顾颉刚《圣贤文化与民众文化》中说：

> 贵族的护身符是圣贤文化。什么是圣贤文化？我们把它分析一下，大约可分为三项：一，圣道；二，王功；三，经典。这三种东西，在民众方面可说是没有多大关系的。但在一般圣贤文化的崇拜者看来，却是神圣不可侵犯的天经地义。①

> 八年前的五四运动，大家称为新文化运动。但这是只有几个教员学生（就是以前的士大夫阶级）做工作，这运动是浮面。到现在，新文化运动并未成功，而呼声则早已沉寂了。我们的使命，就在继续声呼，在圣贤文化之外解放出民众文化，从民众文化的解放，使得民众觉悟到自身的地位，发生享受文化的要求，把以前不自觉的创造的文化更经一番自觉的修改与进展，向着新生活的目标而猛进，能够这样，将来新文化运动就由全民众自己起来运动，自然蔚成极大的势力，而有彻底成功的一天了。②

在"圣贤文化"中作为经典的《诗经》是贵族的护身符，它是远离民众的。新文化运动未能取得成功是因为没有"使得民众觉悟到自身的地位，发生享受文化的要求"，这就需要"在圣贤文化之外解放出民众文化"。将《诗经》从贵族的护身符变为民众能读懂的文学，让"经典"从圣贤文化走向民众文化。这一时期，《诗经》今译新解著作纷纷出现，它们不再是解经之作，如郭沫若的《卷耳集》以反封建、个性解放的视角来解读《诗经》，掀起新学风的同时，还具有传播新思想、开启民智的重要意义。陈子展在《诗经语译序》中说："我要把这部《诗经》整

---

① 苑利主编：《圣贤文化与民众文化》，《二十世纪中国民俗学经典·民俗理论卷》，社会科学文献出版社 2002 年版，第 11 页。

② 苑利主编：《圣贤文化与民众文化》，《二十世纪中国民俗学经典·民俗理论卷》，社会科学文献出版社 2002 年版，第 13—14 页。

个儿翻译出来了。不是幻想把他译出以后，对于挽救国家或复兴民族以及对于世道人心之类有什么帮助，也不是妄想大众都能够读他，或作为青年必读书，我只尽我最善之力，尽可能地使用比较接近大众的语言文字，翻译一部上古的诗歌总集，决不故意摹仿外国诗歌，也不存心夸耀古典词藻，但要看看大众语是不是可以创作诗歌，先由我这个没有创作天才的凡人，从翻译古诗来实验实验。自然，三千年以前的诗歌，无论他在当时用的是雅言是俗话，其中所包含的社会意识，以及当时当地所有的自然物和人工的器物，虽是用了现代的大众语勉强译出。未必现代的人都能够说得出，听得懂，看得明白，因此就可作为大众的诗歌。"①开启民智、唤醒民众，改造中华民族的文化心态是当时新文化人的共识。

其二，个性解放。在"人"的解放中，最重要的一环就是女性的解放。这种自由平等的气息洋溢在民国时期出版的《诗经》论著中，最为明显的就是对《诗经》婚恋诗的新阐释。以女性视角对《诗经》中的婚恋诗进行解读：

六　反封建的女性

这里我还想提到二位敢于在男性社会中反对不合理婚姻的，反封建的"叛逆的女性"，她们大声抗议着不合理的结合，如：

《召南行露》："谁谓女无家，何以速我讼。虽速我讼，亦不女从"。那位女子坚持着自己的意志拒绝了那位"使君有妇"的臭男子，那个男子不禁老羞成怒，要告她的罪，可是那个却吓不退，"虽速我讼，亦不女从"。坚持自己的主张，终获到胜利，男子也没办法。

《鄘风柏舟》："……之死矢靡它。母也天只！不谅人只！"女儿守待着自己情人，母亲却要把她嫁给旁人，她反抗着说："我死也要爱他！"在"之死矢靡它"这句话中，我们可以想见女子对于自己情人的守约和坚决，这样的爱情是伟大而又真挚的，叫她母亲再顽固些也没奈何她。

---

① 陈子展：《诗经语译序》，《文学》1934 年第 2 期。

对于那些想对旧礼教反抗而又无勇气的现代女性，这是一个很好的榜样，自由是不会自己落下来的，自由是要代价来换取的，"自由是难得的东西"。假使你要挣扎脱几千年传统的习俗，吃人的礼教，首先让我们来学取她们的精神吧！[1]

学者通过重新阐释爱情诗来破除封建礼法的束缚，如顾颉刚在为陈漱琴的白话译作《诗经情诗今译》作序时说："《国风》中的诗篇所以值得翻译，为的是有真性情。这些诗和唐人的绝句，宋人的词，近代的民间小曲，虽遣辞有工拙的不同，而敢于赤裸裸地抒写情感则无异。中华民族的文化，苦于礼法的成分太重而情诗的成分太少，似乎中庸而实是无非无刺的乡愿，似乎和平而实是麻木不仁的病夫。我们要救起我们的民族，首须激起其情感，使在快乐时敢于快乐，悲哀时敢于悲哀，打破假中庸假和平等毒害我们的旧训。而情感最集中，最深入的是男女之情，故以打破宗法的家族制度下的障壁为第一义。这些吐露真性情的诗篇，使人读了发生共鸣，感到其可宝贵，从而想到自己性情的可宝贵，就是打破这种遏抑，自然的障壁的好工具。"[2] 主张用大胆的情诗今译越过"汉儒宋儒制成礼教的网"，如陈漱琴《诗经情诗今译》序：

我国社会被秦汉以后的腐儒糟蹋着不成样子。试看《诗经·国风》中的情诗，有的是写私奔，野合，有的是写互恋，单思；最显明的是齐郑风，有不少的女惑男的诗，我们很可以窥见当时底社会是那样的解放，民族底思想是那样的自由；个人底性情是那样的活泼，天真！那些主张复古的人，他们只见到汉儒宋儒制成礼教的网，蒙住了古代社会的伪想象，见不到古代社会的真面目。叫人如何能相信他呢？[3]

---

① 乐未央：《诗经民歌中反映的妇女生活·恋爱·结婚》，《女声》1943年第11期。
② 陈漱琴：《诗经情诗今译》，女子书店1935年版，"序一"第3—4页。
③ 陈漱琴：《诗经情诗今译》，女子书店1935年版，"自序"第6页。

　　钱穆先生在《中国文化史导论》中说："《诗经》是中国一部伦理的歌咏集。中国古代人对于人生伦理的观念，自然而然地由他们最恳挚最和平的一种内部心情上歌咏出来了。我们要懂中国古代人对于世界、国家、社会、家庭种种方面的态度与观点，最好的资料，无过于此《诗经》三百首。在这里我们见到文学与伦理之凝合一致，不仅为将来中国全部文学史的渊泉，即将来完成中国伦理教训最大系统的儒家思想，亦大体由此演生。"① 在将《诗经》视为文学的新释中，《诗经》移风易俗的特点对改造和建设中华民族的文化心态依然有着巨大的作用。

---

　　① 钱穆：《中国文化史导论》，商务印书馆 1994 年版，第 67 页。

第五章 《诗经》民俗学阐释研究的 意义与局限（1919—1949）

中国历史上的 1919 年至 1949 年是一个动荡的时代，历经大革命时期、土地革命时期、抗日战争时期、解放战争时期的战火洗礼，但这一起伏跌宕的历史时期同时也具有"新"的开创性意义。1919 年爆发的五四运动以其勃勃朝气划破了陈旧的历史帷幔，成为新民主主义革命的开端。中国无产阶级开始以独立的政治力量登上历史舞台，由无产阶级领导的新民主主义革命开始了。新民主主义革命是无产阶级领导的，以反对帝国主义、封建主义、官僚资本主义为主的人民民主革命。政治运动的风起云涌反映为文化上的破旧立新。这一时期的《诗经》学研究也进入了新的阶段，步入了现代《诗经》学的创始期和建设期，《诗经》研究呈现出新的面貌。

第一节 《诗经》民俗学阐释研究的意义

两千多年的《诗经》学研究的历史中，汉学、宋学、清学都毫无例外地将《诗经》奉为圣经，因袭着经学以"厚人伦，美教化"为目的的研究。20 世纪初期，中国旧民主主义革命取得胜利，随着清王朝的覆灭，中国两千多年的封建帝制宣告结束。封建政治被推翻，经学无从附庸。《诗经》学研究获得了自由发展的空间。封建制度被推翻，五四新文化运动的爆发，马克思主义思想的传播，在这些因素的作用下，《诗经》学研究发生了"质"的变化，终于摆脱了经学的困扰，学者开始从事真正的文学的研究。学术界重新确定了《诗经》的性质，抛弃了历来对《诗经》的曲解，《诗经》被定性为文学作品；诗学著作体例发生了显著变化，多采用今译、今注、概论、鉴赏等形式，很少使用注疏、经解、集释一类陈旧的模式；打破"风""雅""颂"的体例编排，从文学角度对《诗经》重新进行诗篇分类。突破经学的壁垒后，学者以《诗经》为史料开展了多学科的研究。其中，闻一多主张将《诗经》放在它产生的时代背景中去研究，他认为《国风》是民间歌谣，应该运用民俗学的方法来进行研究。闻一多用民俗学研究《诗经》的主张，对当时和后来的《诗经》研究产生了很大的影响。现在用民俗学方法研究《诗经》中的民间作品已经成为《诗经》研究者的共识。《诗经》民俗学阐释为《诗经》研究带来新的气息，采用新的研究方法，取得了新的研究成果的同时也呈现出中国传统文化的独特魅力。

一 采用《诗经》研究的新方法

中国传统学术的解体，使上层文化与下层文化的地位出现了明显的变化。随着传统《诗经》学研究体系的分解，下层文化受到了前所未有的重视，这一时期的学者们纷纷将眼光投注到白话文学、平民文学之上。同时，西方科学思潮的涌入，深刻地影响了中国学者的治学方法，如常惠在《谈北京的歌谣》时说："由此看来，要研究歌谣，不只要好的文学，——'真诗'——还要能知道民族的心理学。要研究民族心理学，万不可不注意一切的民俗的书籍。所以我爱读坊间的唱本儿，弹词，小说，比较那大文学家的著作爱读的多。我想本可以不必知道著者是谁，只要看他的内容取材于社会和影响于社会就得了。我们就从此努力研究'民俗学'（Folklore）罢！"[1]"现代诗经学的发展历程，正是中国传统学术对西方思想观念和新方法论不断吸取、借鉴、撞击乃至融合的历程。"[2]学者所采用的研究方法与五四之前的传统《诗经》学惯用的训诂、考证、义理方法多有不同，更多的是借鉴和吸取西方的新观念、新方法，用新的视角去分析研究古老的经典，不断拓展《诗经》研究的领域，推动

---

① 胡适：《胡适文集3》，北京大学出版社1998年版，第649—650页。

② 夏传才：《二十世纪诗经学》，学苑出版社2005年版，第385页。

《诗经》研究的发展。在时代大变革中，经受了五四新文化运动洗礼的知识分子以时代的新眼光去寻求《诗经》研究的新出路。在这样的学术背景下，运用民俗学方法研究《诗经》自然而然地应时而生。

（一）西方民俗学流派及其研究方法

据钟敬文《民俗学概论》中的总结，我们知道民俗学学科建立后出现过的学术流派主要有神话学派、语言学派、人类学派、心理学派、社会学派、历史地理学派、结构学派等。这些学派既互相借鉴，又各有特点。

第一，神话学派。神话学派以格林兄弟为代表，其基本观点是认为一切民间文化源出于神话，神话是每一个民族的文化源头，宗教信仰是每个民族世界观的核心。语言是他们研究民俗文化的切入点。神话是宗教信仰的体现，语言是神话的载体。

第二，语言学派。语言学派以麦克斯·缪勒为代表，主张民俗研究必须追溯原始神话源头，即由今溯古的研究思路。

第三，人类学派。人类学派以安德鲁·朗为代表，E. 泰勒为该学派先驱者。基本观点是各民族的风俗习惯中包含着先民们的健康理智和征服自然的心愿。人类的精神活动及其产品，包括神话、传说、故事、诗歌等，有着某种共同性。这是造成各民族民俗文化有所雷同的根本原因。未开化民族的神话与文明人祖先的神话，也有同一性。安德鲁·朗强调应用思想、信仰、习俗来解释未开化民族的民俗文化。弗雷泽以此探索人类思想方式的发展过程，概括出"巫术——宗教——科学"的著名公式。人类学派对世界和中国的民俗学研究影响巨大。

第四，心理学派。19 世纪末 20 世纪初，奥地利医生弗洛伊德创立了心理学中精神分析学派。以弗洛伊德的理论为基本指导思想来分析民俗文化的实质，形成了民俗学中的心理学派或称精神分析学派。弗洛伊德认为出自本能的性欲冲动是人们种种精神和实践活动的真正原因。由于社会的压抑，这种本能被迫隐匿于潜意识，就形成了"情结"。这种"俄狄浦斯情结"普遍存在于人们心中，是一切文艺和精神创造的内在动力。以此观点阐释文艺和人类其他精神产品的意义，便是心理分析法。弗氏学生 C. 荣格创立"集体无意识"学说。对于民俗文化遗留物中反映的神秘集体观念的研究成为一批民俗学家倾心的课题。这一学派从人类心理活动的特征和规律切入文艺现象和民俗文化，注意到人的精神活动方面，却相对地忽略了人的物质生产和生活，特别是人的社会关系。如果研究者过分强调人的精神活动，难免会造成片面性。心理学派的观点对闻一多的《诗经》研究产生过很大的影响。

第五，社会学派。社会学派是运用社会学讲求实证的方法来研究民族生活的历史发展过程。认为社会一旦由人类个别成员组合而成，就对每个成员的行为和思维具有强制力，人不能随心所欲地生活。这一派的方法与心理学派迥然不同。社会学派认为任何宗教的崇拜对象，都是统治人类的社会力量的化身，即社会和社会环境才是产生宗教的真正原因。宗教如此，一切集体意识以及反映这种集体意识的风俗、习惯，乃至科学、技术、道德、国家制度等，都是如此。在这种理论指导下，列维·布留尔通过研究未开化民族的民俗文化，发现了原始人的观念——前逻辑思维的种种特点。

第六，历史地理学派。这一学派的理论基础是达尔文进化论和斯宾塞的实证论。代表人物科隆父子、A. 阿尔奈、W. 安德松。科隆父子认为每一个重要题材都有它的原始形态，也都有一个发生的时间和原始的发祥地，为此便需要对民间创作按情节类型进行分类，作出索引。A. 阿尔奈的《民间故事类型索引》就是这种研究方法的集中体现和重要成果。这一学派重视材料收集、治学态度严谨，以眼光开阔、论证翔实闻名。但对外部联系（如社会生活）的作用考虑较少，喜欢从民间文艺作品提炼出某种公式，也是不足之处。

第七，结构学派。20 世纪 50 年代中期，结构主义思潮影响于民俗学形成了结构主义学派。基本观点是认为任何事物内部存在着由种种要素按一定规律组合而成的结构体系。结构主义研究方法的特点，一是强调研究对象的内在性，即主张就神话论神话，就故事论故事，基本上排除它们与外部诸因素的联系，二是强调对研究对象的共时性分析。

这些民俗学流派既借鉴了兄弟学科的理论和方法，又有着自己的基本观点。他们各自观点的形成与其使用的研究方法有密切关系。可见，民俗学流派之间互有交叉，又具有各自不同的研究方法。这些民俗学流派对中国学者的《诗经》研究产生了或深或浅的影响，因受不同流派的影响而又呈现出不同的特色。

（二）民俗学方法在《诗经》阐释中的运用

认识了西方民俗学流派及其研究方法以后，我们还应对民俗学的一般方法有所了解。"这里的一般方法，指在民俗学范围内进行具体科学探究的操作方法，是民俗学工作者所必备的专业技能。"① 民俗学的一般方法主要包括分类法、分析及综合的方法、比较方法、统计方法。第一，分类法。分类是学术研究的起点。分类能反映出作者的学术思想，并直接影响其论著的面貌。如泰勒《原始文化》的章节设定就是建立在其对民俗事象的分类之上，从中可以见出泰勒对民俗文化的基本看法。第二，分析及综合的方法。分析是科学研究工作中贯穿始终的思维活动。综合是研究过程中重要的一环。经过周密分析之后的综合，才有条件进入论著的撰写。第三，比较方法。这是一般的科学方法，当然也适用于民俗文化的研究。比如纵向的古今之间的比较；横向的地区间、民族间、国家间进行的某类民俗的相互比照。第四，统计方法。这是一种采用计量方式的技术性更强的方法。如对某些民俗事象、某些民间文学作品的数量、分布情况等统计，可以使我们对民俗事象的分析和判断更加具有科学性和说服力。这些一般方法在实际研究中往往是综合运用的。

"近当代倡导用民俗学的方法来研究《诗经》的学者当推闻一多"②。闻一多开启了《诗经》研究的新方法，这种前无古人的创见，为后来者提供了一种崭新的思路。但在其他学者的《诗经》民俗学阐释中，西方民俗学流派的研究方法和一般民俗学研究方法也有所体现。

其一，比较方法。比较方法是民俗学研究的一般方法，其实也是基本的科学方法，使用普遍而行之有效。胡适对此方法较为关注，在其《歌谣的比较的研究法的一个例》文中就提出以"比较的研究法"来研究歌谣："研究歌谣，有一个很有趣的法子，就是'比较的研究法'。有

---

① 钟敬文：《民俗学概论》，上海文艺出版社1998年版，第488页。
② 洪湛侯：《诗经学史》，中华书局2002年版，第742页。

许多歌谣是大同小异的。大同的地方是他们的本旨，在文学的术语上叫做'母题（motif）'。小异的地方是随时随地添上的枝叶细节。"① 在他的《诗经》研究中，不仅强调了"必须要用归纳比较的方法"②，而且强调了应以民俗学视角来研究《诗经》："你要懂得《诗经》的文字和文法，必须要用归纳比较的方法。你要懂得三百篇中每一首的题旨，必须撇开一切《毛传》、《郑笺》、《朱注》等等，自己去细细涵咏原文。但你必须多备一些参考比较的材料：你必须多研究民俗学，社会学，文学，史学。你的比较材料越多，你就会觉得《诗经》越有趣味了。"③

其二，统计方法。统计方法偏重于对研究对象之数的规定。量的统计是质的基础，对质的规定提供辅助性的论据。虽然是辅助性的，但可以使我们对民俗事象的分析和判断更准确、更科学，也更具说服力。1947 年《进修月刊》第 1 期载林凯民《诗经药物考》一文，将《诗经》中所涉及的 62 种药物作了列表统计，所列项目包括诗经篇名、诗经药物原名、今名、效用四项。此文论述之言不多，却让人在条分缕析的列表统计中，直观地了解到《诗经》中所包含的丰富药物，这正得益于统计方法之效用。

其三，社会学派的研究方法。社会学派主张运用社会学讲求实证的方法来研究民族生活的历史发展过程。认为风俗、习惯、制度等都是社会和社会环境的产物，是统治人类的社会力量的化身。李建芳在研究《诗经》时代的女性生活时，结合社会制度变化探讨女性地位的下降：

> 诗经是典型的封建社会的产物。中国封建制度起于殷末之际，至周初几百年始完成这个封建的金字塔。可是，历史的发展是按照辩证法的过程，中国封建制度完成之时，也就是它崩溃之时，至周平王东迁以后，中国封建制度便开始了凋萎征兆，诗经便是这时代之间的产物。④

---

① 胡适：《胡适文集 3》，北京大学出版社 1998 年版，第 630 页。
② 胡适：《胡适文集 5》，北京大学出版社 1998 年版，第 477 页。
③ 胡适：《胡适文集 5》，北京大学出版社 1998 年版，第 477 页。
④ 李建芳：《诗经时代的女性生活研究》，《新创造》1932 年第 2 期。

当氏族社会崩溃时候，社会由女性中心变为男性中心，女子便逐渐陷于隶属的地位。到封建社会，其奴隶的地位，更利害，而且更确定。……如果说，从前的氏族家庭男女平等，那末，现在便男尊女卑了；如果说，氏族社会或氏族家庭中是群婚制，性的生活比较平等，那末现在便是一夫多妻制；男子可以讨许多老婆，女子要求得第二个男子的欢爱，其惟一的办法，只有私通。总而言之，现在女子是男子的附属品，玩物，私有财产。封建社会内的婚姻是不能自由的，必须要有"父母之命，媒妁之言"，在婚嫁时，且应按一定的婚嫁仪式。至于，封建时代的礼教，当然是为女子而设，男子要求女子为自己保守贞操，但贵族可以随便辱凌良家妇女。除了这种男女不平等和礼教给与女性的痛苦外，还有因封建诸侯不断地战争，常常把些已婚的男子送到战场上去，致使许多妇女大受失夫之苦，或者因丈夫战死疆场，终身成为孀寡。封建社会里面，这种怨妇，孀寡的呼声，永远成为人类不幸的回忆。①

所有上面所说的封建社会内的女性生活底特点，在诗经上都找得出明白地记载。可惜这些记载被几千年来的风化维持者，"此刺淫乱之诗"，"此刺淫奔之诗"，不断地加上许多曲解或妄说，现在我们要从诗经里面窥探诗经时代的女性生活，我们必须根据社会历史的观点，把那些礼教先生的垃圾解说，洗刷净；我们要还每首诗一个本来面目，我们再从这本来面目上认识当时的女性生活。②

作者将对女性在婚姻中不自由和痛苦的探讨置于历史发展的过程中，提出："我们必须根据社会历史的观点，把那些礼教先生的垃圾解说，洗刷净；我们要还每首诗一个本来面目，我们再从这本来面目上认识当时的女性生活。"作者对《诗经》女性婚姻生活的研究显现出对社会和社会环境因素的重视。

其四，人类学派的研究方法。人类学派民俗学倾注全力所作的工作

---

① 李建芳：《诗经时代的女性生活研究》，《新创造》1932 年第 2 期。
② 李建芳：《诗经时代的女性生活研究》，《新创造》1932 年第 2 期。

就是大量地搜集世界各地未开化民族的民俗资料，包括神话、传说、生产和生活习俗、宗教信仰、礼仪祭典等，并以此为基础作纵向和横向的比较研究。郑振铎在《汤祷篇》中说："我以为古书固不可尽信为真实，但也不可单凭直觉的理智，去抹杀古代的事实。古人或不至像我们所相信的那末样的惯于作伪，惯于凭空捏造多多少少的故事出来；他们假使有什么附会，也必定有一个可以使他生出这种附会来的根据的。愈是今人以为大不近人情，大不合理，却愈有其至深且厚，至真且确的根据在着。自从人类学，人种志，和民俗学的研究开始以来，我们对于古代的神话和传说，已不仅视之为原始人里的'假语村言'了；自从萧莱曼在特洛伊城废址进行发掘以来，我们对于古代的神话和传说，也已不复仅仅把他们当作是诗人们的想象的创作了。我们为什么还要常把许多古史上的重要的事实，当作后人的附会和假造呢？"[1] 人类学派认为通过研究未开化民族的神话，并以之与文明人祖先的神话相比较，可以追寻人类文化和思维方式的进化轨迹。郑振铎的观点中有受其影响的痕迹。事实上，《汤祷篇》是郑振铎运用人类学和民俗学方法解读分析中国的古代传说和信仰习俗的开始，指出古代帝王的祈雨活动其实是一种"蛮性的遗留"的信仰习俗。后又作《黄鸟篇》《玄鸟篇》《伐檀篇》等，同样采用了人类学和民俗学的比较方法，如《玄鸟篇》就采用了比较的方法对中国古代社会的赘婿制度及其形成的经济原因进行了分析，并对赘婿制相关的婚俗以及赘婿在家庭中的地位和作用进行了理性分析，同时还兼论了养子、童养媳、妾等封建社会的其他相关家庭制度。

二 取得《诗经》研究的新成果

现代《诗经》学研究摆脱了传统《诗经》学的桎梏之后，不再将《诗经》视为"经"，而是将其作为文学作品来研究，《诗经》被定性为民歌集即文学之后，研究者在对《诗序》题旨纷纷质疑批驳的同时，开始进行文学的研究，在《诗经》性质阐释、内容分类、诗篇解读上都取得了新的收获。

---

[1] 郑振铎：《汤祷篇》，《郑振铎全集》第三卷，花山文艺出版社 1998 年版，第 577 页。

其一，出版业的兴盛促进了《诗经》新成果的不断出现。在五四新思潮中，陈独秀创办的《新青年》杂志，借助于出版与传播的力量，擂响了新文化运动的第一声战鼓。以《新青年》为代表的出版物在推动新思潮的日益澎湃的同时，也推动了出版业的创新式发展。新出版与新文化互相影响、互为推动，在五四时期表现得淋漓尽致。出版物数量的激增，出版物内容的革新，出版物机构的崛起与调整，都是新文化思潮影响下的结果。

五四运动之后，新思想、新学术的书刊开始大量涌现，其中以杂志的风头最健。出版物作为思想与文化的载体，具有开启民智、涤荡人心的功用。众多远见卓识的知识分子如严复、梁启超、陈独秀等都擅用书报期刊来发表革新主张。陈独秀创办的《新青年》是五四运动时期最重要、影响最大的期刊。它"集中体现了在特定历史条件下，出版物在承担启蒙与救亡等重要历史使命之际的文化自觉和重要作用"[①]。它高举科学与民主两面旗帜，对封建文化思想展开猛烈的批判，如鲁迅发表《我之节烈观》、陈独秀发表《宪法与孔教》，这些新思想呼唤着青年和妇女冲破封建主义的束缚、追求新的道路。它高举文学革命的旗帜，对封建主义文学展开批判，提出建立新文学的主张，如陈独秀发表《文学革命论》，胡适发表《文学改良刍议》《建设新文学论》等。《新青年》倡导的文学革命，揭开了中国文学史新的一页，开创了中国文学发展的新阶段。特别是《新青年》从1918年1月第4卷第1期起，全部改用白话并使用新式标点符号。这在期刊发展史上具有革新意义，在中国文学发展史上亦具有重大意义。此后白话文学开始成为文学主流，采用白话和新式标点符号的期刊也日渐增多。《新青年》还为西方各种新思潮在中国的传播创造了条件，如李大钊发表《庶民的胜利》《我的马克思主义观》。

《新青年》是一个划时代的刊物，创办时正处于旧民主主义革命向新民主主义革命过渡的时期。《新青年》在唤醒民众觉醒、促进文化发展中起到了关键的作用。它为《诗经》研究从传统《诗经》学向现代

[①] 王余光、吴永贵：《中国出版通史·民国卷》，中国书籍出版社2008年版，第50页。

《诗经》学转变奠定了基础，也提供了契机。作为现代《诗经》学开山人的胡适在《新青年》上发表许多与《诗经》研究转变有关的文章，如《文学改良刍议》《答钱玄同》《建设的文学革命论》等。他在《答钱玄同书》中提出："其三百篇中，大半皆情诗也。即如《关雎》一篇，明言男子恋一女子，至于'寤寐思服'，'辗转反侧'，害起'单思病'来了。孔子不以为非，却说'《关雎》乐而不淫，哀而不伤'。又如'陟彼南山，言采其蕨。未见君子，忧心惙惙。亦既见止，亦既觏止，我心则说'。明言女子与男子期会于野。凡此诸诗，所以能保存者，正以春秋时代本不以男女私相恋爱为恶德耳。后之腐儒，不明时代之不同，风尚之互异，遂想出种种谬说来解《诗经》。诗之真价值遂历二千余年而不明，则皆诸腐儒之罪也。"①

除《新青年》之外，支持新文化运动的报刊还有很多，以期刊来说，影响最大的有《每周评论》《新潮》《建设》等。五四时期思想、学术极为活跃，与当时出版业的繁荣有密切的关系。"以 1919 年和 1920 年两年为例，分别有 139 种和 173 种期刊创立，平均每两三天即有新刊问世。"② 出版业的繁荣，期刊的丰富为《诗经》研究新发展提供了物质准备和发展条件。出版业的兴盛促进了《诗经》新成果的不断出现。

其二，新体例的《诗经》著作。两千多年以来，《诗经》学著作的流派和风格虽几经变易，但其作为解经之作的基本性质并无任何改变。它以注疏为基本形式的著作体例也没有发生过改变。这种情况在现代《诗经》学中发生了转变，近代新出的《诗经》书籍主要采用今注、今译、概论、专题研究等形式，传统的注疏、经解、集释模式已很少被使用。这种著作体例上的新变，是随着作品内容的变化而变化的。《诗经》著作不再作为解经之作的意义而出现，更多地以文学作品的形式出现。新译今译类著作在对诗篇解读时，抛弃《诗序》旧说，另立新解；采用新诗体，白话译诗；运用民俗学材料来理解诗歌作品。文学史教科书运用民俗学、社会学、人类学的方法对《诗经》进行探讨，打破风、雅、

---

① 胡适：《胡适文集2》，北京大学出版社 1998 年版，第 34 页。
② 王余光、吴永贵：《中国出版通史·民国卷》，中国书籍出版社 2008 年版，第 53 页。

颂的编排体例，对《诗经》篇章重新分类，如刘大杰《中国文学发展史》将《诗经》分为宗教性的颂诗、宫廷的乐歌、社会诗、抒情歌曲四类；闻一多主张将《国风》分为婚姻、家庭、社会三类。区分类别，是在对所有诗篇题旨有明确认识的基础上实现的。《诗经》在西汉初年被确定为儒家经典后，一直被尊奉为"经"，极少有人敢于把它看作文学作品，更不会从文学角度进行分类了。可见，近代新体例、新分类的《诗经》著作出现，在《诗经》学史上有着重要的意义。这一时期出现的今译新译著作和文学史教科书有力地推动了《诗经》研究的新发展。

《诗经》不再被视为神圣的经典，而是被视为一部有深远影响的文学作品。随着传统《诗经》学逐渐瓦解，《诗经》研究发生新变，研究主体已由封建士大夫转变为具有世界眼光的现代知识分子，研究方法已由封闭的经学研究转向开放的多元化研究，《诗经》研究进入了现代研究的新阶段。

三 呈现中国传统文化的魅力

五四新文化运动之后，《诗经》被定性为民歌集。然而，《诗经》并不是一部单纯的文学作品，它不仅是中华民族文化的元典，还是中国传统文化的代表。《诗经》内涵丰富，研究者以不同的研究视角和研究方法对它进行着多样化的阐释与解读。这种多样性的研究，不仅对《诗经》学跨学科研究有着积极的促进作用，还有利于更好地弘扬中华优秀传统文化，对于建设社会主义新文化有着重要的意义。1919—1949 年的《诗经》民俗学阐释，尽管更多地致力于打破传统《诗经》学的束缚，确立《诗经》的文学性质，但是学者在借鉴西方理论的同时也在向外弘扬着民族文化。这一时期的民国期刊中，在大量涌现《诗经》新译今译作品的同时也出现一些关于《诗经》翻译的文章：1927 年，《德文月刊》第 2 卷载英译《伯兮》"伯兮章（诗经 卫风 伯兮章）（中外文对照）"；1936 年，《图书展望》第 1 卷载"馆藏英译中国文学作品简目：诗经选译"；1946 年，《星光》载"林语堂翻译诗经"；1948 年，《时兆月报》第 43 卷载"世界珍闻：诗经译成俄文"；1948 年，《友谊》第 2 卷载"苏联文化珍闻：'诗经'俄文译本出版"。这些翻译之作在数量虽远不及新译今译作品丰富，但这些如微光般的存在却有着闪亮的意义和价值。它们数量不多，却不绝如缕，显示出时人弘扬中国文化的不懈努力与坚定信念。

（一）《诗经》英文译本

1946 年《华侨评论》第 1 卷第 7 期载前人诗作《岁暮得高本汉教授英译诗经口占》："一年易旧一年新，新义翻从旧学陈。重译葩经光照海，先生杖履万方春。"① 从诗文中，我们可知：第一，高本汉著英译《诗经》；第二，此英译本比之旧学，自有新义。高本汉是瑞典最有影响力的汉学家。瑞典汉学作为一门专门学科的建立，高本汉起了不可忽视的决定性作用。"高本汉（Bernhard Karlgren）《诗经》译本是中外《诗经》翻译历史上九个英文全译本之一，历来备受诗经学界和译学界推崇。"② 除西方学者的《诗经》英译本外，还有中国学者的《诗经》英译本。1946 年《星光》载《林语堂翻译诗经》文，介绍了一则林语堂着手英译《诗经》的新闻：

> 专靠贩卖国产噱头，在美国大出风头大赚钞票的幽默大师林语堂，最近居然一本正经干起一件相当吃力但也颇有价值的事来。
>
> 他是在开始着手于《诗经》的英文译本了。
>
> 他曾经将中国的古籍，用种种方式搬到外国去。有时在他的作品引经据典，有时也节译一番，由于有许多古人的学说与哲理，充满了智慧与隽味，使欧美人仕发生了兴味，因之，他们遂请求林语堂选择一部中国的经典，全部译出，并加注解，使他们能认识中国的民情风俗及礼教法则。
>
> 林语堂为适合这一需求，认为将《诗经》译出颇适当。于是就以《诗经》为他的工作目标了。
>
> 听说，他还准备用韩文来翻译，那倒是颇费心力的。③

---

① 前人：《岁暮得高本汉教授英译诗经口占》，《华侨评论》1946 年第 7 期。

② 李玉良、孙立新：《高本汉〈诗经〉翻译研究》，《山东外语教学》2011 年第 6 期。

③ 托我：《林语堂翻译诗经》，《星光》1946 年第 10 期。

在这则短短不足三百字的介绍文字中包含足够多的信息：第一，林语堂着手英译《诗经》。这是一件辛苦却值得做的事情。第二，此前林语堂一直致力于"将中国的古籍，用种种方式搬到外国去"，即致力于对外传播中华传统文化。他的努力已经成功地使欧美人士对中国文化产生了浓厚的兴趣。他们希望能通过一部中国经典的译作来"认识中国的民情风俗及礼教法则"。第三，林语堂选择翻译《诗经》。他认为《诗经》适合欧美人士的需求，即《诗经》是中国的经典，而且其中包含着各种的民情民俗以及礼教法则。第四，林语堂还打算将《诗经》译为韩文。可见，在我们学习西方科技、借鉴西方理论的时候，西方也在渴望了解中国的经典、中国的文化，将中西文化联结起来的正是如林语堂般的学贯中西的学者。而《诗经》的特点使它成为传播中国文化的最佳选择，它不仅是沟通中西文化的媒介，也是巩固中韩文化渊源的媒介。"日本、朝鲜半岛以及越南接受《诗经》的历史都比较悠久。以朝鲜半岛为例，《旧唐书·高丽传》记载高句丽的读书人便研习《诗经》在内的五经。古代朝鲜的科举，《诗经》是考试科目之一。直到今天，韩国仍有超过 40 所大学开设《诗经》课。"[1]"朝鲜半岛《诗经》学的发展，足以践行《诗经》研究中的'汉文化圈概念'。"[2] 中韩两国有着深厚的文化渊源，不仅韩国的文学深受中国影响，而且韩国电影也深得中国古典美学的精髓，还擅于阐释儒家、道家的伦理思想和哲学理念。

（二）《诗经》俄文译本

这一时期还出现了《诗经》俄文译本。1948 年《时兆月报》第 43 卷第 8 期刊载了一则短小的新闻《世界珍闻：诗经译成俄文》中提到：诗经译成俄文。"我国《诗经》已为列宁格勒一位中国语文学者译为俄文。"[3] 同年的另一期刊也刊载了这一消息，1948 年《友谊》第 2 卷第 9 期《苏联文化珍闻："诗经"俄文译本出版》：

---

① 曹建国：《海外〈诗经〉学研究概述》，《文学遗产》2015 年第 3 期。
② 付星星：《汉文化圈视野下的朝鲜半岛〈诗经〉学研究》，《文学遗产》2017 年第 5 期。
③ 《世界珍闻：诗经译成俄文》，《时兆月报》1948 年第 8 期。

本年二月廿八日的"文学报"上登载一段报导"诗经"俄文译本在苏联出版的消息，该段消息的标题为"中国诗歌最古的纪念碑"。原文称："中国文学史通常是自'诗经'起始……以前俄文中仅有'诗经'某些诗篇的散文译品。第一部'诗经'俄文全译本，不久前列宁格勒汉学家 A. 史图金始告译竣。这件工作在东方问题专家中引起了极大的兴趣，苏联科学院东方学院为此曾召开了一次专门会议。"

"科学院的通讯员康拉德称：译者的勋绩首先在于他把'诗经'当作古代人民诗歌纪念碑来研究，剥去其一切儒教的附会。'诗经'中国诗篇的内容，是紧紧与人民风俗习惯，社会关系，经济生活相连系着的。这使'诗经'有着极大的历史文化的价值。"[1]

这两则新闻同样报道了《诗经》俄文译本出版一事，虽然两者在内容信息量上存在明显差异，但都不约而同地使用了"珍闻"一词，一称为"世界珍闻"，一称为"苏联文化珍闻"，都认为《诗经》俄译本的出现是学术界值得关注的"珍奇见闻"。前一则极为短小，后一则传达出的信息相对丰富：第一，《诗经》被认为是"中国诗歌最古的纪念碑"；第二，由列宁格勒汉学家 A. 史图金译竣的《诗经》译本，是第一部《诗经》俄文全译本，此前只有选译的《诗经》作品；第三，苏联的东方问题专家对此事极为关注；第四，俄译《诗经》具有极大的历史文化的价值。因为译者把《诗经》当作古代人民诗歌纪念碑来研究，剥去其一切儒教的附会。可见，《诗经》俄译全本的出现在中国和苏联学术界都被视为一件值得瞩目的事情。其被关注正是因为"'诗经'中国诗篇的内容，是紧紧与人民风俗习惯，社会关系，经济生活相连系着的"[2]。《诗经》传达出中国传统文化的独特魅力。

"中国人说'传统'，往往指的是遥远的过去，比如辛亥革命以前的中国文化，尤其是孔子为代表的儒家；其实，晚清以降的中国文化、思

---

① 葵：《苏联文化珍闻："诗经"俄文译本出版》，《友谊》1948 年第 9 期。
② 葵：《苏联文化珍闻："诗经"俄文译本出版》，《友谊》1948 年第 9 期。

想、学术，早就构成了一个新的传统。可以这么说，以孔夫子为代表的中国文化，是一个伟大的传统；以蔡元培、陈独秀、李大钊、胡适、鲁迅为代表的'五四'新文化，也是一个伟大的传统。"①"五四精神"同样是一种传统，它所倡导的科学精神、民主精神，在今天仍然有着现实意义。五四先驱们所推动改革不仅是社会变革，更是志在改造民族精神的思想变革。以科学技术推动社会发展、以科学精神启蒙广大民众，在当时和现今都有着重要意义。在 21 世纪，互联网技术的迅猛发展、电子媒介强大的传播力量，使各种信息和知识有了高效传播和普及的渠道。科技正在毋庸置疑地影响和改变着世界。在这样的背景下，有效促进科学精神与人文精神的有机结合，显得尤为重要。只有两者相互结合，才能真正实现广大民众思想观念的现代化，才能构建理性的新世纪中国文化。21 世纪的中国文化是具有科学精神的文化，会更理性地审视我们的传统文化，在抛弃阻碍社会发展的封建糟粕的同时，也大力弘扬传统文化中的思想精华。《诗经》作为传统文化的载体，它是文学的，也是经学的。作为文学，它具有展示人类心灵世界的意义；作为经学，它承载着文以载道的社会功能。我们必须科学而客观地评价和发挥这部古老经典的价值与作用。借助科技的力量，用《诗经》富有影响人类心灵世界的文学魅力传达出礼乐文化的精髓。

从这个角度说，这一时期的《诗经》民俗学阐释也呈现出中国传统文化的魅力。随着日益增长的社会文化需求和人们文化素质的不断提高，我们不仅可以通过传统的普及性出版物、讲座、音乐、吟诵等形式来推广，还可以通过现代科技手段如互联网、慕课、电子图书等，使《诗经》中的传统文化精髓更普遍地为广大人民所了解，不仅包括中国人民，也包括世界各国人民。与此同时，要创造性地编撰《诗经》文本的各种选本、全本和译本。作为新世纪的读本，它应该在词语注释、解析和译文各方面，集中吸取古今的研究成果，力求做到经典性与文学性并重，以广大人民喜闻乐见的形式推广《诗经》的传播，从而推进优秀传统文化的广泛传播。

---

① 陈平原：《作为一种"思想操练"的"五四"》，《探索与争鸣》2015 年第 7 期。

在多元化的世界格局中，如何使中国优秀文化展现出它独特的风采和永久的魅力，无论何时都是历史赋予人文社会科学工作者的职责和任务。《诗经》学是人文社会科学的一个尤为重要的分支学科，当时的中国《诗经》学者自觉地肩负起这个历史使命，今天的我们同样责无旁贷。同时，正因为《诗经》是"中国诗歌最古的纪念碑"①，具有"极大的历史文化的价值"②，是"认识中国的民情风俗及礼教法则"③ 的经典之作，无论是瑞典的汉学家，还是苏联的东方问题专家都对这部经典分外关注，《诗经》民俗学阐释呈现出中国传统文化的非凡魅力。

第二节　《诗经》民俗学阐释研究的局限

20 世纪上半期，"现代技术所具破坏社会完整的力量却已在中国社会中开始发生效果。未得其利，先蒙其弊，使中国的人民对传统已失信任，对西洋的新秩序又难于接受"④。在对传统文化进行批判的同时，如何将西方的新思想有机地整合到自身文化体系中尚在探索与实践当中。在否定《诗序》的义疏系统，确立《诗经》的文学本质时，忽略了《诗经》对于建构中国文化的重要意义。"经学是中国历史上特殊的文化现象，它的产生、发展已经渗透于上层建筑、意识形态之中，成为中华传统文化中的一个重要部分，对于整个中华文化曾经产生过非常重大的影响，是非得失，值得作专门的研究总结。"⑤ 这一时期的《诗经》民俗学阐释着力强调《诗经》的文学本质，而刻意忽略了它"经"的身份。对于传统《诗经》学的研究成果，更多的是作为封建糟粕来抛弃的，而不是作为精神产品来批判吸收的。在《诗经》民俗学阐释的具体研究中，难免会有一些不足。

---

① 葵：《苏联文化珍闻："诗经"俄文译本出版》，《友谊》1948 年第 9 期。
② 葵：《苏联文化珍闻："诗经"俄文译本出版》，《友谊》1948 年第 9 期。
③ 托我：《林语堂翻译诗经》，《星光》1946 年第 10 期。
④ 费孝通：《乡土中国·生育制度·乡土重建》，商务印书馆 2011 年版，第 351 页。
⑤ 洪湛侯：《诗经学史》，中华书局 2002 年版，第 648 页。

一　研究方法急于求新

新文化运动的核心在于"新"字，提倡新道德、新思想、新文化。在"推倒陈腐的铺张的古典文学"① 的同时，西方的文学理论被当作新思想而引入，这些文学理论为《诗经》研究也提供了新的方法和思路。新方法的引入起到了推进《诗经》研究发展的作用，但因急于求新，有些论证有失妥当。

其一，对心理学派研究方法借鉴中出现的偏颇。民俗学中的心理学派或称精神分析学派是以弗洛伊德的理论为基本指导思想来分析民俗文化的实质。弗洛伊德开创了潜意识研究的新领域，促进了人格心理学、动力心理学、变态心理学的发展，奠定了现代医学模式的新基础，为20世纪西方人文学科提供了重要理论支柱。他认为出自本能的性欲冲动是人们种种精神和实践活动的真正原因。这一学派从人类心理活动的特征和规律切入文艺现象和民俗文化，这对闻一多的《诗经》研究产生过很大的影响。

闻一多在《诗经的性欲观》中说："《诗经》时代的生活，我们既知道，没有脱尽原始人的蜕壳，而《诗经》本身，又不好说是赝品，那么，用研究性欲的方法来研究《诗经》，自然最能了解《诗经》的真相。其实也用不着十分的研究，你打开《诗经》来，只要你肯开诚布公读去，他就在那里。自古以来苦的是开诚布公的人太少，所以总不能读到那真正的《诗经》。"② 开诚布公地提出要了解《诗经》的真相就应该采用研究性欲的方法，并且总结了《诗经》表现性欲的方式："（一）明言性交，（二）隐喻性交，（三）暗示性交，（四）联想性交，（五）象征性交。明言用不着解释。隐喻和暗示的分别，前者是说了性交，但是用譬喻的方法说出的，后者是只说性交前后的情形，或其背影，不说性交，让读者自己去想象。联想又有点不同，是无意的说到和性交有关系的事物，读者不由得要联想到性交一类的事。象征的说到性交，简直是出于

---

① 胡适：《胡适文集2》，北京大学出版社1998年版，第16页。
② 闻一多：《诗经研究》，巴蜀书社2002年版，第2页。

潜意识的主动，和无意识的又不同了。"① 显然，闻一多的《诗经》研究受到心理学派以本能的性欲冲动来分析人们精神和实践活动的影响。他用这种方法对"郑诗"进行研究，发现"二十一篇郑诗，差不多篇篇是讲恋爱的。但是说来也奇怪，讲到性交的诗，也不过《野有蔓草》和《溱洧》两篇"②。以《溱洧》为例，闻一多从"谑"字入手，以《史记》《左传》中的记载为佐证，用心理学的方法对"维士与女，伊其将谑，赠之以勺药"进行了分析：

　　谑字，我没有找到直接的证据，解作性交。但是我疑心这个字和 sadism，masochism 有点关系。性的心理中，有一种以虐待对方，同受虐待为愉快之倾向。所以凡是喜欢虐待别人（尤其是异性）或受人虐待的，都含有性欲的意味。《国风》里还用过两次谑字。《终风》的"谑浪笑敖"很像是描写性交的行事。总观全诗，尤其是 sadism，masochism 的好证例。《淇奥》云："善戏谑兮，不为虐兮。"马瑞辰《毛诗传笺通释》云："《书·西伯戡黎》'维王淫戏用自绝'，《史记·殷本纪》作'淫虐'，昭四年《左传》亦云'纣作淫虐'。又襄四年《左传》：臧纥如齐唁卫侯，卫侯与之言虐。虐即此诗'不为虐兮'之虐，谓戏谑之甚。故纥云'其言粪土'，谓其言污也。"然则虐字本有淫秽的意思（所谓"言虐"定是鲁迅先生所谓'国骂'者）。《说文》："虐，残也，从虎爪人，虎足爪人也。"《注》："覆手曰爪，反爪向外攫人是曰虐。"覆手爪人，也可以联想到，原始人最自然的性交状态。谑字可见也有性欲的含义。③

　　闻一多对该诗的解释，重点在于"伊其将谑"的"谑"字。这里的 sadism 指施虐狂，masochism 指受虐狂。作者从施虐狂、受虐狂的变态心理学理论出发，重新训释了《溱洧》中的"谑"字，其用意在于将《溱

---

①　闻一多：《诗经研究》，巴蜀书社 2002 年版，第 2 页。
②　闻一多：《诗经研究》，巴蜀书社 2002 年版，第 4 页。
③　闻一多：《诗经研究》，巴蜀书社 2002 年版，第 6—7 页。

洧》释为"淫诗"，即为将《诗经》还原为民歌，而着意突出男欢女爱的因素。如同弗洛伊德把变态心理学从简单的描述转变为精神动力的研究一样，虽然精神分析理论体系有不合理之处，但却为变态心理学的发展开辟了新的道路。闻一多运用"新"的心理学方法解读古老的经典，也打开了《诗经》研究的新思路。同样，不可否认的是心理学派从人类心理活动的特征和规律切入文艺现象和民俗文化，注意到了人的精神活动方面，却相对地忽略了人的物质生产和生活，特别是人的社会关系，造成了研究的片面性。闻一多的研究过分强调人的精神活动，大胆而有新意，但有些论证结果尚可商榷。

其二，对马克思主义研究方法借鉴中略有偏颇。随着马克思主义在中国的传播，20 世纪 30 年代前后，马克思主义理论和方法进入《诗经》研究领域，首先表现在古史研究中。郭沫若的《中国古代社会研究》是中国马克思主义史学的开山著作，"它以全新的思想观点、解读和阐释的优势以及对多学科研究成果和方法的整合，把《诗经》研究推向了一个新的高度，充分显示出唯物史观作为学术研究指导思想理论的巨大意义"①。郭沫若以《诗经》为史料，结合文字学、历史学、考古学等，论证了西周和殷商都是奴隶社会，宣称马克思主义揭示的社会发展规律完全符合中国的实际情况，倡导运用辩证唯物论和历史唯物论来研究中国社会。他评述和运用《诗经》中的史料，主要体现在《诗书时代的社会变革与其思想上之反映》和《由周代农事诗论到周代社会》两篇长论上。《诗书时代的社会变革与其思想上之反映》创立了一个用马克思主义研究《诗经》的科学研究体系。他引述《诗经》中周人开国的史诗，提出后稷出生的传说还保留着母系社会的痕迹。《由周代农事诗论到周代社会》选释了 10 篇诗，并作了今译，再次对《诗经》农事诗进行了探讨，明确地论断西周是农业社会。"概括言之，在《中国古代社会研究》一书中，郭沫若在此一时期运用唯物史观对《诗经》进行研究呈现出以下特色，其一，他是运用唯物史观从事古代社会研究的第一人，其

---

① 赵沛霖：《郭沫若〈中国古代社会研究〉在〈诗经〉学史上的意义》，《齐鲁学刊》2004 年第 4 期。

研究工作极具开拓性，对此后的学术研究产生了深远的影响；其二，从历史层面对《诗经》所反映的时代背景进行整体勾勒，进而显现《诗经》所具有的极为丰富的史学、文学内涵。其三，从研究方法而言，充分发挥唯物史观所独具的多学科整合的特性，为后来的跨学科研究诗经奠定了坚实的基础。"①

郭沫若利用马克思主义研究方法，排除了许多迂腐的旧解，提出不少深刻的见解，建立起《诗经》的科学研究体系。然而，他所建立的理论还相对粗疏，既然是开创性的工作，难免会存在着某些瑕疵与缺憾。由于材料的时代性未能划分清楚，就提出结论，而未能准确判断某些诗篇的时代性；诗篇解释也杂有臆断，对某些诗篇的译述解说，也有待商榷，如对《七月》"无衣无褐，何以卒岁"的解说：

> 养织出来的成果呢是替"公子"做衣裳，而自己多是"无衣无褐"。农闲的时候打点猎，得了狐狸便要送去给公子做衣裳，得了野猪只好偷偷地把猪儿畜了起来，大猪要贡给公家的。自己养的羔羊也要杀了来献上去，不消说也还要酿酒送酒。公家住的宫室要他们去整理，昼夜兼勤地用茅草盖好起来（当时的宫室都还是茅屋），而自己住的被耗子打穿成大窟小洞的土屋，只好把点烂泥来塞塞，把烟火来熏熏。不消说蟋蟀是要到床头上来叫，风大哥是要时常来打交道的，管他妈的，也只好得过且过，在这儿过冬了。②

郭沫若在解读时不但要推翻成说、另辟新解，还替"无衣无褐"的农民发发牢骚："不消说蟋蟀是要到床头上来叫，风大哥是要时常来打交道的，管他妈的，也只好得过且过，在这儿过冬了。"作者认定农民是"无衣无褐"的，在《诗经》找到了农奴"无衣"的事实，找到了古代社会剥削的实证。此外，断定《七月》产生于春秋

---

① 郭士礼：《唯物史观与郭沫若的古典文学研究——以〈诗经〉研究、屈原研究为例》，《湖北社会科学》2017 年第 11 期。
② 郭沫若：《中国古代社会研究》，《郭沫若全集历史编》（第一卷），人民出版社 1982 年版，第 113 页。

中期以后，解释"农奴"就是奴隶等说法都是值得商榷的。郭沫若自己也修正了自己的判断。如在 1944 年《由周代农事诗论到周代社会》文中，就对《七月》产生的年代进行了修正，再次印证了西周为奴隶制的判断。

二　研究范畴过于集中

两千多年来，经学著作虽有多种流派、呈现出不同风格，但其作为解经之作的基本性质并没有发生改变，以注疏为基本形式的著作体裁也没有发生任何变化。直到近代《诗经》类书籍的体裁才出现新的形式，多采用今注、今译、概论、专题研究的形式，这一变化有力地说明"近当代的《诗经》研究，从作品内容到著作形式都发生了重大的变革，是'诗经学史'上的一次'质'的飞跃"①。今译新译这种新型的论著从内容到形式都与以往著作不同，从文学角度研究《诗经》为现代《诗经》学谱写了绚丽夺目的一章。

《诗经》今译新译论著纷纷涌现，无疑对确立《诗经》文学性质，推动现代《诗经》学发展，有着积极的作用，但这并不意味着这其中没有缺失。"20 年代的新解者有一个明显的不足：所解释和注意的几乎全是《国风》中的诗篇，这会给一般读者造成一个印象：《诗经》是民歌集。"② 事实上，不论是 20 世纪 20 年代还是三四十年代；不论是著作还是期刊，1919—1949 年的《诗经》今译新译都主要集中在对《国风》的研究上。

（一）《诗经》新解著作

随着《诗序》义疏体系被彻底否定，学者纷纷以新眼光重新审视《诗经》文本、重新解释诗篇题旨和诗义。这一时期，学者在其用民俗学视角新译《诗经》的论著中不约而同地选择了以《诗经·国风》为主。

采用新诗体今译的第一部著作是 1922 年出版的郭沫若《卷耳集》。

---

① 洪湛侯：《诗经学史》，中华书局 2002 年版，第 653—654 页。
② 夏传才：《二十世纪诗经学》，学苑出版社 2005 年版，第 104 页。

此书选译《诗经·国风》中相类的"大概是限于男女间相爱恋的情歌"①，共 40 首诗。在郭沫若今译著作之后，各种新译著作纷纷出现，它们的共同点是对诗旨作出与旧说不同的新解，在其中影响最大的是俞平伯的《读诗札记》，此书初名《茸芷缭衡室读诗札记》，1923 年起陆续分别发表于《小说月报》和《燕京学报》，新释《国风》中的《卷耳》《行露》《小星》《野有死麕》《柏舟》《谷风》6 篇诗。后他又作增释《北门》《静女》《载驰》等诗，共计 19 篇，于 1931 年出版。稍晚于俞平伯的是刘大白的《白屋说诗》。1926 年他在《复旦周刊》陆续发表10 篇新释《诗经·国风》诗篇，于 1929 年出版。《读诗札记》和《白屋说诗》都注重运用民俗学材料来阐释诗义，对现代《诗经》诠释学有积极的影响。

这一情况同样出现在 20 世纪三四十年代的《诗经》新译今译中。三四十年代《诗经》新解著述仍以《国风》篇目为主，如陈漱琴的《诗经情诗今译》和纵白踪的《关雎集》为例。陈漱琴《诗经情诗今译》出版于 1935 年，分别从《周南》《邶风》《鄘风》《卫风》《王风》《郑风》《魏风》中选取诗篇，合计 27 首，加上附录《魏风》之《伐檀》，共 28 首诗，皆为《国风》中的诗篇。纵白踪的《关雎集》出版于 1936年，分别从《周南》《召南》《邶风》《卫风》《鄘风》《王风》《郑风》《齐风》《唐风》《秦风》《豳风》《桧风》《魏风》《小雅》中选取诗篇，合计 37 首，除《小雅》4 首，其他 33 首皆选自《国风》。

（二）《诗经》新解期刊

我们以"民国时期期刊全文数据库"和"大成老旧刊全文数据库"中白话译诗的相关资料为依据，分析这一时期《诗经》今译新译期刊中选取《国风》中诗篇作为新释对象的情况。

其一，20 年代的《诗经》新解期刊。主要包括：1925 年《家声》第 34 期载《诗经选（待续）：邶风、豳风、小雅》，虽仅见篇名，但仍可知以《国风》为主；1928 年《丽泽（上海）》暑期特刊载杨容韦《戏

---

① 郭沫若：《卷耳集》，《郭沫若全集文学编》（第五卷），人民文学出版社 1984 年版，第157 页。

译诗经（三首）》，选译《风雨》《出其东门》《狡童》，三首诗都出自《郑风》；1928 年《暨南周刊》第 3 卷第 9 期载温玉书《诗经选译》白话译诗《大车》，此诗出自《王风》；1929 年《暨南周刊》第 5 卷第 3 期载静之《译诗经大车：附大车原诗》，白话译诗《大车》，此诗出自《王风》。可见，这些白话译诗所选《诗经》诗篇，基本出自《国风》。

其二，30 年代的《诗经》新解期刊。主要包括：1932 年《文理》第 3 期载伯容《诗经今译》，白话译诗《静女》《将仲子》，分别选自《邶风》《郑风》；1934 年《沪大月刊》第 2 卷第 3—4 期载驰去也《诗经新译——氓》，白话译诗《氓》，此诗选自《卫风》；1934 年《光华附中半月刊》第 2 卷第 6 期载予亦《诗经试译：草虫、小星、狡童、摽有梅》，白话译诗《草虫》《小星》《狡童》《摽有梅》，除《狡童》选自《郑风》外，其他三首选自《召南》；1934 年《光华附中半月刊》第 2 卷第 7 期载予亦《诗经试译：郑风有女同车、山有扶苏、褰裳》，白话译诗《有女同车》《山有扶苏》《褰裳》，三首诗皆选自《郑风》；1934 年《光华附中半月刊》第 2 卷第 8 期载予亦《诗经试译：唐风无衣、召南麟之趾、召南江有汜、卫风河广、王风采葛、齐风野有蔓草、魏风十亩之间》，白话译诗《无衣》《麟之趾》《江有汜》《河广》《采葛》《野有蔓草》，选自《唐风》1 首、《召南》2 首，《卫风》1 首，《王风》1 首，《齐风》1 首，《魏风》1 首；1934 年《绸缪月刊》第 1 卷第 1 期载吴秋山《绸缪：诗经试译》，白话译诗《绸缪》，此诗选自《唐风》；1934 年《光华附中半月刊》第 2 卷第 7 期载俞予《诗经初译：山有扶苏、竹竿、蒹葭》，白话译诗《山有扶苏》《竹竿》《蒹葭》，分别选自《郑风》《卫风》《秦风》；1934 年《乒乓世界·连环两周刊（合刊）》第 1 期载陈子展《七月（诗经豳风之一）》，白话译诗《七月》，选自《豳风》；1934 年《乒乓世界·连环两周刊（合刊）》第 2 期载陈子展《七月（诗经豳风之一）》，白话译诗《七月》，选自《豳风》；1934 年《社会月报》创刊号陈子展《谷风篇（诗经邶风之十）》，白话译诗《谷风》，选自《邶风》；1934 年《励志》第 2 卷第 42 期载《从军诗选：无衣三章章五句（诗经）》，选译《无衣》，此诗出自《秦风》；1934 年《河南大学校刊》第 47 期载牛岩《诗经——秦风——蒹葭诗之商讨（未完）》，对《蒹葭》诗义的探讨，选自《秦风》；1935 年《读书周刊（长沙）》第 1 卷第 1 期载啸天《诗经（未完）》，译注《菁菁者莪》和《蓼莪》，皆选自《小雅》；1935 年《文章》创刊号载陈子展《棠棣：诗经语译》，白话译诗《棠棣》，选自《小雅》；1935 年《前进月刊》第 2 卷第 2 期载文心《诗经试释：（五）《草虫》，白话译诗《草虫》，此诗选自《召南》；1935 年《金钢钻月刊》第 2 卷第 1 期载廷璧《诗经今译》，白话译诗《关雎》《夭桃》《终风》《节南山》《溱洧》《旄丘》，其中《关雎》和《桃夭》选自《召南》，《终风》和《旄丘》选自《邶风》，《节南山》选自《小雅》，《溱洧》选自《郑风》；1935 年《漫画漫话》第 1 卷第 1 期（创刊号）载顾诗灵《诗经今译》，白话译诗《北风》《将仲子》，分别选自《邶风》《郑风》；1935 年《漫画漫话》第 1 卷第 2 期载顾诗灵《诗经今译》，白话译诗《七月》，选自《豳风》；1936 年《厦大图书馆报》第 1 卷第 7 期载龚书辉《〈诗经〉语译质疑》，对陈子展《诗经语译》提出一些不同观点；1937 年《光华附中半月刊》第 5 卷第 1/2 期载《诗经今译（三则）：大车、静女、狡童》，白话译诗《大车》《静女》《狡童》，分别选自《王风》《邶风》《郑风》；1937 年《江南汽车旬刊》第 72 期载鼎《东风（译诗经）》，白话译诗《谷风》，选自《邶风》；1938 年《远东》第 1 卷第 9 期载今人《雎鸠（诗经试译之二)》，白话译诗《关雎》，选自《周南》；1938 年《决胜》第 8 期载汝惠《诗经新诠》，以《木瓜》《摽有梅》《式微》《黍离》咏国事，分别选自《卫风》《召南》《邶风》《王风》。可见，这些白话译诗所选《诗经》诗篇，除个别出自《小雅》外，基本出自《国风》。

其三，40 年代的《诗经》新解期刊。主要包括：1940 年《沙漠画报》第 3 卷第 14 期载陈子展《大车（诗经王风之九)》，白话译诗《大车》，选自《王风》；1941 年《作家（南京)》第 1 卷第 2 期载沅芷（撰）涵美（画）《诗经构意》，白话译诗《鸡鸣》《静女》，分别选自《齐风》《邶风》；1941 年《正言文艺月刊》第 2 卷第 1 期载徐步云《诗经新译》，白话译诗《采薇》，选自《小雅》；1941 年《正言文艺月刊》第 2 卷第 2 期载徐步云《诗经新译》，白话译诗《出车》，选自《小雅》；1941 年《宇宙风（乙刊)》第 40 期载金启华，周仁济（合译）《诗经战歌今唱（汪辟疆序）》，白话译诗《无衣》《破斧》，选自《秦风》《豳风》；1941 年《宇宙风（乙刊）》第 42 期载金启华《诗经战歌今译》，白话译诗《四牡》，选自《小雅》；1942 年《艺术与生活》第 34 期载王岑《将仲子：译自诗经》，白话译诗《将仲子》，选自《郑风》；1943 年《自学（桂林）》创刊号载云彬《古诗今译：氓（诗经卫风）》，白话译诗《氓》，选自《卫风》；1945 年《图书季刊》新 6 第 3—4 期载闻一多《诗经通义（周南）（附表）》，对《周南》中诗篇进行新诠释；1945 年《台山工商杂志》第 9 卷第 1 期载入云《诗经今解》，白话译诗《关雎》《大车》《褰裳》，分别选自《周南》《王风》《郑风》；1945 年《学友（莆田）》第 13—14 期载载祯《诗经介绍及节译》，对《诗经》进行了介绍，节译《兔罝》《黍离》，分别选自《周南》《王风》；1945 年《学友（莆田）》第 15 期载载祯《诗经介绍及节译（中）》，节译《伐檀》《无衣》《东山》，分别选自《魏风》《秦风》《豳风》；1945 年《学友（莆田）》第 16 期载载祯《诗经介绍及节译（下）》，节译《采薇》《绵》，分别选自《小雅》和《大雅》；1945 年《正气》第 26—27 期载骈枥《国风选译》，白话译诗《关雎》，选自《周南》；1946 年《南风》载扬力《诗歌：伯兮（译自诗经毛诗）》，白话译诗《伯兮》，选自《卫风》；1946 年《骆驼文丛》第 3 期载纪淙《"将仲子"今译（诗经选译之一）》，白话译诗《将仲子》，选自《郑风》；1946 年《艺术家月刊》第 1 期载黄佐《诗经今译三首》，白话译诗《葛生》《褰裳》《遵大路》，分别选自《唐风》和《郑风》；1946 年《建新周刊》第 1 卷第 2 期载魏凉《方言诗选：变心（苏州话诗经新译）》，方言译《诗经》（《式微》），《式微》选自《邶风》；1947 年《清华学报》第 14 卷第 1 期载闻一多《诗经通义邶风篇》，对《邶风》中诗篇进行新诠释；1947 年《台山工商杂志》第 11 卷第 6 期载诗儿《诗经今译——"氓"》，白话译诗《氓》（情诗），选自《卫风》；1947 年《台山工商杂志》第 11 卷第 1 期载诗儿《诗经今吟——为袁宇文催陈婉儒结婚而吟》，今译《击鼓》祝福新人，《击鼓》选自《邶风》；1948 年《长青周报》第 4 期载秦冰《诗经新译：溱洧二章》，白话译诗《溱洧》，选自《郑风》；1948 年《长青周报》创刊号载秦冰《诗经新译：一、褰裳二章》，白话译诗《褰裳》，选自《郑风》；1948 年《长青周报》创刊号载秦冰《诗经新译：二、风雨三章》，白话译诗《风雨》，选自《郑风》；1948 年《长青周报》创刊号载秦冰《诗经新译：三、子衿三章》，白话译诗《子衿》，选自《郑风》；1948 年《长青周报》创刊号载秦冰《诗经新译：四、出其东门二章》，白话译诗《出其东门》，选自《郑风》。可见，40 年代白话译诗所选《诗经》诗篇仍是以《国风》为主，偶见出自《小雅》，与前两个阶段相比，这一时期出现了选自《大雅》的译诗。

　　通过上文对《诗经》新解情况的分析，不难发现这一时期无论是著作还是期刊的《诗经》新解研究关注点都高度集中于《国风》研究。从整体上看，《诗经》研究呈现出不均衡的状态。《国风》的研究虽欣欣向荣，但作为《诗经》研究的其他重要组成部分，《雅》《颂》的研究发展却较为缓慢。在破除经学束缚思潮的影响下，平民文学、大众文学开始被重视、被推崇，《诗经》研究逐渐呈现出向《国风》倾斜的局面，尽管这种倾斜带来了《诗经》研究新的繁荣，我们还是要注意到这种倾斜中也带来了学术研究的局限。赵丙祥在《古代中国的节庆与歌谣》的译序中说："正如今天从事民俗学研究的学者一样，大多数古典文学研究者的基本意见认为《诗经》尤其是《国风》中的歌谣是民间大众的自由心声的表达，却没有想到这无非是用我们今人的眼光来看待古人，更不用说这种'今人的眼光'甚至不过是'一部分今人的眼光'，从某种程度上说，这种'民粹主义'情绪是 20 世纪初留给我们当今人的遗产。"[1] 我们要充分合理地利用这笔"遗产"，也要知道这笔"遗产"不是十全十美的。我们要客观地评价这一时期的《诗经》今译新译情况，看到"《诗经》尤其是《国风》中的歌谣是民间大众的自由心声的表达"，也要认识到这种偏重于《国风》的研究，相对地阻碍了对于《雅》《颂》的研究，在一定程度上影响了《诗经》研究均衡、深入地发展。

三　研究成果存有争议

　　在整理国故运动中，古史辨派学者曾对《诗经》进行了热烈的讨

---

① ［法］葛兰言：《古代中国的节庆与歌谣》，赵丙祥、张宏明译，广西师范大学 2005 年版，"译序"第 6 页。

论。古史辨派是从 1926—1941 年连续出版《古史辨》丛刊而闻名于世的一些学者。以顾颉刚为代表的一批吸取了科学与民主思想的学者，发扬朴学传统，开始对古史古籍进行真伪考辨，这其中包括传统的经书、史书、子书。《诗经》自然也在考辨之列。《古史辨》第一集中只有小部分讨论《诗经》的文章，第三集下编则完全是讨论《诗经》的。50 多篇讨论《诗经》的文章中，讨论最多的是《静女》《野有死麕》等几篇恋爱诗，尤其对《静女》一诗争论热烈，仅收进《古史辨》第三集下编中的争论文章就有 13 篇之多。"参加讨论的十几个人，都赞美那爱情的甜美。这表面上是在研究《诗经》，实则是为当时个性解放、婚姻自由的思想文化思潮，从经典中寻找理论依据。所谓《诗经》中赤裸裸地表现性生活与性感受的作品，实是研究者为适合现实需要所做的'意义开发'。"① 20 世纪初，新文化运动推动了新思想的传播，批判封建礼教、追求个性解放成为时代的强音。《诗经》研究取得了许多新成果，这些成果标志着现代《诗经》学的发展，但客观上某些研究成果在当时或现今看来是有待商榷、存有争议的。

其一，误解题旨。《诗序》义疏系统被否定之后，学者纷纷开始对《诗经》进行新的诠释。这些新释对确立《诗经》的文学性质起到了重要作用，但有些新解未能真正地诠释题旨。胡适作为现代《诗经》学的开山人，提出以科学的研究方法，推翻附会的旧解，用新的眼光重新阐释《诗经》。这一理论成为五四新文化运动时期《诗经》研究的指导纲领，在经过了破旧立新的实践研究后，重新确立了《诗经》的真正价值。胡适结合民俗学和民歌理论进行阐释的《诗经》新解，对确立《诗经》的文学性质起到重要作用，但有些诗篇（如《著》）的解释比较牵强，而他对《野有死麕》《葛覃》《嘒彼小星》等诗的新解则失之偏颇，以至周作人特作《谈〈谈谈诗经〉》的批评文章：

　　《野有死麕》胡先生说是男子勾引女子的诗，自然是对的，但

---

① 刘毓庆、张晨妍：《百年来〈诗经〉研究的偏失》，《名作欣赏》2015 年第 1 期。

他以为吉士真是打死了鹿以献女子，却未免可笑。①

胡先生说，"《葛覃》诗是描写女工人放假急忙要归的情景。"我猜想这里胡先生是在讲笑话，不然恐怕这与"初民社会"有点不合。……照胡先生用社会学说诗的方法，我们所能想到的只是这样一种情状：妇女都关在家里，于家事之暇，织些布匹，以备自用或是卖钱。她们都是在家里的，所以更无所归。她们是终年劳碌的，所以没有什么放假。胡先生只见汉口有些纱厂的女工的情形，却忘记这是二千年前的诗了。倘若那时也有女工，那么我也可以说太史坐了火车采风，孔子拿着红蓝铅笔删诗了。

《嘒彼小星》一诗，胡先生说"是妓女星夜求欢的描写"，引《老残游记》里山东有窑子送铺盖上店为证。我把《小星》二章读过好几遍，终于觉不出这是送铺盖上店，虽然也不能说这是一定描写什么的。有许多东西为我所不能完全明了的，只好阙疑。我想读诗也不定要篇篇咬实这是讲什么。②

周作人认为，《野有死麕》中胡适忽视了诗歌具有想象和比喻的文学特点，《葛覃》和《嘒彼小星》则脱离了作品产生的时代，以今人眼光看待古代之事，以现代社会制度的情况去说明古代社会，这样的比照不合逻辑。这样的解读"有些地方太新了，正同太旧了一样的有点不自然"③。《诗经》新解释，要注意"守旧的固然是武断，过于求新者也容易流为别的武断。我愿引英国民间故事中'狐先生'（Mr. Fox）榜门的一行文句，以警世人：'要大胆，要大胆，但是不可太大胆！'"④

其二，附会过多。今译新译的论著运用民俗学材料对《诗经》进行的新阐释，显示出了反封建的个性解放思想特点，有利于打破对《诗经》的附会曲解，但仅凭去旧立新的热情和大胆的猜测，而以直观体验来解读文本，这种不严谨的求新显然也是不可取的治学方法。郭沫若的

---

① 周作人：《周作人自编文集·谈龙集》，河北教育出版社2002年版，第131页。
② 周作人：《周作人自编文集·谈龙集》，河北教育出版社2002年版，第132页。
③ 周作人：《周作人自编文集·谈龙集》，河北教育出版社2002年版，第131页。
④ 周作人：《周作人自编文集·谈龙集》，河北教育出版社2002年版，第133页。

《卷耳集》是第一部采用新诗体今译《诗经》的著作，开辟了《诗经》今体诗译的新路，但他采用意译的方法，其译诗中又有较多的"直观"成分，使他的译诗出现了一些不准确之处。如他对《陈风·墓门》的翻译。《陈风·墓门》原文："墓门有棘，斧以斯之。夫也不良，国人知之。知而不已，谁昔然矣。墓门有梅，有鸮萃止。夫也不良，歌以讯之。讯予不顾，颠倒思予。"① 郭沫若译诗：

> 我每天到这墓地里来打扫，
> 坟上的荆棘我用斧头斫掉。
> 我的良人过不惯奴隶的生活，
> 这在全国的人都是已经知道。
> 他们骂他，但我总不肯再嫁，
> 古时候有没有这样痴心的女娃？
>
> 我每天到这墓地里来打扫，
> 猫头鹰站在梅花树上嘲笑。
> 我的良人过不惯奴隶的生活，
> 我是时常地唱着歌向他劝告。
> 我劝告他，但他终竟丢了命，
> 思前想后，怎能叫我不伤心！②

　　《陈风·墓门》通常被解为一首痛恨和谴责坏人的诗，《诗序》和《孔疏》认为是讽刺陈佗；苏辙《诗集传》认为是讽刺桓公；朱熹《诗集传》不加揣测，但也认为是"不良之人"；今人余冠英、高亨认为是讽刺统治者。郭沫若的译诗不以古儒旧解为意，凭着自己从古诗中感受到的美，进行再创作，将非爱情诗解为爱情诗，此举带有诗人的浪漫与洒脱，但这种不深究原诗字句本意的改写显然也不妥当。郭沫若还将《卷耳》16 句的原诗，译成了 49 句，渲染太过，添加太多。又将《鸡

---

① 王守谦、金秀珍：《诗经评注》，东北师范大学出版社 1989 年版，第 336—337 页。
② 郭沫若：《卷耳集　屈原赋今译》，人民文学出版社 1981 年版，第 47 页。

鸣》朝臣夫妇对话改写成了国王与王妃的对话。原文 3 章 12 句："鸡既鸣矣，朝既盈矣。""匪鸡则鸣，苍蝇之声"。／"东方明矣，朝既昌矣。""匪东方则明，月出之光。"／"虫飞薨薨，甘与子同梦。""会且归矣，无庶予子憎。"① 译文却远远超过了原文：

> 一位国王和他的王妃
> 在深宫之中贪着春睡。
> 鸡已叫了，日已高了，
> 他们还在贪着春睡。
>
> 王妃焦急着说道：
> "晨鸡已经叫了，
> 上朝的人怕已经到了？"
> 国王懒洋洋地答道：
> "不是晨鸡在叫，
> 是蝇子们在闹。"
>
> 语声一时息了，
> 他们又在贪着春睡。
> 鸡已叫了，日已高了，
> 他们还在贪着春睡。
>
> 王妃又焦急着说道：
> "东方已经亮了，
> 上朝的人怕已经旺了？"
> 国王又懒洋洋地答道：
> "不是东方发亮，
> 是月亮在放着光。"

----

① 周振甫：《诗经译注》，中华书局 2002 年版，第 134—135 页。

语声一时又息了，
他们又在贪着春睡。
鸡已叫了，日已高了，
他们还在贪着春睡。

王妃最后又焦急着说道：
"啊，我愿同你永远做梦，
这情趣真是轻松。
上朝的人怕已经都散了，
难道不会说我们放纵？"

蚊子们嗡嗡地飞着，
王妃已经披衣起了床。
鸡已叫了，日已高了，
国王的春睡还是很香。①

　　尽管这些新方法在具体的研究中存在着缺憾与不足，但新方法的引入促进了《诗经》民俗阐释的发展是无可否认的事实。尽管这些新成果在当时或现今存在着争议，但这些成果反映出学者破旧立新的探索精神是毋庸置疑的。于后继者而言，无论是成功的经验还是些许的缺憾，都是值得我们借鉴和学习的，只有以实事求是、脚踏实地的态度和继往开来、任重道远的精神面对先辈们的研究成果，才能不负前者的开创之功，才能真正地推动《诗经》学研究的发展，才能使中华民族的精神瑰宝成为世界文化中不可或缺的璀璨光辉。

---

① 郭沫若：《卷耳集　屈原赋今译》，人民文学出版社 1981 年版，第 33—34 页。

结　语

　　1919—1949 年的《诗经》民俗学阐释是中土文化和外来文化碰撞融合的产物，带有鲜明的时代烙印，也是《诗经》学自身发展的必然结果，带有《诗经》研究转型期的特征。它有积极的"拿来主义"精神气度；它有日趋系统性、丰富性的特质；它有敢于"疑经"的、大胆的批判怀疑精神。它在《诗经》今译新译、文学史教科书和民国期刊中都以自己的独特性留下了浓墨重彩的一笔，开创了《诗经》研究由经到俗的新局面，形成了《诗经》阐释经俗交汇的特色，推动《诗经》研究向着多元化、多学科、跨文化的方向发展。我们在肯定它重要价值的同时也不能忽视它的局限性。正如郑振铎对俗文学的总体评价："'俗文学'有她的许多好处，也有许多缺点，更不是像一班人所想象的，'俗文学'是至高无上的东西，无一而非杰作；也不是像另一班人所想象的，'俗文学'是要不得的东西，是一无可取的。"① 这一时期的《诗经》民俗学阐释有优点，也有缺点；取得了大大小小的成果，也留下了深深浅浅的遗憾。

　　20 世纪上半期，一批有着强烈的革命热情和历史使命感的优秀学人，如顾颉刚、胡适、钱玄同、闻一多、郑振铎、刘大杰、俞平伯、傅斯年、郭沫若等，他们成就了一件轰轰烈烈的大事，就是颠覆旧的经学体系，建立新文化、新文学的大厦。1919—1949 年的《诗经》民俗学阐释恢复了《诗经》的文学真面目，大量的著作都以"《诗经》是诗歌总集"为起点，这固然有恢复《诗经》真相的重要意义，"然而却忽略了

---

① 郑振铎：《中国俗文学史》，中国社会科学出版社 2009 年版，第 4 页。

《诗经》在建构中国文化乃至东亚文化大厦中所起到的支柱性作用"①，忽略了对文学与民俗间深刻依赖关系的体认，即文学给民俗以形象、以情蕴，民俗给文学以真意、以亲切。应该客观地看到，20世纪的《诗经》研究受到当时特定的社会文化背景的影响而存在着一定偏失。"我们不否认《诗经》的本质是文学的，但同时必须清楚《诗经》的双重身份，它既是'诗'，也是'经'。'诗'是它自身的素质，而'经'则是社会与历史赋予它的文化角色。在两千多年的中国历史乃至东方历史上，它的经学意义要远大于它的文学意义。"② 朱熹《诗集传序》说："《诗》之为经，所以人事浃于下，天道备于上，而无一理之不具也。"③《诗经》在中国文化史上有着"以化天下"④ 的重要意义。它还影响到了古代东亚各国，日本、朝鲜都以中国儒家经典为核心，构建其文化系统，形成了迥异于西方的伦理道德观念与文化思想体系。如果《诗经》仅仅是"文学"，是无法完成构建思想文化体系、传承礼乐文化的重任的，也不具有建构东亚文化系统的意义。

钱穆《中国文化史导论》中说："《诗经》是中国一部伦理的歌咏集。中国古代人对于人生伦理的观念，自然而然地由他们最恳挚最和平的一种内部心情上歌咏出来了。我们要懂中国古代人对于世界、国家、社会、家庭种种方面的态度与观点，最好的资料，无过于此《诗经》三百首。在这里我们见到文学与伦理之凝合一致，不仅为将来中国全部文学史的渊泉，即将来完成中国伦理教训最大系统的儒家思想，亦大体由此演生。"⑤ 这里的"文学与伦理之凝合一致"，正说明了《诗经》的双重价值，"文学"是《诗经》的本来面目，"经"是"它的文化血统"。"'诗'是它自身所具有的，'经'则是社会、历史赋予它的殊荣"⑥。刘大杰《中国文学发展史》在论述《诗序》对《诗经》诗篇主旨的曲解时

---

① 刘毓庆、张晨妍：《百年来〈诗经〉研究的偏失》，《名作欣赏》2015年第1期。
② 刘毓庆、张晨妍：《百年来〈诗经〉研究的偏失》，《名作欣赏》2015年第1期。
③ （宋）朱熹：《诗集传·诗集传序》，中华书局2011年点校本，第2页。
④ （宋）朱熹：《诗集传·诗集传序》，中华书局2011年点校本，第1页。
⑤ 钱穆：《中国文化史导论》，商务印书馆1994年版，第67页。
⑥ 刘毓庆、张晨妍：《百年来〈诗经〉研究的偏失》，《名作欣赏》2015年第1期。

也曾说："关于这一点，大家都认为是《诗经》的厄运，其实在文学思潮的发展上，这是一种必然的无可避免的过程。艺术的思潮，不能独立进展，它必得和每一个时代的学术思想的主流，取着一致的步调。在那种宗教衰颓、伦理哲学兴起的潮流内，文学是不得不改变其原来的意义的。于是由从前的宗教歌、宴会歌、恋爱歌，都变为人民的道德教育学了。我们要明白这种文学思潮的过程，才会知道《诗序》产生的必然性及其稳固的社会基础。"[①]《诗经》的文学性被遮蔽、伦理性被凸显是无法避免的。

综而述之，在以后的《诗经》民俗学阐释研究中，要接受百年来《诗经》学研究的经验与教训，从《诗经》"文学与伦理之凝合"的性质上来分析问题，在客观地评价这一时期的研究成果的前提下，全方位、多层面、多角度地加强《诗经》民俗学阐释研究。如果《诗经》不被视为文学，则蕴含其中的"民俗"不能以最含蓄、最耐人寻味的形象树立和广泛传播；如果"民俗"文化不是如此丰富，则《诗经》会缺少强大的亲和力和深远的同构力。《诗经》赖"民俗"而博大，"民俗"由《诗经》而隽永，现今的《诗经》文学研究和《诗经》民俗研究犹分列并行，在未来的《诗经》研究中两者或可相辅相成、相济相生。

---

① 刘大杰：《中国文学发展史》，百花文艺出版社 2007 年版，第 27 页。

附　　录

附录一　民国期刊①中《诗经》新译 情况统计表（1919—1949）

	作品名称	作者	时间	期刊	类型	主要内容
1	诗经新注例言	林之棠	1925 年	《北京大学日刊》第 1714 期	新译	注释凡例
2	诗经新法例言（续）	林之棠	1925 年	《北京大学日刊》第 1716 期	新译	注释凡例
3	诗经新论	沈岁霖	1932 年	《协大学生》第 4 期	新译	1. 楔子（诗经是古时代北方文学的作品总集） 2. 诗经的史的发展 3. 六经和四始（"《国风》就是一国的风俗"；应当在诗的本身上来解诗）
4	寄胡适之书论"诗经新解"	储皖峰	1932 年	《循环》第 1 卷第 31 期	新译	对于《诗经新解》的读后感
5	诗经语译序	陈子展	1934 年	《文学》第 3 卷第 1—3 期	新译	口语译诗
6	诗经新译——氓	驰去也	1934 年	《沪大月刊》第 2 卷第 3—4 期	新译	白话译诗

---

① 主要以"民国时期期刊全文数据库"和"大成老旧刊全文数据库"中相关资料为统计依据，有关作品名称一栏，遵循原文。

	作品名称	作者	时间	期刊	类型	主要内容
7	诗经新义（二南）	闻一多	1937 年	《清华学报》第 12 卷第 1 期	新译	考证字义（麟：结合婚俗）
8	诗经新诠	汝惠	1938 年	《决胜周刊》第 7 期	新译	以《木瓜》《摽有梅》《式微》《黍离》咏国事
9	读"诗经新义"	张维思	1940 年	《责善半月刊》第 1 卷第 5 期	新译	对《诗经新义》一文提出自己的看法和观点
10	诗经新译	徐步云	1941 年	《正言文艺月刊》第 2 卷第 1 期	新译	白话译诗《采薇》
11	诗经新译	徐步云	1941 年	《正言文艺月刊》第 2 卷第 2 期	新译	白话译诗《出车》
12	诗经通义（周南）	闻一多	1945 年	《图书季刊》新第 6 卷第 3—4 期	新译	对《周南》中诗篇进行新诠释。
13	方言诗选：变心（苏州话诗经新译）	魏涼	1946 年	《建新周刊》第 1 卷第 2 期	新译	方言译《诗经》（《式微》）
14	诗经通义邶风篇	闻一多	1947 年	《清华学报》第 14 卷第 1 期	新译	对《邶风》中诗篇进行新诠释
15	诗经新译	秦冰	1948 年	《长青周报》创刊号	新译	白话译诗《褰裳》《风雨》《子衿》《出其东门》
16	诗经新译：溱洧二章	秦冰	1948 年	《长青周报》第 4 期	新译	白话译诗《溱洧》
1	诗经今译	伯容	1932 年	《文理》第 3 期，第 5—6 页	今译	白话译诗《静女》《将仲子》
2	诗经今译	廷璧	1935 年	《金钢钻月刊》第 2 卷第 1 期	今译	白话译诗《关雎》《夭桃》《终风》《节南山》《溱洧》《旄丘》
3	诗经今译	顾诗灵	1935 年	《漫画漫话》第 1 卷第 1 期（创刊号）	今译	白话译诗《北风》《蝃蝀》《将仲子》

续表

	作品名称	作者	时间	期刊	类型	主要内容
4	经诗今译	顾诗灵	1935 年	《漫画漫话》第 1 卷第 2 期	今译	白话译诗《七月》
5	诗经今译（三则）		1937 年	《光华附中半月刊》第 5 卷第 1/2 期	今译	白话译诗《大车》《静女》《狡童》
6	诗经战歌今译	金启华	1941 年	《宇宙风：乙刊》第 42 期	今译	白话译诗《四牡》
7	诗经战歌今唱（汪辟疆序）	金启华，周仁济（合译）	1941 年	《宇宙风：乙刊》第 40 期	今译	白话译诗《无衣》《破斧》《载驰》"这儿篇古代战歌，是充满了民族自卫和奋斗到底的精神；也就是我民族坚强抵抗暴力，获得一种光荣战绩的绝好史料。""诗歌本来要和语言和音乐作密切的结合，才能大众化。"
8	古诗今译	云彬	1943 年	《自学（桂林）》创刊号	今译	白话译诗《氓》
9	诗经今解	入云	1945 年	《台山工商杂志》第 9 卷第 1 期	今译	白话译诗《关雎》《大车》《褰裳》
10	"将仲子"今译（诗经选译之一）	纪淙	1946 年	《骆驼文丛》第 3 期	今译	白话译诗《将仲子》
11	诗经今译三首	黄佐	1946 年	《艺术家月刊》第 1 期	今译	白话译诗《葛生》《褰裳》《遵大路》
12	诗经今译——"氓"	诗儿	1947 年	《台山工商杂志》第 11 卷第 6 期	今译	白话译诗《氓》（情诗）
13	《诗经今吟——为袁宇文催陈婉儒结婚而吟》	诗儿	1947 年	《台山工商杂志》第 11 卷第 1 期	今译	今译《击鼓》祝福新人
1	诗经试译	予亦	1934 年	《光华附中半月刊》第 2 卷第 6 期	试译	白话译诗《草虫》《小星》《狡童》《摽有梅》

	作品名称	作者	时间	期刊	类型	主要内容
2	诗经试译	予亦	1934 年	《光华附中半月刊》第 2 卷第 7 期	试译	白话译诗《有女同车》《山有扶苏》《褰裳》
3	诗经试译	予亦	1934 年	《光华附中半月刊》第 2 卷第 8 期	试译	白话译诗《无衣》《麟之趾》《江有汜》《河广》《采葛》《野有蔓草》《十亩之间》
4	绸缪—《诗经》试译	吴秋山	1934 年	《绸缪月刊》第 1 卷第 1 期	试译	白话译诗《绸缪》
5	于时夏试译诗经	马儿	1934 年	《新垒月刊》第 3 卷第 4 期	试译	对于时夏试译诗经提出疑问和批驳。
6	诗经试释	文心	1935 年	《前进月刊》第 2 卷第 2 期	试译	白话译诗《草虫》
7	东风（译诗经）	鼎	1937 年	《江南汽车旬刊》第 72 期	试译	白话译诗《谷风》
8	雎鸠（诗经试译之二）	今人	1938 年	《远东》第 1 卷第 9 期	试译	白话译诗《关雎》
1	诗经选（待续）：邶风、豳风、小雅、大雅		1925 年	《家声》第 34 期	选译	仅见篇名
2	戏译诗经（三首）	杨容韦	1928 年	《丽泽（上海）》暑期特刊	选译	白话译诗《风雨》《出其东门》《狡童》
3	诗经选译	温玉书	1928 年	《暨南周刊》第 3 卷第 9 期	选译	白话译诗《大车》
4	译诗经大车	静之	1929 年	《暨南周刊》第 5 卷第 3 期	选译	白话译诗《大车》
5	诗经初译	俞予	1934 年	《光华附中半月刊》第 2 卷第 7 期	选译	白话译诗《山有扶苏》《竹竿》《蒹葭》
6	七月（诗经豳风之一）	陈子展	1934 年	《乒乓世界·连环两周刊（合刊）》第 1 期	选译	白话译诗《七月》

续表

	作品名称	作者	时间	期刊	类型	主要内容
7	七月（诗经豳风之一）	陈子展	1934 年	《乒乓世界·连环两周刊（合刊）》第 2 期	选译	白话译诗《七月》
8	谷风篇（诗经邶风之十）	陈子展	1934 年	《社会月报》创刊号	选译	白话译诗《谷风》
9	从军诗选		1934 年	《励志》第 2 卷第 42 期	选译	选诗《无衣》
10	诗经—秦风—蒹葭诗之商讨（未完）	牛岩	1934 年	《河南大学校刊》第 47 期	选译	对《蒹葭》诗义的探讨
11	诗经（未完）	啸天（译注）	1935 年	《读书周刊（长沙）》第 1 卷第 1 期	选译	译注：《菁菁者莪》"是注重教育的意思"；《蓼莪》"父母死了做儿子的伤心不能够养着父母"
12	棠棣—诗经语译	陈子展	1935 年	《文章》创刊号	选译	白话译诗《棠棣》
13	"诗经语译"质疑	龚书辉	1936 年	《厦大图书馆馆报》第 1 卷第 7 期	选译	对陈子展《诗经语译》提出一些不同观点
14	诗经论及其现代诗歌译文	孙柏庭	1939 年	《文哲》第 1 卷第 12 期	选译	结合《关雎》《葛覃》《卷耳》《樛木》《螽斯》《兔罝》《芣苢》《麟之趾》等诗篇，论述《诗经》是来自民间的，是一部代表大众的歌声，抒写情感的作品
15	大车（诗经王风之九）	陈子展	1940 年	《沙漠画报》第 3 卷第 14 期	选译	白话译诗《大车》
16	诗经构意	沅芷（撰）涵美（画）	1941 年	《作家（南京）》第 1 卷第 2 期	选译	白话译诗《鸡鸣》《静女》
17	将仲子—译自诗经	王岑	1942 年	《艺术与生活》第 34 期	选译	白话译诗《将仲子》

	作品名称	作者	时间	期刊	类型	主要内容
18	诗经介绍及节译	载祯	1945 年	《学友（莆田）》第 13—14 期	选译	对《诗经》进行了介绍，节译《兔罝》《黍离》
19	诗经介绍及节译（中）	载祯	1945 年	《学友（莆田）》第 15 期	选译	节译《伐檀》《无衣》《东山》
20	诗经介绍及节译（下）	载祯	1945 年	《学友（莆田）》第 16 期	选译	节译《采薇》《绵》《有瞽》
21	国风选译	骈栃	1945 年	《正气月刊》第 26—27 期	选译	白话译诗《关雎》
22	伯兮（译自诗经毛诗）	扬力	1946 年	《南风》1946	选译	白话译诗《伯兮》
1	张锦云："我有嘉宾鼓瑟吹笙"：诗经（附照片）（中英文对照）	景尧，Atinna, C.	1926 年	《光华年刊》第 1 期	翻译	人物介绍
2	伯兮章（《诗经卫风伯兮》章）（中外文对照）		1927 年	《德文月刊》第 2 卷第 1—8 期	翻译	英译《伯兮》
3	馆藏英译中国文学作品简目：诗经选译		1936 年	《图书展望》第 1 卷第 7 期	翻译	外文
4	诗：岁暮得高本汉教授英译诗经口占	前人	1946 年	《华侨评论》第 1 卷第 7 期	翻译	诗："一年易旧一年新，新义翻从旧学陈。重译葩经光照海，先生杖履万方春。"
5	林语堂翻译诗经	托我	1946 年	《星光》新 10	翻译	一则林语堂着手英译《诗经》的新闻："他们遂请求林语堂选择一部中国的经典，全部译出，并加注解，使他们能认识中国的民情风俗及礼教法则。""听说，他还准备用韩文来翻译，那倒是颇费心力的。"

续表

	作品名称	作者	时间	期刊	类型	主要内容
6	世界珍闻：诗经译成俄文		1948 年	《时兆月报》第 43 卷第 8 期	翻译	"我国'诗经'已为列宁格勒一位中国语文学者译为俄文。"
7	苏联文化珍闻："诗经"俄文译本出版	葵	1948 年	《友谊》第 2 卷第 9 期	翻译	"第一部'诗经'俄文全译本，不久前列宁格勒汉学家 A. 史图金始告译竣。这件工作在东方问题专家中引起了极大的兴趣，苏联科学院东方学院为此曾召开了一次专门会议"。"科学院的通讯员康拉德称：译者的勋绩首先在于他把'诗经'当作古代人民诗歌纪念碑来研究，剥去其一切儒教的附会。'诗经'中国诗篇的内容，是紧紧与人民风俗习惯，社会关系，经济生活相连系着的。这使'诗经'有着极大的历史文化的价值。"

附录二　《民国丛书》中与《诗经》研究有关的文学史著作（1919—1949）

	书名	作者	出版社	出版时间	卷册号 分类号
1	白话文学史	胡适	新月书店	1929 年	1（57） I20
3	中国妇女文学史纲	梁乙真	开明书店	1932 年	2（60） I20
4	中国妇女文学史	谢无量	中华书局	1933 年	2（60） I20
5	中国新文学运动史	王哲甫	杰成印书局	1933 年	5（50） I20

	书名	作者	出版社	出版时间	卷册号 分类号
6	现代中国文学史	钱基博	世界书局	1935 年	1（58） I20
7	中国音乐文学史	朱谦之	商务印书馆	1935 年	1（59） I20
8	中国纯文学史纲	刘经庵编著	北平著者书店	1935 年	3（54） I20
9	文艺思潮小史	徐懋庸	生活书店	1936 年	1（61） I10
10	中国文学流变史	郑宾于	北新书局	1936 年	3（52—53） I20
11	最近三十年中国文学史	陈炳堃	太平洋书店	1937 年	1（58） I20
12	上古秦汉文学史	柳存仁	商务印书馆	1948 年	5（48） I20
13	中国文学批评史	郭绍虞	商务印书馆	1948 年	1（60） I20
14	中国文艺思潮史略	朱维之	开明书店	1949 年	1（61） I20
15	中国文学发展史	刘大杰	中华书局	1949 年	2（58） I20

附录三　民国期刊[①]中《诗经》民俗学阐释
情况分析表（1919—1949）

	作品名称	作者	时间	期刊	主题	民俗类型
1	由诗经说到恋爱	才君	1930 年	《华语月刊》第 11 期	恋爱	婚恋习俗

---

①　主要以"民国时期期刊全文数据库"和"大成老旧刊全文数据库"中相关资料为统计
依据。

续表

	作品名称	作者	时间	期刊	主题	民俗类型
2	诗经里女子选择情人的基本条件	汪静之	1932 年	《大陆杂志》第 1 卷第 4 期	恋爱	婚恋习俗
3	诗经琐话（未完）	吴经熊（著），崇汉（译）	1936 年	《培德月刊》第 2 卷第 3 期	恋爱	婚恋习俗
4	诗经琐话（续）	崇汉（节译）	1936 年	《培德月刊》第 2 卷第 5 期	恋爱	婚恋习俗
5	文学：诗经中的恋爱观（未完）	卫聚贤	1937 年	《绸缪月刊》第 3 卷第 7 期	恋爱	婚恋习俗
6	从诗经发掘的姬周妇女恋爱观	蔚宾	1937 年	《浙东月刊》第 2 卷第 7 期	恋爱	婚恋习俗
7	"诗经中的恋爱阶段"之商榷	杨达	1943 年	《东方文化》第 1 卷第 5—6 期	恋爱	婚恋习俗
8	诗经民歌中反映的妇女生活·恋爱·结婚	乐未央	1943 年	《女声》第 1 卷第 11 期	恋爱	婚恋习俗
9	恋爱指南：应该熟读诗经		1946 年	《京沪报》第 9 期	恋爱	婚恋习俗
10	中国古代的情诗：读诗经的札记	易湘文	1946 年	《唯民周刊》第 4 卷第 1 期	恋爱	婚恋习俗
11	诗经里的恋爱篇（特稿）	吴日强	1947 年	《读者》第 3 卷第 5 期	恋爱	婚恋习俗
12	诗经里的一个恋爱故事：帷车里的新娘（未完）	吴瑜	1948 年	《时报》第 27 期	恋爱	婚恋习俗
13	诗经里的一个恋爱故事：帷车里的新娘	吴瑜	1948 年	《时报》第 28 期	恋爱	婚恋习俗
1	诗经上的一件自由婚姻案	卓学之	1932 年	《希望月刊》第 9 卷第 12 期	婚姻	婚恋习俗
2	读卓学之诗经自由婚姻案后	刘仲山	1933 年	《希望月刊》第 10 卷第 3 期	婚姻	婚恋习俗

	作品名称	作者	时间	期刊	主题	民俗类型
3	从诗经上说到婚姻问题（续第一期）	文震	1933 年	《并州学院月刊》第 1 卷第 4 期	婚姻	婚恋习俗
4	从诗经上说到婚姻问题（续第四号）	文震	1933 年	《并州学院月刊》第 1 卷第 5 期	婚姻	婚恋习俗
5	诗经底所谓三星与婚时（未完）	佐藤广治（作），汪馥泉（译）	1933 年	《文学旬刊》第 1 期	婚姻	婚恋习俗
6	诗经底所谓三星与婚时（续）	佐藤广治（作），汪馥泉（译）	1933 年	《文学旬刊》第 4 期	婚姻	婚恋习俗
7	诗经底所谓三星与婚时（续完）	佐藤广治（作），汪馥泉（译）	1933 年	《文学旬刊》第 5 期	婚姻	婚恋习俗
8	吃醋史：秦汉盛行群婚制妻妾阶级相差不多所以诗经醋料甚少汉以后太太大吃醋（附图）	老太婆	1934 年	《光芒》第 1 卷第 8 期	婚姻	婚恋习俗
9	从诗经上考见中国之家庭	胡朴安	1941 年	《学林》第 6 期	婚姻	婚恋习俗
1	诗经上妇人的地位观	褚松雪	1923 年	《民国日报·妇女周报》第 13 期	女性	婚恋习俗
2	诗经妇女观		1924 年	《清华周刊：书报介绍副刊》第 9 期	女性	婚恋习俗
3	语体文：所谓诗经的性欲观	姜公畏	1929 年	《学生文艺丛刊》第 5 卷第 3 期	女性	婚恋习俗
4	诗经时代的女性生活研究	李建芳	1932 年	《新创造》第 1 卷第 2 期	女性	婚恋习俗
5	从诗经说到周公与周母	靳又陵	1933 年	《老实话》第 6 期	女性	婚恋习俗
6	诗经中的周代男女关系（1030）		1935 年	《史地社会论文摘要月刊》第 2 卷第 2 期	女性	婚恋习俗

	作品名称	作者	时间	期刊	主题	民俗类型
7	从诗经观察古代妇女的生活	梁缉熙	1935 年	《南中》第 6 期	女性	婚恋习俗
8	从诗经谈到两性问题	兢生	1936 年	《实报半月刊》第 17 期	女性	婚恋习俗
9	诗经中的妇女社会观	丁道谦	1936 年	《食货半月刊》第 4 卷第 7 期	女性	婚恋习俗
10	诗经中的妇女社会观（1891）		1936 年	《史地社会论文摘要》第 3 卷第 1 期	女性	婚恋习俗
11	诗经上几个弃妇的呼声	夏贯中	1942 年	《今文月刊》第 1 卷第 2—3 期	女性	婚恋习俗
12	诗经中所表现的妇女生活	冶秋	1943 年	《现代妇女》第 1 卷第 3 期	女性	婚恋习俗
1	诗经时代之服装与妇女生活	黎正甫	1933 年	《女子月刊》第 1 卷第 8 期	服装	服饰民俗
2	诗经时代之服装与妇女生活（续）	黎正甫	1933 年	《女子月刊》第 1 卷第 9 期	服饰	服饰民俗
1	诗经时代之农业与农民（续完）	金粟	1935 年	《学生生活》第 3 卷第 7 期	农业	农业民俗
2	诗经中的农事观与军事观（附表）（未完）	成勋	1935 年	《军需杂志》第 29 期	农事观	农业民俗
3	诗经中的农事观与军事观（续）（附表）	成勋	1935 年	《军需杂志》第 30 期	农事观	农业民俗
4	一部诗经中所有之树名	宾凤	1935 年	《高农期刊》第 7 期	植物	农业民俗
5	诗经孟子周礼上的中国古代田制及税法	司印昌译	1935 年	《师大月刊》第 22 期	古代田制	农业民俗

	作品名称	作者	时间	期刊	主题	民俗类型
6	诗经中表现的土地关系	非斯	1937 年	《食货半月刊》第 5 卷第 7 期	土地	农业民俗
7	诗经中蔬菜植物考	曹诗成	1939 年	《燕京大学研究院同学会会刊》第 1 期	植物	农业民俗
8	诗经豳风七月篇	坚壁	1940 年	《青年（上海）》第 2 卷第 3 期	农事	农业民俗
9	诗经中的兵与农（名著研究）	成惕轩	1943 年	《文艺先锋》第 2 卷第 4 期	兵与农	农业民俗
10	诗经中的兵与农（名著研究·续完）	成惕轩	1943 年	《文艺先锋》第 2 卷第 5—6 期	兵与农	农业民俗
11	诗经时代之农业生产及其问题	李长年	1943 年	《新湖北季刊》第 3 卷第 3 期	农业生产	农业民俗
12	诗经时代之农业经营	李长年	1944 年	《农场经营指导通讯》第 2 卷第 7—8 期	农业经营	农业民俗
13	诗经时代之农业地理（上）	林志纯	1946 年	《教育与文化月刊》第 1 卷第 4 期	农业地理	农业民俗
14	诗经时代之农业地理（中）	林志纯	1946 年	《教育与文化月刊》第 1 卷第 5 期	农业地理	农业民俗
15	诗经时代之农业地理（下）	林志纯	1946 年	《教育与文化月刊》第 1 卷第 6 期	农业地理	农业民俗
16	伐檀篇："诗经里所见的古代农民生活"之一	郑振铎	1946 年	《理论与现实》第 3 卷第 1 期	农民生活	农业民俗
1	书经诗经之天文历法	饭岛忠夫（撰），陈啸仙（译）	1928 年	《科学》第 13 卷第 1 期	天文历法	民间科技
2	诗经的星	野尻抱影	1938 年	《北平近代科学图书馆馆刊》第 5 期	星星	民间科技

续表

	作品名称	作者	时间	期刊	主题	民俗类型
1	从诗经卫风上证明黄河流域古今气候之殊异	鲍先德	1935 年	《复兴月刊》第 3 卷第 9 期	气候	民间科技
1	诗经之年代与地理之考证	胡光熙	1934 年	《持志中国文学系二二级级刊》第 1 期	地理	民间科技
2	诗经地理研究	林志纯	1945 年	《教育与文化月刊》创刊号	地理	民间科技
1	从诗经观察古代城市社会	蒋以勤	1947 年	《新重庆》第 1 卷第 2 期	古代城市	民间科技
1	诗经苤苢莱茵为中国女界最古药物学	沈香波	1927 年	《医界春秋》第 17 期	医药	民间科技
2	诗经药物考（一）（附表）	林凯民	1947 年	《进修月刊》第 1 期	医药	民间科技
1	从诗经中整理出歌谣的意见	顾颉刚	1923 年	《歌谣周刊》第 39 期	歌谣	民间口头文学
2	论诗经所录全为乐歌	顾颉刚	1925 年	《北京大学研究所国学门周刊》第 1 卷第 10 期	乐歌	民间口头文学
3	论诗经所录全为乐歌（续）	顾颉刚	1925 年	《北京大学研究所国学门周刊》第 1 卷第 11 期	乐歌	民间口头文学
4	论诗经所录全为乐歌（再续）	顾颉刚	1925 年	《北京大学研究所国学门周刊》第 1 卷第 12 期	乐歌	民间口头文学
5	读书札记：古歌与诗经	张旭光	1930 年	《东北大学周刊》第 108 期	古歌	民间口头文学
6	诗经以前的中国诗歌	陈廷宪	1934 年	《矛盾月刊》第 3 卷第 1 期	中国诗歌	民间口头文学

	作品名称	作者	时间	期刊	主题	民俗类型
7	诗经学纂要论诗乐	徐英	1934 年	《安徽大学月刊》第 2 卷第 3 期	诗乐	民间口头文学
8	诗经韵例	李丛云	1936 年	《语言文学专刊》第 1 卷第 1 期	韵例	民间口头文学
9	论诗经的韵律	李岳南	1944 年	《诗前哨丛刊》第 1 期	诗经韵律	民间口头文学
10	二千五百年前的诗歌总集——"诗经"	徐调孚	1947 年	《中学生杂志》第 183 期	诗歌总集	民间口头文学
11	从诗经的音乐看雅乐的音阶制度（附歌曲）	赵沨	1947 年	《乐学》第 4 期	诗经音乐	民间口头文学
1	诗经来源的探讨（未完）	王礼锡	1929 年	《河北民国日报副刊》第 55 期	诗经来源	民间口头文学
2	诗经来源的探讨（续完）	王礼锡	1929 年	《河北民国日报副刊》第 56 期	诗经来源	民间口头文学
3	诗经随笔：诗经之源流正变	关权近	1939 年	《南风（广州）》第 15 卷第 1 期	诗经源流	民间口头文学
1	诗经之关雎说	胡朴安	1925 年	《国学周刊》第 76 期	文学	民间口头文学
2	谈"谈谈诗经"	丙丁	1925 年	《京报副刊》第 367 期	文学	民间口头文学
3	诗经是不是"载道"的东西？	黄肇干	1930 年	《岭中季刊》第 5 卷第 2 期	文学	民间口头文学
4	常识辞典："六义"	吻云	1932 年	《红叶周刊》第 6 期	六义	民间口头文学
5	诗经在中国文学上的地位	吴烈	1934 年	《国民文学》第 1 卷第 3 期	文学	民间口头文学
6	诗经学纂要论诗教	徐英	1934 年	《安徽大学月刊》第 2 卷第 2 期	诗教	民间口头文学

续表

	作品名称	作者	时间	期刊	主题	民俗类型
7	诗经学纂要序旨	徐英	1934 年	《安徽大学月刊》第 1 卷第 6 期	文学	民间口头文学
8	诗经语译序	陈子展	1934 年	《文学》第 3 卷第 1—3 期	文学	民间口头文学
9	诗经与楚词	吴秋山	1934 年	《绸缪月刊》第 1 卷第 3 期	文学	民间口头文学
10	漫谈诗经	黄庆华	1936 年	《读书青年》第 1 卷第 7 期	文学	民间口头文学
11	诗经论及其现代诗歌译文	孙柏庭	1939 年	《文哲》第 1 卷第 2 期	文学	民间口头文学
12	诗经随笔：诗经为我国最古之文学书	关权近	1939 年	《南风（广州）》第 15 卷第 1 期	文学	民间口头文学
13	诗经随笔：诗义之论断	关权近	1939 年	《南风（广州）》第 15 卷第 1 期	文学	民间口头文学
14	诗经随笔：前人对诗经之认识	关权近	1939 年	《南风（广州）》第 15 卷第 1 期	文学	民间口头文学
15	诗经随笔：近人对诗经之认识	关权近	1939 年	《南风（广州）》第 15 卷第 1 期	文学	民间口头文学
1	诗经中之"上帝"考	蔡志卿	1924 年	《青年友》第 4 卷第 6 期	宗教信仰	信仰习俗
2	诗经中时代思想的几种表示	袁湘生	1931 年	《摇篮》第 1 卷第 1 期	宗教信仰	信仰习俗
3	诗经中的上帝（待续）	凌景埏	1932 年	《福音光》第 33 期	宗教信仰	信仰习俗
4	诗经中的上帝观（续）	凌景埏	1932 年	《福音光》第 34 期	宗教信仰	信仰习俗
5	由《诗经》中观察周代人民的宗教信仰	何盘石	1935 年	《盘石杂志》第 3 卷第 8 期	宗教信仰	信仰习俗

	作品名称	作者	时间	期刊	主题	民俗类型
6	诗经中的上帝	王治心	1948 年	《金陵神学志》第23 卷第 3 期	宗教信仰	信仰习俗
6	从诗经上研究古代的图腾制与奴隶制	董家遵	1948 年	《珠 海 学 报》 第1 期	图腾制	信仰习俗
1	诗经篇中所见周代政治风俗	张世禄	1925 年	《史地学报》第 4卷第 1 期	政治风俗	社会民俗
2	诗经之社会进化观（附表）	童天鉴	1934 年	《社会月刊》第 1卷第 1 期	社会进化观	社会民俗
3	诗经之伦理观	陈柱	1934 年	《大夏》第 1 卷第7 期	伦理观	社会民俗
4	诗经中卫风淫靡之背景的研讨——风俗史料撷余之一	明悬	1935 年	《史学周刊》（《河南民国日报副刊》）第 4 卷第 9 期	风俗史料	社会民俗
5	诗经中之古代政治	沂洋	1941 年	《两广会刊》复刊第 2 期	古代政治	社会民俗
6	诗经上的社会问题	伯仁	1942 年	《新东方杂志》第 5卷第 2 期	社会问题	社会民俗
7	诗经在民俗学上的研究	张家望	1945 年	《民族正气》第 3卷第 5 期	民俗学视角	社会民俗
8	从社会学观点研究诗经	董家遵	1947 年	《社会学讯》第 6期	社会学视角	社会民俗
9	诗经中所见秦初期社会状况	王迪纲	1947 年	《读书通讯》第 136期	社会状况	社会民俗
10	诗经与古代社会	冯友兰（讲词），赵纲（笔记）	1948 年	《河南大学校刊》第 23 期	古代社会	社会民俗
11	诗经时代之社会与政治	何隼	1948 年	《政治季刊》第 5卷第 3/4 期	社会与政治	社会民俗
1	诗经的汗血生活	华文	1935 年	《汗血周刊》第 4卷第 5—6 期	社会生活	社会民俗

	作品名称	作者	时间	期刊	主题	民俗类型
2	诗经里所表现古代人民的生活（待续）	吴博	1936 年	《铃铛》5 下卷	人民生活	社会民俗
3	伐檀篇："诗经里所见的古代农民生活"之一	郑振铎	1946 年	《理论与现实》第 3 卷第 1 期	农民生活	社会民俗
1	中国古代思潮的一瞥	邱培豪	1925 年	《湖州月刊》第 2 卷第 4 期	古代思潮	社会民俗
2	诗经中描写劳动的作品与思想	敦敏	1930 年	《国立劳动大学月刊》第 1 卷第 8 期	劳动作品与思想	社会民俗
3	诗经国风中所表现的民族精神（附表）	林柏华	1934 年	《河南政治月刊》第 4 卷第 7 期	民族精神	社会民俗
4	诗经里的尚武精神（二）	薛凝嵩	1941 年	《决胜周刊》第 6 卷第 7 期	尚武精神	社会民俗
5	诗经里的尚武精神（三）（未完）	薛凝嵩	1941 年	《决胜周刊》第 6 卷第 10 期	尚武精神	社会民俗
6	诗经中之东亚民族精神（附图）	张江裁	1943 年	《华文每日》第 9 卷第 10 期	民族精神	社会民俗
7	尚武精神与从军乐：诗经乐府中的尚武精神与从军乐	杨昌溪	1945 年	《国是》第 9 期	尚武精神	社会民俗

参考文献

一 著作

（一）中文著作

1. 诗经学类

（宋）朱熹：《诗集传》，中华书局 2011 年版。

（清）魏源：《诗古微》，岳麓书社 1989 年版。

（清）姚际恒：《诗经通论》，中华书局 1958 年版。

陈漱琴：《诗经情诗今译》，女子书店 1935 年版。

陈文采：《清末民初〈诗经〉学史论》，（台北）花木兰文化出版社 2003 年版。

陈子展：《诗经直解》，复旦大学出版社 1983 年版。

陈致：《跨学科视野下的诗经研究》，上海古籍出版社 2010 年版。

程俊英：《诗经译注》，上海古籍出版社 2012 年版。

程俊英、蒋见元：《诗经注析》，中华书局 1991 年版。

褚斌杰：《〈诗经〉与楚辞》，北京大学出版社 2012 年版。

戴维：《诗经研究史》，湖南教育出版社 2001 年版。

方玉润：《诗经原始》，中华书局 1986 年版。

傅斯年：《诗经讲义稿》，中国人民大学出版社 2004 年版。

高亨：《诗经今注》，上海古籍出版社 2009 年版。

韩明安：《诗经研究概观》，黑龙江教育出版社 1988 年版。

郝桂敏：《宋代诗经文献研究》，中国社会科学出版社 2006 年版。

何海燕：《清代诗经学研究》，人民出版社 2011 年版。

洪湛侯：《诗经论文集》，（台北）艺文印书馆 2008 年版。

洪湛侯：《诗经学史》，中华书局 2002 年版。

胡先媛：《先民的歌唱——〈诗经〉》，云南人民出版社 1999 年版。

江阴香：《诗经译注》，中国书店 1982 年版。

蒋善国：《三百篇演论》，商务印书馆 1933 年版。

金公亮：《诗经学 ABC》，世界书局 1929 年版。

孔颖达：《毛诗正义（十三经注疏整理本）》，北京大学出版社 2000 年版。

寇淑慧：《二十世纪诗经研究文献目录》，学苑出版社 2001 年版。

李山：《诗经的文化精神》，东方出版社 1997 年版。

李湘：《诗经研究新编》，河南大学出版社 1990 年版。

林义光：《诗经通解》，中西书局 2012 年版。

刘大白：《白屋说诗》，岳麓书社 2012 年版。

刘冬颖：《出土文献与儒家〈诗〉学研究》，知识产权出版社 2010 年版。

刘冬颖：《诗经"变风变雅"考论》，中国社会科学出版社 2005 年版。

刘毓庆：《历代诗经著述考》，中华书局 2002 年版。

鲁洪生：《诗经学概论》，辽海出版社 1998 年版。

马持盈：《诗经今注今译》，台湾商务印书馆 1984 年版。

缪天绶：《诗经选读》，商务印书馆 1937 年版。

阮元：《十三经注疏》，中华书局 1980 年版。

佘正松、周晓琳：《〈诗经〉的接受与影响》，上海古籍出版社 2006 年版。

苏雪林：《诗经杂俎》，台湾商务印书馆 1995 年版。

孙作云：《〈诗经〉研究》，河南大学出版社 2003 年版。

汪祚民：《诗经文学阐释史：先秦—隋唐》，人民出版社 2005 年版。

王守谦、金秀珍：《诗经评注》，东北师范大学出版社 1989 年版。

王巍：《诗经民俗文化阐释》，商务印书馆 2004 年版。

王晓平：《日本诗经学史》，学苑出版社 2009 年版。

闻一多：《诗经研究》，巴蜀书社 2002 年版。

吴闿生：《诗义会通》，中西书局 2012 年版。

夏传才：《二十世纪诗经学》，学苑出版社 2005 年版。

夏传才：《诗经研究史概要》，清华大学出版社 2007 年版。

向熹：《诗经词典》，商务印书馆 2014 年版。

谢晋青：《诗经之女性的研究》，山西人民出版社 2014 年版。

谢晋青：《诗经之女性的研究》，商务印书馆 1930 年版。

谢无量：《诗经研究》，商务印书馆 1933 年版。

杨合鸣：《诗经：汇校汇注汇评》，崇文书局 2016 年版。

姚小鸥：《诗经三颂与先秦礼乐文化》，北京广播学院出版社 2000 年版。

姚小鸥：《诗经译注》，当代世界出版社 2008 年版。

犹家仲：《〈诗经〉的解释学研究》，广西师范大学出版社 2005 年版。

喻守真：《诗经童话》，中华书局 1934 年再版。

战学成：《五礼制度与〈诗经〉时代社会生活》，中国社会科学出版社 2014 年版。

张保见：《诗地理考校注》，四川大学出版社 2009 年版。

张丰乾：《〈诗经〉与先秦哲学》，北京大学出版社 2009 年版。

张洪海：《诗经汇评》，凤凰出版社 2016 年版。

张启成：《诗经研究史论稿》，贵州人民出版社 2003 年版。

赵沛霖：《诗经研究反思》，天津教育出版社 1989 年版。

赵沛霖：《现代学术文化思潮与诗经研究：二十世纪诗经研究史》，学苑出版社 2006 年版。

赵沛霖：《兴的源起：历史积淀与诗歌艺术》，中国社会科学出版社 1987 年版。

中国诗经学会：《诗经研究丛刊》（第二十八辑），学苑出版社 2015 年版。

中国诗经学会编：《诗经国际学术研讨会论文集》，河北大学出版社 1994 年版。

周蒙：《〈诗经〉民俗文化论》，黑龙江教育出版社 1994 年版。

周振甫：《诗经译注》，中华书局 2002 年版。

朱东润：《诗三百篇探故》，云南人民出版社 2007 年版。

朱自清：《诗言志辨》，岳麓书社 2011 年版。

纵白踪：《关雎集》，经纬书局 1936 年版。

邹其昌：《朱熹诗经诠释学美学研究》，商务印书馆 2008 年版。

2. 民俗类

北京师范大学民俗典籍文字研究中心：《民俗典籍文字研究》，商务印书馆 2013 年版。

晁福林：《中国民俗史（先秦卷）》，人民出版社 2008 年版。

陈国强主编：《简明文化人类学词典》，浙江人民出版社 1990 年版。

陈绍棣：《中国风俗通史两周卷》，上海文艺出版社 2003 年版。

高丙中：《民俗文化与民俗生活》，中国社会科学出版社 1994 年版。

高丙中：《中国民学概论》，北京大学出版社 2009 年版。

华梅：《服饰民俗学》，中国纺织出版社 2004 年版。

林惠祥：《文化人类学》，商务印书馆 2011 年版。

林继富、王丹：《解释民俗学》，华中师范大学出版社 2006 年版。

孟慧英：《西方民俗学史》，中国社会科学出版社 2006 年版。

秦永洲：《中国社会风俗史》，武汉大学出版社 2015 年版。

万建中：《中国民俗史（民国卷）》，人民出版社 2008 年版。

王文宝：《中国民俗研究史》，黑龙江人民出版社 2003 年版。

王衍军：《中国民俗文化》，暨南大学出版社 2011 年版。

王元忠：《鲁迅的写作与民俗文化》，中国社会科学出版社 2010 年版。

乌丙安：《中国民俗学》，辽宁大学出版社 1999 年版。

杨堃：《社会学与民俗学》，四川民族出版社 1997 年版。

苑利、顾军：《中国民俗学教程》，光明日报出版社 2003 年版。

苑利主编：《二十世纪中国民俗学经典》，社会科学文献出版社 2002
年版。

张亮采、尚秉和：《中国风俗史》，中国社会科学出版社 2012 年版。

钟敬文：《民俗学概论》，上海文艺出版社 1998 年版。

周作人：《周作人民俗学论集》，上海文艺出版社 1999 年版。

　3. 文集类

蔡元培：《孑民自述》，江苏人民出版社 1999 年版。

陈独秀：《陈独秀文章选编》，生活·读书·新知三联书店 1984 年版。

陈福康：《郑振铎传》，北京十月文艺出版社 1994 年版。

冯爱群：《胡适之先生纪念集》，（台北）学生书局 1973 年版。

傅斯年：《傅斯年全集》，湖南教育出版社 2003 年版。

龚自珍：《龚自珍全集》，上海古籍出版社 1975 年版。

辜鸿铭：《中国人的精神》，李晨曦译，上海三联书店 2010 年版。

顾颉刚：《古史辨》，上海古籍出版社 1982 年版。

郭沫若：《郭沫若全集》，人民文学出版社 1984 年版。

胡明：《胡适传论》，人民文学出版社 1996 年版。

胡适：《胡适的日记》，中华书局 1985 年版。

胡适：《胡适古典文学研究论集》，上海古籍出版社 2013 年版。

胡适：《胡适来往书信选》，中华书局 1979 年版。

胡适：《胡适文集》，北京大学出版社 1998 年版。

胡适：《胡适的声音：1919—1960：胡适演讲集》，广西师范大学出版社
  2005 年版。

黄兴涛编：《辜鸿铭卷》，中国人民大学出版社 2015 年版。

黄遵宪：《黄遵宪全集》，中华书局 2005 年版。

卢今、李华龙编：《郑振铎日记》，山西教育出版社 1998 年版。

鲁迅：《鲁迅全集》，人民文学出版社 1981 年版。

王国维：《王国维文集》，中国文史出版社 1997 年版。

魏源：《魏源集》，中华书局 1983 年版。

闻一多：《闻一多全集》，湖北人民出版社 1993 年版。

谢无量：《谢无量文集》，中国人民大学出版社 2011 年版。

余英时：《中国近代思想史上的胡适》，（台北）联经出版事业股份有限
  公司 1984 年版。

俞平伯：《俞平伯全集》，花山文艺出版社 1997 年版。

章太炎：《章太炎的白话文》，（台北）艺文印书馆 1972 年版。

郑振铎：《郑振铎古典文学论文集》，上海古籍出版社 1984 年版。

朱自清：《经典常谈》，商务印书馆 2015 年版。

    4. 历史类

（汉）班固：《汉书》，中华书局 1962 年版。

（汉）司马迁：《史记》，中华书局 1998 年版。

黄仁宇：《中国大历史》，生活·读书·新知三联书店 1997 年版。

贾逸君：《中华民国史》，岳麓书社 2011 年版。

翦伯赞：《中国史纲要》，北京大学出版社 2006 年版。

蒋廷黻：《中国近代史》，上海古籍出版社 2014 年版。

梁启超：《中国历史研究法》，中华书局 2009 年版。

钱穆：《中国历代政治得失》，九州出版社 2013 年版。

魏应麒：《中国史学史》，山西人民出版社 2014 年版。

张宪文：《中华民国史》，南京大学出版社 2013 年版。

张荫麟：《中国史纲》，中华书局 2009 年版。

　　5. 史料类

刘朝辉：《民国史料丛刊总目提要》，大象出版社 2010 年版。

潘懋元、刘海峰编：《京师高等以上各学堂统计总表（1909）》，《中国近代教育史资料汇编·高等教育》，上海教育出版社 1993 年版。

潘懋元、刘海峰主编：《教育部直辖专门以上学校职员薪俸暂行规程》，《中国近代教育史资料汇编·高等教育》，上海教育出版社 1993 年版。

璩鑫圭、唐良炎编：《教育部公布大学规程》，《中国近代教育史资料汇编·学制演变》，上海教育出版社 1991 年版。

饶杰腾：《民国国文教学研究文丛·论争卷》，语文出版社 2015 年版。

饶杰腾：《民国国文教学研究文丛·写作卷》，语文出版社 2015 年版。

饶杰腾：《民国国文教学研究文丛·选读卷》，语文出版社 2015 年版。

饶杰腾：《民国国文教学研究文丛·阅读卷》，语文出版社 2015 年版。

饶杰腾：《民国国文教学研究文丛·总论卷》，语文出版社 2015 年版。

宋原放：《中国出版史料（现代部分）》（第一卷）（下册），山东教育出版社 2001 年版。

上海经世文社：《民国经世文编伍》，北京图书馆出版社 2006 年版。

舒新城：《近代中国教育史料》，中国人民大学出版社 2012 年版。

王学珍、郭建荣：《国立北京大学核发薪金清册》，《北京大学史料》（第二卷），北京大学出版社 2000 年版。

中国第二历史档案馆编：《财政部整理财政总计划书》，《中华民国史档案资料汇编（第三辑财政）》，江苏古籍出版社 1991 年版。

中国第二历史档案馆编：《教育部公布全国大学概况》，《中华民国史档案资料汇编（第三辑教育）》，江苏古籍出版社 1991 年版。

中国第二历史档案馆编：《教育部公布国立大学职员任用及薪俸规程令》，《中华民国史档案资料汇编（第三辑教育）》，江苏古籍出版社1991年版。

中国第二历史档案馆编：《袁世凯特定教育纲要》，《中华民国史档案资料汇编（第三辑教育）》，江苏古籍出版社1991年版。

6. 教科书类

大一国文编撰委员会编：《西南联大国文课》，译林出版社2015年版。

金鑫：《民国大学中文学科讲义研究》，北京大学出版社2016年版。

李斌：《民国时期中学国文教科书研究》，北京大学出版社2016年版。

吕思勉主编：《民国国文课本》，九州出版社2011年版。

钱基博、傅宏星主编：《国文教学丛编》，华中师范大学出版社2013年版。

石欧：《百年中国教科书忆》，知识产权出版社2015年版。

石欧：《简明中国教科书史》，知识产权出版社2015年版。

汪家熔：《民族魂——教科书变迁》，商务印书馆2008年版。

吴小鸥：《复兴之路：百年中国教科书与社会变革》，中国社会科学出版社2015年版。

吴小鸥：《文化拯救：近现代名人与教科书》，商务印书馆2015年版。

吴研因、庄适：《商务新学制国语教科书》，贵州人民出版社2011年版。

夏丏尊：《文章讲话》，北京教育出版社2014年版。

夏丏尊、叶圣陶：《开明国文讲义》，人民文学出版社2011年版。

幺其璋、幺其琼等编：《民国老试卷》，新星出版社2016年版。

叶圣陶编，丰子恺绘：《开明国语课本》，上海科学技术文献出版社2005年版。

7. 文学史类

陈玉堂：《中国文学史书目提要》，黄山书社1986年版。

胡适：《白话文学史》，上海古籍出版社1999年版。

刘大杰：《中国文学发展史》，百花文艺出版社2007年版。

刘大杰：《中国文学发展史》，复旦大学出版社2011年版。

谢无量：《中国妇女文学史》，中华书局1936年版。

赵景深：《中国文学小史》，山西人民出版社 2014 年版。

赵明编：《先秦大文学史》，吉林大学出版社 1993 年版。

郑振铎：《插图本中国文学史》，中华书局 2016 年版。

郑振铎：《中国俗文学史》，中国社会科学出版社 2009 年版。

8. 丛书类

《民国丛书续编》编委会：《民国丛书续编》，上海书店 2012 年版。

李春光：《古籍丛书述论》，辽沈书社 1991 年版。

黎靖德：《朱子语类》，中华书局 1986 年版。

林庆彰：《民国时期经学丛书》，（台中）文听阁图书公司 2008 年版。

《民国丛书》编委会：《民国丛书》，上海书店 1989 年版。

9. 经学类

（清）梁启超：《清代学术概论》，上海古籍出版社 1998 年版。

林庆彰：《变动时代的经学与经学家——民国时期（1912—1949）经学
  研究》，（台北）万卷楼图书股份有限公司 2014 年版。

刘师培著，陈渊居注：《经学教科书》，上海古籍出版社 2006 年版。

马宗霍：《中国经学史》，上海书店 1984 年版。

吴雁南、秦学颀等：《中国经学史》，福建人民出版社 2001 年版。

周予同：《中国经学史讲义》，上海文艺出版社 1999 年版。

朱维铮：《中国经学史十讲》，复旦大学出版社 2005 年版。

10. 出版类

平心编：《生活全国总书目》，生活书店 1935 年版。

王余光、吴永贵：《中国出版通史·民国卷》，中国书籍出版社 2008 年版。

王云五：《中国出版史料（现代部分）》（第一卷），山东教育出版社
  2001 年版。

俞筱尧、刘彦捷编：《陆费逵与中华书局》，中华书局 2002 年版。

张泽贤：《民国出版标记大观》，上海远东出版社 2012 年版。

张泽贤：《民国出版标记大观续集》，上海远东出版社 2012 年版。

周其厚：《中华书局与近代文化》，中华书局 2007 年版。

11. 其他

陈宝泉：《中国近代学制变迁史》，山西人民出版社 2014 年版。

陈良运：《中国诗学批评史》，江西人民出版社 2007 年版。

陈明远：《文化人的经济生活》，文汇出版社 2005 年版。

陈平原主编：《中国文学研究现代化进程二编》，北京大学出版社 2002 年版。

陈其泰：《清代公羊学》，东方出版社 1997 年版。

邓晓芒：《新批判主义》，湖北教育出版社 2001 年版。

丁耘：《五四运动与现代中国》，上海人民出版社 2009 年版。

费孝通：《乡土中国·生育制度·乡土重建》，商务印书馆 2011 年版。

郭静云：《夏商周：从神话到史实》，上海古籍出版社 2013 年版。

胡晓明：《中国诗学之精神》，江西人民出版社 2001 年版。

贾士毅：《民国财政史》，商务印书馆 1932 年版。

李孝悌：《清末的下层社会启蒙运动：1901—1911》，河北教育出版社 2001 年版。

李笑野：《先秦文学与文化研究》，上海财经大学出版社 2000 年版。

梁漱溟：《东西文化及其哲学》，中华书局 2013 年版。

刘东、文韬：《审问与明辨：晚清民国的"国学"论争》，北京大学出版社 2012 年版。

刘梦溪主编：《中国现代学术经典》，河北教育出版社 1996 年版。

陆侃如、冯沅君：《中国诗史》，百花文艺出版社 2008 年版。

吕思勉：《中国文化史》，商务印书馆 2015 年版。

罗荣渠：《现代化新论——世界与中国的现代化进程》，北京大学出版社 1993 年版。

马承源：《上海博物馆战国楚竹书》，上海古籍出版社 2001 年版。

欧阳哲生：《新文化的传统——五四人物与思想研究》，广东人民出版社 2004 年版。

彭明：《疑古思潮与现代中国史学的发展》，（台北）台湾商务印书馆 1991 年版。

钱穆：《中国文化精神》，九州出版社 2013 年版。

钱穆：《中国文化史导论》，商务印书馆 1994 年版。

桑兵：《晚清民国的国学研究》，上海古籍出版社 2001 年版。

王文锦：《礼记译解》，中华书局 2001 年版。

王先明：《近代新学——中国传统学术文化的嬗变与重构》，商务印书馆 2000 年版。

王志平、孟蓬生：《出土文献与先秦两汉方言地理》，中国社会科学出版社 2014 年版。

伍稼青：《民国名人轶事》，（台北）学生书局 1981 年版。

夏康达、王晓平主编：《二十世纪国外中国文学研究》，天津人民出版社 2000 年版。

萧华荣：《中国诗学思想史》，华东师范大学出版社 1996 年版。

杨伯峻：《论语译注》，中华书局 1980 年版。

杨荫浏：《中国古代音乐史稿》，人民音乐出版社 1981 年版。

游宇明：《不为繁华易素心：民国文人风骨》，浙江大学出版社 2012 年版。

余英时：《五四新论：既非文艺复兴，亦非启蒙运动》，（台北）联经出版事业股份有限公司 1999 年版。

张程：《民国说明书》，浙江大学出版社 2012 年版。

张岱年、程宜山：《中国文化与文化论争》，中国人民大学出版社 1990 年版。

张京华、张利：《二十世纪疑古思潮》，学苑出版社 2003 年版。

中华全国妇女联合会妇女运动历史研究室：《五四时期妇女问题文选》，中国妇女出版社 1981 年版。

竺可桢：《竺可桢科普创作选集》，中国大百科全书出版社 2011 年版。

（二）外文译著

《马克思恩格斯全集》，人民出版社 1960 年版。

［奥］弗洛伊德：《释梦》，孙名之译，商务印书馆 2002 年版。

［德］恩斯特·卡西尔：《人论》，甘阳译，上海译文出版社 2013 年版。

［法］格拉耐：《中国古代的祭礼与歌谣》，张铭远译，上海文艺出版社 1989 年版。

［法］葛兰言：《古代中国的节庆与歌谣》，赵丙祥、张宏明译，广西师范大学出版社 2005 年版。

［芬兰］E. A. 韦斯特马克：《人类婚姻史》，李彬译，商务印书馆 2015 年版。

［美］S. 南达：《文化人类学》，刘燕鸣、韩养民编译，陕西人民教育出版社 1987 年版。

［美］凯西·F. 奥特拜因：《比较文化分析：文化人类学概论》，章智源、张敦安译，河南人民出版 1990 年版。

［美］本杰明·史华兹：《寻求富强：严复与西方》，叶凤美译，江苏人民出版 1996 年版。

［美］阿兰·邓迪斯编：《世界民俗学》，陈建宽、彭海斌译，上海文艺出版社 1990 年版。

［美］费正清编：《剑桥中华民国史（1912—1949 年）》，杨品泉等译，中国社会科学出版社 1994 年版。

［美］史景迁：《文化类同和文化利用——世界文化总体对话中的中国形象》，廖世奇、彭小樵译，北京大学出版社 1990 年版。

［美］伊恩·罗伯逊：《社会学》，黄育馥译，商务印书馆 1990 年版。

［美］尤金·N. 科恩、爱德华·埃姆斯：《文化人类学基础》，李富强编译，中国民间文艺出版社 1987 年版。

［美］宇文所安：《追忆：中国古典文学中的往事再现》，郑学勤译，生活·读书·新知三联书店 2004 年版。

［日］家井真：《〈诗经〉原意研究》，陆越译，江苏人民出版社 2011 年版。

［日］田中和夫：《汉唐诗经学研究》，李寅生译，凤凰出版社 2013 年版。

［英］詹姆斯·乔治·弗雷泽：《金枝：巫术与宗教之研究》，徐育新、汪培基等译，大众文艺出版社 1998 年版。

［英］W. C. 丹皮尔：《科学史及其与哲学和宗教的关系》，李珩译，商务印书馆 1975 年版。

二 论文

（一）期刊论文

白宪娟：《闻一多的〈诗经〉研究》，《天中学刊》2014 年第 6 期。

曹建国：《海外〈诗经〉学研究概述》，《文学遗产》2015 年第 3 期。

陈平原：《作为一种"思想操练"的"五四"》，《探索与争鸣》2015 年
第 7 期。

陈漱渝：《五四新文化运动和五四文学革命》，《江苏行政学院学报》
2010 年第 2 期。

陈漱渝：《五四新文化运动新议》（上），《鲁迅研究月刊》2009 年第
7 期。

陈子展：《诗经语译序》，《文学》1934 年第 2 期。

戴知贤：《五四爱国运动和五四新文化运动》，《教学与研究》1988 年第
4 期。

范保国、贺金蒲：《思想自由　兼容并包——论蔡元培改革北京大学的办
学方针》，《延安教育学院学报》2003 年第 4 期。

付星星：《汉文化圈视野下的朝鲜半岛〈诗经〉学研究》，《文学遗产》
2017 年第 5 期。

傅道彬：《"诗可以观"——春秋时代的观诗风尚及诗学意义》，《文学评
论》2004 年第 5 期。

高平叔：《蔡元培改革北京大学》，《群言》1987 年第 2 期。

高平叔：《蔡元培论输入西方文化问题》，《群言》1988 年第 1 期。

郜积意：《历史与伦理——"古史辨"〈诗经〉学的理论问题》，《人文
杂志》2002 年第 1 期。

龚书辉：《〈诗经语译〉质疑》，《厦大图书馆报》1936 年第 7 期。

顾颉刚：《诗经的厄运与幸运》，《小说月报》1923 年第 4 期。

郭士礼：《唯物史观与郭沫若的古典文学研究——以〈诗经〉研究、屈
原研究为例》，《湖北社会科学》2017 年第 11 期。

韩军、王宏波：《"心史纵横"：龚自珍诗论之双重形态辨析》，《华中学
术》2012 年第 2 期。

胡全章：《白话文运动：没有晚清何来五四》，《贵州社会科学》2012 年
第 1 期。

黄冬珍：《〈风〉诗艺术形式研究综述》，《徐州师范大学学报》（哲学社

会科学版）2007 年第 2 期。

黄鸣岐：《黄遵宪诗歌中的民歌风格》，《文史哲》1957 年第 6 期。

黄松毅：《20 世纪〈诗经〉大雅研究回顾及展望》，《广西民族学院学报》（哲学社会科学版）2006 年第 3 期。

柯玲：《五四新文化运动的"预演"——"诗界革命"与黄遵宪之本心》，《华东师范大学学报》（哲学社会科学版）2003 年第 2 期。

孔范今：《如何认识和评价五四新文化运动》，《山东师范大学学报》（人文社会科学版）2015 年第 6 期。

孔宪琛：《略论"五四"新文化运动的分期问题》，《安徽师大学报》（哲学社会科学版）1979 年第 2 期。

李斌：《郭沫若、闻一多〈诗经〉研究互证》，《郭沫若学刊》2016 年第 2 期。

李旦初：《〈国风〉的地域性流派》，《山西大学学报》（哲学社会科学版）1994 年第 3 期。

李金善、高文霞：《从宋代和民国两次废〈序〉运动看〈诗经〉学的转型》，《河北大学学报》（哲学社会科学版）2015 年第 1 期。

李俊：《郑振铎与胡适：被掩盖的学术传承》，《天中学刊》2014 年第 2 期。

李玉良、孙立新：《高本汉〈诗经〉翻译研究》，《山东外语教学》2011 年第 6 期。

林剑：《论五四新文化运动的历史意义》，《中原文化研究》2016 年第 2 期。

林祥征：《二十世纪中国〈诗经〉研究述略》，《泰安师专学报》1999 年第 2 期。

刘冬颖：《与这位"淑女"相伴终生》，《中华读书报》（光明网），2018 年 4 月 25 日。

刘光磊、孙墀：《白话报刊对白话文运动的影响》，《宁波大学学报》（人文科学版）2012 年第 1 期。

刘立志：《〈诗经·国风〉民歌问题研究的回顾与检讨》，《南京师范大学文学院学报》2010 年第 4 期。

刘毓庆：《从文学到经学》，《名作欣赏》2010 年第 10 期。

刘毓庆：《闻一多诗经研究检讨》，《文学评论》2012 年第 6 期。

刘毓庆、张晨妍：《百年来〈诗经〉研究的偏失》，《名作欣赏》2015 年
　　第 1 期。

刘毓庆、朱眹晨：《〈诗经·葛覃〉解读》，《名作欣赏》2015 年第 7 期。

刘自强：《〈诗经〉民俗文化研究的历史与现状》，《兰州铁道学院学报》
　　2003 年第 2 期。

鲁洪生：《闻一多的〈诗经〉研究——以"兴"为例》，《北方论丛》
　　2015 年第 4 期。

罗家伦：《回忆辜鸿铭先生》，《基础教育》2006 年第 9 期。

毛研君、王博：《20 世纪〈诗经〉研究述略》，《陕西师范大学继续教育
　　学报》2005 年第 3 期。

梅琼林：《论闻一多诗骚学研究方法及其对传统训诂学的创造性超越》，
　　《云南学术探索》1997 年第 6 期。

庞朴：《文化结构与近代中国》，《中国社会科学》1986 年第 5 期。

彭明：《如何讲授五四新文化运动》，《历史教学》1982 年第 1 期。

邱培豪：《中国古代思潮的一瞥》，《湖州月刊》1925 年第 4 期。

邵炳军：《论南宋〈诗〉学革新精神的基本特征——以朱熹〈诗集传〉
　　为代表》，《江海学刊》2008 年第 3 期。

申利锋：《西方学术对郑振铎俗文学研究的影响》，《河南师范大学学报》
　　（哲学社会科学版）2013 年第 2 期。

陶小军：《艺术社会学发展态势探析》，《东南大学学报》（哲学社会科学
　　版）2016 年第 6 期。

汪玉凯：《论五四科学思潮——兼论近代科学在中国落后的原因》，《中
　　共中央党校学报》2011 年第 3 期。

王红娟：《〈汉书·地理志〉与〈诗经〉的文学地理观》，《哈尔滨工业
　　大学学报》（社会科学版）2013 年第 2 期。

王明明：《论近代中西文化冲突中的中国文化选择》，《经济与社会发展》
　　2007 年第 9 期。

王双：《新时期〈诗经〉意象研究述评》，《河北大学学报》（哲学社会科学版）2009 年第 2 期。

王晓平：《〈诗经〉文化人类学阐释的得与失》，《天津师大学报》（社会科学版）1994 年第 6 期。

文之：《生殖崇拜的揭示——论闻一多〈诗经〉研究的独特文化视角》，《中国韵文学刊》1995 年第 1 期。

吴廷嘉、沈大德：《中西文化冲突的性质及其根源——兼论两种文化的价值特征》，《社会科学辑刊》1987 年第 5 期。

夏传才：《国外〈诗经〉研究新方法论的得失》，《文学遗产》2000 年第 6 期。

夏传才：《闻一多对〈诗经〉研究的贡献》，《齐鲁学刊》1983 年第 3 期。

夏传才：《现代诗经学的发展与展望》，《文学遗产》1997 年第 3 期。

夏晓虹：《晚清白话文运动》，《文史知识》1996 年第 9 期。

萧放、孙英芳：《民国时期大学民俗学学科建设述略》，《中国大学教学》2017 年第 2 期。

肖星：《近代社会转型与科学技术发展探析》，《科教文汇》2012 年第 5 期。

徐英：《读经救亡论》，《安徽大学月刊》1935 年第 7 期。

徐志啸：《21 世纪〈诗经〉研究展望》，《河北师范大学学报》（哲学社会科学版）2000 年第 3 期。

许杰：《五四：中国新文化运动的起跑点》，《文史杂志》1989 年第 3 期。

闫润鱼：《五四新文化运动主题浅议》，《中共党史研究》2009 年第 6 期。

阎伟：《站在历史的源头——论闻一多的〈诗经〉研究》，《鄂州大学学报》2000 年第 3 期。

尹旦萍：《西方思想的传入与中国女性主义的崛起——新文化运动时期女性主义的思想来源》，《武汉大学学报》（哲学社会科学版）2004 年第 4 期。

湛莹莹：《晚清白话文运动与五四文学革命的联系与区别》，《佳木斯职业学院学报》2017 年第 6 期。

张磊：《"五四"新文化运动的历史地位和作用》，《广东社会科学》
1999 年第 2 期。

张启成：《海外与台湾的诗经研究》，《贵州大学学报》（社会科学版）
1995 年第 2 期。

张然：《解诗与解礼——关于〈诗经·摽有梅〉的阐释》，《齐鲁学刊》
2007 年第 1 期。

张忠年：《中西文化冲突与中国近代文化嬗变》，《临沂师专学报》（社会
科学版）1990 年第 3 期。

章原：《顾颉刚先生的〈诗经〉研究》，《古典文学知识》2004 年第
5 期。

赵茂林：《汉代四家〈诗〉的传承与解说歧异》，《兰州学刊》2017 年第
10 期。

赵沛霖：《〈诗经〉史诗研究古今大势》，《河北学刊》1987 年第 5 期。

赵沛霖：《20 世纪〈诗经〉传注的现代性特征》，《中州学刊》2006 年
第 5 期。

赵沛霖：《二十世纪〈诗经〉文学及相关学科的研究》，《古典文学知
识》2004 年第 3 期。

赵沛霖：《关于〈诗经〉学的几个基本问题》，《中州学刊》1989 年第
1 期。

赵沛霖：《郭沫若〈中国古代社会研究〉在〈诗经〉学史上的意义》，
《齐鲁学刊》2004 年第 4 期。

赵微：《五四新文化运动等系列概念梳理》，《边疆经济与文化》2013 年
第 1 期。

赵勇：《郑振铎与中国俗文学理论体系的创建》，《山东社会科学》2012
年第 8 期。

知非：《新诗经：重整道德运动四章》，《新青年（上海）》1939 年第
3 期。

钟敬文：《晚清时期民间文艺学史试探》，《北京师范大学学报》（社会科
学版）1980 年第 2 期。

周发祥：《〈诗经〉在西方的传播与研究》，《文学评论》1993 年第 6 期。

周朗生：《近代中西文化冲突及其现代启示》，《广西社会科学》2005 年第 11 期。

周晓平：《从黄遵宪到胡适："五四"新文学何以可能》，《中国文学研究》2014 年第 3 期。

周晓平：《黄遵宪诗歌创作"歌谣化"的现代阐释》，《成都大学学报》（社会科学版）2012 年第 2 期。

周晓平：《黄遵宪诗文革新与"五四"新诗内在发展逻辑——兼与李卫涛先生商榷》，《齐鲁学刊》2014 年第 4 期。

周振华：《1915 年〈青年〉杂志创办不是五四新文化运动起点》，《江淮论坛》2011 年第 6 期。

朱大可：《新文化和五四运动的颠覆风暴》，《社会科学报》2002 年 5 月 16 日第 4 版。

朱洪涛：《"吹拨妖尘迷雾"——新文化时期顾颉刚〈诗经〉研究的路径问题》，《东吴学术》2017 年第 6 期。

朱文华：《改造中国人的文化心态是中国现代化的前提——五四新文化运动的一条历史启示》，《复旦学报》（社会科学版）1989 年第 3 期。

朱志刚：《经俗之汇——二十世纪〈诗经〉与民俗研究综述》，《外语艺术教育研究》2007 年第 4 期。

左玉河：《五四新文化运动与中国现代新文化之建构》，《教学与研究》2015 年第 8 期。

（二）硕士、博士学位论文

白宪娟：《20 世纪二三十年代的〈诗经〉研究——以胡适、顾颉刚、闻一多〈诗经〉研究为例》，硕士学位论文，山东大学，2006 年。

刘敏：《民国时期〈科学〉杂志研究》，博士学位论文，内蒙古师范大学，2013 年。

吕华亮：《〈诗经〉名物与〈诗经〉成就》，博士学位论文，山东大学，2008 年。

石强：《民国时期〈诗经〉文学阐释研究》，硕士学位论文，山东师范大学，2014 年。

王成：《晚清诗学的演变研究——以"今文学"与诗学之关联为中心》，博士学位论文，山东师范大学，2011 年。

谢美航：《五四时期"科学救国"思潮研究》，硕士学位论文，湖南科技大学，2009 年。

谢中元：《古史辨视野下的〈诗经〉阐释》，硕士学位论文，暨南大学，2006 年。

张洪海：《〈诗经〉评点研究》，博士学位论文，复旦大学，2008 年。

张晴晴：《闻一多的〈诗经〉研究》，硕士学位论文，中国海洋大学，2010 年。

张远东：《廖平〈诗经〉研究述评》，硕士学位论文，西南大学，2008 年。

章原：《古史辨〈诗经〉学研究》，博士学位论文，复旦大学，2004 年。

赵静：《朱自清诗学思想研究》，硕士学位论文，四川师范大学，2009 年。

赵秀芹：《闻一多〈诗经〉研究评议》，硕士学位论文，吉首大学，2012 年。

朱华：《近代科学救国思潮研究》，博士学位论文，北京师范大学，2006 年。

朱金发：《闻一多的诗经研究》，硕士学位论文，河南大学，2001 年。

致　　谢

　　在电脑前，写"致谢"，毕业论文的最后环节。依旧是深夜时分，早已习惯了这份宁静与清苦，却无法稳住心头的百转千回。四年光阴，匆匆。得到的、失去的，感谢的、歉疚的，匆匆别过，无论是否心甘情愿。指尖敲击键盘，一声声，是我的心在为这些流光作注解，向我敬爱的、亲爱的、挚爱的人们诉说心音。

　　致老师：提起学者，多半会想到"学识渊博""治学严谨"这样的词语。我的老师们自然也是这样的，只是他们除了"可敬"之外，更有"可亲"，甚至还很"可爱"。我的导师——刘冬颖老师，就是个"可爱"的人，她打破了我们对于女学者所固有的刻板印象。第一，老师总是"美美"的。还记得访学时，和晓庆一起见过指导老师后，他说，咱老师真漂亮！我深有同感地点头。刚刚认识的我们迅速达成了共识。老师穿着汉服演唱《诗经》的时候最美。老师唤醒了那些沉睡的文字，那些文字点亮了老师眼中的光彩。诗与人，相得益彰。第二，老师总是"聪明"的。老师的学术视野开阔，总能于故纸堆中见出别样新意。老师对我们的指导是犀利而温柔的。犀利，言于做学问。该做的便要做，做了便要做好。温柔，言于关照心灵。老师或许不会当面嘘寒问暖，却不动声色地关心着我们。老师的方法是让我们学会互相关心。一次接到老师电话：海艳是不是这几天就要生宝宝了？你们几个去看看她。老师的指导有时还有几分"顽皮"。和晓庆一起去老师那儿上课。休息时，老师说，我来给晓庆上课之前，都特意把鞋擦擦，因为晓庆的鞋总是擦得锃亮。从此后，我记得了每次出门前一定要把自己打理妥当。第三，老师总是"生动"的。蒙娜丽莎的微笑那样迷人，是因为她的笑容拥有溢于画卷之外的生动。老师那样令我们喜爱，也是因为生动。和老师一起去参加学术会议。会议结束后，老师带着树千和我去"逛街"，看看当地的风物。离我们不远处，一个挑着扁担的货郎，用方言吆喝着。我和树千并未在意，老师却快步跟上去，货郎走得快，老师还小跑几步，窈窕的身影在金灿灿的阳光中跃动着光辉，那天老师穿了一袭绿色长裙，及肩的长发轻轻摇曳。我美丽的老师追赶货郎，只是为了知道他到底是在卖什么东西。笑着看向树千，她也抿着嘴在微笑，眼中的笑意中还有几分宠溺。在老师身边，总是这样潜移默化地学习着——踏踏实实做事、做学问，认认真真爱自己、爱生活。

我的另一位老师，李先耕老师，是位智慧宽厚的长者。上李先耕老师的课，我们常常被老师"上知天文、下知地理"的博学震撼，我总觉得自己好像是一个要从头学起的小学生。老师随口的一句话，都好有学问，真的。比如：2014 年 11 月 7 日上课时，老师说：历史经常和人开玩笑。你打开一扇门，却发现你到了另一个世界。听了这句话，我怔怔地"穿越"了一会儿。

许隽超老师，是位才子型的老师。还没上许隽超老师的课时，就听闻老师的爱人待老师极好。后来，上了老师的课，第一堂课便被老师的才学折服。老师的才情与师母的美好，便是"红袖添香"的幸福吧。许隽超老师待我们的好，也是不动声色的。老师去台湾访学，悄悄地帮我们收集了研究所需的资料。我们既惊且喜，老师淡淡地说：我看到，让别人也看到。简简单单，文献人的一颗至诚之心。整理古籍，甘于一日日的寂寞艰辛，不过是为了让更多的人看到"材料"，让那些作者的成果能流传于世。

王洪军老师，温润如玉的君子之师，总是谦逊而儒雅。人淡如菊的王洪军老师其实是位很暖心的老师。一直好好的保留着老师批改的那份作业，从篇章架构到标点字词，老师都一一细致修改。那详细认真、鞭辟入里的评语，不仅是论文的指导意见，更是"如何为师"的最好阐释。

在这里，还有幸遇到了薛瑞兆老师、陈虎老师、陈永宏老师、郭孟秀老师、王雪萍老师、张居三老师、杨栋老师，隽鸿飞老师、周至洁老师、陈雨贤老师，在成长的岁月里，能遇到诸位老师，何其有幸！在此，还要感谢一位不在我身边，却一直关注着我成长的老师——赵晓兰老师。硕士毕业十年，依然能生活在您关爱的目光里，多么温暖！父亲辞世，尚在失兄之痛中的您却致电安慰我："昆，我很心疼你，一个女孩子，当年千里迢迢来求学，现在柔弱的肩膀上，有家庭、有事业，还有沉重的学业。一个女孩子究竟能承受多少呢？你要好好保重！"老师，我爱您，一如您这般爱我。

致同学：我的同学们，一群相爱相杀的"小伙伴"。稳重的大师兄马振君、科研能力超强的敌非、爱自黑的善良的晓庆、温柔体贴的树千、高情商的海艳、高颜值的小晴、自强不息的淑贤、呆萌可爱的好学生小添、多才多艺的梦一、活泼友爱的刘娜，我们互相支持，也相互"甩刀"。在已经长大成人的学生时代，能遇到你们，真好。每次小聚，大家都开心地聊天、默契地"甩刀"；每次需要帮助，大家都互相支持、不离不弃。我们都是"足征"里的一个小分子，但因为我们在一起，所以从不孤单。

致家人：我的父亲。父亲，我的博士学位论文写完了，又向着您希望我成为的样子迈进了一步。您听见了吗？原谅我，没能像曾经约定好的那样将我的博士毕业证书放到您的手上。女儿不够努力，对不起！哽咽无声地思念里，似乎父亲正在那里看着我微笑。我严厉而慈爱的父亲，在我怀孕之时还督促我复习考博。待我考上博士之后，因为各种繁忙，总是回家住了几天又要匆匆离开，心里满怀歉意，拉着父亲的手说，下次来时，好好陪您。父亲便笑眯眯地对我说，好，好，好，没事，没事。

父亲有我之时，已年近四十，故纵使是个女儿，也让原本喜欢男孩的父亲十分欢喜，抱着我四处炫耀，说我是您"天上难寻、地下难找"的女儿。而如今您成为我"天上难寻、地下难找"的父亲。父亲，我亲爱的爸爸，您去哪里了？可还在我身边？可还会相遇吗？来生我还能做您"天上难寻、地下难找"的女儿吗？您再也不会倚在门边，一脸慈爱笑容地看着玩耍着的女儿们；您再也不会坐在写字台前帮女儿们做数学题；您再也不会在厨房里忍着烟熏火燎为女儿们做饭；您再也不会为女儿们的前途夜不能寐；您再也不会疼爱地抚摸小外孙们的头；您再也不会唱京剧、写毛笔字、讲故事；您再也不会挥着手说"同志们好"；您再也不会和妈妈打扑克、散步、买菜、发脾气；您再也不会吃一样又一样的药、打一次又一次的针……

您离开后，常常没来由地出现在脑子里的一句话就是，我是一个没有爸爸的孩子了。在超市里看到东西，还是习惯性地叨念，这个是姥爷喜欢吃的。团团说，妈妈，你怎么看到什么都想起姥爷呢？姥爷也吃不到了啊！团团天真无邪的话，让妈妈的心好痛啊。家中的抽屉里有一包黑芝麻软糖，是您喜欢吃的。买了要给您，却没能给成，过期了，还是一直放在那里。父亲，来生相遇，我要好好陪您。五月，在医院里陪伴您的那一夜，竟成了最后的长久陪伴。那一夜只是和衣而卧的闭眼休息了半个小时，除了拍背和清痰、注意各种监测数据，就那样静静地看着您，心里默默祈祷您会慢慢好起来。看着曾经那样俊朗而有活力的您，无助地躺在病榻上，百感交集。您睡着时，轻轻地抚摸、亲吻您的额头，希望您在梦中能不那么难受。拉着您的手，希望您手心传来的热量驱散我心头的恐慌。并不宁静的深夜里，这样守着您，只有我和您，竟觉得心里踏实起来，我拉着您的手呢，您一定不会放开的。在我的记忆里，多是这样用心地守护小团团，还是唯一一次这样守护着您。您，从来都是我最强大的守护神。什么时候开始，泰山般的您竟老了呢？近六月离开时，您已病情稳定。在我的梦中您健步如飞。七月初，我生日的第二天，不等我去拉住您的手，您就走了。原来，六月的梦里，您是在和我告别。没能写完毕业论文，却收到了分别的讯息。

您离开后日子里，我还是日常的我，阳光下行走忙碌，月光里安稳沉睡，只是不愿去一些地方，只是偶尔会抱着相册发呆。时间不会拂去伤痛，只不过是将痛掩埋到思念的灰里，灰尘飞起，依旧满目泪光。您心心念念的我的博士毕业论文，原本是我要送给您的礼物，如今却成了思念的灰。一页一页，是我在您期待的目光里一日一日的成长，您看到了吗？

我的宝贝。混乱的十月里，亲爱的团团送给妈妈"八色论文，七彩生活"。九月中旬开始，团团就不舒服，吃药、看病，时好时坏。十月，爸爸工作繁忙，团团生病住院，妈妈一个人在医院照顾团团。第十天的时候，团团好些了，妈妈却发起高烧来。爸爸在单位值班，妈妈只好带着团团去看急诊。团团背着他的小书包，拉着妈妈的手，陪妈妈挂号、采血、送样本、取药、打点滴。妈妈打针的时候，团团帮妈妈拿水、按铃（叫护士换药），还不时提醒妈妈"小心别滚针了"。

怕团团寂寞，让他拿出图画本和画笔画画。团团问："妈妈，你最想要什么？"妈妈答："时间。"一会儿，团团想了想，画了个闹钟，说："妈妈，我不会画时间，就画了个闹钟。妈妈，我再给你画个论文吧！"妈妈没听清，问："画个什么？"团团答："画个论文。"团团，我贴心的团团，知道妈妈想要时间来写论文。团团问："妈妈你要什么颜色？"妈妈答："棕色吧！"妈妈觉得一板一眼的论文应该是这个颜色。团团拿起棕色的蜡笔，想想又放下，拿起红色的画了一行，又拿起黄色的画了一行，而后陆续用其他六色（为了便于打理，带了最小盒的蜡笔，只有八色）各画了一行。画完后，举起给妈妈看，笑着说："八色论文，七彩生活。"原来，艰苦的论文写作过程其实也很幸福，有生活本真的苦辣酸甜，更有团团的天真美好做伴。这个晚上（打了四个多小时的点滴），团团说了许多暖心的话，"妈妈，我最爱你，还让你生病了，对不起。（妈妈担心自己生病会传染给团团，问医生，医生说妈妈生病是因为长时间照顾团团，被团团传染的。团团已经病了，不会被妈妈传染了。一直陪在妈妈身边的团团听到了医生的话）"，"妈妈，我又想亲你了"。"妈妈，我现在知道你照顾我有多辛苦了。""妈妈，你小心点，别滚针了。"

接下来的日子里，因为妈妈要住院打针，出了院（还需按医嘱在家休息一周）的团团，还是每天戴着口罩和妈妈一起去医院。儿子，如果说妈妈是你的守护神，你就是妈妈的守护天使。用你纯粹的爱，启迪妈妈的心灵。忙碌的 2017 年，没能如愿以偿地在学校里安心写论文，没能完成与爸爸的约定，也没能好好地照顾我心爱的团团。陪团团去上各种课外班时，碰到许多能干的妈妈，她们会给孩子做各种各样的美食，每逢此时，妈妈都觉得自己实在不是个合格的妈妈，不会做饼干、蛋挞，也不会做比萨、薯条，甚至都做不好家常菜，蒸个鸡蛋羹，不是不熟就是老了。这样一个只会带团团在外面吃饭的妈妈，真是又笨又懒啊，团团却说，妈妈你不会像小姨那样做饼干，可你会做意大利面啊，你做的意大利面是世界上最好吃的面！团团说，妈妈，你不是懒，你就是太忙了，我知道你就是想多写会儿论文。团团，你是滋润妈妈焦灼灵魂的清泉。谢谢你担待了妈妈所有的不完美，并原谅妈妈对你的种种苛责。你眼里的妈妈，即便是发脾气了，也是为你好。我心里的团团，即便是人见人夸了，还是有那么多要改的缺点。你的老师们、其他的家长们，都说你的好是"家庭教育得好"，其实你才是妈妈的老师，你总是用你的纯真美好让妈妈照见自己的无知和苛刻。团团，就像妈妈告诉你的，笑着的妈妈和生气的妈妈都是爱你的妈妈。贴心的团团和任性的团团都是妈妈最爱的团团。团团，谢谢你，谢谢你的陪伴，你让妈妈觉得幸福。

我的至爱亲朋。感谢我的妈妈、妹妹，我的爱人，我的亲人们，我的好友们，谢谢你们一直包容着我、祝福着我、帮助着我。那么多的爱，仿似悄无声息，却润物无声。谢谢你们陪我走过这习以为常的平凡岁月，这就是我美好的幸福时光。

流光易逝总是匆匆，可若不是时光一去不回，我们又怎么能学会珍惜拥有？没有千辛万苦的日积月累，怎会有高歌猛进的酣畅淋漓。继续前行吧，纵使有时脚步沉重；继续努力吧，纵使心底还有伤悲，一步一步，在殷切的目光里、在平凡温暖的日子里，即便逆风而行，为了爱你的人和你爱的人，也要去遇见未来更好的自己。窗外，阳光正好，何不牵幸福的手，勇往直前。

2017 年 12 月于哈尔滨